De Lune en Lune

L'autrice

Originaire du Nord de la France, **Lise Syven** a toujours été passionnée par les super-héros, le côté obscur de la force, les dragons, les vaisseaux spatiaux, les monstres et le XIXe siècle. Présidente de l'association Tremplins de 2010 à 2013, elle est également la fondatrice de CoCyclics, un collectif d'écrivains lancé en 2006 et consacré à la bêta-lecture. Elle a publié des nouvelles, ainsi que des romans (adultes et jeunesse) dans les littératures de l'imaginaire et contemporaines.

73 boulevard de Sébastopol, 75002 Paris
Diffusion : Interforum

Réalisé avec le concours éditorial d'Agnès Marot
Directeur éditorial : Jean-Paul Arif
Responsable éditoriale : Floria Guihéneuf
Éditrice : Dorine Borghino
Mise en page : Clémentine Hède
Correction : Maxime Gillio
Illustrations du journal de Pomme : Lise Syven
ISBN : 978-2-38167-113-0
Dépôt légal : février 2023

De Lune en Lune
Lise Syven
ScriNeo

Pour Manon, dont les traces sont lumineuses

Auparavant, les dirigeables hantaient les cieux, les machines à vapeur sillonnaient les campagnes, des villes immenses brillaient dans la nuit grâce à l'électryse… L'humanité prospérait. Comment aurait-il pu en être autrement ? Elle avait tout reçu des mains de l'Unique, même la magie.

Peut-être était-ce le cadeau de trop.

Les peuples l'utilisaient pour s'affronter, donnant dans la surenchère à mesure que les siècles s'écoulaient, en dépit des avertissements des Oracles qui savaient quelle catastrophe les guettait. Chaque guerre s'avérait plus terrible que la précédente, tant et si bien qu'il devenait de plus en plus difficile d'éviter le pire.

Au final, il arriva : l'humanité rompit l'équilibre instauré par l'Unique.

Alors, il lui fallut subir Sa colère sous la forme de ce qu'on appela plus tard la Fracture. La magie des humains se retourna contre eux, détruisant le monde tel qu'ils l'avaient connu, réduisant la moindre cité à l'état de ruines, emportant avec elle des millions de vies… Cette vague de dévastation sans précédent parcourut la Terre entière et transforma les animaux sur son passage… Les Bêtes devinrent gigantesques. Toutes triplèrent de taille, du plus petit oiseau au plus inoffensif lapereau, sans oublier les prédateurs. Les loups, les ours, les aigles, pour ne citer que les plus féroces.

À eux appartenait désormais la Terre où l'humanité n'avait plus droit de cité.

Cependant, il lui restait un espoir.

L'Unique avait promis qu'un jour reviendrait la splendeur d'antan. Que Ses serviteurs fidèles, celles et ceux qu'Il avait épargnés dans Son infinie bonté, vivraient de nouveau dans des villes magnifiques sans crainte ni des Bêtes ni des famines.

Alors, ces derniers patientaient.

1

LE TEMPLE DE L'UNIQUE

1

— Où sont passées les pâtisseries ? s'agaça Yaël. J'ai besoin de sucre, moi ! Sinon, je vais défaillir !

Quelqu'un les avait changées de place ! Pomme l'aida à fouiller le garde-manger, de plus en plus inquiète. Elle regretta de s'être embarquée là-dedans. L'adolescente était rouge comme une pivoine après avoir dévalé l'escalier. Elle n'était pas aussi sportive et élancée que sa partenaire, qui ne tenait pas en place et qui, du haut de ses quinze ans, s'amusait à défier l'autorité. Il fallait faire vite avant que l'un des marmitons ne revienne s'affairer dans le garde-manger.

— Je vous ai vues ! les apostropha une voix depuis le couloir.

Il s'agissait de la reine des lieux en personne : dame Hilde en tablier de travail, armée de son redoutable torchon, en sueur d'avoir déjà œuvré plusieurs heures aux fourneaux. Elle se pressa vers les deux jeunes filles qu'elle venait de prendre en flagrant délit.

— Je vais vous apprendre à voler ! Bande de dévergondées, ce n'est pas votre col brodé qui va vous sauver ! Je savais bien que les bonbons ne disparaissaient pas par magie ! Vous allez voir ce que vous allez voir !

Vite, Yaël fourra du pain d'épices dans son sac, rafla quelques noix de plus, et Pomme engloutit un biscuit en catastrophe, au risque de s'étouffer au passage. Une fois leurs mains jointes, les jeunes filles posèrent leurs fronts l'un contre l'autre. Leurs yeux se fermèrent. La magie se dénoua en irradiant dans leurs poitrines, fulgurant à travers leurs corps en un instant... Elles disparurent.

— Vous ne vous en tirerez pas à si bon compte ! vitupéra la bonne femme, en entrant dans le cellier trop tard.

Les adolescentes réapparurent au sommet de l'une des tours de Bau, la plus proche du temple, celle qui leur permettrait de guetter la livraison du jour. Il faisait encore frais en ce début d'avril. Frissonnantes, elles boutonnèrent leurs vestes de laine bouillie, du même blanc ivoire que le reste de leur tenue. Ah ça, entre leurs boutons de corne et leurs culottes bouffantes décorées de runes, on ne risquait pas de les confondre avec la piétaille qui peuplait les grottes et les rues de la forteresse !

On apercevait en contrebas les hautes murailles de Bau. La première protégeait les potagers, les poulaillers ainsi que quelques pâturages. La suivante, la plus élevée, protégeait les faubourgs ainsi que les ateliers, des pâtés de bâtiments faits de bric et de broc, ou mal construits dans le meilleur des cas. C'était là que s'entassait la main-d'œuvre de la cité, pauvre et négligée, courant dans des rigoles nauséabondes chaque fois que la pluie tombait. Les habitants les plus riches s'étaient réservé les quartiers au-delà du dernier rempart, juste sous le temple et ses jardins, où de belles maisons s'épaulaient le long des rues tortueuses.

Pomme détourna le regard et fit taper les talons de ses bottes de cuir contre le sol pavé, histoire de chasser les fourmis de magie qui continuaient de la chatouiller. Remarquant son air chiffonné, Yaël lui proposa un gâteau, et elles s'accoudèrent au créneau en dégustant le fruit de leur larcin.

— Hilde se plaindra auprès du grand prêtre Cellon, fit la première, qui détestait attirer l'attention et se faire punir.

— Et alors ? On sera de corvée de bibliothèque.

Toutes deux pouffèrent. Elles adoraient travailler dans la bibliothèque. Il fallait dépoussiérer les ouvrages, les ranger dans le bon ordre, parfois les emmener chez le vieux Jonas pour qu'il répare les couvertures abîmées. Bien sûr, la plupart du temps, on ne leur permettait pas de les ouvrir, mais Pomme jetait un œil dès que la surveillance se relâchait. C'était son péché mignon. Si Yaël ne s'intéressait qu'aux romans d'aventures de l'ancien monde, Pomme, quant à elle, reluquait les traités de magie désormais interdits d'étude. Un jour, elle avait hardiment demandé au grand prêtre pourquoi on ne les détruisait pas, s'ils étaient si dangereux.

— Qui sait ce dont nous aurons besoin, lorsque l'Unique nous permettra de reprendre notre juste place sur Terre, avait-il répondu.

La jeune fille avait jugé la réponse trop facile sans toutefois insister ; certains sujets souffraient mal les questions, en premier lieu la Fracture, en second la magie. Pomme évitait d'étaler la curiosité qui la dévorait. Elle avait depuis longtemps pris le parti de se montrer discrète et de profiter des bienfaits du Temple. Elle se contentait donc d'étudier les déplacements, domaine dans lequel leur duo se sentait de plus en plus à l'aise, même si Yaël se plaignait parfois de vertiges.

— Au fait, ça va ? s'inquiéta-t-elle. Tu n'as pas mal au crâne ?

Sa partenaire secoua la tête, sombrant dans un mutisme inhabituel, les yeux rivés sur l'esplanade qui jouxtait le temple. Pour l'instant, quelques langues de brume occupaient l'espace, cachant en partie la mousse et l'herbe qui gagnaient du terrain à chaque saison. Pas de voyageurs en vue.

Pour une fois, Yaël oubliait de plaisanter, ce qui ne lui ressemblait guère. Ses sourcils froncés donnaient une expression sévère à son visage. En l'espace de quelques mois, elle était devenue une adolescente maigre, au physique androgyne, un tantinet dégingandée, trop grande par rapport aux autres filles. Ses traits manquaient de grâce, à cause de son front prononcé d'une part, et de quelque chose dans la forme de ses pommettes et de son nez. Pourtant, sa bouche pulpeuse était aussi séduisante que ses yeux sombres garnis de longs cils noirs, comme s'ils étaient mouillés. Sa peau mate était lisse, dépourvue de boutons. Elle avait un charme fou qui ne laissait personne indifférent, mais elle avait beau jouer les coquettes, elle ne se trouvait pas jolie.

En plus de se maquiller avec du khôl, elle ajoutait des rubans et des perles à ses cheveux et dessinait des motifs élégants au henné sur ses mains pour en souligner la finesse. Pomme ne faisait pas ce genre d'efforts. Elle préférait occuper son temps à lire plutôt qu'à prendre soin de sa propre apparence. Elle se fichait de ses joues rebondies, de ses courbes de plus en plus généreuses, ainsi que des moqueries quant à sa tignasse couleur de feu, perpétuellement emmêlée. Du moins, elle le prétendait.

Elle envoya un léger coup de coude à Yaël pour la dérider. Sans succès. La jeune fille tira sur le col brodé de sa tunique, comme souvent quand elle était contrariée. À son cou pendait une antique clé sculptée, identique à celle que Pomme gardait dans la poche de son manteau. Elle ouvrait les portes du temple.

— Azra se marie aujourd'hui, déclara Yaël, soucieuse. Mais je n'ai toujours pas récupéré le cadeau de notre mère.

— C'est pour ça qu'on est là, lui fit remarquer Pomme. Les voyageurs sont ponctuels. Tu t'inquiètes pour rien. Ils arriveront bientôt.

— Si nous sommes en retard pour le premier cours, le grand prêtre nous punira.

— De toute façon, il nous punira à cause du vol…

Yaël lui tapota le bras, avec un début de sourire, comme chaque fois que sa partenaire culpabilisait pour des broutilles.

— Ne t'angoisse pas, va, dit-elle. Il va juste nous sermonner.

Pomme se pencha dans le créneau pour mieux voir la plateforme où les marchandises arriveraient, transportées par des hommes et des femmes-pouvoir. C'était étrange pour elle de les pressentir. Il y avait comme un frisson particulier dans l'air, semblable à celui de l'électryse dans les ampoules de verre, un afflux d'énergie qui courait jusque dans les poils de ses bras…

Pour l'instant, tout était tranquille. Les filets d'acier grinçaient légèrement au-dessus des filles tandis que les nuages engloutissaient avec lenteur les flancs montagneux. Cette mer blanche et moutonneuse avait déjà fait disparaître les forêts de la vallée. La tour semblait flotter dans le ciel, comme un vaisseau, rivalisant avec les ombres de milans qui tournoyaient au loin. D'ici, ils ne paraissaient pas plus gros que des insectes, mais il n'en était rien. Les plus grands flirtaient avec les huit mètres d'envergure. Ils persécutaient principalement les cueilleurs et les chasseurs qui s'aventuraient à l'extérieur du mur d'enceinte. Une femme partie récolter des simples avait été emportée pas plus tard que la semaine précédente…

Pomme les gardait à l'œil, par habitude. Elle ne se sentait jamais sereine quand elle se trouvait dehors, consciente de la menace qui planait sur sa tête, une parmi d'autres qu'elle tenait secrètes. Ses longs cheveux roux qui s'emmêlaient dans le vent la gênaient. Elle entreprit de les tresser en s'inquiétant pour l'état d'esprit de Yaël. Ce soir, pour la première fois, sa partenaire dormirait seule, sans sa sœur, Azra.

Le Temple avait décidé de la marier avec Olson, un autre adolescent incapable de se transporter, dans l'espoir que leur progéniture hériterait de leurs pouvoirs conjugués, et peut-être, réussirait là où leurs parents avaient échoué. Les cités avaient toujours besoin de plus de voyageurs afin d'assurer les échanges de denrées et de permettre la survie de tous. Comme aujourd'hui, où Bau attendait une palette de savons et d'herbes médicinales en provenance des Carpathes. Par chance, le groupe qui transportait cette cargaison avait fait escale à Dinara, la montagne où résidait la famille de Yaël.

Pomme avait déjà regardé sur une carte où Dinara se trouvait par rapport au massif de Pyrenne. C'était situé au-delà de l'ancienne Italie, assez loin en vérité. Il était impossible de se transporter en une seule fois d'un bout à l'autre de l'Europe. Les voyageurs devaient faire de nombreuses haltes pour parcourir une telle distance.

— Les voilà ! s'exclama-t-elle en pointant un léger flou sur la plateforme. Allons-y !

Un sourire éclaira aussitôt le visage de Yaël. Les filles joignirent leurs paumes et leurs fronts. Elles se concentrèrent sur le lien qui les unissait, et en un instant, elles se transportèrent en contrebas.

L'exploit laissa Yaël un peu nauséeuse, comme si elle avait reçu une bûche sur la tête. Pomme, quant à elle, n'avait jamais de contrecoup. Le grand prêtre Cellon pensait que Yaël fournissait la majeure partie de la magie nécessaire au déplacement et que cela expliquait sa légère désorientation quand elle avait trop souvent recours à son pouvoir. « Rien de bien grave, concluait-il invariablement. Cela passera en grandissant. »

La cargaison apparut presque en même temps que les jeunes filles, tas de ballots enchevêtrés de cordes, auxquels des hommes et femmes poussiéreux s'accrochaient. Ils ne portaient pas de tuniques inconfortables dans le genre de celles du Temple. Non, ils avaient des vestes de cuir, des pantalons à poches, des châles de laine, et de solides paquetages remplis de matériel de survie. Sans oublier les pistolets pour se défendre en cas de problème.

L'un d'eux s'affaissa brusquement, malgré le soutien de deux camarades. Un bandage trempé de sang enveloppait sa cuisse et sa tête ballotait vers l'arrière. Yaël n'eut pas le temps d'en voir plus. Le trio disparut en un claquement de doigts, sans doute pour l'emmener au dispensaire du Temple. La jeune fille se précipita vers la fontaine, actionna le manche et remplit un broc en terre cuite.

Les autres voyageurs reprenaient leur souffle, acceptant avec reconnaissance de se désaltérer. Pomme demeura en retrait, le nez levé vers les nuages.

— Des Bêtes vous ont attaqués ce matin ? s'enquit Yaël en les servant.

— Elles ont trouvé notre refuge et nous avons failli perdre la cargaison, répondit l'une des femmes, visiblement choquée.

— Cela aurait pu être pire, commenta le plus âgé du groupe, dégarni et fatigué. Espérons qu'Amid n'y laissera pas sa jambe.

La conversation s'arrêta là, interrompue par les moines venus récupérer les paquets. De toute façon, il aurait été malvenu de poser plus de questions sur ce qui leur était arrivé, Yaël l'avait bien compris. Pourtant, elle brûlait d'en apprendre plus. Pas seulement à propos de leur mésaventure : Yaël voulait tout savoir ! Connaître la réalité du terrain, découvrir à quoi ressemblaient les routes et les refuges que les voyageurs empruntaient ! Malheureusement, il lui faudrait attendre d'entrer en apprentissage pour soulager sa curiosité. *Encore deux ans à patienter avant d'accompagner les voyageurs*, songea-t-elle, agacée, en récupérant son courrier. Deux ans avant de revoir sa famille.

Les voyages étaient réservés aux dignitaires et aux marchandises de première nécessité, ils ne concernaient pas les parents. En attendant, il restait les lettres qu'elle guettait avec impatience chaque mois. Sa mère s'arrangeait pour glisser une surprise dans l'enveloppe : une fleur séchée, un bouton de nacre, des épingles à cheveux… De son côté, Yaël avait pu envoyer des photographies prises avec l'unique appareil du Temple, et ce, parce que le grand prêtre Cellon accordait certains privilèges à ses élèves les plus méritants, dont Pomme et elle faisaient partie.

Aujourd'hui, l'enveloppe était plus épaisse que d'habitude, alourdie par un bracelet en or que Yaël avait vu briller au poignet de sa mère dans son enfance. Elle avait du mal à se souvenir de son visage et de sa voix, mais elle la revoyait préparer à manger, le bijou sautant sur son avant-bras. Avec un soupir, elle le glissa dans une poche de sa veste. Elle le donnerait à Azra avant la cérémonie.

Yaël rejoignit Pomme de l'autre côté de l'esplanade, oubliant temporairement ses préoccupations. Sa partenaire paraissait angoissée. Tendue, elle observait la vallée, ou plutôt, la muraille en contrebas. Des petits points noirs, les silhouettes des gardes, s'agitaient entre les créneaux épais.

— C'est mauvais signe, dit l'un des voyageurs en approchant. Il vaudrait mieux rentrer vous mettre à l'abri.

Consternée, Yaël échangea un regard avec Pomme. Celle-ci se massait les tempes. Les cloches de la forteresse retentirent alors, marquant le début de l'alerte.

L'ours attaqua par le flanc ouest de Bau. Il remonta d'abord le long de la montagne, encore plongée dans l'ombre à cette heure de la journée. Quand les sentinelles le repérèrent, il était trop tard pour déverser sur lui de la poix bouillante : il escaladait déjà la première muraille. Les défenseurs sortirent les fusils et se mirent en position aussi vite que possible. Les balles sifflèrent autour de l'ours, le dérangeant à peine plus que des mouches, même quand elles le piquaient.

Il était tout proche de son but. Son excitation teintée de rage avait réveillé son goût pour le sang. Il défonça un créneau d'un coup de patte, ce qui arracha en même temps l'épais maillage de métal qui protégeait la cité. Il le souleva aussi facilement que s'il s'agissait d'un drap, les pitons sautant de la roche comme des boutons. Les ordres fusèrent. Malgré la peur, les gardes se regroupèrent et rechargèrent leurs armes en bon ordre. Plusieurs se signèrent en adressant une prière à l'Unique. Enfin, l'ours se hissa sur le chemin de ronde et se redressa, colossal, haut comme une maison de trois étages, en poussant un hurlement victorieux.

Le cri fit trembler les habitants de la montagne. Quelques soldats courageux continuèrent de tirer sur l'ennemi afin de couvrir la retraite de leurs camarades. La Bête écrasa un premier homme sous une patte, décapita la femme suivante d'un revers, et projeta une autre victime dix mètres plus bas, du côté des pâturages et des jardins protégés. Son attention se reporta sur la deuxième ligne de fortification, celle qui abritait les habitations. Il renifla, en tendant l'oreille. Mais, avant qu'il ne se décide, une torche fit s'embraser le pétrole du canon à feu le plus proche. Il esquiva les flammes et recula devant l'engin que deux individus poussaient sur le rail du chemin de ronde. Faisant preuve d'une vélocité féroce, l'ours se propulsa jusqu'à la tour suivante. Presque aussi grand qu'elle, il entreprit de la détruire.

2

L'attaque de l'ours occupait encore tous les esprits, en particulier celui de Pomme. Elle ne parvenait pas à se concentrer sur le cours, bien que la Bête ait été mise en déroute. Son intrusion avait, en quelque sorte, réveillé ses vieux démons : des voix avaient résonné dans sa tête, un horrible brouhaha sans queue ni tête où tout se mélangeait, la fureur, la peur, la haine. Petite, elle en faisait des cauchemars. Désormais grande, elle avait conscience d'être la seule à les entendre. Sa plus grande crainte était que quelqu'un s'aperçoive de quelque chose. Aussi s'efforçait-elle de ne pas attirer l'attention. Elle s'appliquait en recopiant le texte inscrit au tableau.

En plus de Pomme et Yaël, huit enfants-pouvoir se partageaient la salle d'étude, ce jour-là. Il s'agissait du groupe aux dons les plus prometteurs, exclusivement composé de binômes, dont le grand prêtre Cellon s'occupait personnellement, ce qui n'était pas pour mettre Pomme à l'aise. Professeur sévère et redouté, il se montrait exigeant avec ses disciples. Sa calvitie, sa robe de bure austère, sa figure pâle qui ne voyait jamais le soleil, tout cela accentuait encore l'impression que le maître du Temple, le serviteur incarné de l'Unique, ne se relâchait jamais.

Pomme soupira. Au lieu de s'ennuyer au-dessus de sa feuille, elle aurait bien voulu s'exercer une heure ou deux dans la salle de la Lune. Le Temple y mettait à leur disposition des orbes autrefois utilisés par les magiciens pour leur apprentissage. Ils s'illuminaient si on y insufflait assez de magie. Pomme saisissait la moindre occasion de s'entraîner, avec le concours de Yaël, évidemment, car sans son aide, elle n'était bonne à rien. Comme tous les enfants-pouvoir, il lui était impossible d'arriver à quoi que ce soit seule. Il en irait de même lorsqu'elle serait adulte : telle était leur fatalité depuis que la Fracture avait emporté presque toute la magie avec elle.

Le Temple vivait dans la crainte de voir l'humanité provoquer à nouveau la colère de l'Unique et donc, des règles très strictes avaient été établies. Enchantements et sortilèges étaient prohibés. La poignée d'artéfacts sauvés de la catastrophe dormait dans des coffres verrouillés. Les enfants qui avaient encore quelques dons n'avaient le droit de les utiliser que pour apprendre à se déplacer sous la houlette des prêtres. Et Cellon veillait à bien faire entrer dans le crâne de ses pupilles quels étaient leurs devoirs en les assommant de textes à copier.

À gauche de Pomme, Yaël écrivait elle aussi avec soin. Leurs plumes grattaient un papier épais, cent fois recyclé par les serviteurs du Temple. Le grand prêtre avait choisi un passage traitant de la possibilité de se « perdre » en essayant, soit d'aller trop loin, soit d'atteindre un endroit inconnu, soit... de remonter le temps, pratique infâme et interdite par l'Unique, passible de la peine capitale. Pomme frissonna en écrivant ces derniers mots.

Elle connaissait cet extrait par cœur. Même s'il ne comportait aucun détail, et que la plupart de ses camarades ne s'en souciaient guère – pour eux, cette possibilité relevait du conte –, elle avait remarqué à quel point Cellon y faisait régulièrement allusion. Il se montrait vigilant. À la différence des autres élèves, Pomme savait que le voyage dans le temps était possible, du moins, il l'était avant la Fracture. Parmi ses ancêtres, certains avaient reçu ce don. C'était un secret bien gardé.

Elle n'en avait jamais parlé à personne, pas même à Yaël. Elle avait trop peur d'être chassée du Temple si cela s'ébruitait. Elle ne possédait pas ce talent, elle était juste capable de se transporter grâce à sa partenaire. Mais le grand prêtre était beaucoup trop rigide pour tolérer le moindre risque. Des bruits couraient à son sujet. Quelques années auparavant, il aurait fait couper la langue d'un enfant dont le rire faisait s'épanouir les boutons de fleurs autour de lui. La punition avait choqué la population. Néanmoins, les protestations s'étaient soldées par une répression à coups de fouet. Cellon ne faisait pas dans la demi-mesure. La magie ayant causé la perte du monde, la population devait en être privée, point final.

Pomme n'avait que huit ans le jour où des voyageurs l'avaient conduite au Temple. Pourtant, elle n'avait jamais oublié les mises en garde de sa mère, faites les yeux dans les yeux, la veille de son départ : « Tout ce que le Temple te donne, il peut te le reprendre. Alors, ne te fais pas remarquer. Personne ne doit jamais apprendre qui nous sommes. » Pomme avait scrupuleusement suivi ces recommandations.

Suraya, une dernière année respectée de toutes et tous, rompit le silence de la classe, la main levée.

— Grand prêtre, puis-je poser une question ?

Il lui fit signe de poursuivre.

— La cérémonie de mariage aura-t-elle lieu ?

Sur la chaise voisine, Yaël se tendit.

— Bien entendu, s'agaça-t-il. Pourquoi serait-elle annulée ?

— Je me demandais si les dégâts causés dans la muraille…

— Il n'y a pas de brèche, la coupa-t-il sèchement. L'animal a détruit une tour, mais il a été mis en fuite. Tout est prêt pour célébrer cette union, et il serait impensable de faire patienter l'Unique.

Suraya avait un caractère bien trempé. Elle ne baissa pas le regard.

— Mais s'il revient avec d'autres ours ?

— L'Oracle assure le contraire. Irais-tu mettre ses prévisions en doute ?

— Non, grand prêtre. Je me réjouis de cette bonne nouvelle.

— Bien. Maintenant que ce malentendu est dissipé, remettons-nous au travail.

☽

Yaël bâillait à s'en décrocher la mâchoire, le regard errant sur les cartes de l'ancien monde accrochées un peu partout. Elle avait du mal à s'intéresser aux leçons qu'on lui avait déjà répétées cent fois au bas mot. Elle réfléchissait au futur mariage : Azra avait l'air ravie de s'établir avec Olson, ou du moins, elle mettait un point d'honneur à le faire croire. En bonne grande sœur, elle ne voulait pas que Yaël se fasse de souci pour elle.

— Concentre-toi sur tes études, lui avait-elle dit le matin même en bouclant ses bagages. Le prestige de notre famille dépend avant tout de ta réussite.

Yaël avait acquiescé. Aux dires du grand prêtre lui-même, avec Pomme, elles formaient un duo brillant promis à un bel avenir. Cellon les avait officiellement désignées comme partenaires l'année passée et il n'était plus question pour elles de s'exercer avec quelqu'un d'autre. C'était un soulagement. Yaël ne supportait plus de se joindre à quiconque à part à son amie. Le partage de la magie relevait du domaine de l'intime : il fallait s'ouvrir, se comprendre, se donner, s'oublier aussi… Il n'y avait qu'avec Pomme qu'elle ressentait une véritable connexion et qu'elle parvenait à lâcher suffisamment prise pour que sa magie se libère.

Azra avait quant à elle échoué à développer suffisamment son pouvoir. Cellon l'avait changée à plusieurs reprises de binôme, sans succès. Il avait fini par lui annoncer qu'elle devait quitter le Temple et se marier. Yaël la savait soulagée de mettre un terme à cette spirale infernale d'échecs successifs. En revanche, elle ne comprenait pas qu'Azra se satisfasse d'une existence sans aventure à pondre des marmots pour les besoins du Temple.

Sur sa droite, Pablo et Marcel faisaient des messes basses. Ces deux-là, s'ils se perdaient en se transportant, elle ne les regretterait pas. Parce qu'ils étaient les plus vieux, ils prenaient les autres de haut, en particulier les enfants-pouvoir qui n'arrivaient pas encore à combiner leur magie. Ils pouvaient se faire mousser tant qu'ils voulaient, pour le moment ils avaient du mal à se projeter au-delà des jardins. Yaël ricana sous cape. Ils ne comptaient pas parmi les meilleurs espoirs du grand prêtre. Bien entendu, ils deviendraient des voyageurs s'ils continuaient de s'entraîner, mais sûrement pas mieux.

Elle sourit en s'imaginant vêtue de cuir comme une exploratrice, partant à l'assaut d'une cité en ruine, une carte en main, prête à débusquer un trésor. Peut-être des plans de dirigeables ? Sa chère Pomme avait toujours souhaité en voir un en vrai ; elle n'était pas la seule, en toute honnêteté… les gravures des cours d'histoire avaient de quoi faire rêver. Le grand prêtre Cellon préfèrerait sûrement qu'elle trouve des pièces pour les générateurs, c'est-à-dire de quoi ramener l'électryse dans les maisons de Bau. Elle avait peine à croire que deux siècles plus tôt, chez n'importe qui ou presque, il suffisait d'actionner un bouton pour avoir de la lumière.

Sur les murs de la classe, on voyait encore courir les fils qui reliaient les interrupteurs aux ampoules, encrassées par la poussière. Tout le temple était câblé, installation qui datait d'avant la Fracture. Mais il était rare qu'on relance le générateur. Cela n'arrivait que lorsque les médecins avaient besoin d'opérer, après des attaques de Bêtes… Peut-être qu'on l'avait remis en marche aujourd'hui, d'ailleurs. Évidemment, impossible d'appuyer sur le commutateur afin de s'en assurer. Cellon en aurait fait une syncope… et il lui aurait tapé sur les doigts avec sa règle pour lui apprendre les bonnes manières. Avec tristesse, elle pensa aux victimes que l'ours avait faites parmi les gardes de la muraille, puis elle se demanda si le voyageur blessé avait été soigné convenablement dans ces conditions. *Il aura été traité en priorité,* songea-t-elle, *le Temple a trop besoin des gens comme nous pour se permettre d'en perdre.*

À travers la fenêtre se dessinaient les jardins protégés du ciel par d'épais grillages. Il y avait de la pelouse, de beaux arbres et des buissons fleuris… ainsi que l'Oracle, aujourd'hui en promenade, escortée par ses suivantes. Âgée d'une douzaine d'années, l'adolescente était vêtue d'une longue robe blanche, au col et aux manches rigides. Une large ceinture brodée lui prenait la taille et remontait jusque sous sa poitrine. Cependant, la fillette n'avait pas l'air d'être trop embarrassée par le lourd vêtement. Elle sautillait, tournait et courait même, comme si elle jouait avec quelqu'un. Sauf qu'il n'y avait personne. Ses servantes regardaient fixement devant elles, sans un geste ou un mot pour leur maîtresse. Nul ne devait la déranger. Jamais.

Yaël la trouvait belle et sophistiquée. Ses longs cheveux noirs brillaient, impeccablement lissés, mais surtout, elle avait un très joli visage avec un petit nez plat et des paupières bridées. On aurait dit une poupée, tant elle avait le teint frais et les lèvres rouges. Yaël aurait bien aimé lui ressembler.

Pablo et Marcel rirent un peu trop fort en la désignant, ce qui n'échappa pas au grand prêtre. Celui-ci releva la tête de son ouvrage. Attrapant sa règle de bois, il l'abattit sur le bureau, d'un mouvement sec. Le claquement fit sursauter la classe.

— Un peu de décence, messieurs. Vous êtes ici pour apprendre, et je me ferai un plaisir de vous inculquer le respect dû à l'Oracle si je vous surprends encore à vous moquer d'elle.

Les garçons s'excusèrent, toute hilarité oubliée. Par bonheur, la cloche de la cité retentit, sonnant les douze coups de midi. C'était l'heure de manger ! Les élèves se levèrent bruyamment, les conversations reprenant comme si elles ne s'étaient jamais arrêtées.

— Pomme, Yaël, intervint le grand prêtre. Restez une minute, je vous prie.

Toutes deux s'immobilisèrent, pendant que les autres se dépêchaient de s'enfuir.

— Bon courage, leur glissa Marcel d'un ton ironique.

Quel hypocrite, celui-ci… Le grand prêtre arborait une expression sévère. Toutes ses rides convergeaient sur son front pour lui donner l'air terrible. Les filles se donnèrent la main spontanément, Pomme plus pâle qu'un linge à cet instant. Yaël s'en voulut aussitôt de l'avoir embarquée là-dedans. Sa partenaire, très sensible, se faisait déjà trop de nœuds à l'estomac.

— Dame Hilde s'est plainte de vos frasques, mesdemoiselles. Je ne peux pas vous autoriser à poursuivre vos méfaits. Vous vivez au Temple parmi les privilégiés de la cité, mais les habitants qui assurent nos défenses, qui risquent leur peau à l'extérieur pour chasser, qui se cassent le dos à piocher pour construire nos murs, ces gens-là n'ont pas tous à manger à leur faim. Lorsque vous volez, vous prenez la part d'une personne qui travaille ici, vous qui recevez déjà plus que quiconque. Cela n'est pas acceptable.

Elles baissèrent le nez, honteuses.

— Vous n'avez pas encore commencé à rendre ce que vous avez déjà reçu, continua-t-il. Cette ville vous a tout donné et j'attends mieux de votre part. Comme je ne peux pas laisser un tel méfait impuni, vous serez privées de desserts et de gâteaux durant toute une lune. Vous pouvez disposer.

Yaël faillit répliquer, mais Pomme l'entraîna dehors. La grande brune attendit d'être assez loin dans le couloir pour exploser.

— Il veut nous priver de gâteaux, le jour du mariage de ma sœur ? Et puis quoi encore ?

— On n'aurait pas dû voler, marmonna Pomme. Il a raison, on a pris la part de quelqu'un.

— N'importe quoi. Tu as déjà vu Hilde offrir des douceurs aux serviteurs ? Aux braves gens dehors ? Jamais ! Tout est pour le Temple, les prêtres, les moines, les sœurs et les novices. Cellon essaie seulement de nous faire culpabiliser.

Yaël se sentait plus en colère qu'elle ne l'avait soupçonné.

— Il veut nous dresser comme des chiens fidèles. Si on avait eu deux ans de moins, il nous aurait corrigées avec sa badine.

— Allons manger, proposa Pomme en l'entraînant dans le couloir. Au moins, nous n'avons pas été privées de repas.

3

Les filles pénétrèrent dans la partie de la bâtisse qui s'enfonçait sous la montagne. Sous leurs pas, de la pierre remplaça le parquet du couloir. La majorité des bâtiments de Bau étaient conçus sur ce modèle à demi troglodyte afin d'offrir des refuges à la population en cas d'attaque des Bêtes.

Le réfectoire avait été creusé à même la roche, si vaste et profond que le moindre bruit résonnait avec emphase. Ses murs bruts luisaient d'humidité par endroits. La lumière provenait de longues saignées vitrées en hauteur, mais par temps gris, il fallait allumer des chandelles pour espérer voir le contenu de son assiette. Ici aussi subsistaient des traces du monde d'avant ; des câbles couraient sur les parois, alimentant des lustres chargés de lampes qui ne s'éclairaient plus. Il y avait encore, bâchée dans un coin, une foreuse cassée que les ingénieurs n'avaient pu réparer, faute de pièces.

Le feu qui brûlait dans une large cheminée réchauffait l'atmosphère glaciale, tandis qu'un cantinier passait de table en table et versait une louche de potée dans les gamelles. Les voyageurs s'étaient installés à l'écart du personnel comme des enfants. Ces derniers riaient et discutaient si fort que, régulièrement, Hilde tapait dans une casserole pour leur rappeler de chuchoter. En vain. Quand les deux jeunes filles entrèrent, elle afficha un sourire satisfait et se chargea de les accueillir.

— Vous ferez moins vos fières maintenant. Je vous préviens que je vérifierai moi-même que vous ne receviez rien au dessert et au goûter. Quant au petit déjeuner, vous aurez du brouet.

— Je m'en souviendrai, vous savez, grommela Yaël en la dépassant.

— Qu'est-ce que tu dis ?

La jeune fille redressa le menton avec fierté.

— Je m'en souviendrai le jour où je serai une voyageuse et que vous me demanderez un service.

La cuisinière rougit violemment et tourna les talons, en pétrissant son torchon entre ses mains.

Le cœur de Yaël battait la chamade dans sa poitrine. Elle n'avait pas l'habitude de se montrer insolente, mais, pour une raison qui lui échappait, elle avait les nerfs à fleur de peau aujourd'hui. Peut-être parce qu'Azra se mariait sans que leurs parents soient présents à la fête. Peut-être aussi parce que sa sœur n'avait pas eu le choix. Au moins, Olson lui plaisait et tous deux fricotaient ensemble depuis un bon moment. Mais quand même… C'était un mariage forcé.

☽

Les discussions allaient bon train à toutes les tables. Les craintes d'une nouvelle attaque avaient été démenties par une annonce officielle du Temple : l'Oracle ne voyait aucun danger assombrir les prochains jours. Néanmoins, de l'avis général, les Bêtes se montraient agressives ces derniers temps, plus que d'ordinaire. Les voyageurs, en particulier, s'inquiétaient pour leurs refuges. Il devenait difficile d'y demeurer une nuit entière. Yaël tendait l'oreille, désireuse d'en apprendre plus.

— Quelque chose les agite, dit un voyageur un peu trop fort. L'Oracle devra nous répondre.

— Elle ne nous dira rien, maugréa une femme à la chevelure grise. L'Unique se fiche des risques que nous prenons. Et Il ne rendra pas sa jambe à Amid.

— Il vaudrait mieux Le prier quand même, et implorer Sa miséricorde avec conviction, les rabroua le plus âgé de la troupe. Sinon, ne venez pas vous plaindre s'il nous arrive encore des misères.

— Il en arrivera encore, répliqua-t-elle. Je me demande pourquoi je continue à jouer ma vie, en me soumettant bêtement comme une mule. Je vous laisse, Amid aura besoin de mon soutien à son réveil.

Elle quitta la table avec précipitation, l'air bouleversé.

Yaël pinça les lèvres, jetant un coup d'œil à Pomme, qui mastiquait consciencieusement chaque bouchée, les yeux dans le vague. *Il ne nous arrivera rien*, se mentit-elle pour se rassurer, *quelles que soient les épreuves qui nous attendent quand nous serons des voyageuses, nous nous en sortirons haut la main.*

À la fin du repas, tout le monde débarrassa les assiettes, vidant les restes dans des grands bacs qui nourriraient les chiens. Les patoux blancs n'avaient pas triplé de taille comme les molosses qui erraient au-delà des murailles, car les bergers, guidés par l'Oracle, avaient pris leurs ancêtres avec eux dans les grottes, ce qui les avait protégés des effets de la Fracture. D'autres animaux domestiques avaient ainsi échappé à la transformation, restant de petites bêtes dociles. Les humains pouvaient toujours élever des poules, des brebis et des moutons, qu'il fallait parfois emmener sur les pâtures disponibles dans les hauteurs, avec tous les risques que cela comportait.

— Alors comme ça, on vole des gâteaux ? se moqua Pablo quand le groupe quitta le réfectoire. Vous êtes vraiment des gamines, ma parole. Est-ce qu'on vous a expliqué ce qui allait arriver à Azra, ce soir ?

— Arrête de nous chercher, s'offusqua Pomme qui empilait les verres. On ne t'a rien demandé. Va plutôt passer un coup de balai du côté de la table.

— Bah, en plus d'être des cageots, vous êtes des prudes, c'est ça ? enchaîna Marcel. Je parie que vous ignorez comment ça se passe au lit !

Yaël l'écarta de son chemin.

— Lâche-nous à la fin !

— Ça va… Si tu veux que je te rende service et que je te montre comment on fait, tu me le dis. T'es moins vilaine que Poil de carotte…

— Va te faire foutre, Marcel ! gueula Yaël.

— C'est ça, ricana-t-il, énerve-toi, on sait tous les deux que t'es pas capable de te transporter pour espionner la cérémonie du bain sacré. Vous allez vous débiner, j'en mettrais ma main à couper.

— C'est le rituel de passage, renchérit Pablo. Si vous ne pouvez pas remplir cette mission, comment croire que vous survivrez à un voyage dans le monde sauvage ?

— Ne fais pas attention à ce qu'il dit, lui souffla Pomme tandis que les deux margoulins s'éloignaient.

Yaël ne put s'empêcher de serrer le poing. Elle aurait dû en gifler un, ça lui aurait fait du bien.

Il y avait fort à faire pour préparer la salle des splendeurs qui accueillerait le couple à l'issue de la cérémonie. Le mariage aurait lieu au centre de la forteresse devant les fontaines, face à la mairie, puis le cortège prendrait la direction du temple sous les vivats de la foule. Une collation serait ensuite servie pour fêter l'évènement pendant que les époux disposeraient d'une véritable orgie de nourriture disposée autour du bassin sacré, au pied de la gigantesque sculpture de l'Unique.

Les prêtres et les sœurs racontaient que, lors de la Fracture, l'Unique s'était précisément incarné dans cette statue, laquelle s'était levée de son siège de pierre avant que sa colère ne s'abatte sur le monde. Pomme avait du mal à avaler cette couleuvre. Cependant, elle avait vite compris qu'ici, il était préférable de taire ses doutes quant à l'Unique.

Elle adorait les histoires que lui racontait sa mère à propos de divinités qui s'affrontaient et se jouaient des tours dans le passé. Certaines protégeaient les cultures, d'autres les forêts et les cours d'eau… Il s'agissait de Dieux et de Déesses qui possédaient des pouvoirs et des visages différents. Parfois même, ils ressemblaient à des demi-animaux. Sa mère continuait de les prier en secret, certaine qu'ils n'avaient pas disparu avec la Fracture. Elle était persuadée qu'ils la protégeaient toujours.

Personne n'en parlait ici. Selon le Temple, seul l'Unique veillait sur l'humanité. Alors Pomme n'abordait pas le sujet, même lorsqu'elle repérait des Dieux sur des gravures dans certains volumes de la bibliothèque. Parfois, elle avait l'impression d'être dans une prison. Pas étonnant quand on vivait à l'abri des murs avec du grillage entre sa tête et le ciel. Pour se protéger des Bêtes, naturellement.

Yaël interrompit le fil de ses pensées.

— On devrait le faire, dit-elle, en tapant des coussins qui seraient disposés sur la couche des mariés. Le plus tôt sera le mieux.

Pomme fit mine de ne pas comprendre.

— Faire quoi ?

Outre leur punition, des corvées supplémentaires leur avaient été assignées. Aussi, au lieu de répandre des pétales de fleurs autour du bassin, on les avait envoyées dans une réserve s'occuper de tâches d'ordinaire réservées aux domestiques. Ce n'était pas ce qui tracassait Yaël, à vrai dire.

— Les autres ne nous lâcheront pas avec cette histoire de rite de passage, tu le sais…

Pomme fronça les sourcils. Elles venaient d'être punies, cela suffisait comme ça ! Elle n'avait pas envie d'attirer à nouveau les foudres des prêtres sur elle.

— On n'a rien à leur prouver, chuchota-t-elle. Pour l'instant, on les surclasse dans les épreuves pratiques. Nous sommes déjà capables de nous transporter sur la première muraille ! Cellon dit que nous sommes ses élèves les plus douées depuis des lustres. Et ce matin, on a volé des gâteaux ! Je ne vois pas pourquoi on irait chaparder une rose pendant le bain sacré !

— Parce que. À cause de l'Unique. Pour qu'Il nous voie.

La coutume voulait que, pendant que la fête battait son plein hors du temple, les jeunes mariés s'accouplent sous les yeux de l'Unique. Ils se baignaient d'abord dans la source d'eau chaude au pied de la grande statue. Ensuite, ils se partageaient les coupes de fruits et le vin de la libération, avant de se jeter dans le lit aux draps ourlés d'or qui les accueillerait pour leur fusion. Cette nuit de plénitude était supposée bénir les naissances à venir.

Pomme grommela entre ses dents. Les gens pensaient-ils vraiment que l'Unique ouvrait les yeux à ce moment-là ? Ce n'était qu'une vilaine statue.

— Il n'y a pas que Pablo et Marcel qui se demandent si on en est capables, lui avoua Yaël. Si on ne le fait pas, les autres penseront qu'on a peur ! C'est un test, tu comprends. Il faut montrer qu'on est dignes de confiance, qu'on pourra devenir des voyageuses et partager des secrets avec nos pairs.

Ces derniers mots donnèrent le frisson à Pomme, qui avait déjà son compte avec les secrets de sa famille.

— Plus tard, reprit Yaël avec sérieux, on aura besoin de compter sur des amis. Et qui sait quand on aura de nouveau droit à un mariage consacré au temple ? Je sais que ça t'angoisse dès qu'on désobéit, mais le jeu en vaut la chandelle.

Pomme fronça son nez taché de son. Son double maléfique n'aimait rien autant que relever des défis, surtout avec d'aussi bonnes raisons. Les yeux sombres de Yaël, devenus deux lacs noirs dans la lumière, guettaient une réaction. Agacée, Pomme lui jeta un coussin brodé de fils d'or. Sa partenaire n'abandonnerait pas tant qu'elle n'aurait pas reçu une réponse claire ; d'autant que, comme n'importe qui, elle n'avait pas assez de magie pour parvenir à quoi que ce soit seule. Si Pomme refusait, elle était coincée.

— Franchement, il n'y a aucun risque cette fois, grommela sa partenaire. Tout le personnel du Temple sera en train de festoyer, même Hilde, et Azra sera trop occupée à copuler avec Olson… Il nous suffira de ne pas faire de bruit. (Elle baissa la voix, un peu gênée.) Tu n'as pas envie de voir comment se déroule l'union ? Ce n'est pas comme des chiens qui se grimpent dessus, tu sais.

Si, Pomme en avait très envie. Elle voulait observer les corps se frotter l'un à l'autre, se caresser, s'embrasser, fusionner comme sur certaines fresques du temple. Elle souhaitait aussi s'assurer que c'était agréable. Les autres se vantaient beaucoup trop de leurs exploits, si bien qu'elle ne les croyait pas tout à fait. En tant que benjamine du groupe, en dépit de ses quatorze ans, on la traitait toujours comme une gamine. Cependant, Pomme grandissait, elle le sentait. Parfois, le soir, une douce chaleur se réveillait dans son bas-ventre. Elle rougit en y repensant, ce sur quoi Yaël se méprit, bien entendu.

— Tu ne seras pas obligée de regarder, assura celle-ci. On sait exactement où seront les jeunes mariés et on connaît le temple par cœur ! Je me chargerai de récupérer la fleur.

— Si on le fait, on le fait ensemble de bout en bout, protesta Pomme, vexée. Je n'ai pas cinq ans, que je sache !

Yaël attacha ses cheveux de jais avec un morceau de ficelle trouvé dans la poche de son pantalon. Un sourire satisfait creusait des fossettes dans son menton. Pomme tripota la clé de pouvoir accrochée à son cou, réticente malgré tout.

— Personne ne s'apercevra de rien, promit encore Yaël. Et même si ça arrivait, que se passerait-il ? On nous priverait de dessert pendant un an ? Ou pire, de livres ?

— Ne parle pas de malheur ! s'exclama Pomme, une main sur le cœur.

Néanmoins, elle comprenait l'idée. On n'oserait pas les fouetter ou trop les malmener, de crainte qu'elles ne refusent plus tard de travailler pour le compte de Bau. La forteresse ne pouvait se passer de leur coopération, surtout à ce stade où elles avaient fait leurs preuves alors même que les enfants-pouvoir ne couraient pas les rues. Il n'y avait pas de raison de s'affoler. Avec le recul, Pomme se trouvait bête de s'être fait des nœuds à l'estomac pour si peu.

Yaël poussa un soupir, rassemblant les polochons entre elles.

— Pour être honnête, j'en ai marre que les autres nous charrient. J'aimerais bien leur rabattre le caquet. Pas toi ?

— Il faut d'abord s'occuper du vin.

Leurs paumes se joignirent et leurs fronts se touchèrent. Toutes deux se connaissaient par cœur, si bien qu'elles n'avaient plus besoin de se dire où elles souhaitaient se rendre. De toute façon, il suffisait qu'au moins l'une d'elles sache où aller et que l'autre se laisse emporter. Elles visualisèrent leur destination en sollicitant le résidu de magie qui vivait en elles. Celle-ci se réveilla dans leur sang, s'épanouissant en une vague de chaleur. En un souffle, leurs silhouettes s'évanouirent et réapparurent dans la cour, au niveau inférieur.

Restait à remplir les coupes, un insigne honneur selon les prêtres… Elles auraient préféré retourner lire à la bibliothèque, elles avaient encore tant à apprendre ! Faisant contre mauvaise fortune bon cœur, les jeunes filles traversèrent le temple, chacune encombrée d'un pichet de vin, sous les regards sévères des précepteurs qu'elles croisaient.

— Alors, pour ce soir ? insista Yaël, aussi têtue qu'à son habitude.

— C'est d'accord, annonça Pomme, en songeant qu'il était temps de grandir et de jeter ses vieilles peurs à la poubelle.

4

— Il vous faudra assister au mariage, très chère, affirma le grand prêtre Cellon à l'Oracle. Ainsi qu'aux festivités.

L'enfant soupira. D'avance, elle savait qu'elle s'ennuierait. Les adultes ne l'intéressaient absolument pas, ils ne parlaient que des Bêtes ou des problèmes d'approvisionnement des forteresses, quand ils n'étaient pas plutôt occupés à médire sur le compte d'autrui… Seule sa préceptrice trouvait grâce à ses yeux, parce qu'elle glissait parmi les manuels d'instruction de jolis albums dont la petite se régalait. Toutefois, l'Oracle évitait de marquer son intérêt à son égard en public, ou en présence de ses suivantes, de peur qu'elle ne soit aussitôt remplacée par une autre. Le grand prêtre veillait à ce qu'elle ne s'attache à personne.

Il attendait sa réponse, légèrement courbé en avant, marquant ainsi une déférence hypocrite.

— Je viendrai, lui dit-elle en se redressant, un sourire narquois sur les lèvres, juste pour l'agacer.

Par bonheur, sa réponse parut le satisfaire et il quitta les lieux. Elle n'appréciait guère ce vieux barbon, qui se montrait affreusement autoritaire avec elle, alors qu'il était plus gentil avec ses élèves. Soit il ne l'aimait pas, soit il la craignait ; c'était quelque chose comme ça.

Sa chambre ressemblait à celle de n'importe quel enfant du Temple, en plus grand peut-être. Un lit confortable garni de coussins, d'édredons, de poupées ; un bureau désordonné couvert de dessins ; des étagères chargées de livres d'études… La cheminée trônait en plein centre, réchauffant la pièce de ses flammes, tandis que de l'autre côté se dressait un autel en marbre au cas où, prise d'un pressentiment, elle décidait de tuer une Bête pour provoquer une vision. Une porte-fenêtre en croisillons donnait sur un balcon, grillagé par sécurité. Il était équipé d'une volière où roucoulaient des pigeons plus gros que les poules du village. Elle ne les sacrifiait que par nécessité, même si elle les détestait : ils faisaient un raffut de tous les diables.

Elle aurait pu se sentir seule sans les autres Oracles. Mais toutes étaient reliées à travers le temps ; il lui suffisait de se concentrer et de chercher avec son cœur un membre de leur longue chaîne, puis elle lui rendait visite, en esprit. Cela lui paraissait aussi naturel que de respirer. C'était intéressant de jouer avec des filles de son âge qui vivaient à des périodes autres que la sienne. Leur quotidien était à la fois proche et différent. Elles aussi restaient dans l'ombre des prêtres, lesquels veillaient jalousement sur elles et les tenaient à l'écart du commun des mortels. Mais la nourriture, les livres, les objets, les villes… Tout avait beaucoup changé depuis la Fracture et continuerait d'évoluer dans le siècle à venir. Si tout se déroulait selon le plan de l'Unique, l'électryse reviendrait et les humains finiraient par être libérés des forteresses, elle l'avait vu aussi.

La jeune fille à la robe lourde de broderie et de perles ne vivait que pour les moments de jeux avec celles qu'elle appelait « ses sœurs ». Parce qu'il s'agissait des seuls êtres capables de la comprendre. Sa mère, décédée quelques années plus tôt, lui parlait à peine même si elle demeurait présente, tel un ange bienveillant. Et surtout, elle pouvait compter sur Grand-mère, jamais loin, qui veillait sur elle.

Heureusement, songea l'Oracle, *que j'ai hérité de son pouvoir.* Un pouvoir ancien et précieux, accordé par l'Unique en personne à leur famille. Une adulte qui la visitait parfois lui avait un jour appris que ce don tenait de la malédiction, parce qu'il ne servait qu'aux projets du Dieu. À l'époque, l'enfant n'avait pas compris, mais plus tard, une autre lui avait expliqué que les femmes de leur lignée n'étaient que des instruments sacrifiables à Ses yeux. « Cependant, avait-elle ajouté, même le plus fidèle couteau peut blesser la main qui le manipule. » C'était pour cette raison qu'elles avaient été punies comme le reste du monde en perdant une partie de leur magie.

— Nous avons empêché l'Humanité de s'éteindre, avait affirmé une adolescente, sa copie conforme ou presque. Si nous n'étions pas intervenues, la Fracture serait arrivée soit trop tôt, soit trop tard.

Les Oracles avaient observé la Fracture se produire de mille et une façons avant d'agir. Il n'existait aucun avenir où la catastrophe ne se produisait pas, mais elles avaient fini par trouver le seul fil de temps qui permettrait à l'humanité de survivre.

— Sans notre intervention, notre espèce aurait définitivement disparu.

Cette révélation avait effrayé l'enfant. Elle n'avait pas bien compris ce que cela signifiait. L'Unique avait-Il vraiment envisagé de sacrifier Ses serviteurs ? Quand elle avait posé la question au grand prêtre Cellon pas plus tard que ce matin, celui-ci s'était étouffé de colère et lancé dans un interminable sermon. Dans Son infinie bonté, l'Unique les avait épargnés, point final.

Sûrement parce qu'Il avait besoin de Ses fidèles afin de régner sur le monde, rumina l'Oracle. Il avait promis qu'un jour les humains vivraient de nouveau hors des forteresses. Elle poserait la question à Grand-mère. Elle saurait bien expliquer, elle.

Pas comme ses grandes sœurs qui se faisaient surtout mousser. La vieille dame lui dirait la vérité, elle ne la prendrait pas de haut comme les adultes qui lui disaient qu'elle était encore trop jeune pour se préoccuper de tout ceci.

L'enfant trouvait injuste d'avoir été punie et de ne plus posséder autant de pouvoir que celles d'avant la Fracture. Elle aurait bien aimé n'avoir qu'à s'entailler la paume et utiliser une goutte de son sang pour recevoir une vision. Au lieu de ça, elle devait prendre la vie d'une Bête terrifiée. Heureusement, sa clairvoyance était demeurée intacte. Elle sentait quand un évènement important était sur le point de se produire.

Il faisait bon dehors, en ce début de printemps. Elle ouvrit la porte-fenêtre et avança sur le balcon grillagé. Les énormes pigeons battirent des ailes, d'abord effarouchés, puis ils se mirent à roucouler comme des crétins. Ce qui était certain, c'était que la cacahuète qui leur faisait office de cerveau n'avait pas assez grossi pour les rendre plus malins.

L'enfant regarda dans le jardin, ses doigts accrochant les mailles de fer. Dans l'arbre d'en face, il y avait une énorme pie, plus grosse encore que ses pigeons. D'où venait-elle, sinon du monde sauvage ? Elle avait dû trouver un trou par lequel se faufiler dans les grillages. Fort occupée, elle tapait une cosse bosselée contre le tronc et finit par la fendre au prix d'efforts acharnés. Elle la décortiqua habilement, picora le contenu. Elle revint quelques minutes plus tard, avec un fruit semblable. Le spectacle était fascinant.

— Qu'est-ce que tu fais ? lui demanda une gamine transparente en se penchant par-dessus son épaule.

Celle du présent désigna le corvidé. Il les considéra de son œil rond et brillant, telle une bille noire, avant de lâcher son butin et s'enfuir.

— Qu'est-ce qu'il mangeait ?

— Allons voir !

Toutes deux firent la course, sans se soucier de l'escorte réduite qui trottait derrière elles. L'Oracle ramassa la cosse abandonnée dans l'herbe. Dedans brillaient d'innombrables petites bulles translucides, comme des gouttes de rosée. Sa compagne fantomatique les lorgna avec gourmandise.

— Tu vas goûter ?

— Oracle ? les interrompit l'un des gardes, inquiet. Qu'avez-vous trouvé ?

— Rien, répliqua l'enfant en fourrant le fruit au fond de sa poche. Si vous vous avisez de rapporter à qui que ce soit ce que je fais pendant mes promenades, je vous ferai affecter à la muraille de la forteresse.

L'homme recula d'un pas, le visage blême.

— Quel enquiquineur, commenta le fantôme.

— Oui, tu vois… Et toi, tu as des gardes ?

— Non, mais si ma mère pouvait respirer à ma place, elle ne s'en priverait pas. Enfin, il vaut mieux se méfier des rapaces, on ne sait jamais…

Cette jeune fille vivait après la Fracture, comme elle. L'Oracle lui tendit la main et ensemble, elles sautillèrent à travers les allées, sans se soucier des hommes qui leur couraient après. Elles avaient encore le temps de s'amuser avant que ne débute la cérémonie du mariage.

☽

Azra brillait dans une robe de damas bleue, la taille prise dans un corset à rubans, une ombrelle décorée de nœuds et de gaze pailletée dans la main droite. Des épingles en forme de papillon brillaient dans ses longs cheveux noirs relevés en un savant chignon, où étaient attachés un petit chapeau et une coquette voilette piquetée de diamants. Mais aucun bijou ne rivalisait avec l'éclat dans son regard, rivé à celui d'Olson, aussi élégamment vêtu que sa promise, dans un costume trois pièces à fines rayures dont les boutons de manchette étincelaient de mille feux.

Les enfants-pouvoir les acclamaient et les applaudissaient autant que la foule. Le couple leur évoquait des gravures vivantes du monde d'avant, si beaux l'un et l'autre que même le grand prêtre Cellon s'avoua ému. Ils prononcèrent leurs vœux devant la fontaine sculptée d'un ange salvateur, signèrent le registre du maire, puis partirent sous les vivats, bras dessus bras dessous, à l'assaut de la rue principale qui démarrait à la porte du troisième rempart et menait directement au temple. Régulièrement, ils se retournaient et saluaient la populace, comme de véritables prince et princesse de conte de fées. La montée durerait un long moment, les habitants arrêtant le cortège depuis leur porte, avec chaque fois un bon mot ou un menu cadeau qu'une religieuse ajoutait avec déférence à la besace du couple. On riait, on dansait, on trinquait sur leur passage.

L'ambiance devint plus solennelle une fois les mariés parvenus devant les colonnes du temple, à la nuit tombée. Ils se débarrassèrent de leurs gants et autres atours encombrants, ainsi que de leurs bas et chaussures afin de s'avancer pieds nus sur le parvis de pierre froide.

L'assistance se tut pour entendre le grand prêtre Cellon. Il posa leurs mains l'une sur l'autre et passa autour de leurs poignets une antique chaînette dorée.

— À jamais, l'Unique scelle votre union. Il vous appartient de vous jurer fidélité, dans la joie et la douleur, jusqu'à ce que la mort vous sépare. Vous commencez votre nouveau chemin sous Ses yeux, et s'Il est miséricordieux, Il vous accordera une famille. Maintenant, allez Le rejoindre.

Il s'écarta à l'instant où les lourdes portes s'ébranlaient, révélant une bouche sombre où les flammes dansantes des bougies indiquaient la voie à suivre.

Dans l'assistance, l'émotion tira quelques larmes aux cœurs les plus tendres. Lorsque les battants de chêne se refermèrent, des tambourins et des flûtes sonnèrent le départ de la fête. Tandis que les frères et les sœurs distribuaient des brioches aux riverains, les enfants franchirent les grilles des jardins et se ruèrent en direction du réfectoire. Seule l'Oracle tarda, distraite par la présence de la pleine lune au-dessus d'elle : l'astre du changement brillait d'un éclat particulier… Il fallut que le grand prêtre la prenne par le bras pour la faire avancer.

☽

Pomme et Yaël profitaient du repas de fête avec enthousiasme. Attablées avec leurs camarades, elles riaient et discutaient en remplissant leurs assiettes. Les visages étaient détendus, souriants, ce qui n'était pas si fréquent. D'ordinaire, les journées se succédaient, monotones et bien remplies, ne laissant guère de place à la détente. En plus d'étudier l'histoire, la géographie et tout ce qui s'avérait utile à un voyageur, il fallait aussi prier l'Unique, exercer sa concentration, accroître son pouvoir, et bien sûr s'entraîner à se déplacer. Le mariage offrait une récréation bienvenue, en plus d'un repas somptueux dont Pomme et Yaël comptaient profiter à fond.

— Vous n'aurez pas le cran, se moqua Marcel alors qu'elles dégustaient une tourte à la volaille.

— Fiche-leur la paix, le rembarra Suraya. Tu ne peux pas t'empêcher d'enquiquiner le monde, ma parole ! Elles ont dit qu'elles le feraient.

— On ne va pas se débiner, intervint Pomme, sûre d'elle. On attend juste le bon moment.

— Il faut rapporter une rose rouge, rappela Pablo, le partenaire de Marcel. Sinon, ça ne compte pas.

Les sœurs qui entretenaient jalousement le massif consacré ne les coupaient que pour l'occasion.

— Tu l'auras, ta fleur, cracha Yaël.

Un coup d'œil du grand prêtre dans leur direction suffit à faire cesser la dispute et les enfants-pouvoir se remirent à manger, non sans observer ce qui se passait. L'Oracle s'était levée de table. Cellon cherchait à la convaincre de rester plus longtemps. Il échoua et la gamine, toute de blanc vêtue, s'en alla sans le saluer, droite comme un i, le regard perdu dans le lointain. Personne ne souffla mot, mais tous rirent sous cape. L'Oracle prenait tout le monde de haut, même l'homme le plus puissant de Bau.

Pomme et Yaël patientèrent jusqu'à ce que le bal commence. Les adultes, domestiques inclus, se lancèrent dans une guinguette endiablée au son du gramophone qui avait été ressorti pour l'occasion. Ils ne firent bientôt plus attention aux adolescents qui dansaient de façon peu académique, hurlant de rire chaque fois qu'ils s'emmêlaient les pieds. C'était le moment d'agir. Yaël sortit la première, Pomme lui laissant quelques minutes d'avance. Puis elles se réfugièrent dans le couloir qui menait aux sanitaires. Là, elles prirent une longue inspiration, joignant leurs paumes. Maintenant que le moment était venu de passer à l'acte, l'une et l'autre se sentaient très excitées à l'idée de transgresser les règles. C'était beaucoup plus amusant que de dérober des gâteaux à dame Hilde.

— Prête ?

— Prête.

5

C'était hélas moins amusant que ce que Yaël avait imaginé. Elle n'osait même pas jeter un coup d'œil en direction d'Olson et Azra. Pomme tirait une tête de trois pieds de long, comme la fois où elle avait ouvert la porte des latrines et qu'elle était tombée nez à nez avec un moine en train de se soulager. En bref, les « soupirs » du couple les mettaient mal à l'aise toutes les deux. Elles se dépêchèrent de ramper de colonne en colonne pour atteindre les fameux vases où les roses étaient rassemblées.

Il s'agissait de grandes poteries noires sur lesquelles de véritables fresques avaient été peintes à l'or. Des dessins intéressants, où l'on voyait toutes sortes de positions d'accouplement. Yaël nota avec intérêt qu'il n'y avait pas que des couples homme-femme qui y étaient représentés.

Pomme lui tira la manche. Les joues en feu, elle lui montra avec insistance les fleurs. Il fallait en retirer une de son réceptacle. Et Yaël se rappela qu'elle devait s'en charger. Son nez dépassa légèrement du montant de pierre derrière lequel elles se cachaient. Elle put constater que sa sœur subissait les assauts de son époux avec un air extatique et vivement, elle se leva. Il ne lui fallut que quelques secondes pour se saisir d'une tige, s'enfoncer une épine dans le pouce au passage, et se réfugier à côté de Pomme.

Celle-ci poussa un soupir de soulagement. Puis s'inquiéta en voyant le sang couler sur la peau de Yaël. Elle lui prit la rose, se piqua à son tour, mais pressa son doigt sur sa blessure en ne faisant pas cas de la sienne. Sa partenaire lui adressa un sourire attendri qui la fit fondre et réveilla un autre sentiment en elle. Elle oublia les gémissements des mariés, hypnotisée par la lueur des flambeaux qui se reflétait dans les prunelles sombres de Yaël. Elle avait envie de l'embrasser.

— Il est temps de partir, articula Yaël en silence.

Pomme hocha la tête, abasourdie par la force du sentiment qui l'habitait. Le Temple interdisait les relations entre partenaires afin d'éviter toute complication d'ordre sentimental. Elle eut un mouvement de recul, qu'elle regretta aussitôt. L'instant était passé.

— Mince, chuchota Yaël en s'apercevant que quelques gouttes de sang, du même rouge profond que les pétales, tachaient le sol.

Les filles jetèrent par réflexe un coup d'œil inquiet en direction de l'Unique. Ses yeux de pierre semblaient les regarder. Un cri de plaisir les fit sursauter.

— J'ai mon compte, souffla Yaël. Partons !

Pomme aussi prit peur.

— Oui, retournons à la fête… Où ?

— Dans le couloir des sanitaires !

Elles joignirent leurs mains, les paupières closes afin de se concentrer. Cependant, lorsque leurs enveloppes charnelles se désagrégèrent, un évènement inhabituel se produisit. Un désir aussi furtif qu'intense, rendu puissant par sa pureté, se mêla à la magie ; Pomme aurait tout donné pour revenir en arrière, pour recommencer et cette fois, embrasser Yaël. De cela, elle n'eut pas conscience, car ainsi vont la magie et l'humanité, parfois elles échappent à tout contrôle.

Et telle une étincelle embrasant la poudre, le pouvoir de Pomme les catapulta à travers le temps.

Elles le remontèrent de deux heures à peine, sans imaginer qu'elles changeaient irrémédiablement le cours de leur propre existence.

Les filles réapparurent sur la place du Temple, à l'instant où les portes se refermaient sur les jeunes mariés et que le signal de la fête était lancé. Les enfants-pouvoir couraient vers le réfectoire. L'Oracle observait la pleine lune. Les gens se pressaient autour des sœurs pour obtenir des brioches. Le grand prêtre Cellon embrassait la scène du regard.

Devant le bassin sacré, la statue de l'Unique cilla.

Le choc fit s'effondrer Yaël dans les bras de sa partenaire. Incapable de la retenir, Pomme glissa avec elle sur les pavés glacés, empêchant sa tête de taper contre le sol. Elle-même était frappée de vertiges, elle avait l'impression que la terre vibrait sous elle, prête à se dérober. Pourquoi n'étaient-elles pas arrivées dans le couloir comme prévu ? Son appel à l'aide mourut dans sa gorge alors qu'elle reconnaissait le moment. Elle se vit de ses propres yeux s'éloigner en compagnie de Yaël avec le reste du groupe. Leurs tignasses rousse et noire dansaient sur son horizon qui tanguait, hanté de silhouettes floues tandis qu'elle comprenait ce qui venait de se produire.

De nouvelles paroles de sa mère lui revinrent d'un coup en mémoire. « Il paraît que si on voyage dans le temps et qu'on y change quelque chose, ses lignes se brouillent devant nous. Le passé se mélange au présent, et le monde vacille sous les pieds. »

Soudain, la peur la consuma, telle une flamme dévore un parchemin.

— Pauvre petite ! Qu'est-ce qui lui arrive ? s'inquiéta une brave femme avant qu'elle ne puisse réagir. Oh là là, mais vous êtes des enfants du Temple !

— Ça va, bégaya Pomme. Je…

— Mon père ! Une de vos pupilles fait un malaise !

À son injonction, les villageois s'écartèrent, piétinant par mégarde la rose rouge qui avait échappé à l'adolescente. Frères et sœurs tendirent le cou et le grand prêtre Cellon approcha. Il blêmit en apercevant les deux jeunes filles à terre. Son regard repartit en direction des réfectoires, s'arrêtant sur leurs doubles, et il revint se poser sur Pomme, plein de colère. Il tapa dans ses mains pour disperser les manants.

— Ce n'est rien, un simple malaise dû à l'émotion ! Frère Baptiste et sœur Édora, aidez-moi.

Aussitôt, une femme sèche comme une vieille bique se pencha sur la rouquine qui pleurait au-dessus de son amie. Pomme s'accrocha à Yaël, refusant de se séparer d'elle, mais sœur Édora la détacha du cou de la jeune fille évanouie, pendant que frère Baptiste soulevait dans ses bras le corps inerte.

— Elle respire, s'émut le bon homme.

— Elle aurait mieux fait de périr, grogna Cellon en décrochant un flambeau d'une colonne. Suivez-moi.

Les allées des jardins dessinaient des serpents clairs sous la lueur intermittente de la pleine lune. Les grillages geignaient au-dessus de leurs têtes sans toutefois couvrir les sanglots de Pomme, que sœur Édora traînait d'une poigne ferme.

Il n'y avait pas long pour atteindre le bâtiment administratif, une étroite demeure de pierre sans étage, à proximité immédiate des dortoirs, de la bibliothèque et de l'étude. Pourtant, chaque pas semblait interminable au grand prêtre. Il avait l'impression de sentir un souffle froid sur sa tonsure, tout en avançant au ralenti. *Le temps*, s'inquiéta-t-il, *le fil du temps est interrompu, le présent se mélange.* Il trembla en essayant de faire entrer la clé dans la serrure de la porte d'entrée, et les lattes de plancher grincèrent étrangement sous eux. Il ne reconnaissait plus les bruits, d'ordinaire familiers.

Une fois dans son bureau, il attrapa rudement Pomme par le coude et la poussa jusque dans l'un des fauteuils pivotants, à l'assise si usée que le vernis avait disparu à force d'accueillir des postérieurs.

— Gardez la porte, Édora, ordonna-t-il, et vous, Baptiste, posez-moi ça par terre.

Stupéfait, le frère obtempéra, en prenant garde à ne pas heurter sa protégée. Le grand prêtre plongea son regard dans celui de Pomme, toujours noyé de larmes. D'une main, il lui arracha sa clé de pouvoir, ce qui la fit hoqueter de surprise. Sœur Édora récupéra à son tour celle de Yaël.

— Je sais ce que vous avez fait, dit-il. Vous aussi, vous le savez.

L'adolescente s'essuya les joues d'un revers de manche, les yeux brillants de fièvre.

— On n'a rien fait de mal.

— À l'heure où nous parlons, vous êtes en train de manger avec vos camarades. Moi aussi, je devrais être là-bas.

En prononçant ces mots, il s'inquiéta de se sentir étourdi. Son présent se distordait avec le fil du temps, les évènements se réarrangeaient et il en ressentait les effets. Le prêtre s'empara d'un papier et d'un crayon, se mettant à écrire pour s'assurer de ne rien oublier. D'ici quelques heures, il risquait de ne plus se souvenir en détail des évènements et cela, il ne pouvait pas se le permettre. Les deux filles ne devaient pas s'en tirer. Il releva ses sourcils broussailleux, pointant son portemine vers Pomme.

— Il est inutile de me mentir. Je vous ai vues, vous avez remonté le temps.

Ni Édora ni Baptiste ne bronchèrent.

— Vous avez enfreint l'interdit ! ragea le grand prêtre. Vous rendez-vous compte des risques que vous nous faites courir ? L'Unique pourrait tous nous châtier par votre faute ! Nous priver de notre avenir ! Je ne vous autoriserai pas à détruire le fruit de notre dur labeur et je ne vous laisserai pas la moindre chance de mettre en péril l'avenir de l'humanité. Quand je pense à tous les espoirs que je plaçais en vous… quelle déception ! Je vous ai passé vos gamineries ! Vos caprices ! Je vous ai protégées ! Choyées ! Et voilà ce que je récolte ?

Sa main le brûlait au point qu'il se leva et que par-dessus le bureau, il assena une gifle retentissante à Pomme. Elle en tomba de sa chaise, terrifiée. Cellon n'eut pas un geste pour elle.

— Baptiste, il nous faut des renforts compétents. Nous devons statuer sur leur cas au plus vite. Tout devra être réglé d'ici demain matin avec discrétion.

— Bien, mon père.

Le frère s'en fut, contrarié et triste.

— Que voulez-vous dire ? demanda Pomme, qui se frottait la joue encore cuisante.

Elle voulut se relever, mais aussitôt, sœur Édora s'approcha, une expression menaçante sur les traits.

— Tu es à ta place sur le plancher. Tu ne vaux pas plus que ça désormais.

La vieille femme avait l'air de beaucoup mieux cerner la situation que l'adolescente. Celle-ci pressentait un moment sombre. La magie lui hérissait les poils et depuis leur apparition au pied du temple, elle avait la tête qui tournait. *Le temps tremble*, pensa-t-elle avec effroi.

Jamais le grand prêtre ne les avait regardées, Yaël et elle, avec un tel dégoût. Jamais, il ne les avait toisées comme si elles étaient des créatures dangereuses et affligeantes.

La haine sourdait dans ses mots. La révulsion lui sortait des pores de la peau.

— Vous avez bravé l'interdit et vous le savez, cracha-t-il.

Un douloureux frisson parcourut l'échine de Pomme. Elle avait vécu si longtemps avec ses secrets, hantée par la crainte qu'on la prenne pour une folle à cause des voix qu'elle entendait durant son enfance. Ou que l'on découvre que dans sa famille, quelques-uns avaient le pouvoir de voyager dans le temps… Elle avait cru qu'elle n'avait pas hérité de cette capacité, pas après tant de déplacements avec Yaël où rien de particulier ne s'était jamais produit.

— C'était un accident ! se défendit-elle. Vous ne nous avez jamais expliqué comment cela arrivait ! Comment aurions-nous su ?

L'émotion l'envahit de nouveau et les larmes reprirent leur cheminement chaud sur ses joues.

— Il faudra vider leurs chambres, reprit Cellon à l'attention d'Édora. Brûler leurs affaires. Se débarrasser d'elles.

Pomme eut l'impression de recevoir un coup de poing dans le ventre.

— Elle n'a que quatorze ans, intervint la sœur, du bout des lèvres. Elle est trop jeune.

— Alors, elle ira en cellule, jusqu'au jour de ses quinze ans.

La jeune fille se cacha la figure dans ses mains.

— C'était un accident, on voulait juste retourner au réfectoire…

Tout ça pour une rose. Une stupide fleur.

— Ne devrions-nous pas empêcher leur déplacement temporel ? risqua sœur Edora. Tuer l'initiative dans l'œuf puisque nous savons où elles sont ?

— Non, réfuta Cellon. Cela entraînerait un nouveau bouleversement pire que le premier. Les lignes de temps se mélangeraient encore, nous risquerions de tout oublier. Elles pourraient nous échapper.

Il avait déjà du mal à garder les idées claires. Il continuait de tout écrire pour ne rien perdre, le front luisant de sueur.

— Surtout, elles doivent être séparées à jamais.

À ces mots, Pomme se jeta par terre pour prendre Yaël dans ses bras ; Édora s'interposa. Cellon vint lui prêter main-forte.

Yaël gisait toujours inconsciente sur le tapis, ses longs cheveux noirs éparpillés autour de son visage tranquille. Pomme se débattit, obligée de lutter avec les deux adultes qui voulaient l'empêcher de toucher sa partenaire. De peur qu'elle ne se réveille et qu'usant de leur pouvoir, elles ne se transportent ailleurs.

Le retour de frère Baptiste mit fin à ses tentatives : le geôlier l'accompagnait, porteur des chaînes réclamées. La réalité tournait au cauchemar. On allait l'enfermer, comprit-elle, pour de vrai. Les mots de sa mère se rappelèrent à son souvenir. « Je ne pourrai pas te protéger là-bas, il faudra que tu sois brave et que tu gardes le secret. Que tu n'oublies pas, d'accord ? Ne parle pas des voix, ne parle pas du temps. Sinon, ta vie sera en danger. »

Les menottes se refermèrent sur ses poignets, sur ses chevilles, le fer pesant lourd d'un coup.

— Yaël n'y est pour rien ! hurla-t-elle. Tout est ma faute ! Je peux vous expliquer !

C'était la vérité ! Elle était la seule coupable ! Il s'agissait de son pouvoir ! De son secret de famille !

— À elle, le monde sauvage, répliqua Cellon inflexible, en poussant la prisonnière dehors.

☾

À la table du banquet, l'Oracle faisait bonne figure dans sa robe blanche au tissu épais et empesé. Elle n'avait pas touché à son assiette, les sens en alerte depuis que les portes du Temple s'étaient refermées sur le jeune couple de mariés. L'image de la pleine lune lui restait en tête. Le disque ivoire l'obsédait depuis qu'elle avait senti… Quoi, au juste ? Presque un tremblement de terre. Sauf que ce n'était pas ça.

On aurait plutôt dit qu'une créature immense avait traversé la montagne, provoquant des remous sur son passage. Cependant, il ne s'agissait pas d'un être matériel. La fête battait son plein, la forteresse de Bau n'avait rien remarqué et ses murs se tenaient aussi droits que l'instant passé.

Les remous se poursuivaient, de moins en moins forts, bien entendu. Indécise, l'Oracle lissait du bout de l'index ses cheveux, avec cette certitude tenace que quelque chose lui échappait. Le souvenir du tremblement s'estompait. Devait-elle procéder à un sacrifice pour recevoir une vision ? Elle en douta. Nulle membre de sa lignée n'était venue lui rendre visite. Cela la tranquillisa. Les Oracles se montraient chaque fois qu'un évènement important se produisait. Leur absence valait mieux qu'un long discours.

La fillette soupira, soudain lasse. L'ennui la consumait, surtout lorsqu'elle voyait les autres s'amuser entre eux. Ses sœurs lui manquaient. Et le vieux Cellon n'était pas là pour la garder à l'œil. Aussi décida-t-elle de s'en aller. Elle attrapa une petite boule de pain qu'elle voulut glisser dans la poche secrète de sa robe, mais elle était déjà pleine.

Le fruit de la pie ! Elle avait complètement oublié qu'il était là. Ravie, elle se leva et, sans un mot, se dirigea vers la sortie, ses servantes et ses gardes suivant le mouvement dans un ensemble désordonné. Elle aurait pu sautiller, tant elle se réjouissait de retrouver sa chambre et de goûter aux graines délicieuses.

— *Tu t'en vas bien vite*, lui fit remarquer Grand-mère quand elle fut dans le couloir qui menait à la sortie.

Le spectre de la vieille femme flottait, tassé sous un châle, ses petits pieds pris dans des chaussons fourrés. L'enfant passa à travers l'autre Oracle sans répondre. Elle avait le droit d'avoir ses petits secrets, elle aussi. Tout le monde en avait, même l'Unique.

La vieille dame la laissa partir à la rencontre de son destin. Cette lune marquait le retour des Dieux. Elle voyait leur empreinte, subtile, imprimée sur les évènements de la journée. Le fruit défendu provenait de leurs jardins, livré par une pie malicieuse. L'ours lui avait offert une diversion parfaite pour se faufiler dans l'enceinte protégée. Par où ? Cela importait peu.

Le fantôme tendit l'oreille, sensible elle aussi aux ondulations du temps que Yaël et Pomme avaient provoquées. Rien de ce qui était arrivé ce soir n'était l'œuvre du hasard. Les Dieux avançaient bel et bien leurs pions.

— *La lune leur montrera le chemin*, murmura Grand-mère avant de disparaître.

2

LE MONDE SAUVAGE

6

Les longs cils noirs de Yaël papillonnèrent sous le soleil brut. Sa main chercha celle de Pomme sans la trouver. Elle était allongée seule dans des herbes hautes. Le ciel d'un bleu éclatant l'éblouissait. Elle se sentait nauséeuse, avec l'impression d'avoir reçu un coup sur la tête. Pourquoi faisait-elle la sieste dehors ? Un détail retint son attention : il n'y avait pas de grillage entre elle et le ciel limpide, filé de nuages. Au même instant, elle prit conscience de la force du chant des oiseaux, des crissements d'insectes, du froissement de la végétation sous un vent de nord. Yaël se redressa, saisie d'un vertige.

Le monde sauvage l'entourait.

Les herbes folles d'une prairie.

La lisière des arbres.

Le flanc d'un vallon.

L'horizon dégagé.

Le cri strident des corneilles géantes au loin…

Il n'y avait pas l'ombre d'une construction ou d'une montagne en vue, encore moins celle sur laquelle se perchait la cité de Bau. Elle remarqua un imposant dôme de terre, en lisière des premiers arbres, mais ne s'attarda pas dessus, trop paniquée par la situation. Où Pomme était-elle passée ? Elle n'avait pas pu arriver là sans elle. Yaël se mit à quatre pattes et fouilla les fourrés les plus proches, en chuchotant son nom, de peur d'attirer l'attention d'une Bête. Elle chercha, chercha, en proie à une terrible inquiétude… Soudain, un grognement la fit sursauter. Elle se retourna. À l'autre bout de la clairière, la butte s'ébroua.

Ses jambes flageolèrent et elle se fit toute petite, laissant à peine son nez dépasser des herbes. Ce qu'elle avait confondu avec un gros tas de terre se révéla être un énorme sanglier dont les défenses faisaient la taille de sa tête. Si elle bougeait, il risquait de la repérer. Ravalant sa salive, elle pria l'Unique de la protéger. Elle ignorait quoi faire, sans Pomme à ses côtés. La seule chose que Cellon leur avait apprise pour le moment au sujet des Bêtes, c'était qu'il valait mieux se transporter ailleurs et éviter de les approcher. Elles attaquaient à vue, sans se soucier de savoir si les humains les menaçaient ou pas.

Le sanglier se mit à grommeler tout en fouillant le sol sous le grand chêne qui le surplombait. Une branche cassa sur son dos alors qu'il avançait. Il faisait un raffut de tous les diables en mangeant. Il avait l'air si occupé qu'au bout de plusieurs interminables minutes, Yaël se remit à chercher Pomme en essayant de se faire discrète. Sa partenaire se trouvait forcément à proximité, encore assommée par le déplacement. Elles avaient dû aller trop loin par erreur, il n'y avait pas d'autre explication possible. Le dernier souvenir de Yaël remontait au temple, lorsqu'elles avaient volé la rose. Il avait dû se passer quelque chose au moment de retourner au banquet.

Persuadée de tenir son explication, Yaël se faufila à quatre pattes parmi la luzerne et les fleurs. Elle s'arrêta presque aussitôt. Le sanglier avait cessé de manger. La fille jeta un coup d'œil avant de s'aplatir au sol. Il était tourné dans sa direction, son groin humait l'air avec insistance. Yaël se mordit la lèvre. Il se trouvait à l'autre bout de la prairie et le sous-bois n'était pas si loin d'elle. *Il ne pourra pas me suivre là-dessous, les troncs sont trop rapprochés, il ne passera pas*, se dit-elle.

Soudain, Yaël prit ses jambes à son cou. Le sanglier chargea, le sol tremblant sous son poids tandis que ses sabots fendus labouraient les graminées. La fille courut à une vitesse dont elle ne se serait pas crue capable, la peur lui donnant des ailes. La Bête se rapprochait, elle ahanait avec colère, et Yaël s'engouffra sous les chênes et les hêtres. Elle continua sans s'arrêter, s'accrochant dans les buissons, écartant les branches fines qui la fouettaient. Ses poumons la brûlaient, son cœur battait la chamade, et elle jeta un coup d'œil en arrière, s'attendant à ce que l'animal ralentisse et s'arrête… Mais à la place, il défonça les arbres frêles, arracha les ronces avec ses défenses et continua sur sa lancée, bien décidé à la poursuivre.

Yaël cria de nouveau, buta dans des racines, et repartit droit devant, mue par l'énergie du désespoir. Il se rapprochait malgré les troncs qui le gênaient et elle obliqua brusquement pour essayer de le semer. La feinte lui fit gagner quelques secondes. Devant elle, les arbres s'espaçaient et les troncs s'élargissaient, derrière elle, le sanglier gagnait du terrain. Toujours pas de cachette. Elle changea de direction et aperçut des rochers parmi les arbres. Le sol se déroba alors brusquement sous ses bottes.

Elle dévala la pente abrupte sur le dos, ses doigts cherchant une prise, ses jambes battant pour freiner sa chute. Une racine à mi-parcours lui offrit sa planche de salut. Elle s'y accrocha, sa chute s'arrêtant net, des cailloux et de la terre roulant jusqu'en bas. Sa respiration était forte, incontrôlable. Elle entendit le mastodonte freiner et reçut une grosse quantité de débris sur la tête. Au-dessus d'elle, le sanglier se pencha avec précaution depuis son surplomb. Ses petits yeux noirs, deux billes à l'éclat cruel, la scrutèrent. Elle serra les dents et se retint de gémir de douleur. La Bête se détourna, estimant sûrement la pente trop dangereuse pour une créature de sa corpulence. Alors qu'elle s'éloignait, son pas pesant ébranla le sol et une pluie de cailloux se déversa sur Yaël.

La jeune fille passa une longue minute sans bouger, encore sous le choc de ce qu'elle venait de vivre. Elle prit conscience qu'elle était absolument seule, perdue et abandonnée dans le monde sauvage. Pomme n'avait jamais été dans la clairière, sinon, elle serait venue à son secours.

Yaël reporta son attention sur ses pieds. Elle les cala de son mieux dans la paroi terreuse, ce qui apaisa la tension dans ses bras et ses mains. Cet affaissement de terrain lui avait sauvé la vie. Maintenant, il lui fallait descendre, ce qui était dangereux, mais pas impossible. L'entreprise fut ardue et lui valut quelques frayeurs et glissades, mais elle y parvint saine et sauve.

La transpiration lui dégoulinait du front. Elle s'épousseta de son mieux et constata qu'elle ne portait que sa tunique de corps et son pantalon. Pas de chemise à col brodé, pas de gilet, pas de besace, pas de clé d'enfant-pouvoir. Ses poches étaient vides. Elle n'avait même pas un bout de ruban pour attacher ses cheveux.

L'angoisse forma une boule dans sa gorge. On l'avait dépouillée de son rang.

— J'ai été bannie dans le monde sauvage, s'étrangla-t-elle. Je vais mourir.

Les larmes inondèrent son visage. C'était le sort réservé aux meurtriers, aux pédophiles et aux voleurs d'objets sacrés. Yaël n'avait commis aucun crime de ce genre. Pourquoi l'avait-on abandonnée ici ? C'était insensé !

Qu'avait-elle bien pu faire de si terrible ? Elle se demanda si elle avait perdu la mémoire. Peut-être qu'il s'était écoulé du temps depuis le mariage de sa sœur et que… Impossible. Le dessin au henné sur ses mains était intact, il n'avait pas dû s'écouler plus d'un jour. Alors quoi ?

Yaël se pinça dans l'espoir de se réveiller, puis elle se colla une grosse claque, sans plus de succès. Le vent s'engouffra dans son col, les fougères lui battirent les mollets, un nuage recouvrit la forêt de son ombre glacée. Ce cauchemar était bien réel. Qu'était-il advenu de Pomme ? Elle se remémora le Temple. Ses paumes contre les siennes, leurs fronts se touchant, le souffle haché par l'émotion. Yaël aurait tant voulu la serrer dans ses bras. Quand se reverraient-elles, si elles se revoyaient un jour ?

Pourvu que Pomme ne soit pas bannie, elle aussi.

Yaël eut un étourdissement en l'imaginant seule quelque part, ailleurs dans le monde sauvage. Pomme était encore si jeune ! Si innocente. Elle ne voulait même pas relever le défi au début, elle s'était juste laissé entraîner.

— Tout est ma faute, se lamenta Yaël ; puis, plus fort : c'était mon idée, Pomme n'a rien à se reprocher ! Vous m'entendez ?

Le ciel qui s'alourdissait de nuages de pluie n'apporta pas de réponse. Les arbres s'agitèrent à cause du vent. Yaël prit néanmoins peur et se mit en marche.

Survivre. Elle devait survivre. La rage autant que l'effroi mouillèrent ses yeux. Elle les essuya. Ce n'était pas le moment de craquer. *Réfléchis*, songea-t-elle. *Agis comme une exploratrice.*

Même si elle n'avait pas encore attaqué son apprentissage, elle avait passé sa vie à se préparer pour le moment où elle serait capable de traverser le monde sauvage. Elle avait étudié les cartes de l'ancien monde, et celles incomplètes du nouveau monde. Elle connaissait le nom des étoiles et les points cardinaux ainsi que la façon de s'orienter ; la faune et la botanique étaient également au programme, en particulier la connaissance des plantes comestibles. Il fallait être capable de les identifier afin de survivre en cas de « haltes prolongées » à l'extérieur.

Yaël prit la direction opposée à celle du sanglier. Elle avança jusqu'à trouver un chêne qu'elle put escalader. Elle se hissa au plus haut de ses branches, à la recherche de lumière. Lorsque sa tête dépassa enfin des feuillages, elle se força à respirer calmement en observant la nature. Au-delà de la forêt, des herbages remontaient une colline et plus loin, il y avait de nouveau des bois. C'était tout ce qu'elle voyait. Pas de formation géologique, pas de fleuve, pas de ruines à identifier, pas le moindre début de piste sur l'endroit où elle se trouvait. Cependant, elle n'avait pas changé de continent. À en juger par la végétation, elle se trouvait quelque part en Europe, sûrement au-dessus de l'Occitanie.

On l'avait transportée assez loin de Bau pour qu'elle ne puisse pas revenir à pied, en somme ; un bannissement ne méritait pas de traverser tout le continent. De toute façon, les Bêtes auraient sa peau bien avant qu'elle ne rejoigne une forteresse, en admettant qu'elle en trouvât le chemin. Des loups plus grands que le sanglier rôdaient sûrement dans les bois à la recherche de leur prochain repas. Des cerfs énormes piétineraient joyeusement une humaine esseulée si l'occasion leur en était donnée. Sans oublier les charognards, qui ne tarderaient pas à repérer un cadavre en devenir.

Agis en exploratrice, se répéta Yaël en déglutissant. Pour commencer, il lui fallait un abri où se réfugier. Elle descendit à terre et se mit en marche vers le sud, si elle en croyait la course du soleil ; peut-être qu'elle n'était pas si loin de chez elle et qu'elle trouverait une route en direction des quelques forteresses où vivaient des humains. Il fallait bien se raccrocher à un espoir.

☽

L'orage gronda au loin. Il régnait une température glaciale dans l'ombre du bois. Yaël avait transpiré en courant, et le froid lui serpentait dans le dos. Elle se frictionna le corps, consciente que la pluie la tremperait bientôt, à moins qu'elle ne trouve un abri. Il lui en faudrait un de toute façon, elle avait besoin de se reposer, de réfléchir, mais pour l'instant elle mettait un pied devant l'autre, les sens en alerte… Elle se sentait plus étrangère que jamais à ce monde. Surtout, elle avait conscience d'être une proie.

Elle s'était déjà réfugiée en hauteur à deux reprises, une fois pour échapper à un blaireau plus large qu'un tonneau qui avait visiblement envie de lui arracher la tête, l'autre à cause d'un troupeau de daims qui traversait la forêt à toute allure. Le bruit de leur cavalcade l'avait alertée à temps pour qu'elle se mette en sécurité. Perchée à bonne distance, elle avait observé avec une crainte respectueuse leurs croupes tachetées et innombrables filer comme une mer rousse par-dessus les ronciers.

Elle se méfiait aussi des oiseaux. Il y en avait tellement. Des coucous, des pépiements et des tac-tac-tac incessants résonnaient au-dessus de sa tête. Quelle taille pouvaient faire ces bestioles ? À Bau, les corbeaux arrivaient souvent à défaire le grillage pour s'introduire dans les jardins du temple. Leurs becs étaient presque aussi longs que son avant-bras et ces bêtes n'hésitaient pas à se battre avec les prêtres qui devaient les chasser avec des torches. Mais elle n'avait pas de feu. Elle ne savait pas non plus en faire sans pierre à feu pour créer des étincelles.

Ses pas la menèrent à un ruisseau qui dévalait d'énormes chaos granitiques, ronds comme des œufs. Boire lui redonna un peu de courage ; au moins, elle ne mourrait pas de soif et si elle avait trouvé de l'eau, elle trouverait bien à manger. Elle décida ensuite d'escalader les rochers. Elle y parvint sans trop de difficulté, elle qui avait l'habitude de sa montagne natale et des ruelles escarpées. Le point culminant de l'amas rocheux s'avéra moins haut qu'espéré, juste assez pour découvrir le paysage verdoyant.

La déception submergea Yaël. Après avoir marché des heures, il n'y avait toujours que des arbres et des prairies à perte de vue. Rien ne dépassait des frondaisons. La jeune fille avait espéré repérer des ruines d'avant la Fracture, s'y réfugier, et grâce à elles, retrouver son chemin vers Bau. Dont on l'avait bannie. Elle y serait mal accueillie, de toute façon. Pourquoi retourner là-bas, du coup ?

Le visage de Pomme s'imposa alors : son rire, ses cheveux roux ébouriffés, son expression chiffonnée quand elle était angoissée. C'était elle que Yaël devait rejoindre avant tout. Mais si elle avait été bannie elle aussi, ce serait impossible de la retrouver. Yaël secoua la tête, comme pour se remettre les idées en place. Pomme n'avait que quatorze ans. On ne pouvait pas l'avoir bannie, elle était trop jeune. Les lois de Bau protégeaient les enfants de façon stricte. Elle se trouvait sans doute encore dans la forteresse, à l'abri. Du moins pour un temps.

Yaël se raccrocha à cette certitude. Du haut de la colline, elle embrassa l'immensité de la terre, la légère courbure de l'horizon, la beauté du monde sauvage. Le chemin serait long. Elle posa les mains sur sa poitrine et ses cheveux noirs se soulevèrent légèrement tandis qu'elle sondait son propre cœur, à la recherche du lien qui l'unissait à Pomme. Elle voulait croire qu'il existait encore, même si elles se trouvaient en deux lieux distincts. La magie vivait en elles, cela, personne ne le leur volerait. Fermant ses yeux aux longs cils, elle imagina que leurs fronts se touchaient, que leurs paumes se joignaient, que leur magie se réveillait. Elle chercha au plus profond de son être une étincelle capable de s'embraser. Un crépitement électrique parcourut sa chair, les poils de ses bras se hérissèrent, ses cheveux s'envolèrent, et leurs pensées s'unirent, le temps d'une promesse.

Nous nous retrouverons.

En réponse, Yaël perçut la chaleur d'un sourire dans son cœur. Elle avait été entendue. Il ne restait plus qu'à survivre pour tenir parole.

7

Les chaos granitiques formaient de loin en loin de petites cascades et des flaques peu profondes. Des poissons ondulaient dans la rivière en harmonie avec les cheveux d'algues accrochés au fond sablonneux. Yaël suivait le cours d'eau, sans savoir si elle se dirigeait bien vers le sud. Les silhouettes des arbres lui parurent plus noires, plus grandes, plus menaçantes à mesure que la nuit s'installait.

La forêt se peuplait de nouveaux sons. Un éclat de rire rauque résonna dans le lointain. *Un renard*, songea-t-elle, angoissée. Les voyageurs parlaient souvent de son cri si particulier qui donnait la chair de poule. Elle oublia la faim qui la tenaillait et se mit à l'abri en hauteur. Assise à califourchon sur sa branche, elle serra ses bras autour du tronc avant de coller son visage à l'écorce rugueuse. Elle s'interdit de fermer les yeux et se promit de redescendre dès que les renards seraient loin… Évidemment, le sommeil l'emporta d'un coup.

Un hululement la réveilla tout aussi brutalement. Une silhouette ailée planait au-dessus de l'adolescente, qui reconnut une chouette à ses aigrettes. « Hou, hou ! » lança-t-elle à la ronde en virant pour revenir.

— Ce n'est pas bon signe, ça, murmura Yaël en tassant pour se faire la plus petite possible.

Le rapace rabattit ses ailes et piqua droit sur elle, avec un cri perçant. Elle freina au dernier moment, en essayant d'attraper la jeune fille entre ses serres. Celle-ci se décala pour éviter le pire. Une griffe déchira l'épaule de sa tunique, l'écorchant au passage. Yaël descendit de son perchoir aussi vite que possible et faillit dégringoler jusqu'en bas, harcelée sans relâche par la Bête. À peine eut-elle regagné la terre ferme qu'une brusque poussée dans son dos la propulsa à terre. Yaël mit alors la main sur un bâton et se défendit de son mieux. Chaque coup provoquait un déluge de plumes, mais la chouette persistait, toujours ivre de rage.

Soudain, elle s'envola au-delà des frondaisons obscures. *Inattendu*, pensa Yaël avec inquiétude. Hors d'haleine, elle examina les ténèbres alentour. Une paire d'yeux brillants et des crocs immaculés luirent parmi les buissons. Un renard, aussi grand qu'elle ! Yaël détala en direction des rochers tout proches. Elle fonçait vers une ombre qu'elle espérait être un trou. Un glapissement d'excitation lui confirma que le renard se trouvait juste derrière elle. Une paire de mâchoires claqua près de ses chevilles alors qu'elle se jetait dans l'anfractuosité et rampait tout au fond. Heureusement, elle n'avait pas lâché son gourdin improvisé.

Une grosse tête au museau pointu s'engagea à sa suite dans le passage, par chance trop étroit pour lui permettre d'aller plus loin. Yaël frappa au hasard, en lui criant de la laisser tranquille. La terreur réveillait la magie au fond de ses entrailles qui, tel un feu sacré, la brûlait et lui donnait la force de continuer à marteler le prédateur. Elle tapa encore et encore, lui arrachant des plaintes haineuses. Puis, il recula. Et ce fut fini.

Yaël lâcha son bâton. Elle mit du temps à retrouver un semblant de calme. Son cœur battait la chamade et elle tremblait de tous ses membres. Une horrible certitude s'imposa à elle : à moins d'un miracle, elle finirait dévorée. Ses heures étaient comptées. Elle ramassa ses jambes contre elle et pleura silencieusement jusqu'à ce que les larmes se tarissent.

La fatigue écrasait la pauvre jeune fille, pourtant incapable de s'endormir. La tête posée sur ses genoux, elle attendit que le jour se lève. Les bruits de la forêt la mirent au supplice et la gardèrent éveillée un bon moment. Cependant, elle glissa malgré tout dans un sommeil fiévreux durant une heure ou deux.

Elle décampa aux premières lueurs de l'aube. Yaël n'était pas prête à renoncer, elle continuerait de se battre tant qu'elle en aurait la force. La faim la tenaillait. Elle n'avait rien avalé depuis la veille à part un peu d'eau. Les ronces et les bosquets ne portaient pas de fruits, il était trop tôt dans la saison. Les glands sur le sol étaient tous pourris après avoir passé l'hiver dans l'humus. Elle ne repéra aucun champignon comestible, il n'y avait que des vilaines coupoles mangées par la vérole. Elle poursuivit sa marche, de plus en plus fébrile. Elle avait l'impression d'être un fantôme qui déambulait dans un paysage sinistre. Des lièvres fuirent sur son passage. Au moins, elle faisait encore peur à quelqu'un. Elle alla ramasser les pousses de pissenlit dont ils se régalaient, et faute de mieux, en mâchonna les feuilles. Mais elle ne s'attarda pas.

Il lui fallait se diriger vers Pyrenne, au sud. Il y avait d'autres forteresses réparties sur différents massifs du continent, mais elle pensait que Bau était la plus accessible. Les voyageurs qui avaient appliqué la sanction n'avaient sûrement pas traversé la moitié de l'Europe pour la jeter dans les pattes des Bêtes.

Yaël ne put s'empêcher de les maudire. Par leur faute, elle n'était plus qu'un jambon sur pattes pour les habitants de cette forêt. Il n'y avait pas que cela qui la bouleversait. En plus d'avoir perdu son amie la plus chère, elle avait aussi été dépossédée de sa raison d'être. On l'avait élevée dans l'idée de mettre son pouvoir au service des siens, en transportant des biens, des médicaments ou des personnes importantes… Ou en explorant les ruines à la recherche de la technologie de l'ancien monde. Un jour, l'Unique l'avait promis, les humains érigeraient des cités et des barrières dignes de ce nom pour contrecarrer les attaques des Bêtes. Ce serait la fin du monde sauvage, et l'avènement d'une nouvelle ère de prospérité où les gens recommenceraient à vivre en dehors des murailles. Yaël s'était juré de se dévouer à cette cause.

Elle serra son bâton un peu plus fort, l'oreille aux aguets. Le moindre craquement la faisait sursauter. Les bois qui se clairsemaient laissaient apparaître plus de lumière, et avec elle, d'autres dangers. Il devenait plus difficile de croire que les humains domineraient de nouveau la Terre. Les prêtres ne se promenaient jamais à l'extérieur de la forteresse, comment auraient-ils pu s'en rendre compte ? Les Bêtes étaient si nombreuses. Le monde sauvage si vaste. Elle, si petite et si misérable… Elle déboula dans une grasse prairie qui s'étendait à perte de vue, parfois entrecoupée d'îlots arborés. L'herbe y était très haute, assez pour s'y cacher des corneilles qui tourbillonnaient au loin. Yaël reprit son chemin, courbée en deux. Son dos, ses pieds, tout son corps la faisait souffrir. La faim aussi.

Quand elle reconnut le panache vert si caractéristique d'une carotte sauvage, son sang ne fit qu'un tour. Elle l'arracha, au bord des larmes. La racine était courte, blanchâtre et tordue, mais elle sentait bon. Yaël l'inspecta avec attention : pas d'odeur d'urine, la tige était velue, il s'agissait bien d'une plante comestible et non de cigüe. Elle en ramassa assez pour se remplir l'estomac et les poches.

Mais la soif était revenue. *Un problème après l'autre*, se dit-elle en grignotant la carotte. Elle savait de quoi elle avait besoin pour survivre. Il lui fallait un sac, un manteau, une outre, une pierre à feu pour continuer son voyage. Car elle n'abandonnerait pas Pomme, elle la retrouverait, coûte que coûte. Ensuite, grâce à leur pouvoir, elles seraient libres de nouveau et elles partiraient quelque part. Elles se construiraient une nouvelle vie. Où ? Yaël n'en avait encore aucune idée. Son cœur se retourna à l'idée que sa partenaire soit peut-être détenue dans une geôle froide, au fin fond d'une caverne. Il n'y avait pas d'âge pour la prison dans leur foutue cité.

Plus loin, elle tomba sur un ruisseau. Elle hésita à se désaltérer. D'énormes vaches à poil long, lentes et placides, paissaient sur l'autre rive, indifférentes à sa présence. Yaël aurait pu tenir debout sous leur ventre sans se baisser. Certaines meuglèrent, mais sans agressivité. La fille se laissa choir sur son postérieur, trop fatiguée pour leur répondre. Si elles paraissaient tranquilles, peut-être qu'il n'y avait pas de danger… Elle ferma les yeux – juste une minute ! – puis se réveilla en sursaut. Un crissement derrière elle lui fit attraper son bâton et se redresser en hâte, sur ses gardes, le ruisseau dans son dos. Les bovidés continuaient de l'observer, leur queue chassant les mouches. Yaël scruta la végétation et retint une exclamation. Il y avait un nid rond, garni de trois beaux œufs, droit devant elle. La chance lui souriait enfin ! Elle avança à pas de loup, puis s'arrêta net.

Une paire d'yeux aux pupilles en fente la jaugeait entre deux masses d'herbe.

Une panthère, crut-elle, avant de s'apercevoir à la forme de sa tête triangulaire, que le félin à la robe tigrée ne devait être qu'un « chat ». Il s'agissait de la version du monde sauvage, c'est-à-dire qu'en hauteur, il lui arrivait à la taille et qu'elle aurait presque pu le chevaucher, s'il n'avait pas paru capable de lui trancher la gorge d'un coup de patte. Les oreilles plaquées sur son crâne, il s'interposa entre elle et son dîner.

Il semblait bien assez fort pour lui régler son compte, mais Yaël avait son bâton, qu'elle serra fermement contre elle. Vu la longueur de ses griffes, il risquait de lui infliger de sérieuses blessures. Elle essaya de ne pas y penser. Il était hors de question de se laisser bouffer par un chat ! En plus, son estomac gargouillait.

— Retourne manger des rats ! ordonna-t-elle en frappant le sol entre eux. Va-t'en !

Il continua à avancer, le dos hérissé. Ses longues vibrisses blanches frémissaient. Son regard se portait au-delà de la jeune fille. Il émit une série de petits grincements ridicules avec beaucoup de sérieux. Yaël comprit que quelque chose approchait derrière elle, mais elle n'osa pas se retourner et exposer son dos inutilement.

Un corbeau presque aussi gros que le chat s'élança de l'arbre le plus proche. Ses serres frôlèrent Yaël, qui se jeta au sol par réflexe, et il emplafonna l'autre animal dans un nuage de plumes noires. Tous deux roulèrent par terre, feulant, crachant, criant dans une abominable cacophonie. La jeune fille se remit sur pied, croisant le regard du corbeau. Tandis qu'il se battait, son œil, une bille de jais, ne la quittait pas.

Elle se précipita vers le nid et ramassa l'un des œufs, mais il se brisa quand le volatile la heurta de plein fouet. À croire qu'il en avait après elle ! Elle trébucha, se rattrapa avec son bâton *in extremis*, et mue par l'adrénaline, elle l'utilisa pour cogner son assaillant de toutes ses forces. Cela ne suffit pas à le décourager. Ses ailes la giflèrent, ses serres cherchèrent ses yeux et son visage, écorchant son épaule au passage…

Yaël le repoussa de son mieux, criant à chaque fois qu'il lui cisaillait la peau. De nouveau, elle ressentit la magie former une boule dans son ventre et, dans un élan purement bestial, elle la dirigea dans son bras, jusque dans le coup qu'elle porta au corbeau et l'envoya rouler à terre. Sonné, l'oiseau se releva péniblement en se secouant. Le chat tigré, qui n'avait rien perdu de la scène, s'élança vers lui. Le corbeau jugea alors plus sage de s'envoler, ce qu'il fit dans un concert de croassements courroucés.

Dès qu'il fut hors de vue, le félin s'affala sur le côté, l'air éreinté. Yaël en fit autant, trop secouée pour craindre une autre attaque de sa part. À vrai dire, il paraissait beaucoup moins impressionnant en cet instant. Son dos saignait, son pelage tigré manquait d'épaisseur, et puis, il était maigre. Sûrement jeune aussi, il y avait quelque chose dans la forme de sa tête qui lui donnait un air de chaton.

— Il y a deux siècles, tes ancêtres n'étaient que des animaux domestiques, tu sais. Comme ceux des forteresses.

Yaël ne savait pas pourquoi elle venait de lui parler. Elle ne put s'empêcher de l'observer avec curiosité, sidérée par la différence de taille avec ceux qu'elle avait l'habitude de croiser. La Fracture n'était plus un simple fait historique. Elle devenait tout à coup bien réelle. Les chats des cités étaient restés petits parce que leurs ancêtres s'étaient réfugiés avec leurs maîtres sous les montagnes sacrées.

Les gens demeurés à l'extérieur avaient-ils souffert au moment de mourir ? On ne savait pas bien ce qui leur était arrivé… Après tout, ils se trouvaient à l'origine de la Fracture. L'Unique les avait prévenus que la magie ne devait pas servir à la guerre, mais ils n'avaient rien écouté. Peut-être avaient-ils mérité d'être punis, comme le répétaient les prêtres à l'envi. Cela dit, depuis qu'ils l'avaient abandonnée dans le monde sauvage sans procès, Yaël avait beaucoup moins confiance en leur jugement.

Elle tendit la main vers le chat, occupé à lécher ses plaies. Il s'interrompit pour lui jeter un regard lourd de mépris, ce qui la dissuada de le toucher. Son ventre émit une plainte, et elle se souvint du nid. Empoignant son bâton, elle se leva. Le chat se mit aussitôt sur ses gardes.

— Du calme, Moustache, je ne te veux aucun mal.

Elle récupéra les œufs et en glissa un dans chaque poche de sa tunique. Elles étaient tout juste assez larges. Il valait mieux ne pas s'attarder plus longtemps, au cas où la mère reviendrait couver.

— Je vais me chercher un abri pour la nuit. Bonne chance, Moustache. Ravie de t'avoir rencontré.

Il l'observa patauger dans le ruisseau d'un air intrigué avant de la rejoindre d'un bond élégant. Ensuite, il prit les devants, se dandinant avec la queue en l'air, et vérifia par-dessus son épaule qu'elle le suivait. Son attitude avait de quoi intriguer Yaël. Chaque fois qu'elle s'arrêtait, il en faisait autant, puis miaulait, avec insistance, avant de se remettre en marche. Il la guida ainsi jusqu'à un petit groupe de vaches à la robe pie, installées dans l'herbe à proximité de la rivière. Le crépuscule les avait poussées à se regrouper là pour la nuit. Moustache paraissait les connaître, puisqu'il se frotta contre une d'entre elles et qu'elle parut apprécier son geste. Puis il se coucha entre ses pattes et bâilla.

La fille fronça le nez, rebutée par les odeurs de pisse et de bouse émanant des ruminants. Moustache miaula, de façon autoritaire. Il lui proposait de le rejoindre dans le giron de la Bête, cela ne faisait aucun doute. Yaël hésita. Ce qu'elle vivait devenait de plus en plus surréaliste. Voilà qu'on lui proposait de faire un câlin à une vache dont la tête était plus grosse qu'elle ! Le chat laissa échapper une plainte, comme si sa méfiance le blessait. Elle pesa le pour et le contre. La vache ne montrait pas une once d'agressivité à son égard. Le chat semblait intelligent, voire très amical. Yaël pensa qu'un peu de compagnie ne serait pas de refus.

— Puisque tu insistes, fit-elle en approchant avec précaution.

Elle s'installa en évitant les gestes brusques pour n'effrayer personne. Le chat se décala, l'air outré, parce qu'elle s'était appuyée sur lui, puis elle se cala contre le poitrail chaud de la Bête. Yaël se décida à lui faire des gratouilles sous la gorge, ce qu'elle parut apprécier. Jaloux, Moustache écrasa une de ses jambes sous son poids, ce qui la poussa à râler.

Tous deux trouvèrent enfin leur place. La vache irradiait de chaleur et la fourrure du chat était douce contre la peau. Pour la première fois depuis son réveil hors de la forteresse, Yaël ne tremblait pas de froid ou de peur. Restaient les blessures sur ses bras qui la brûlaient, mais elle s'en fichait. Tout ce qui comptait, c'était d'être encore vivante et d'avoir trouvé de la nourriture.

Par miracle, les œufs n'avaient pas éclaté dans ses poches. Avec une brindille, elle fit un trou dans l'une des coques, puis goba le contenu goulûment sous les yeux verts du chat. Il ne perdait pas une miette du spectacle. Quand elle sortit le deuxième œuf, il posa une patte sur sa cuisse, en inclinant la tête, la truffe humide. Yaël soupira.

— D'accord. Il est pour toi. Attends…

Elle tapota le dessus de l'œuf dans une tentative de le décalotter et réussit à faire tomber le blanc et le jaune visqueux dans ses mains. Le chat lui lécha immédiatement les paumes. Sa langue râpeuse les nettoya consciencieusement, ses vibrisses lui chatouillant les poignets.

— C'est fini.

Yaël secoua la coquille vide, avec amertume, puis elle vola une caresse à Moustache, qui se laissa faire. S'enhardissant, elle lui gratta le dessous du menton. S'il parut surpris de prime abord, il se mit à ronronner ensuite, comme n'importe quel matou. Le son guttural la berça bientôt. Exténuée, la pauvre enfant s'endormit.

☽

Au beau milieu de la nuit, une voix souffla à l'oreille de Moustache et lui ordonna de se lever.

— *Réveille-la*, exigea la Déesse. *Montre-lui le chemin.*

Il n'avait d'autre choix que d'obéir et elle observa la scène à travers ses yeux. Le félin saisit la jeune fille par le col, la tirant assez fort pour la faire bouger. Yaël marmonna et tenta de le chasser, mais il était moitié aussi grand qu'elle et il ne bougea pas d'un poil. Il lui donna des coups de tête dans le buste jusqu'à ce qu'elle ouvre les yeux.

Moustache lui adressa un miaulement rauque et quitta le giron de la vache. La fille passa la main dans ses cheveux noirs, emmêlés et pleins de débris. Elle mordit dans une carotte, observant la beauté du monde nocturne. Des lucioles, minuscules taches fluorescentes, voletaient dans l'obscurité. La forêt n'était qu'une ombre dentelée sous la coupole étoilée et la lune décroissante dessinait un disque partiel, bien net, brillant, juste au-dessus de leurs têtes.

Le chat s'agaça et miaula de nouveau, se tournant et se retournant pour lui indiquer la direction à suivre. Yaël se redressa pour mieux voir.

Il y avait une lueur dans le lointain.

— Un feu !

Yaël bondit sur ses pieds. Le chat se frotta contre ses hanches amicalement ; elle se permit une petite caresse derrière les oreilles, acte qui lui valut un grognement de satisfaction.

— Cette fois, je te dis au revoir, Moustache. Il faut que je me dépêche.

Et elle prit ses jambes à son cou, pleine d'espoir.

8

Yaël comprit vite que courir de nuit, sans voir où elle mettait les pieds, était une mauvaise idée. Sa chaussure s'enfonça dans un trou et elle s'étala de tout son long. Sa chute fut amortie par un buisson, qui lui griffa les mains et écorcha son genou. L'adolescente se releva, une larme au coin de l'œil. Elle renifla en se morigénant – ce n'était rien de grave, elle n'allait pas s'effondrer pour si peu, surtout qu'elle aurait pu se fouler la cheville ou pire, se casser une jambe.

Plus important, la lumière brillait toujours dans la nuit. Elle semblait flotter, à la fois proche et lointaine. Yaël se remit en marche avec plus de prudence. S'agissait-il d'un refuge, placé au sommet d'une colline ? Un des endroits où les voyageurs se reposaient entre deux sauts de puce ?

Au bout de quelques minutes, elle sentit une présence dans son dos. Serrant fort son bâton, elle jeta un coup d'œil par-dessus son épaule, prête à fuir.

Heureusement, il ne s'agissait que de Moustache.

— Toi ? s'étonna-t-elle. Tu m'accompagnes ?

L'animal la dépassa, imperturbable. Yaël se permit un sourire. Ce n'était qu'un chat, très grand, certes, mais lui au moins, il appartenait à ce monde, et puis, il voyait beaucoup mieux qu'elle dans le noir. Il ouvrit la voie. Tous deux cheminaient à bon rythme quand un hurlement reconnaissable entre mille retentit dans les collines voisines. Un autre lui répondit bientôt.

— Par l'Unique ! Des loups !

Même s'ils n'avaient pas l'air tout près, ils se déplaçaient vite et s'ils avaient flairé son odeur... Un filet de sueur glacée roula le long de son dos. Elle ne voulait pas voir quelle taille ils faisaient. Elle avait eu son compte de renards, de chouettes et de sangliers assassins. Moustache accéléra la cadence, s'arrêtant fréquemment pour lui lancer des regards impatients. Elle fit de son mieux pour tenir le rythme, se raccrochant à la lumière qui devait la sauver. L'espoir l'aidait à mettre un pied devant l'autre. Il y avait quelqu'un là-bas, qui faisait du feu et qui l'aiderait sûrement à rejoindre la civilisation.

Les loups ne se montrèrent pas, finalement. Hélas, quand l'aube se leva, le foyer disparut, avalé par une épaisse brume matinale. Yaël frissonna, agacée d'avoir échoué si près du but. Dans le petit jour grisâtre, les sons s'étouffèrent. L'humidité perla le long de ses cheveux noirs et trempa le pelage tigré de Moustache. Celui-ci se lécha une patte puis s'ébroua.

— J'ai besoin d'une pause, fit-elle en sortant de sa poche une carotte sauvage.

La dernière. Elle la mastiqua lentement sous la surveillance intéressée du chat.

— Ne me regarde pas comme ça, je ne vais pas t'en donner de toute façon !

À ces mots, il se détourna et s'enfonça dans les fourrés. Yaël se sentit triste à l'idée qu'il soit parti pour de bon. L'avait-elle vexé ? Elle avait l'impression qu'il comprenait ce qu'elle disait. Non, c'était impossible ! Peut-être qu'elle n'avait plus l'esprit très clair, après tout.

Cependant, Moustache ne tarda pas à reparaître, chargé d'une musaraigne qui se tortillait dans sa gueule. Il la dévora devant Yaël, sans pitié pour son estomac qui grondait...

— Sale Bête, se moqua-t-elle. Mais je te l'accorde, je l'ai bien cherché.

Après avoir léché la rosée des feuilles d'un arbre, Yaël trouva de minuscules fraises à son pied. Pourquoi tout n'avait-il pas triplé de volume dans ce monde pourri ? Il fallait qu'elle trouve de la nourriture solide à manger. Puis, son transit intestinal lui joua des tours, et elle passa un moment douloureux dans les buissons. À ce stade, elle se sentait incapable de repartir. Elle voulait juste se rouler en boule et dormir. Sauf que Moustache ne l'entendait pas de cette oreille. Mécontent, il battit de la queue et fit mine de décamper, lui jetant un coup d'œil par-dessus l'épaule.

Yaël le suivit en traînant les pieds. Le sol devint caillouteux, parsemé de gros morceaux de roche grise aux angles aigus. Moustache se montrait plus agile qu'elle dans les rochers, alors qu'elle peinait de plus en plus. La brume ne se dissipait pas et le découragement menaçait. Yaël était à bout de force. Moustache attendait certainement qu'elle tombe d'inanition pour la dévorer ensuite.

Le chat s'arrêta, l'oreille droite papillonnant comme s'il se posait des questions. Yaël crut entendre un bruit de grelot. Elle avait dû se tromper. Pourtant, de nouveau un tintement retentit. C'était un troupeau ! Comme ceux que les paysans sortaient sur les pentes du pic de Bau, à proximité de la forteresse.

Yaël se dépêcha de contourner un dernier amas rocailleux et tomba nez à nez avec une brebis, au sens propre du terme : leurs fronts se touchèrent. La Bête appartenait au monde sauvage, pas de doute, rien à voir avec les modèles réduits de Bau. Elle se remit à arracher de l'herbe coincée entre deux cailloux sans tenir compte de la présence de l'humaine. Moustache passa au large.

Une brise douce emporta un peu de brume, dévoilant la silhouette d'une espèce de tour, devant une amorce de forêt.

Yaël cria de joie quand elle s'aperçut qu'il s'agissait d'un phare ! Quelqu'un avait dû y allumer un feu pendant la nuit. Il était posé légèrement de guingois sur son socle. Sa peinture bleu et blanc était très abîmée, des battants manquaient à ses fenêtres, pour la plupart obstruées par des planches, et sa coupole était à demi détruite, peuplée de cadres aux vitres absentes.

Au pied de l'édifice, des filets de fer hérissés de clous étaient tendus tout autour de la base, constituant une zone de sécurité en forme de dôme. Ils protégeaient l'accès à une lourde porte ainsi qu'un potager florissant, plein de légumes. Yaël saliva à l'idée de ce repas à portée de main, ou presque. Moustache renifla les barbelés et préféra s'éloigner. Il se mit à lécher les plaies de son dos, en se tordant de son mieux pour les atteindre.

Yaël trouva un piquet accroché à un autre à l'aide d'un fil de fer. L'attache était enroulée serrée ; la défaire lui parut compliqué, à cause de ses mains tremblantes et de son état de faiblesse générale. Elle s'échina durant une bonne minute. Un toussotement dans son dos l'interrompit.

— Qu'est-ce que tu fabriques là ?

Une femme à la peau noire, sans âge, la tenait en joue avec une arbalète. Du bout du carreau, elle fit signe à une Yaël abasourdie de s'écarter. Par-dessus sa tunique sombre et sa jupe en laine bouillie, la propriétaire des lieux portait une veste en cuir épais, devenue grise à force d'usure, qui lui descendait jusqu'aux pieds et était garnie de nombreuses poches. *Un manteau de voyageuse*, s'étonna Yaël en remarquant un écusson brodé à l'épaule. Une paire d'ailes.

— Qui es-tu ?

— Juste une fille.

Une fille sale, d'ailleurs. Yaël décela une pointe de dégoût dans le regard de la femme et baissa les yeux sur ses frusques tachées par la boue, ses ongles crasseux… D'un coup, elle se sentit misérable. Elle n'était plus une enfant-pouvoir à laquelle on donnerait à boire, à manger, ou un lit, juste parce qu'elle le souhaitait. La bergère pouvait la chasser et refuser de lui faire la charité, comme avec n'importe quelle loqueteuse.

— Ce n'est pas une bonne idée de rester, ici. Va-t'en.

Ses cheveux sont tressés à la perfection, nota Yaël au lieu de s'inquiéter du reste. Puis elle s'écroula sans comprendre ce qui lui arrivait, prise d'un malaise.

Le crépitement du feu réveilla l'adolescente. Sur elle, une couverture aussi lourde que son odeur. À côté, la femme touillait la soupe dans un chaudron suspendu au-dessus de l'âtre. Elles se trouvaient en haut du phare, dans la partie non écroulée de la coupole. Elles avaient un toit sur leur tête, mais la nuit leur faisait face, splendide fresque de ténèbres et d'étoiles.

— C'est mieux de dormir ici à la belle saison. Le feu repousse les chouettes.

L'inconnue parlait par saccades.

— Le chat devra partir. Il va créer des problèmes. Il obéit aux ordres. On ne peut pas avoir confiance.

Yaël ne comprenait rien à son charabia.

— Où est-il ? s'enquit-elle.

— Dehors. On m'appelle Bintou. Et toi ?

— Yaël.

Elle accepta le bol de soupe tendu par son hôte. Le liquide fumait et il faudrait patienter un peu avant de manger. Bintou lui donna un quignon de pain, qu'elle trempa précipitamment avant de le dévorer en se brûlant le bout de la langue. C'était le meilleur morceau de pain qu'elle avait jamais avalé de toute sa vie. Une ébauche de sourire se dessina sur le visage de Bintou avant que son attention se reporte sur son propre bol.

Yaël se redressa et souffla sur sa cuillère, en essayant de se montrer plus digne. Elle s'attendait à des questions – d'où elle venait, pourquoi elle errait dans le monde sauvage, comment elle était arrivée là –, mais Bintou se mit à chantonner. Yaël ne reconnut pas l'air. On aurait dit une ritournelle.

— Qu'est-ce que tu dis ? Yaël ne restera pas non plus, c'est bien compris.

— Pardon ?

Bintou secoua la main d'un air vague. Elle avait passé trop de temps isolée, apparemment. Elle se mit à parler de ses brebis, sans permettre à Yaël d'en placer une. Celle-ci s'abstint de tout commentaire, trop heureuse de manger tout en écoutant le flot de ses paroles. C'était bon d'entendre une voix après s'être sentie aussi seule.

— Il faudra les emmener plus loin demain. Elles ont mangé les ronces, les cailloux sont propres maintenant. Non, pas trop loin quand même, mais elles ont besoin de bien manger avec les petits qui arrivent. Et puis, les loups restent tranquilles ces temps-ci. Oh, ils reviendront. Oui, il faudra préparer les barbelés. Et alors ? D'accord, c'est vrai qu'il a plu. Pendant que les brebis mangeront, il sera temps de cueillir les fleurs. Oh, tu es là, toi.

L'arbalète était posée à même la pierre, juste à côté de Bintou. Elle se méfiait. Sa voix devint dure, coupante même.

— Tu dois partir demain. Est-ce que les loups t'ont suivie ?

— Non, se récria Yaël. Je n'ai pas vu de loups.

C'était la vérité. Elle les avait juste entendus…

— Tu vas les attirer, s'agaça la bergère. Ils ne nous laisseront pas tranquilles.

C'était plus une affirmation qu'une accusation. Yaël se lécha les lèvres, inquiète à l'idée que les loups ne viennent vraiment. La soupe de carottes et de pommes de terre était délicieuse. Elle termina vite son bol. Bintou se resservit, sans lui en proposer. À la place, elle lui tendit une outre, l'air plus fatigué qu'une minute plus tôt.

— Il faut te réhydrater. Tu mangeras plus demain. Ensuite, tu partiras.

Yaël frissonna, sans oser protester, évidemment. Mais si elle devait partir, il fallait qu'elle pose ses questions. Qu'elle sache. Le phare avait survécu à la Fracture, ce qui était déjà un miracle en soi, mais ce n'était pas le plus important.

— Où sommes-nous ?

— Dans l'ancien Empire de France, bien sûr.

Cela ne signifiait pas grand-chose. Les frontières n'existaient plus et les pays non plus.

— Quelle est la ville la plus proche ?

Bintou haussa les épaules. Yaël n'avait pas vu la mer en chemin et elle ne l'avait pas entendue non plus. Il n'y avait pas de mouettes ou d'oiseaux marins typiques de la côte, comme décrit dans les aventures du Capitaine Nemo, qu'elle avait lues et relues au Temple. Se pouvait-il que la Fracture ait déplacé ce phare ? Peut-être. Elle réfléchit. L'Empire de France étant bordé par la Vénétie, l'Autriche et le Royaume germain, à l'est, elle ne pouvait que se trouver quelque part du côté ouest. En Armorique, pourquoi pas. Elle aurait voulu en être sûre.

Bintou tira une trousse de cuir d'un sac. Dedans, des instruments médicaux, ainsi que des fioles aux petites étiquettes manuscrites impossibles à lire de loin. Elle en choisit une et l'utilisa pour imbiber avec précaution un morceau de tissu.

— Remonte tes manches.

Yaël obtempéra, honteuse de leur saleté et de leur état, lacérées comme sa peau en dessous. Le corbeau lui avait infligé de vilaines plaies.

— Il faut nettoyer, grommela Bintou. On ne peut pas la renvoyer comme ça dehors.

Avec douceur, elle tamponna les croûtes, ôta la terre et désinfecta les blessures. L'alcool picotait la chair et le nez, mais Yaël se tint tranquille.

— Rien de grave. Tu as eu de la chance.

Sa sauveuse rangea soigneusement ses affaires dans son sac bien rempli sur lequel Yaël lorgna avec envie. Bintou avait tout ce qui lui manquait. Allait-elle vraiment la renvoyer à l'extérieur comme ça ? Avec juste ses frusques en loques sur son dos ? Indifférente, la femme remua encore la soupe, puis décrocha le chaudron, qu'elle plaça sur la margelle de pierre. Elle enfila ensuite des gants de cuir épais et empila des bûches dans le feu. Yaël remarqua qu'elle portait des pantoufles de laine. Ses grosses bottes de cuir, propres et sèches, attendaient sagement à côté de la bouche noire de l'escalier.

— Maintenant, il faut dormir.

La bergère s'enroula dans une couverture, tassant un lourd polochon de paille sous sa tête, qu'elle tourna vers le mur.

— Bintou, il faudrait que je rejoigne la forteresse la plus proche.

— Il n'y en a pas. J'ai dit, dors !

Sa colère effraya Yaël, qui n'osa plus piper mot de peur de se faire immédiatement jeter dehors. La solitude avait rendu Bintou à moitié folle, maintenant elle en était sûre. Yaël rumina ses questions en son for intérieur en se promettant de les poser le lendemain. Il y avait tant de choses ici, du pain, de la vaisselle, des médicaments. Ça provenait forcément d'une forteresse à proximité. Quoi d'autre, sinon ? Elle se jura d'en trouver le chemin.

La fille garda les yeux grands ouverts un moment, incapable de les fermer en dépit de la fatigue. Au moins, elle avait chaud sous sa couverture puante. Sa paillasse lui semblait luxueuse après son périple, mais le seul rempart entre le monde sauvage et elle se trouvait être le feu, qui finirait bien par s'éteindre. Dès ce moment, l'un des immenses oiseaux qui hantaient la nuit pourrait l'emporter. Elle aurait préféré dormir à l'étage du dessous, à l'abri sous un toit.

D'inoffensives chauves-souris tournoyèrent un moment autour de la coupole. La vie nocturne battait son plein, indifférente aux occupantes du phare. Le bruit des insectes, le froissement des arbres, les hululements se répondaient de loin en loin. Yaël crut voir des chouettes passer au large du phare, mais l'incident fut si bref qu'elle n'en eut pas la certitude. Le ronflement de Bintou finit par la bercer. Elle dodelina de la tête, en songeant à Pomme, qui s'inquiétait sûrement à son sujet. À moins qu'elle ne soit en colère.

Elle doit m'en vouloir d'avoir tout fichu en l'air avec mes idées débiles. J'aurais dû l'écouter. Ne pas aller voler cette maudite rose…

Elle ne comprenait toujours pas pourquoi on l'avait punie. Comme elle regrettait de les avoir embarquées dans cette histoire… Au final, elle s'endormit sur un sanglot.

9

Le feu s'était éteint depuis belle lurette, bien avant que les premiers oiseaux ne commencent à chanter. Yaël se réveilla en sursaut, comme les sept fois précédentes durant la nuit. Elle se frotta les yeux, fatiguée d'avoir si mal dormi, confuse de s'apercevoir qu'il faisait jour. La brume déposait sa caresse humide sur le phare. Le soleil, disque flou dans l'atmosphère blanchâtre, semblait déjà haut, mais midi n'était pas passé.

L'autre paillasse était vide. Bintou manquait à l'appel, tout comme ses affaires. Un fond de soupe dans une gamelle côtoyait un morceau de pain et un bout de fromage, à côté de la marmite. Yaël s'approcha sans quitter le ciel des yeux, toujours mal à l'aise de se confronter à l'immensité, sans garde-fou. Elle se régala sans cesser de surveiller le paysage. Tout semblait calme.

— Je suis à l'abri, murmura-t-elle avant de le répéter plus fort.

Un gilet de laine bouillie avait été déposé à son intention au pied de sa couche. Elle s'en empara avec avidité, le serrant contre elle, dans un geste animal. Quand elle s'en rendit compte, sa propre réaction l'effraya. Personne n'allait lui arracher ce vêtement des mains.

Elle l'enfila, pensive et triste. À travers la verrière brisée du phare, vue de haut, la campagne, tout de vert et de renflements, d'arbres et de clairières, ne l'intimidait plus autant. C'était même beau. La fille sentait instinctivement que cette débauche de nature ne lui aurait inspiré nulle crainte avant la Fracture. L'humanité avait perdu plus que sa liberté de circuler dans ce bas monde. C'était toute une façon de vivre qui avait été effacée.

Du bout de l'ongle, elle gratta un peu de terre sur ses godasses. Ses chaussettes malodorantes lui soulevèrent le cœur, mais elle n'avait pas le choix, il fallait les remettre. Pas pour s'en aller, pas tout de suite, elle n'était pas prête. L'angoisse lui pesait sur le ventre, les mots de Bintou – « Tu dois partir ! » – éclataient comme des œufs sur le sol. Mais puisqu'elle lui avait donné un gilet, peut-être qu'elle prévoyait de lui donner autre chose encore ? Et puis, elle lui dirait comment rejoindre la forteresse la plus proche. Il y en avait une, forcément.

Yaël descendit l'escalier sur la pointe des pieds. À l'étage du dessous, une douce pénombre régnait du fait des planches qui barricadaient les fenêtres. C'était un vestige de l'ancien monde, qui avait autrefois été équipé d'électryse, à en juger par les gaines qui couraient le long des murs. Ici, il ne restait rien des lampes, seulement des interrupteurs de cuivre fondus. Yaël se demanda s'il y avait un générateur quelque part. Peut-être qu'elle pourrait récupérer des pièces afin de les vendre. Elle secoua la tête. Bintou avait sûrement déjà liquidé tout ce qui avait de la valeur. La question qui la tarabustait était : où ? Parce que du haut du phare, elle n'avait pas vu le moindre signe d'activité humaine à l'horizon : ni forteresse ni fumée… Rien.

Son regard parcourut les lieux. La plupart des meubles disparaissaient sous des bâches craquelées par l'âge. Elle craignait de les voir partir en miettes chaque fois qu'elle soulevait un coin. Les tiroirs rechignaient à s'ouvrir, à cause de leur bois gondolé par l'humidité, tous vides ou presque. Elle trouva une drôle de statuette de bois, un ensemble de brindilles échevelées et collées ensemble, qui ressemblait à un cheval, ainsi qu'une carte postale sous verre, montrant un château de conte de fées.

Yaël examina la photo sous un rayon de lumière, émerveillée par la relique. Cependant, elle la remit en place, par prudence. Bintou devait y tenir. Outre les meubles bâchés dans la pièce ronde, il y avait un buffet à deux portes qui faisait office de garde-manger. À l'intérieur, quelques pots de miel, un sac de farine, des fruits secs, de la viande séchée. Rien d'extraordinaire, à peine de quoi survivre. À côté, une table et son nécessaire de toilette, composé d'un cruchon et d'une bassine, ainsi qu'un miroir au tain fissuré. Yaël avança sur le parquet poussiéreux, partagée à l'idée d'examiner son reflet.

La crasse maculait son visage. Des traces de khôl et de larmes dessinaient des sillons sur ses joues. Ses cheveux de jais ressemblaient à un nid d'oiseau, et son air hagard l'effraya. Elle ne se reconnaissait pas. Il y avait un broc rempli d'eau et une petite bassine sur la table. Elle entreprit de se débarbouiller avec un bout de sa chemise. Elle se lava aussi les mains et se peigna avec ses doigts, faute de mieux. Avant de partir, elle se força à redresser le menton devant la glace. Puis elle murmura, pour elle-même :

— Je suis toujours une enfant-pouvoir. Personne ne peut changer ça.

Elle descendit les marches jusqu'à l'étage suivant. La femme y avait entassé du bois et du fourrage en quantité. Des fromages vieillissaient sur un ensemble d'étagères sommaires. Yaël brûlait d'en glisser un dans sa poche, mais elle n'en fit rien.

Enfin, au rez-de-chaussée se trouvait la bergerie. Il y avait bien une brebis et son petit qui tenait à peine sur ses longues pattes, mais le reste du troupeau s'était évaporé avec Bintou. Personne dehors non plus. Pas de bruit de clochettes dans les alentours.

Yaël frissonna des pieds à la tête. Qu'est-ce que cela voulait dire ? Qu'il n'y avait pas d'au revoir et qu'elle devait juste dégager le plancher ? Elle s'adossa à la lourde porte de chêne, observant le petit jardin sous les barbelés.

— Miaaa…

Moustache se tenait de l'autre côté de la clôture aux piquants rouillés. Il reniflait un cadavre d'oiseau, l'air dégoûté. Yaël hésita. Ce grillage ne valait pas grand-chose comme protection, mais c'était mieux que rien. Pourquoi sortir et prendre des risques sans raison ? Le chat inclina la tête puis se mit à faire sa toilette. Il n'aurait pas agi ainsi s'il y avait eu du danger. Aussi décida-t-elle de le rejoindre.

— De toute façon, je dormirai sûrement avec toi cette nuit.

L'affirmer à voix haute ne rendait pas la chose moins horrible. Le chat la bouscula avec amitié, ce qui faillit la faire tomber, et se frotta contre elle en ronronnant comme un générateur. Yaël lui rendit ses caresses, les larmes aux yeux. Elle enfouit son visage dans sa fourrure tigrée.

— Je suis désolée de t'avoir abandonné comme ça, je n'ai pas fait exprès.

Ces effusions passées, il retourna examiner le cadavre au pied des barbelés. Naturellement, Yaël s'y intéressa aussi. L'oiseau était plutôt petit, mais intact, figé dans une étrange posture, les ailes déployés. Elle attrapa le chat par le cou et le tira en arrière.

— N'y touche pas ! C'est du poison qui l'a tué !

Elle regarda d'un œil nouveau les barbelés. S'ils étaient bel et bien empoisonnés, cela expliquait mieux comment Bintou et son jardin survivaient dans le monde sauvage. Pendant l'heure suivante, elle explora les environs avec prudence. Elle trouva des crottes de brebis et se mit à ramasser du petit bois qu'elle rapporta au phare, dans l'idée de montrer qu'elle pouvait se rendre utile. En effet, même si Bintou lui avait généreusement offert un gilet et un repas, elle ne vivait pas dans le luxe et l'opulence. Lui demander plus, comme un sac, un manteau ou une outre, serait sûrement au-dessus de ses moyens. Yaël se remit au travail. Il fallait ramasser le plus de branches possible avant son retour.

— Ce serait une bonne façon de la remercier, non, Moustache ? Elle m'a quand même sauvée, j'étais morte de faim.

Avec un grondement, il sauta dans les fourrés. Yaël sourit en poursuivant son chemin, non sans tendre l'oreille. Il n'y avait pas beaucoup d'oiseaux autour du phare. Beaucoup moins que dans la forêt. Le chat revint avec un lapin dans la gueule. Elle tendit la main, mais son poil se hérissa et il grogna.

— Ça nous ferait un sacré dîner si on le mettait sur le feu, tu sais. Tu ne vas pas manger ça tout seul, quand même ?

Yaël courut au phare chercher un couteau. Elle en avait vu un posé sur une étagère près des fromages. Il n'était pas très affûté, mais elle espérait bien récupérer une patte arrière ou quelque chose dans ce goût-là. Elle laissa Moustache déchiqueter tranquillement un bout de la tête. Il mangea un peu, puis traîna le lapin dans sa gueule alors qu'elle patientait, installée sur un rocher à proximité du grillage. Le soleil lui chauffait le cou. Quand Moustache cessa de lécher le gibier et attaqua sa toilette, elle se rapprocha. Il la surveilla du coin de l'œil, l'air méfiant, puis s'étala de tout son long pour faire la sieste, ce qu'elle prit pour une invitation à se servir. Il lui fallut un moment pour découper une patte arrière. Elle n'avait jamais dépecé de gibier et découvrait à quel point la tâche était difficile, surtout qu'elle essayait de ne pas respirer l'odeur de sang, et fermait les yeux chaque fois qu'elle devait forcer sur un os ou un tendon. Quand elle eut terminé, elle était épuisée. Mais elle avait du bois et de la viande.

— Bintou ne s'attend sûrement pas à ça.

— Qu'est-ce que tu fabriques, là ? fit une voix familière derrière elle.

La fille se retourna, surprise. La bergère la regardait comme si elle la voyait pour la première fois, son arbalète pointée dans sa direction.

— C'est moi, Yaël !

— Tu n'as rien à faire ici. Tu dois partir. Ce serait plus sûr ! Les deux hommes vont arriver.

Ce qu'elle disait n'avait aucun sens.

— J'ai le repas pour ce soir ! s'exclama Yaël. Tu n'es pas contente ?

Elle brandit fièrement sa patte de lapin et essuya son front en sueur d'un revers de main, y laissant par mégarde une trace de sang. Bintou la dévisageait avec étonnement.

— Merci pour la soupe, dit encore Yaël. Et le gilet. J'ai ramassé du bois, et mon chat a chassé un lapin.

— Ton chat ?

Bintou sembla remarquer Moustache à l'instant et le prit pour cible avec son arbalète. Yaël s'interposa aussitôt.

— Il n'est pas méchant, nous sommes amis.

Le front de la femme se rida en une expression de colère.

— Non, non, non. Le chat doit partir, il obéit aux ordres, on ne peut pas lui faire confiance. (Elle réfléchit une seconde, de nouveau sévère.) Ce serait plus sûr de vous en aller, tous les deux. Rien de bon ne vous arrivera ici. Ça se finit toujours mal, tu comprends ?

Yaël se décomposa. Elle ne pouvait pas partir, pas sans équipement, sans arme, sans carte. Elle irait droit à une mort certaine.

— Je peux travailler et me rendre utile. M'occuper des brebis, ramasser du bois, faire le ménage, désherber le jardin. Je n'ai rien de ce qu'il faut pour voyager en forêt. Je n'ai rien pour me défendre. S'il vous plaît, laissez-moi vous aider... Je vous promets que je ne serai pas une charge !

Bintou se massa les joues, le menton, de plus en plus tourmentée, puis s'éloigna en marmonnant.

— Elle ne peut pas partir, elle va se faire dévorer. Oui, il y a le chat... Non ! Il n'y a rien à faire.

Yaël jugea préférable de se taire et de lui laisser de l'espace. La femme semblait débattre, son arbalète dans les mains, le regard perdu dans les arbres. Puis elle disparut dans les fourrés, sans crier gare. La jeune fille laissa le chat lécher le sang sur ses mains.

— Merci pour le morceau de lapin. Tu ne peux pas entrer dans le phare avec moi, mais je reviendrai te voir demain.

Moustache reprit sa toilette, s'attardant avec insistance sur son dos lacéré. Yaël voulut examiner les plaies, mais l'animal feula et déguerpit avec le reste de sa prise. Elle se promit de faire une nouvelle tentative le lendemain. Le cœur plus léger, elle rentra tout le bois au phare et en monta tout en haut de la coupole une quantité suffisante – à son avis – pour entretenir le feu durant la nuit. En tisonnant les débris de charbon, elle s'aperçut que quelques braises rougeoyaient encore. Avec une certaine excitation, elle parvint à enflammer quelques brindilles puis à lancer de quoi cuire son énorme cuissot de lapin.

Je vais y arriver, pensa-t-elle en défiant le monde sauvage du regard.

Elle sortit de la zone abritée et s'approcha de la margelle.

Je te le promets, Pomme. Je vais m'en sortir. Et je te retrouverai.

Il n'existe qu'un seul jardin à la fois vivant et mort, situé à la lisière des mondes, quels qu'ils soient. Il flotte tel un disque échevelé là où nul ne peut le trouver, sinon ses messagers. Les corbeaux peuplent ses arbres racornis, tandis que des perroquets extravagants babillent dans ses forêts luxuriantes. Il y fait tour à tour chaud et froid, et nul ne s'y sent à l'aise, hormis les volatiles qui distraient la maîtresse des lieux.

Elle se tient dans une arène déserte, dont la moitié n'est que poussière et gravier, le reste disparaissant sous les herbes folles. Elle jette du bois dans le feu, tour à tour bleu et rougeoyant, sans qu'aucune expression ne traverse son visage. Le côté gauche est peint en turquoise pour masquer l'âpreté de ses os et de sa chair sèche, le droit a été laissé intact. Sa peau veloutée, d'un brun mat, est parfaite, à l'image de la beauté de son profil, au front altier et aux lèvres pleines.

Toute son attention se porte sur le foyer qu'elle nourrit. Lorsqu'elle manque de combustible, ses fidèles oiseaux tombent par nuées sur le sol et lui rapportent branches et brindilles qu'ils larguent en pagaille.

Dans les flammes danse la silhouette d'une femme à tête de chat. Celle-ci chuchote. Muette, Hel ne répond pas, mais elle hoche la tête, parfois. L'impatience gagne les corbeaux qui croassent, puis c'est au tour des perroquets de s'énerver.

À l'issue de l'échange, Hel ouvre sa main squelettique. Une cosse apparaît dans sa paume osseuse. Le fruit bien mûr craque, révélant des perles grenat, luisantes de sucre. Une pie s'approche alors. Elle se dandine d'une patte sur l'autre, énorme, trois fois plus grosse que n'importe quel autre corvidé du jardin. Elle déchaîne des huées de jalousie.

Elle a beau venir du monde sauvage, elle aussi appartient à leur maîtresse. Elle saisit délicatement la cosse du bout de son bec, puis elle s'envole. En quelques battements d'ailes, elle traverse des frontières qui n'existent ni pour les vivants ni pour les morts : seulement pour les Dieux.

Elle virevolte là où autrefois les divinités régnaient. Son voyage est flou, mouvementé, mais bien vite, elle traverse le ciel nuageux au-dessus de Bau. Elle prend garde à déjouer la surveillance des gardes. Personne ne doit repérer la faille qu'elle emprunte dans le maillage, là où deux pitons n'ont pas été réparés après la dernière attaque d'ours. Elle se faufile, sautille dans les zones d'ombre, puis atteint enfin sa destination. L'arbre en face de la chambre de l'Oracle.

La fillette l'attend à sa fenêtre, fidèle au rendez-vous.

10

Une certaine routine s'installa au fil des jours. Yaël se réveillait à l'aube, en même temps que Bintou, et elle n'ouvrait la bouche que si celle-ci le faisait. Un matin, Bintou se levait dans une forme olympique, mais le suivant, elle peinait à se redresser, c'était à se demander si elle n'était pas malade ; dans ce cas, il valait mieux la prendre avec des pincettes.

Yaël déjeunait avec elle de pain rassis trempé dans du lait ou de la soupe, et ensuite, elle se mettait au travail. Elle avait vite appris les bons gestes avec les brebis, ainsi qu'à se méfier, parce que celles-ci prenaient un malin plaisir à lui écraser les pieds. Ensuite, Bintou sortait avec ses bêtes. Pendant son absence, Yaël mettait de l'ordre en haut du phare, elle s'occupait de faire la vaisselle en utilisant l'eau d'un baquet qui recueillait la pluie, puis elle effectuait les tâches que la maîtresse des lieux lui avait assignées avant son départ. Le plus souvent, elle devait s'occuper du jardin. Retirer les mauvaises herbes, récolter les fraises, semer certaines graines, butter les patates.

Bintou parlait peu à son retour. Elle s'entretenait plus facilement avec ses brebis qu'avec Yaël. Ce qui surprenait la jeune fille, c'était l'absence de questions. Pas une fois, Bintou ne lui avait demandé comment elle était arrivée là… On aurait dit qu'elle redoutait autant de les poser que de répondre à celles de Yaël. Quand la fille avait essayé de savoir d'où elle venait,

Bintou avait dit que cela n'avait pas d'importance. Même chose pour le pain.

— Tant qu'il est mangeable…

Pourtant, le miel, le pain, les ustensiles, tout cela provenait bien de quelque part. Voilà ce qui occupait Yaël pendant qu'elle se rendait utile. Voilà ce qui lui brûlait les lèvres le soir venu, quand toutes les deux contemplaient les flammes et le ballet des étoiles. Yaël n'arrivait pas à obtenir de réponses. Soit Bintou se braquait, soit elle se mettait à marmonner sur ce qu'elle avait fait de sa journée et elle oubliait la question qui lui était posée.

C'était décourageant. Le septième soir, Bintou se mit à murmurer, de façon inaudible et ininterrompue. Elle se prit la tête dans les mains comme si la douleur d'une migraine lui vrillait les pensées et inquiète, Yaël lui proposa de l'eau. Avec un geste de refus, la femme sortit de son sac une poche de cuir remplie d'herbes qu'elle roula à l'aide d'un papier très fin, d'un genre que Yaël n'avait jamais vu, tiré d'une petite boîte en fer blanc.

Après une longue bouffée, Bintou se laissa couler contre le mur. Peu à peu ses traits se détendirent. Elle inspirait profondément, l'air plus lucide que jamais. Plus forte aussi.

— Bintou, hasarda Yaël, est-ce que…

— S'il te plaît. Du silence.

Le matin suivant, il n'y eut aucune tâche. Yaël ramassa du bois en compagnie de Moustache sans oser s'éloigner de son refuge. Le chat ne paraissait pas tranquille, non plus. À l'heure du déjeuner, les brebis se présentèrent seules devant le phare, ce qui était une heure inhabituelle. Leur agitation la laissa penser qu'un prédateur les avait effrayées et elle les fit rentrer à l'abri. Où était passée la bergère ?

Yaël craignait qu'à son retour, après des heures passées à l'extérieur, Bintou ne la reconnaisse pas. Pour tromper son angoisse, l'adolescente décida de nettoyer ses vêtements ; son linge sècherait vite puisqu'il faisait beau. Elle se dévêtit, s'enroula dans une couverture et frotta, à l'eau et à la brosse, ses vêtements de lin : tunique de corps, culottes ainsi que ses abominables chaussettes. Les taches ne partirent pas, mais c'était toujours mieux que rien. Elle-même s'était lavée à l'eau froide à plusieurs reprises de sorte à reprendre forme humaine ; d'ailleurs, elle rêvait de mettre la main sur un morceau de savon, histoire de sentir bon.

— Yaël ? s'étonna Bintou en la découvrant à demi nue en train de décrocher ses fripes sèches d'une branche, en dehors de l'enceinte. Qu'est-ce que tu fais encore ici ?

— Je t'attendais, répliqua froidement la jeune fille, sa couverture remontée jusqu'au cou. Tu es partie depuis des heures.

La femme déchargea son arbalète et son lourd sac de ses épaules, le temps de reprendre son souffle, comme si elle avait fait un long trajet. Elle examina d'un œil critique le linge sec, tandis qu'une brebis accourait pour lui renifler la peau des mains. Moustache hérissa le dos.

— Je t'ai dit des milliers de fois qu'il devait partir ! Il représente un danger !

— Il ne nous a jamais fait de mal, protesta Yaël, les larmes aux yeux.

— Il en fera. Il écoute tout ce que lui dit sa maîtresse.

Bintou repartit au phare, Yaël sur ses talons. La jeune fille en avait plein le dos de ses sautes d'humeur, mais pour une fois, à sa façon de parler, à ses intonations, Bintou paraissait en pleine possession de ses moyens. C'était le moment d'exiger des réponses. Il était évident qu'elle ne se nourrissait pas que de fromage de brebis et qu'elle en produisait plus que nécessaire à sa consommation personnelle. Yaël était maintenant persuadée qu'elle ne s'était pas contentée de se promener en forêt.

— Où étais-tu passée ?

— Ce ne sont pas tes affaires.

— Si ! Tu ne m'as toujours pas dit où on se trouvait, j'ai le droit de savoir !

— Quelque part dans le monde sauvage, répliqua Bintou. Contente ?

Un sourire méchant releva le coin de sa bouche. Une fois dans le phare, elle monta au deuxième étage et fila directement au garde-manger. Elle tira de son sac un énorme pain enveloppé dans un linge propre, ainsi qu'un gros sac de toile, rempli de riz. Une boîte à thé ensuite. Dans un geste mécanique, elle souleva le couvercle, respira le parfum et le tendit à Yaël pour lui faire sentir.

— D'où est-ce que ça vient ?

Bintou haussa les épaules, fouilla dans sa poche et lui fourra dans la main un objet, enveloppé dans du papier.

— C'est pour toi.

Le paquet renfermait un gros bout de savon ; Bintou avait dû l'entendre se plaindre à ce sujet. Yaël hésita un instant avant de reprendre ses esprits et d'essayer de le lui rendre.

— C'est trop. Garde-le pour toi !

— Il y en a dans mon sac. Tu n'as pas froid comme ça ?

Toute colère s'était enfuie de son visage. Yaël reconnut cette expression qu'elle avait vue dans le miroir, cet air perdu, symptomatique d'un changement d'état, comme si les angoisses pesaient de tout leur poids sur Bintou. Une crispation de douleur tordit un instant ses traits. Sa peau devint cireuse, et Yaël l'aida à s'asseoir, inquiète à l'idée qu'elle puisse s'évanouir.

— Tu ne vas pas bien.

— La marche a été longue.

Cela sonnait comme un mensonge.

— Je t'apporte à boire.

Yaël se dépêcha de remplir un verre en terre cuite de lait de brebis, fraîchement tiré du matin. Bintou but à petites gorgées, pensive et muette. La jeune fille s'éclipsa le temps de se rhabiller, puis vint s'installer sur le plancher à ses pieds. Elle avait eu le temps de réfléchir à ce qu'elle allait dire maintenant que la « crise » semblait passée.

— D'où vient le riz ? Si je te demande ça, c'est parce que je pourrais me rendre là-bas et te laisser tranquille. Tu dis tout le temps que je dois quitter le phare, mais je ne peux pas partir à l'inconnu dans le monde sauvage, sans carte, sans affaires pour me permettre de survivre. Il me manque tout ce qu'il faut…

— Et les carottes ? Elles ont la mouche ou pas ?

— Les carottes vont bien, mais…

Bintou traîna sa chaise jusqu'au miroir. Là, elle commença à défaire ses tresses. Elle sortit une petite bouteille de lotion de sa poche de veste. Yaël n'en croyait pas ses yeux. La bouteille portait même une étiquette imprimée ! D'où sortait-elle ce produit ? Yaël n'en avait jamais vu ! Elle se posta derrière la chaise, plantant son regard dans celui du reflet de Bintou.

— Pourquoi est-ce que tu ne m'emmènerais pas là-bas ? Après, tu me laisserais me débrouiller, je ne serais plus ton problème. Il faut que je retrouve mon amie Pomme, elle est très importante à mes yeux. Je ne peux pas l'abandonner à son sort. Je dois rentrer chez moi, tu comprends ?

— Ce n'est plus chez toi.

La remarque la désarçonna, le temps qu'elle se recompose à l'intérieur et qu'elle réplique, cinglante :

— C'est Pomme, chez moi. C'est ma partenaire, je ne peux pas vivre sans elle. Je dois la rejoindre et je n'y arriverai pas en restant ici. S'il te plaît, emmène-moi !

— Tu peux y aller toute seule. La ville est toute proche. Si tu fouilles, tu trouveras ce que tu cherches.

— Une cité, tu veux dire ? Avec des gens ?

Bintou continua de s'occuper de ses cheveux, avec un air inquiet. Yaël attendait, suspendue à ses lèvres. La bergère soupira.

— Prends vers l'est, en longeant la lisière. Quand tu verras des pavés, il te suffira de les suivre. Et la ville sera à une heure de marche environ.

Toutes deux se mesurèrent du regard.

— Merci, dit Yaël en pressant sa main sur son épaule. Merci pour tout.

Bintou ne se retourna pas, mais elle écouta le pas de sa protégée descendre l'escalier. *Tu sais bien qu'il faut qu'elle trouve cette ville,* murmura une petite voix en son for intérieur. *Tu ne dois pas l'en empêcher, de toute façon.*

Yaël n'avait rien à emporter, à part son gilet, qu'elle noua autour de sa taille parce qu'il faisait chaud. Elle glissa quand même le pain de savon dans sa poche, parce qu'il pourrait lui servir de monnaie d'échange. Il ne lui manquait plus que son bâton… et le chat. Car Moustache bondit hors des buissons dès qu'elle quitta le phare. Il mendia une caresse qu'elle lui offrit de bon cœur.

— Je ne sais pas si tu pourras me suivre bien longtemps, mon pauvre. Il y a une ville tout près ! Tu imagines ?

Après avoir découvert un phare habité, en plein monde sauvage, elle était désormais sur le point de trouver une ville. Cela lui aurait paru impensable quelques mois plus tôt. Le grand prêtre avait pourtant affirmé en classe que tous les survivants avaient dû rejoindre les forteresses, qu'il ne restait plus personne dehors ! Elle ne devait plus jamais rien croire venant de lui, elle s'en fit le serment.

Tout en marchant d'un bon pas en lisière de la forêt, elle réfléchissait à la suite. Il faudrait qu'elle se mêle à la population et que personne ne sache qu'elle avait été bannie. Elle espéra ne pas avoir l'air trop misérable non plus dans son gros gilet mal taillé. Les pauvres n'étaient jamais bien accueillis où qu'ils aillent.

Il restait à espérer qu'elle trouverait vite du travail de sorte à préparer son retour à Bau. Le savon, qui ne pouvait que venir de loin, lui avait donné une idée folle. Des voyageurs l'avaient apporté, elle en aurait mis sa main à couper. Peut-être qu'elle pourrait se cacher parmi les marchandises et qu'elle reverrait Pomme plus vite que prévu.

Moustache cracha, puis se mit à gronder bizarrement, comme si son miaulement était coincé dans sa gorge. La faute à un autre matou, maigre et efflanqué, rouquin comme tout, qui le défiait d'aller plus loin. Yaël le chassa en criant plus fort et en tapant par terre avec son bâton. Moustache fit comme si c'était lui qui avait fait fuir l'ennemi, se pavanant et se frottant à ses côtés.

— Tu pourrais au moins participer, lui fit-elle remarquer.

En guise de réponse, il bâilla. Il y avait de plus en plus de Bêtes à mesure qu'elle s'éloignait du phare : des fouines, des faisans, des lapins. Elle s'était rendu compte depuis un moment qu'ils évitaient de trop s'en approcher. Moustache demeurait sur ses gardes et Yaël avançait en gardant à l'œil l'arbre le plus proche où elle pourrait se réfugier.

Bientôt elle sentit des pavés sous l'herbe. Elle marchait sur une route, ancienne mais bien réelle. Par endroits, la végétation la recouvrait complètement, et il fallait escalader des troncs ou se frayer un chemin parmi les graminées, mais elle retrouvait toujours les pavés. S'agissait-il d'une antique voie romaine qui traversait l'ancien Empire de France ? Yaël le croyait. Elle continua sa route, en guettant des bâtiments ou un signe de vie. À Bau, il y avait toujours la cheminée de la forge qui fumait ; elle se doutait qu'il devait y en avoir une aussi dans cette ville. Elle brûlait d'en découvrir le nom.

Toujours rien après une bonne heure de marche. Entre-temps, elle dut escalader un arbre à cause d'un chien avec un croc cassé que Moustache fit fuir cette fois. Il se planta devant l'autre bête pourtant plus grande que lui, le dos hérissé, toutes griffes dehors en grondant comme un beau diable. Le chien aboya et fit mine de le mordre, mais Moustache se jeta en avant et lui lacéra la truffe, ce qui le fit déguerpir. Après cet incident, Yaël se sentit d'autant plus reconnaissante envers son protecteur.

Elle avait chaud et soif, mais hors de question de s'arrêter. Plus loin, des pies la houspillèrent depuis des branches hautes et elle leur jeta des cailloux. Au bout d'un moment, la route parut s'élargir de façon considérable. Yaël fit une pause. La clairière devant elle était toute pavée, malgré les herbes, les fleurs et les fougères qui se dressaient entre les pierres disjointes. Moustache se laissa tomber sur le flanc, l'air épuisé.

Çà et là, des monticules suggéraient des formes de bâtiments. Dans un vertige, elle comprit qu'elle avait atteint sa destination. La végétation recouvrait tout. Il n'y avait là que des ruines. Un immense champ de ruines. La ville avait été soufflée par la déflagration de la Fracture, comme n'importe quelle autre… Yaël s'approcha, mais de grosses empreintes dans la terre la dissuadèrent d'aller plus loin. Un instant, elle imagina un loup.

Elle repartit en courant. Comment Bintou avait-elle pu lui mentir ? Il n'y avait rien ici qui pouvait l'aider. Elle repensa aux énormes traces de pattes, bouleversée. La bergère avait-elle voulu se débarrasser d'elle ? *Non*, se morigéna Yaël en faisant une pause pour reprendre son souffle. *On n'offre pas du savon à quelqu'un si on envisage de le tuer.*

— Bintou est folle. C'est tout.

Ou bien elle ne voulait pas que Yaël trouve les gens avec lesquels elle commerçait pour une bonne raison. À moins qu'elle ne soit simplement méfiante et jalouse. Moustache se frotta contre son amie, haletant de sa course.

— Il faut qu'on se dépêche. On est encore loin du phare et la nuit va tomber.

À l'idée de dormir dehors, elle frémit d'horreur. Cette angoisse la tint durant tout le chemin du retour. Parfois, elle se remettait même à courir, et le reste du temps, elle trottait aussi vite qu'elle le pouvait. Le crépuscule était bien avancé quand elle atteignit sa destination. Le feu brûlait déjà dans la coupole. Elle marqua un temps d'arrêt.

— Miaaa, répliqua Moustache en dodelinant de la tête.

Il la bouscula, ce qui faillit la faire tomber. Yaël le prit dans ses bras et pleura, la tête dans son poitrail, de déception, de rage, de désespoir aussi. Il renifla l'eau sur ses joues, se frotta une dernière fois et disparut dans les fourrés.

De nouveau seule, elle pénétra dans l'enceinte du phare et tambourina à la porte.

— Te voilà enfin, dit Bintou après avoir ouvert comme si de rien n'était. Tu ne devrais pas te promener à l'extérieur sans arme. C'est dangereux de se promener sur le territoire des loups.

11

La pluie crépita toute la nuit sur la coupole et la toile tendue par Bintou dans les encadrements vides de la verrière. Au petit matin, des brumes roses et orange coloraient le ciel et le dessous des nuages, encore enflés d'eau. Les oiseaux chantaient plus fort et si on tendait l'oreille, on aurait pu entendre l'herbe pousser. Yaël s'éveilla de méchante humeur tandis que Bintou chantonnait en leur préparant une tartine de pain recouverte de fromage.

— Il faut en profiter, ce n'est pas si souvent que le pain est frais.

À une autre époque, celle où elle était une enfant-pouvoir respectée, Yaël lui aurait jeté le pain à la figure, et elle l'aurait sommée d'expliquer d'où il venait. L'imaginer lui fit beaucoup de bien. Naturellement, elle garda les lèvres cousues et ne desserra les mâchoires que pour avaler ce repas providentiel.

Bintou sourit en la regardant avec une affection que l'adolescente ne lui connaissait pas.

— La pluie d'hier a emporté le poison. Il faut en remettre sur les barbelés.

— Tu ne me demandes pas de partir, aujourd'hui ?

La femme haussa les épaules et se détourna pour attraper son arbalète qu'elle posa entre elles, un air dur de retour sur ses traits.

— Je t'apprendrai à t'en servir en échange de ton travail. Comme ça, tu pourras protéger ces foutues brebis en mon absence. On ne sait jamais avec les loups. Il faudrait que tu te trouves ta propre arme pour te défendre, ce serait mieux.

— Où ça ? s'agaça Yaël. Dans la ville fantôme d'à côté ?

— Par exemple. Je n'ai pas menti. Si tu fouilles, tu trouveras des reliques.

Elle avait donc souvenir de l'avoir envoyée là-bas. Yaël secoua la tête.

— J'ai besoin d'une gourde, d'une cape, d'un sac, ce genre de choses. Et d'une carte aussi. Quand me diras-tu où nous sommes ?

— Ce n'est pas tant où nous sommes qui importe, murmura Bintou en regardant le ciel. Le monde a tellement changé.

— Est-ce que tu ne pourrais pas me donner ce qu'il me faut ? risqua Yaël.

— Ce qui est ici est à moi. Si tu me voles, je te tue.

Sur ces mots, Bintou quitta la coupole. Yaël préféra croire qu'il s'agissait d'une menace en l'air, malgré le frisson qui lui courait dans le dos. Elle n'avait pas l'intention de voler quoi que ce soit, elle avait sa fierté et surtout, elle ne voulait rien faire qu'elle pourrait regretter plus tard.

☾

Elle aida à badigeonner les pointes des barbelés avec une mixture gluante à base de racines d'aconit que Bintou avait préparée en suivant une recette notée d'une écriture élégante dans un petit carnet de cuir. Elle l'avait ensuite rangé dans son sac. Tout ce qui était important, elle le gardait dans son sac, qu'elle emportait partout avec elle.

Par la suite, l'adolescente travailla dans le jardin, et ainsi que Bintou l'avait décidé, apprit à se servir de l'arbalète. Les carreaux étaient, eux aussi, trempés dans du poison.

— Les Bêtes savent que je suis plus dangereuse qu'une vipère, se vanta la femme. Elles m'évitent, moi, le phare, mes brebis. Même les rapaces me laissent tranquille.

— J'aurais cru qu'ils attaqueraient quand même.

Chaque fois que des humains quittaient l'une des forteresses et essayaient de s'établir un peu plus loin dans un autre massif de Pyrenne, les Bêtes cherchaient à les déloger. Bintou haussa les épaules.

— J'ai mon territoire, ils ont le leur.

Cette phrase, Yaël la médita sans trop y croire. Le phare devait avoir quelque chose de particulier ; tous les animaux gardaient leurs distances. Plus elle y pensait, plus Yaël trouvait ce fait troublant. Elle en vint à la conclusion que certains de ses sortilèges devaient toujours le protéger. C'était possible : s'il avait résisté à la Fracture, c'était parce qu'il avait été enchanté.

— Tout de même, murmura Yaël un jour, en s'adressant au chat, j'ai eu beaucoup de chance de tomber sur toi. Sans ton aide, je n'aurais jamais vu la lumière qui m'a guidée jusqu'ici. Je te dois une fière chandelle.

Moustache s'assit au milieu des fleurs, l'air particulièrement satisfait. Un semblant de sourire lui releva les babines. Yaël lui fit une caresse et se remit à gratter la terre dans le jardin. Le félin continua de l'observer. À travers lui, la Déesse au visage de chat contemplait l'adolescente, qu'elle considérait comme sa créature désormais.

Tu vas devenir forte, se réjouit-t-elle, en son for intérieur. *Tu es l'étincelle qui mettra le feu au monde de l'Unique.*

L'arbalète était lourde pour les bras maigres de Yaël qui n'avaient jamais beaucoup travaillé. Bintou lui apprit les bons gestes avec précision, comment la démonter, l'entretenir, la recharger, tirer... Elle n'avait rien à envier aux gardes de Bau, elle paraissait aussi à l'aise avec cette arme que n'importe lequel d'entre eux.

— Bientôt, tu connaîtras la procédure par cœur. Et tu finiras par faire mouche.

Son assurance réconfortait un peu Yaël. En attendant, elle passait plus de temps à expédier les carreaux dans les fourrés qu'à atteindre ses cibles. Ce qui amusait beaucoup Moustache qui poursuivait les projectiles, en ignorant Bintou qui vitupérait qu'il devait partir.

Mais un matin, le chat resta prostré, comme s'il dormait, les pattes repliées sous lui, la queue bien rangée contre son ventre. La blessure sur son dos s'était infectée. Yaël courut chercher Bintou qui binait dans le jardin et lui demanda de l'alcool pour nettoyer la plaie.

— Ce n'est qu'un chat. Le désinfectant ne se trouve pas sous le sabot d'un cheval, tu sais. Pourquoi vouloir le soigner ?

À nouveau cet air dur. Bintou se redressa, les épaules dégagées vers l'arrière, plus grande qu'à l'ordinaire. Yaël se sentit obligée d'en faire autant ; était-ce un test ? Une façon de lui montrer qui commandait ? La jeune fille n'avait jamais été de celles qui rentraient dans le rang. Elle bomba la poitrine.

— Parce qu'il est avec moi, et que je peux compter sur lui ! Il ne m'abandonnera pas. Je ne l'abandonnerai pas non plus.

Elle n'y avait jamais vraiment pensé avant, mais à cet instant, cela lui parut si évident qu'elle se sentit investie d'une énergie nouvelle, celle de convaincre la bergère de l'aider alors qu'elle détestait le chat.

— Si c'est infecté, il faudra curer le mal, répliqua cette dernière.

— Dis-moi comment faire et je m'en charge.

Bintou se mit à rire, et son visage se transfigura, elle parut dix ans de moins d'un coup. Quel âge pouvait-elle bien avoir en réalité ? Trente ans ? Cinquante ans ?

— Occupe-toi des petits pois. Il me faut mon matériel.

☾

Bintou donna à Moustache un peu de fromage de brebis, qu'il avala goulument sans se méfier. Le temps qu'il s'endorme, elle disposa ses ustensiles et se lava longuement les mains au savon et à l'eau chaude que Yaël avait rapportée du phare en bringuebalant une casserole. Le scalpel étincela sous le soleil, puis Bintou se mit au travail en chantonnant. Elle enleva les chairs infectées avec application. Elle les recousit ensuite avec du fil et une aiguille brillante, parfaite, du même genre que celles que Yaël avait aperçues une fois dans la trousse du docteur de la forteresse. Bintou avait été quelqu'un d'important autrefois. Avant l'exil ? La folie ? Il avait dû lui arriver un évènement bouleversant qui expliquerait pourquoi, par moments, elle devenait une personne complètement différente.

Lorsque des douleurs prémenstruelles annoncèrent les règles de Yaël dans la semaine suivante, sa bienfaitrice lui donna un bout de drap à découper pour protéger sa culotte et disparut plusieurs heures. À son retour, Yaël s'était recouchée, angoissée à l'idée que Bintou l'ait encore oubliée. Mais elle l'examina avec le plus grand sérieux, avant de lui préparer une tisane dans laquelle elle mit une pincée de poudre blanche.

— Cela te soulagera. Ensuite, dors. Tu ne travailleras ni aujourd'hui ni demain.

Ce soir-là, Moustache leur déposa un oiseau qu'elle rôtit en grommelant qu'il devrait fiche le camp à un moment ou à un autre. De son côté, Yaël dormit comme une pierre, d'un sommeil plein de rêves où Pomme riait en lui jetant des friandises à la figure, où elles se promenaient ensemble sur les remparts, où sa sœur lui caressait la joue avant de la border enfant… Puis le grand prêtre Cellon se levait en abattant sa règle sur son bureau avec fracas.

☾

Les jours passèrent. Moustache, guéri, resta et continua d'apporter des oiseaux. Yaël décida de se fabriquer une cape avec les plumes les plus longues qu'elle cousait patiemment sur des chutes de laine bouillie. Elle réfléchissait à un itinéraire, faisait des calculs, et essayait de se constituer une réserve de nourriture en vue de son départ prochain. Elle rêvait du moment où elle retrouverait Pomme et de la liberté qui serait la leur. Ensemble, elles pourraient se construire une nouvelle vie même si elle ignorait encore de quoi elle serait faite.

Les loups rôdaient régulièrement dans les parages, sans trop s'approcher du bâtiment et de ses grillages empoisonnés. Leurs yeux brillaient dans la nuit et Bintou leur criait « Vous n'aurez rien ! » chaque fois qu'elle mettait le nez dehors. Dans ces cas-là, elle ignorait complètement Yaël, comme si elle était de nouveau seule.

Il y avait quelque chose de cassé chez cette femme. Elle était d'humeur si changeante que le terme lunatique avait dû être inventé pour elle. Surtout, elle refusait de raconter son histoire, d'où elle venait, pourquoi elle se terrait ici…

— Parce qu'on est en sécurité, grommela-t-elle. Pas de raison d'ailler ailleurs.

Une nuit, ils hurlèrent si près du phare que même le chat eut le droit de rentrer dans le bâtiment, avec les grosses brebis. Après avoir barricadé les portes, la femme monta la garde avec son arbalète au sommet du phare. Elle ne protesta pas quand Moustache rejoignit Yaël devant le feu et qu'ils s'endormirent, blottis l'un contre l'autre. Cependant, la jeune fille se réveilla une heure plus tard et assista à une scène étrange. Bintou, drapée dans son manteau de cuir, s'était postée au bord de la plateforme, du côté ouvert sur la nuit. Elle parlait à mi-voix, juste assez fort pour que Yaël saisisse sa dernière phrase.

— Si Amarok est mécontent, qu'il vienne en personne.

Ensuite, elle se roula une cigarette, et Yaël se laissa avaler par le sommeil, oubliant ce qu'elle avait entendu. Moustache ouvrit ses yeux verts, observant Bintou avec intérêt.

— *Ne laisse pas Amarok approcher de Yaël,* souffla sa Déesse, *sinon il la voudra pour lui. Pour l'instant, le loup gris ne sait rien et c'est bien ainsi.*

En guise de réponse, il se mit à ronronner. Jusqu'ici, sa mission se déroulait sans accroc. Il avait même réussi à amadouer la folle en lui apportant de la volaille… Mais il devait redoubler de vigilance. Les loups reviendraient tôt ou tard.

☽

À la suite de cet incident, Moustache dormit souvent à l'intérieur, le plus souvent allongé contre son humaine favorite, qui râlait dès qu'il l'écrasait avec sa tête trop lourde.

Une fois par lune, Bintou partait et revenait avec des provisions. Juste de quoi améliorer l'ordinaire, car son jardin lui offrait la plupart de ce dont elle avait besoin. Yaël essaya de la suivre plus d'une fois, mais la femme avait, pour ainsi dire, le don de se volatiliser dans la nature. Le jour où elle tira de son fameux sac une tunique, une jupe-culotte et des sous-vêtements de rechange pour Yaël, celle-ci se répandit en remerciements. Bintou lui caressa la joue.

— Tu travailles dur.

Yaël retint sa main.

— Pourquoi ne me dis-tu pas où tu as eu ça ?

Toute affection s'envola de son visage. Elle retourna vers le feu, qu'elle tisonna avec humeur. Yaël avait beaucoup réfléchi. Si Bintou ne regagnait pas une ville, peut-être que des gens lui rendaient visite. Il arrivait que des voyageurs quittent le service du Temple et se mettent à « vagabonder » pour leur propre compte…

— Tu trafiques avec des vagabonds, n'est-ce pas ? l'accusa Yaël.

Bintou haussa les épaules.

— Les vagabonds ne sont pas des gens que tu veux rencontrer, ma petite. La vieille Bintou ne les intéresse pas. Ils la traitent de sorcière, ils en ont peur, et ils mangent ses fromages. Mais toi (elle posa un index sur sa poitrine), toi, ils te mettraient la main dessus pour ta magie. Sais-tu ce qu'on dit ? Que l'homme est un loup pour l'homme. À raison.

La fille regarda Bintou à la dérobée. Peut-être qu'elle avait dû s'enfuir d'une forteresse, et que des vagabonds l'y avaient aidée. La bergère ne savait probablement pas où elle se trouvait sur une carte, ce qui expliquerait bien des choses. Même s'il manquait encore quelques pièces du puzzle à Yaël pour tout comprendre, elle finirait bien par reconstituer son histoire.

Yaël essaya ses nouveaux vêtements. La jupe-culotte était à la fois confortable et pratique avec ses grandes poches. Il lui manquait un manteau pour partir en expédition, mais la cape de plumes qu'elle fabriquait avançait bien. Il lui fallait aussi une arme et elle savait déjà qu'elle ne pourrait pas prendre l'arbalète de Bintou. Pour le moment, elle s'entraînait à donner des coups en sollicitant sa magie, néanmoins son bâton n'était pas un artéfact ensorcelé comme les orbes dans lesquels elle avait appris à déverser son pouvoir. Elle parvenait à frapper avec plus de force, certes, et sans doute parviendrait-elle ainsi à se défendre des Bêtes de taille équivalente à la sienne, mais jamais elle ne serait capable de repousser un loup ou un sanglier géant.

— Le filage attendra l'hiver, déclara Bintou qui lui apprenait à tondre les brebis.

L'hiver.

Le mot fit peur à Yaël. L'été s'était écoulé et elle avait quitté la forteresse depuis déjà plusieurs semaines. On devait la croire morte ou pire. Azra gardait sûrement la tête haute, elle était du genre fière, à ravaler ses larmes. Quant à ses parents, elle ne les avait pas vus depuis des années. Ils étaient tristes, sans doute. Restait sa partenaire. Son adorable Pomme, qui devait souffrir quelque part et pleurer son absence. Qu'était-elle devenue ? Où dormait-elle ? Mangeait-elle à sa faim ? Yaël l'aurait senti d'une façon ou d'une autre s'il lui était arrivé malheur, mais elle n'avait pas réussi à toucher son esprit de nouveau, même furtivement, depuis ce fameux jour où elle s'était réveillée seule dans le monde sauvage et lui avait promis de la rejoindre.

Il arrivait à Yaël de lui parler à voix haute, comme si elle était présente. Dans ces cas-là, elle sursautait, prise d'effroi à l'idée de devenir comme Bintou : une vieille folle perdue dans le monde sauvage.

Pomme lui manquait plus fort chaque jour. À elle, Yaël pouvait tout dire, tout confier. Aussi futile que cela pouvait paraître, elle se disait que Pomme aurait du mal à la reconnaître si elle la voyait : plus de breloques dans les cheveux, de henné sur ses paumes, de khôl sur les yeux. Le soleil avait tanné sa peau mate, le travail abîmé ses mains… Quand elle se regardait dans le miroir, elle ne voyait plus que l'ombre d'elle-même, et toujours au fond du regard, un peu de cet air perdu qu'elle n'avait toujours pas chassé.

Son absence lui pesait d'autant plus que le poids de sa culpabilité ne s'était pas amoindri. Seul Moustache semblait s'en apercevoir, lui qui venait s'asseoir contre elle et se léchait pour se donner une contenance, mal à l'aise de la sentir triste.

— Pomme t'aimerait beaucoup. Qu'est-ce que je fais là, mon gros ?

Moins efflanqué qu'à leur rencontre, Moustache avait le poil brillant. Il la gratifia d'un coup de langue râpeux qui lui gratta la joue.

— Il faut qu'on parte au plus vite. J'ai trop attendu.

Yaël avait achevé sa cape de plumes ; quoiqu'un peu lourde, elle lui tiendrait chaud et son plumage noir et brun l'aiderait à se dissimuler dans la nature. Elle possédait désormais un couteau, une écuelle, une boussole… Bintou lui avait aussi donné une pierre à feu et une bougie de suif, parce qu'elle « en avait plein dans son sac ». Yaël décida qu'elle partirait le lendemain, aux premières lueurs de l'aube. Elle ignorait si elle parviendrait à atteindre Pyrenne vivante, mais elle n'avait plus aussi peur du monde sauvage qu'avant. Le chat l'aiderait à éviter les prédateurs féroces : il l'avait avertie du danger plus d'une fois au fil des semaines. Il fallait qu'elle prépare ses provisions et qu'elle termine le sac qu'elle se tricotait. Mais c'était décidé, elle partirait le lendemain, à l'aube.

— Il est temps de devenir une véritable exploratrice.

— Miaaa, approuva Moustache.

12

Cette décision donna des ailes à Yaël. Elle avait l'impression de reprendre le contrôle de sa vie, après que celle-ci lui avait complètement échappé. Elle se livra à ses préparatifs avec une énergie nouvelle. Néanmoins, la culpabilité la tourmenta quand elle se servit dans le garde-manger. Pourtant, elle ne volait rien : elle avait fabriqué le fromage qu'elle avait pris et c'était Moustache qui avait chassé la viande mise à sécher. Quant aux noisettes, elle les avait ramassées elle-même.

— Tu crois que Bintou sera triste de nous voir partir ?

Moustache s'étira, l'arrière-train levé et les pattes tendues devant lui. Il ne s'en souciait pas du tout. Le plus important, c'était qu'enfin il allait y avoir de l'action.

— *Oui*, sourit la Déesse à travers lui, *la pleine lune est pour ce soir. L'astre du changement lui donnera la force dont elle a besoin.*

Yaël entreprit de ranger sa paillasse et de tout mettre en ordre pour partir l'esprit tranquille. Elle posa la main sur un amas de plumes noires et blanches, toutes plus longues que son avant-bras. Bintou lui avait donné d'autres chutes de laine, en lui disant qu'elle voulait bien d'un manteau comme le sien. Yaël avait commencé à travailler dessus, mais il resterait inachevé. C'était un sentiment désagréable. Pour ne pas céder à la nostalgie, elle songea à son voyage.

En admettant qu'elle se trouvait bien en Armorique, plutôt

dans le centre puisqu'on ne voyait pas la mer, elle était à huit ou neuf cents kilomètres de Pyrenne. Elle avait calculé qu'à raison de vingt kilomètres par jour, il lui faudrait environ un mois et demi de marche pour rejoindre sa destination. Avec sa boussole, elle serait en mesure de garder le cap.

Bintou rentra à la nuit tombée. Toutes deux dînèrent d'un peu de soupe et de pain. Le silence se fit pesant pour Yaël, qui devait annoncer son départ.

Elle repoussa Moustache qui s'était roulé en boule contre elle, mais le chat posa sa grosse tête sur ses genoux, l'empêchant de bouger. Elle le caressa avec un soupir.

— Je partirai à l'aube, déclara-t-elle, fébrile.

— Je sais, acquiesça Bintou.

Les yeux mi-clos depuis la fin du repas, la bergère fixait le feu ou peut-être la nuit et ses lourds nuages presque bleus qui voguaient vers l'horizon. La nouvelle ne lui avait fait ni chaud ni froid. Son mutisme convenait parfaitement à Yaël, qui était trop fâchée pour desserrer les dents. Pour dire quoi de toute façon ? Elle préférait encore le silence à une interminable conversation au sujet des brebis.

Yaël attrapa son sac et replongea le nez dedans, vérifiant une ultime fois qu'il ne manquait rien. Elle était déterminée à l'ignorer jusqu'au moment de dormir. Elle ne vit pas les ténèbres se dégager dans le lointain ni la lune se découvrir, disque plein et brillant, plus gros qu'à l'accoutumée. De loin en loin, des loups se répondirent. Leur hurlement était comme une lame glacée dont la pointe coulait dans le dos.

— Regarde ça, trembla la bergère, la voix pleine de frissons. Tu le sens, toi aussi ?

— Quoi ?

— Le mouvement.

Elle resserra ses bras autour de ses genoux et se mit à osciller d'avant en arrière.

— Je ne vois pas de quoi tu parles, s'inquiéta Yaël oubliant sa rancœur pour un moment.

Quelque chose travaillait Bintou, si profondément que la pauvre femme paraissait proche du point de rupture.

— C'est à cause des loups ? avança prudemment la fille.

— Non. Le temps. La lune. C'est un bon repère pour se déplacer sans se perdre.

Yaël manqua une respiration.

— Se déplacer, dis-tu ? Grâce à la magie ?

Bintou avait les yeux dans le vague. Elle semblait repartie, quelque part dans ses souvenirs.

— Catheryn me le disait, que de lune en lune, nous avancerions bien. D'ailleurs, elle avait raison, nous sommes allées très loin.

C'était la première fois qu'elle prononçait ce prénom. Yaël inclina la tête de côté, en s'humectant les lèvres, avec la peur que Bintou se renferme subitement. Il ne fallait surtout pas la brusquer. Sa voix était plus posée qu'à l'accoutumée, son expression calme, loin de l'agitation qui l'emportait souvent. Il y avait une chance qu'elle parle.

— Jusqu'où êtes-vous allées ?

— Jusqu'à maintenant, rétorqua l'autre avec défiance. La lune nous a guidées.

Ça n'avait aucun sens, mais si Yaël comprenait bien, Bintou s'était déplacée avec la magie. Elle avait un peu de pouvoir. Peut-être assez pour qu'elle le combine avec le sien. Mais ce n'était pas chose aisée. Yaël n'y était parvenue qu'avec Pomme jusqu'ici. Selon les enseignements du grand prêtre, il était rare de retrouver un partenaire si la maladie ou un accident emportait le vôtre. Yaël songea qu'il avait dû arriver malheur à la compagne de Bintou.

— Où est Catheryn ? demanda-t-elle.

La femme partit d'un rire douloureux… Yaël repoussa Moustache avec fermeté et alla s'agenouiller à côté d'elle.

— Il y a moi maintenant. Je suis une enfant-pouvoir, tu sais. Moi aussi, j'ai été bannie. On pourrait se déplacer ensemble. Il faut qu'on essaie !

L'espoir embrasait Yaël, si fou, tellement inattendu, qu'elle n'en revenait pas de sa chance. Avec Bintou, elle pourrait retrouver Pomme. Ensemble, elles découvriraient pourquoi on les avait punies. Ou alors, peut-être qu'elles reviendraient vivre ici, quelque temps, avec Moustache. Yaël n'aurait aucun remords à voler ce qui leur manquait à la cité.

Et elle tremblait, suspendue aux lèvres de Bintou.

— Non, dit celle-ci. Catheryn est morte.

Elle secoua la tête et se remit à marmonner.

— Je t'en supplie, l'implora Yaël. Je dois retrouver Pomme. C'est ma partenaire, je ne peux pas vivre sans elle et je ne peux pas non plus l'abandonner à son sort. Il faut la sauver, tu comprends ? Tu irais sauver Catheryn, n'est-ce pas ? Donne-moi tes mains, aide-moi à sauver Pomme.

3

LA DEUX-VISAGES

13

Pomme nettoyait la salle des repas, comme chaque soir depuis que sa clé d'enfant-pouvoir lui avait été confisquée. Elle ne dormait plus dans le même bâtiment que ses anciens camarades du Temple. Sa place était désormais dans la cuisine, sur un matelas qu'elle tirait jusqu'à la cheminée, le soir venu, une fois que tout le monde était parti et que nul ne lui confiait plus de tâche. Le temps de jouer et d'apprendre était révolu pour elle. Toutefois, elle avait de la chance dans son malheur. On aurait pu la laisser croupir au plus profond des cavernes de Bau, et peut-être l'y oublier… Elle frissonna en repensant à la cellule noire et glaciale qu'elle avait occupée pendant trois semaines.

— Tu n'oublieras pas de balayer le cellier.

Comme souvent, Hilde, la cuisinière, quittait les lieux en dernier. D'un coup d'œil circulaire, elle s'assura qu'elles étaient seules.

— J'ai nourri les chiens, ajouta-t-elle d'un ton radouci. Ton assiette t'attend. Ne tarde pas trop si tu veux manger chaud et couche-toi vite. Demain, nous aurons le double de travail avec la visite de la dignitaire Hapsatou.

Pomme hocha la tête, sans relever les yeux vers sa bienfaitrice. La moindre marque de gentillesse risquait de fissurer le peu de dignité qu'elle avait encore. De toutes les mesquineries qu'on lui infligeait, celle de trier les restes et de se les partager avec les chiens était sans conteste la pire. Mais c'était toujours mieux que de crever de froid dans une geôle.

Après avoir banni Yaël, le Haut Conseil du Temple avait mis Pomme en prison. Personne ne lui parlait plus, au nom de l'interdit qui planait sur sa tête comme un nuage d'encre. On chuchotait sur son passage et les rumeurs lui couraient après, toutes plus sordides les unes que les autres. Messe interdite, sortilège proscrit, vol de grimoire… On ignorait ce qu'elle avait fait, alors on inventait la vérité. Et on la fuyait comme la peste. Même Pablo et Marcel se tenaient à bonne distance.

Cellon pouvait être fier de lui. Elle inspirait presque autant de crainte que l'Unique en personne.

Pomme remit du bois dans le feu, emporta une dernière cargaison d'assiettes propres vers le vaisselier, puis entreprit de balayer avec application. Son âge l'avait sauvée mais le jour de son anniversaire, elle se réveillerait ailleurs, dans le monde sauvage.

Des voyageurs viendraient et la déplaceraient en la prenant dans leurs bras. Juste comme ça. De la même façon que pour Yaël. Sauf qu'on ne l'emmènerait pas au même endroit, évidemment. De rage, elle jeta son balai par terre avec fracas. Mais, inquiète d'avoir été entendue, elle le ramassa et se remit au travail, des larmes roulant sur ses joues, le visage aimé flottant dans son esprit. Où se trouvait Yaël à cette heure ? Était-elle seulement en vie ? Pomme avait senti sa présence une fois, une seule, le lendemain du mariage, mais depuis, rien. Elle avait peut-être tout inventé pour se rassurer.

Ce soir encore, la jeune fille se raccrochait à son plan. D'abord obtenir l'aide de ses anciens camarades. Si elle réussissait à parler à Suraya sans témoin, peut-être qu'elle parviendrait à la convaincre de l'aider. Suraya était une fille courageuse, appréciée de tous, et son partenaire l'écouterait, à coup sûr. Pomme s'essuya le front. Elle ne perdrait rien à essayer, quitte à les faire culpabiliser au besoin. Après tout, c'était à cause d'un défi stupide que tout avait commencé. Pomme n'avait pas besoin de grand-chose, juste d'un coup de pouce : se faire transporter au-delà des murs de la forteresse.

Son travail était enfin achevé. Elle pouvait se restaurer. Au lieu de dîner à une table, elle préféra se rencogner dans un coin près de la cheminée. Elle mangea lentement ; des haricots, un peu de lard, un festin pour qui avait appris que la nourriture ne tombait pas du ciel. Elle jeta des miettes dans le feu pour les Dieux. L'offrande était maigre, mais elle attirerait peut-être leur attention.

Depuis que Pomme avait été rejetée par le Temple, elle s'était mise à reproduire les gestes qu'elle avait vu sa mère faire cent fois quand elle était petite. Elle n'avait rien à perdre et, puisque l'Unique la repoussait, elle avait encore plus de raison de chercher la protection des anciens Dieux. Sa mère était persuadée que la Fracture ne les avait pas fait disparaître. Qu'ils existaient toujours d'une façon ou d'une autre. Si l'humanité avait survécu, pourquoi pas eux ? « Ils peuvent se montrer cruels, parfois, et nous sacrifier comme des pions dans leurs luttes divines, disait-elle, mais ils n'oublient jamais leurs fidèles. Garde-leur une place au chaud dans ton cœur, fais-leur confiance et ils te récompenseront. »

Jusqu'ici, Pomme les avait surtout implorés de protéger Yaël. Mais elle aussi avait besoin d'aide. Elle avait beau chercher à se persuader du contraire, son plan ne marcherait pas. Suraya refuserait d'enfreindre la règle – pas de déplacement hors de la forteresse. Pomme ne représentait plus qu'une offense à ses yeux, pourquoi l'aiderait-elle ? *Maman avait raison, j'aurais dû faire plus attention à mes pouvoirs.*

Il n'était plus temps de se lamenter. Il fallait qu'elle agisse. Tant pis, elle se passerait de l'aide de Suraya. Un soir prochain, elle se tirerait avec le petit sac dans lequel elle cachait ses larcins, elle franchirait le mur d'enceinte, et puis elle partirait à la recherche de Yaël. Personne ne se lancerait à sa poursuite. Au contraire, sa disparition arrangerait tout le monde, à commencer par le grand prêtre.

Il fallait d'abord qu'elle découvre où Yaël avait été envoyée. Seul le grand prêtre était au courant, à son avis. Il devait bien exister un document où l'information était consignée. Une condamnation à mort n'était pas une « petite » affaire. Pomme se mit à rire nerveusement, tout bas ; elle se racontait des histoires. Jamais elle ne parviendrait à s'introduire chez l'abominable Cellon et à fouiller ses papiers, pas plus qu'elle ne parviendrait à traverser le monde sauvage et à retrouver Yaël. Elle se ferait dévorer en moins d'une heure. Pourtant, il était doux de rêver. Elle laissa vagabonder ses pensées en sauçant son pain.

Soudain, elle se redressa. Elle venait de sentir quelque chose. Comme un flottement dans l'air. Des fourmis lui picotèrent les bras, aussi familières que par le passé. Impossible de se tromper, c'était de la magie à l'œuvre. Elle ramassa ses jambes et se fit toute petite dans son coin. Un bruit de boîtes qu'on remuait vint confirmer son intuition. Sans doute s'agissait-il d'enfants-pouvoir gourmands, qui avaient encore faim malgré leur ventre plein. Elle les enviait, elle avait été comme eux. Elle ne voulait surtout pas qu'ils la voient. Tapie dans son recoin, elle tendit l'oreille. Les chuchotements familiers lui en rappelaient d'autres venus du passé. Son cœur se fendillait sous le poids des souvenirs.

— Ce n'est pas bien de piller des réserves, dit une voix rauque.

Un doute effleura Pomme. Cela ne ressemblait à personne qu'elle connaissait. En se penchant un peu, elle observa une silhouette se découper sur le sol. Puis lorsqu'une grande femme noire à l'air sévère s'avança dans la cuisine, Pomme posa ses mains sur sa bouche. Son manteau en cuir ressemblait à celui d'une exploratrice, même si sa jupe de laine bouillie était à peine digne d'une paysanne. Elle pointait une arbalète devant elle. L'effroi glaça Pomme.

— Je ne vais pas me gêner pour me servir, et puis il nous faut une nouvelle casserole, tempêta une autre voix, plus jeune.

Une fille déboula dans la pièce, grande elle aussi, un demi-jambon sous le bras. Sa silhouette se fondait dans un hideux manteau fait de longues plumes qui touchaient presque le sol, lui donnant l'air d'un oiseau dégingandé qui voulait se faire plus gros qu'il n'était. Elle se mit à fureter parmi les casseroles à la lueur chiche d'une bougie. Pomme avait les yeux rivés à son profil. Il lui était familier, trop pour que ça soit le fruit de son imagination. Le nez à bosse. Le front large, le menton volontaire. Les cheveux noirs et épais, naturellement lisses.

— J'ai trouvé !

La même inflexion de satisfaction.

— Yaël ? murmura Pomme ; puis, plus fort, en s'extirpant de son trou. Yaël, c'est toi ?

La fille-oiseau se retourna dans un froissement de plumes, sa casserole à la main. Elle la posa dans un geste lent, tant elle était abasourdie.

— Pomme ?

— Yaël !

Pomme fit quelques pas, les larmes aux yeux. Elle devait rêver. Mais c'était bien sa partenaire.

— Je craignais que tu sois morte. J'avais espoir que non, mais j'avais si peur de me tromper.

Dans un même élan, elles se jetèrent dans les bras l'une de

l'autre, et elles se serrèrent aussi fort qu'elles l'avaient souvent rêvé. Yaël caressa le visage de Pomme.

— Je t'ai cherchée partout, dans ta chambre, dans les prisons, dans le temple…

— Plus tard, les retrouvailles, marmonna la femme à l'arbalète. Il faut partir… Je ne devrais pas être ici.

Elle secoua la tête, puis se remit à marmonner. Pomme lui jeta un coup d'œil inquiet.

— C'est Bintou, expliqua Yaël. Elle est un peu… particulière, mais sa magie est puissante, je t'assure. Sans son aide, je n'aurais pas pu me transporter jusqu'ici. On n'a pas beaucoup de temps. Il faut rassembler tes affaires et emporter autant de nourriture qu'on pourra.

— Et ensuite ?

Le regard de Yaël pétilla.

— Ensuite, à nous le monde sauvage !

☽

L'Oracle aurait dû être au lit depuis bien longtemps, comme n'importe quelle enfant de douze ans. Pourtant, elle était debout dans sa chambre, droite dans sa chemise de nuit blanche, les yeux révulsés, un sourire aux lèvres. Elle dansait, ailleurs, dans un autre temps, avec plusieurs autres filles de son âge et de sa lignée, au son d'un phonographe. La fête se déroulait dans la ville lumière, au deuxième étage d'une élégante tour de fer, ciselée comme de la dentelle. Les rues et les jardins en dessous étaient illuminés grâce aux lampadaires à électryse. Les belles dames en robe de satin portaient des gants qui leur remontaient jusqu'aux coudes et les beaux messieurs en costume s'étaient lustré les cheveux et les moustaches. Les luminaires brillaient comme des fontaines de diamants, la nourriture abondait sur les plateaux des serveurs et tout le monde riait.

L'Oracle se lança dans une partie de cache-cache, avec celle qui vivait à cette époque. Elle riait quand cette dernière bousculait par mégarde les convives, car elle avait oublié qu'elle n'était pas un spectre en visite. Mais un criaillement la détourna de son jeu. *La pie !* songea-t-elle en revenant à son corps. Elle se précipita à la fenêtre dont elle ouvrit grand les rideaux.

Elle apprivoisait l'oiseau qui, désormais, lui rendait souvent visite avec un fruit en cadeau, ou plutôt, en échange du présent que la fillette lui laissait au pied de son arbre. Étrangement, elle ne parvenait pas à anticiper sa venue. Cela l'inquiétait. Son devoir était de prévoir l'imprévisible. De connaître l'invisible. De deviner. De voir le présent et tout ce qui arrivait ailleurs.

Il faisait nuit noire, dehors. Les masses sombres des nuages occultaient le firmament. Elle eut beau scruter l'arbre, elle ne vit pas l'oiseau. Cela l'agaça prodigieusement. Pourtant, une sensation familière la retint à la fenêtre : un goût métallique dans sa bouche. *De la magie*, se réjouit-elle avec excitation. Que se passait-il ? Un évènement important était sur le point de se produire.

Au fond de la pièce, invisible ou presque, Grand-mère hocha la tête. Les Dieux avaient de nouveau lancé les dés.

Dans la nuit, les ténèbres s'ouvrirent devant la pleine lune, immense, presque rousse, qui surplombait les jardins. L'Oracle vit sans voir, à travers les murs de pierre, une silhouette de femme qui se promenait dans les cuisines. Une arbalète à l'épaule, elle paraissait plus grande que les deux autres personnes qui évoluaient à ses côtés.

La femme armée concentrait toute son attention. L'enfant désirait l'observer, ardemment, mais cela lui était impossible.

Ses traits étaient brouillés. Deux visages se superposaient, se chassant l'un l'autre de manière trop fugace pour qu'elle parvienne à les saisir. Les filles qui l'accompagnaient lui parurent familières, mais elles demeuraient floues dans l'aura de leur protectrice.

Quoi qu'il se passât là-bas, cette femme était extraordinaire. C'était peut-être l'être le plus important qu'elle aurait jamais l'occasion de rencontrer. Il y avait de la magie en elle. Plus qu'elle n'en avait jamais vu réunie en un seul être à son époque.

14

Était-ce un rêve ou un cauchemar ? Tout ce bâtiment n'était qu'une ruine. Une ruine extraordinaire, certes, dont on se demandait comment elle avait pu échapper à la Fracture, ou mieux, comment elle tenait encore debout, mais une ruine tout de même. Pomme approcha du bord à pas comptés, inquiète à l'idée de trébucher dans l'obscurité. La hauteur, la nuit noire, l'absence de mur entre elle et l'extérieur… La réalité la frappait de plein fouet. Elle recula sagement à l'abri, sous le morceau de toit encore intact et s'assit sur un tabouret, ses mains crispées sur ses genoux.

Le feu brillait fort, éclairant le visage tourmenté de Bintou et celui fatigué de Yaël. Toutes deux s'affairaient, l'une à jeter des bûches dans le brasier, l'autre à couper des lanières de jambon sous le regard gourmand du chat tigré, gros comme une panthère, qui surveillait chacun de leurs gestes. Pomme nota la taille respectable de ses griffes brillantes. Non seulement il lui inspirait une crainte abominable, mais en plus, il paraissait à sa place ici. Pas comme elle.

Désireuse de se rendre utile, Pomme se mit à déballer le contenu du sac dans lequel elles avaient entassé tout ce qui leur tombait sous la main : des fruits secs, des conserves de haricots, des tomates, des gâteaux au citron, du maïs à éclater, des pêches, du pain et de la brioche… Hilde serait bien fâchée au matin en découvrant leur pillage. Pomme ne put s'empêcher d'en ressentir de la honte. La cuisinière était la seule personne à l'avoir traitée avec humanité, et en guise de récompense, elle se faisait voler.

— Quel festin ! commenta Yaël en l'aidant à disposer les victuailles sur des assiettes. Je n'ai pas vu autant de nourriture depuis une éternité. Regarde, Bintou ! Du pain avec des noix dedans ! Est-ce que tu aimes ça ?

— J'aime bien le pain.

Sa déclaration manquait de jovialité ; elle n'était pas aussi enthousiaste que Yaël. Pomme ne put s'empêcher de l'observer en se demandant d'où elle sortait. Elle paraissait dérangée ; elle regardait souvent la pleine lune à la dérobée, et se massait le front, comme pour en chasser la douleur. Peut-être avait-elle une migraine due à la magie ? Elle s'était transportée sur une longue distance. Même si les adolescentes avaient joint leur pouvoir au sien, c'était sans conteste Bintou qui leur avait permis d'aller aussi loin sans se perdre.

— Tu as mal au crâne ? s'enquit Yaël en remarquant sa grimace. Tu veux que je t'apporte de l'eau ?

Secouant la tête, la bergère désigna Pomme.

— Elle doit partir avec toi, et le chat aussi, déclara-t-elle sur un ton inquiet. Tous les trois. Les loups vont revenir. Ensuite, ce sera le tour des hommes.

Bintou se jeta dans l'escalier d'acier, lequel bringuebala sous son poids, puis disparut de leur vue. Pomme frissonna. Les loups ? Ils avaient déserté la vallée de Bau depuis que les murailles étaient trop hautes pour eux ; mais chaque fois qu'une troupe de chasseurs manquait à l'appel, on les accusait de les avoir dévorés.

Yaël sortit la miche de pain et essuya son couteau sur un torchon pas très propre.

— Elle est partie discuter avec ses brebis, elle a besoin de se calmer. Mais ne t'inquiète pas. Elle répète ça sans arrêt, que je dois me débarrasser de Moustache, que je dois partir… Et comme tu le vois, je suis toujours là.

Pomme fronça le nez. Tout ceci la laissait perplexe. Même si Bintou était un peu étrange, quelque chose dans sa voix lui avait mis les nerfs à vif.

— On dirait qu'elle a peur des loups, ou qu'ils viennent ici à cause de nous.

— Une meute rôde dans le coin, c'est vrai, avoua Yaël. Une fois, j'ai bien cru que Moustache allait se faire dévorer. Il y avait un loup et… il a préféré ne pas attaquer Bintou. Sûrement parce que le phare est son territoire. (Elle s'interrompit.) Tu vas croire que je suis un peu dingue moi aussi, mais j'ai l'impression que les Bêtes sont beaucoup plus intelligentes dans le monde sauvage. Bintou ne chasse pas. Elle pêche un peu à l'occasion et elle s'occupe de ses brebis, de son jardin… et comme elle ne représente pas une menace, les Bêtes ne l'attaquent pas. Et Moustache est très intelligent.

Pomme décocha un regard sceptique au chat. Il l'ignorait avec superbe.

— Pourquoi Bintou a-t-elle peur des loups s'ils la laissent tranquille ? répliqua Pomme, qui avait du mal à croire que des Bêtes n'attaquaient pas le phare.

— Parce qu'ils veulent ses brebis, s'agaça Yaël. Ses brebis sont très importantes pour elle. (Elle s'interrompit encore.) Bintou n'a plus toute sa tête, mais elle est beaucoup plus que ce dont elle a l'air. Elle ne nous mettra pas dehors tant que nous ne voudrons pas partir. Sans elle, je serais morte, tu sais. Et c'est toi qui m'aurais mangée ! jeta-t-elle au chat qui miaula ; il approcha son museau et sa maîtresse le repoussa vivement.

Après un éclat de rire, elle ajouta :

— Tu sais qu'il nous apporte des oiseaux ? Il nous aime bien.

Pomme ne dit rien. Cette histoire de territoire ne l'avait pas convaincue. Ni les ours ni les loups n'avaient l'air d'accord pour que les humains partagent avec eux la vallée de Bau, alors il lui était difficile d'imaginer que ce puisse être le cas ici. Est-ce que Yaël avait perdu la tête, elle aussi ? Triste et fatiguée, Pomme soupira.

Un hululement la fit bondir en arrière. Son dos heurta le mur encore vaillant du phare.

— C'était proche !

Yaël lui fit signe de se rasseoir.

— La chouette ne vit pas très loin. On l'entend souvent, mais elle se méfie des carreaux empoisonnés de Bintou. Tout va bien, je t'assure.

Pomme hocha la tête en remarquant ses joues creuses et ses poignets osseux… La pauvre survivait dans ce trou à rats depuis des mois, sans manger à sa faim. Sa hideuse cape de plumes et ses vêtements mal coupés lui donnaient l'air d'une folle. Quelles épreuves avait-elle dû affronter exactement, pour survivre ?

— Tu ne dis pas grand-chose, remarqua Yaël avec douceur.

— Tu as dû avoir peur dans le monde sauvage.

— Au début, s'assombrit-elle.

Elle raconta d'une traite son réveil en pleine nature, le sanglier, puis son errance. La faim, le renard, la rencontre providentielle avec Moustache, sa poursuite du phare, ses espoirs déçus de retrouver la civilisation…

— J'ai découvert seulement ce soir que Bintou possédait de la magie. Sinon, je serais venue te chercher plus tôt. Je suis vraiment désolée d'avoir tant tardé.

Elle écrasa une larme d'un revers de manche. Pomme passa un bras réconfortant autour de ses épaules.

— Allons, nous sommes réunies, chuchota-t-elle. Plus rien ne peut nous séparer. Et puis moi au moins, je mangeais à ma faim.

— Bintou me nourrit bien ! bougonna Yaël. Il lui arrive même de me donner sa part.

— Excuse-moi, je ne voulais pas te vexer. Tu as beaucoup maigri. Déjà que tu n'étais pas bien grosse !

— Je suis musclée à force de travailler dans le jardin, de porter du bois et de l'eau. J'ai appris à tirer à l'arbalète, d'ailleurs.

— Impressionnant ! pouffa Pomme.

Yaël s'esclaffa à son tour, promettant de lui montrer ce dont elle était capable très bientôt. Cela faisait du bien de rire, et encore plus de bien d'avoir l'impression d'un retour à la normale. Maintenant qu'elles étaient réunies, tout redevenait possible. De nouveau, elles avaient le choix. De nouveau, elles étaient fortes. De nouveau, la magie faisait partie de leur vie. Comme les deux faces d'une même pièce.

— Tu m'as manqué, dit-elle ensuite d'une voix grave.

— Je sais. Heureusement que tu m'as trouvée.

Ni l'une ni l'autre n'avaient envie de penser à ce qui se serait passé dans le cas contraire. Spontanément, elles s'étreignirent. C'était bon de tenir sa partenaire dans ses bras, de la sentir là, pour de vrai avec soi, de gratter enfin l'écorce de la solitude, de ne plus affronter le monde seule. L'émotion leur nouait la gorge. Pomme en oublia le phare, la nuit et la chouette.

Yaël baissa ses yeux sombres, aussi profonds qu'un gouffre, sur Pomme qui se tétanisa. Ils la renvoyaient à ce fameux soir, à son désir de l'embrasser, à son regret de ne pas l'avoir fait. Le silence s'installa. C'était à son tour de raconter. À son tour d'expliquer. Pas facile de mettre en mots ce qu'elle avait vécu. Cela semblait encore plus horrible avec le recul.

— J'ai été déchue de mon statut d'enfant-pouvoir. Je ne suis jamais retournée dans ma chambre. On m'a confisqué tout ce que je possédais. Sauf le collier de maman, parce que je l'ai caché dans ma bouche avant qu'ils me fouillent. Le reste, ils l'ont pris : mes chaussures, mes beaux vêtements… Même mes pinces à cheveux.

Yaël attendait, suspendue à ses lèvres. Pomme continua, malgré sa voix vacillante :

— Il n'y a pas eu de procès, je n'ai pas pu expliquer que c'était un accident ; le grand prêtre Cellon a décidé de t'abandonner dans le monde sauvage et j'ai été mise en prison jusqu'à ce que finalement, on décide que je serais plus utile à passer le balai qu'à manger du pain dans une cellule.

— Mais pourquoi ? Qu'avons-nous fait pour mériter ça ?

— Tu ne te souviens pas ? Du soir du mariage d'Azra ?

— Si. Mais la dernière chose dont je me souviens, c'était qu'on retournait à la fête.

Pomme hocha la tête, les yeux embués de larmes. Yaël lui prit la main, catastrophée.

— Ça s'est passé après ?

Elle commençait à se demander si elles avaient tué quelqu'un par accident. Pomme essuya ses larmes avant d'avouer enfin :

— Nous ne sommes jamais retournées à la fête. Nous avons remonté le temps.

— Le temps ? répéta Yaël, dubitative.

— Nous sommes revenues un peu avant le départ des mariés vers le temple. Tu es tombée dans les vapes, je n'arrivais pas à te réveiller, mais je nous ai vues, nous partions dans l'autre sens. Malheureusement, le grand prêtre aussi s'est aperçu que nous étions quatre au lieu de deux, au même moment.

La main de Yaël balaya l'air devant elle, comme si elle cherchait à écarter cette éventualité.

— Impossible !

— Je te jure que c'est la vérité ! Je l'ai vu de mes propres yeux. Le grand prêtre nous a accusées d'avoir remonté le temps ensuite.

Yaël se leva, oubliant le repas, troublée et perdue.

— Comment est-ce qu'on aurait fait pour voyager dans le passé ?

La bouche de Pomme s'arrondit et les mots restèrent coincés, alors que dans sa tête, ils battaient comme un rideau secoué par le vent : *C'est moi qui ai fait ça*. Ses yeux s'embuèrent, enferrés dans ceux si sombres de Yaël, qui se détourna soudain pour cacher son visage dans ses mains. Pomme avait du mal à respirer, il fallait qu'elle le dise, qu'elle explique que c'était sa faute, qu'elle avait été égoïste, juste une seconde, au mauvais moment. Mais avant qu'elle ne retrouve son courage, son amie laissa éclater sa colère.

— Ils n'avaient pas le droit de nous condamner pour ça ! Je ne sais même pas comment on s'y prend ! Et pour s'assurer qu'on ne recommence pas, ils n'ont rien trouvé de mieux que de me laisser pour morte et de t'envoyer en prison ? Au lieu de nous expliquer quelle erreur nous avions commise ! Quelle bande d'hypocrites. (Elle secoua la tête.) Qu'ont-ils dit à nos parents ? À ma sœur ?

— Ils ont été informés de nos condamnations. On leur a raconté que nous avions bravé l'interdit et de fait, que nous étions bannies.

L'interdit, l'autre nom que les prêtres donnaient à la magie, en somme.

— On n'existe plus pour eux, conclut Pomme. Si on retournait les voir, ils risqueraient d'être bannis aux aussi.

Il y eut un long silence, de ceux qui déplacent les ombres sur les murs et sur les cœurs. Yaël reprit son couteau, perdue dans ses pensées, visiblement ravagée par la vérité. Elle paraissait changée, sauvage, lointaine. Difficile à reconnaître. Pomme, elle, resta empêtrée dans ses remords et son secret, si lourds de sentiments inavouables.

Au bout de quelques minutes, elle se rendit à l'évidence. Elle ne parlerait pas tout de suite. Elle avait trop peur de ce qui se passerait quand Yaël apprendrait qu'elle nourrissait une attirance à son égard ou qu'elle lui avait caché le don de sa famille durant toutes ces années. Car elle savait bien que si elle manquait de courage, c'était par peur de la perdre. Yaël la regarderait différemment ensuite. Peut-être qu'elle ne serait plus capable d'être son amie, qu'elle se sentirait trahie, ou pire, étouffée par cet amour encombrant… Pour Pomme, qui s'estimait lâche et misérable, c'était plus simple de l'aimer en secret. Plus sûr, aussi. Tout ce qui comptait, c'était d'être ensemble. Le reste, elle s'en accommoderait.

Elle se tassa, assise sur ses fesses, en rangeant avec soin ce qu'elle avait emporté, dernier vestige de la civilisation telle qu'elle la connaissait. Elle ressentit soudain un vide immense, celui qui la séparait de tout ce qu'elle avait connu. Même lorsqu'elle avait été déchue de son rang, le Temple était resté un lieu familier où elle avait ses marques. Ici, la lumière avait changé et elle écoutait les bruits avec crainte, comme un animal prêt à déguerpir.

Peut-être était-ce sa juste punition pour ses mensonges et ses cachotteries. Au moins elle avait retrouvé Yaël. Une Yaël différente, mais forte, capable de cuire son dîner sur les braises d'un feu, au beau milieu de la nuit qui se déployait autour d'elles.

Quand elles étaient tombées dans les bras l'une de l'autre, Pomme avait oublié le reste, toute à la joie des retrouvailles. Elle aurait dû être heureuse, elle qui voulait traverser le monde sauvage pour retrouver à la fois sa compagne et sa magie… Mais elle avait beau faire semblant d'être forte, elle avait peur.

— Qu'est-ce qu'on va faire, maintenant ? demanda-t-elle.

— Manger, répondit Yaël, dormir ensuite. On réfléchira demain quand nos idées seront plus claires.

☽

Bintou tournait en rond, bousculant les grandes brebis, s'excusant entre ses dents… Elle avait l'impression d'étouffer. Elle enleva les poutres qui fermaient les portes du phare et les entrouvrit assez pour sortir sur le seuil. L'envie de s'enfuir la démangeait.

— *Vas-y, pars*, soufflait Catheryn à son oreille. *Le chat est envoyé par les Dieux, il va tout mélanger et tu n'arriveras pas à sauver Yaël. Tu aurais dû la laisser au loup gris, c'est son territoire…*

— Je ne peux pas, disait Bintou. Qu'est-ce que tu crois ? Elle ne doit pas mourir, c'est une bonne petite.

— *Alors, les hommes vont venir.*

15

Pomme dormit comme un bébé, enroulée dans une couverture qui sentait la brebis, à l'avant-dernier étage du phare, loin du chat tigré qui était resté aux côtés de sa maîtresse. Son sommeil fut doux après tant d'émotions, parce qu'elle avait tout repoussé loin d'elle au moment de fermer les yeux.

À son réveil, elle trouva des fleurs fraîches dans un pot de terre, ainsi qu'un peu de pain et du fromage accompagnés d'eau claire. Elle jeta quelques miettes par la fenêtre, profitant de l'occasion pour remercier les Dieux du fond du cœur. La situation lui paraissait si miraculeuse qu'ils y étaient sûrement pour quelque chose. Le plus cher de ses vœux avait été exaucé : elle avait retrouvé Yaël saine et sauve.

Une fois rassasiée, elle passa les doigts dans ses boucles emmêlées. Par la fenêtre, ou plutôt le trou dans le mur, un paysage improbable se dévoilait. Une longue forêt, aux feuillages roux, jaunes et rouges, si belle qu'on aurait dit une peinture, si vaste qu'elle semblait infinie ; elle recouvrait même la colline voisine.

— C'est incroyable, n'est-ce pas ? lui lança Yaël depuis l'escalier.

Perchée sur une marche, elle avait pris soin de coiffer ses longs cheveux noirs et de les attacher en chignon.

— Magnifique, répondit Pomme, gênée de sentir son regard sur elle. Merci pour le déjeuner.

— De rien. Tu dois être un peu chamboulée.

— J'avais prévu de m'enfuir pour te retrouver de toute façon.

Enfin, un sourire éclaira le visage de Yaël, éclipsant la dureté qui s'était installée au coin de ses yeux.

— Bintou s'occupe des brebis en bas, je vais devoir l'aider. C'est important de se rendre utile ici.

— Je m'en doute ! répliqua Pomme. Je peux m'occuper de ranger et de faire le ménage, si tu veux.

Yaël fronça le nez.

— Je crois qu'elle préférerait que tu arraches les mauvaises herbes dans le potager. Ça pousse à une vitesse folle et elle veut planter des poireaux d'ici la prochaine lune.

— D'accord, je m'en occuperai après avoir balayé. Dis…

— Oui, quoi ?

— Qui est Bintou ? Je veux dire, c'est une femme-pouvoir, mais d'où vient-elle ?

Yaël se gratta le menton et se rapprocha, tendant l'oreille.

— Aucune idée. Elle connaît les plantes et la médecine. Elle possède une vraie trousse de soins, avec des médicaments et des aiguilles. Quand elle a recousu le dos de Moustache devant moi, ça se voyait qu'elle s'y connaissait. Elle sait aussi tout ce qu'il y a à savoir au sujet des arbalètes, elle a l'habitude des armes.

— Tu ne lui as jamais posé la question ?

— À plusieurs reprises, mais elle ne me répond pas. C'est comme si elle était cassée à l'intérieur. J'imagine que la mort de Catheryn y est pour beaucoup. Perdre sa partenaire, ça doit ébranler dans les tréfonds de l'âme.

Les deux filles frissonnèrent. Elles avaient déjà goûté à la séparation, aucune d'elles n'avait envie de penser à la mort. Yaël poussa un profond soupir, mi-fataliste mi-amusée.

— Et puis, Bintou est seule depuis très longtemps, elle n'a pas toute sa tête.

Oh, Pomme avait bien saisi qu'il était compliqué de discuter avec elle. D'ailleurs, elle sentait qu'elle dérangeait, au moins autant que le chat, ce qui n'était pas très glorieux. Yaël, qui n'en avait pas fini, lui raconta les disparitions de Bintou, qui revenait des heures plus tard avec des provisions, et sa certitude qu'elle avait rendez-vous avec des voyageurs, ou plutôt des vagabonds. De nombreux mystères planaient au-dessus de sa tête.

— Peut-être qu'on ne saura jamais pourquoi elle a été bannie, ajouta Yaël. Est-ce que ça a vraiment de l'importance, après tout ?

Les mots se coincèrent une fois de plus dans la gorge de Pomme. Il fallait qu'elle lui avoue la vérité une bonne fois pour toutes. Que c'était sa faute si elles avaient remonté le temps et si elles avaient été exilées ! Qu'en plus, sa mère l'avait mise en garde ! La pauvre devait être bien triste à présent.

— Je file ! s'exclama Yaël, lui coupant l'herbe sous le pied. Je reviens vite.

Le moment était passé. Peu pressée de mettre les mains dans la terre, Pomme se mit à balayer. Le poids de la culpabilité la rongeait depuis des semaines. Elle aurait dû avoir le courage d'aller jusqu'au bout de ses explications la veille.

— Mauvaise excuse, grogna-t-elle avant de sursauter à cause du chat.

Le vilain animal guettait ses moindres faits et gestes. Dès que le balai passait à portée, il allongeait la patte et donnait un coup dedans. Elle lui tira la langue. Il avait beau dormir avec Yaël, elle n'avait pas confiance en lui et elle ne se sentait pas à l'aise en sa présence.

La pièce ronde était percée sur le côté pour laisser passer l'escalier en ferraille, dans lequel Bintou et Yaël couraient sans se rendre compte qu'il était rouillé. Le reste de l'espace était encombré en majorité par des tas de laine et de bois ; il y avait aussi du bric-à-brac dans un coin sous un bout de drap déchiré (sale, évidemment). Elle arrangea un peu sa paillasse, secoua sa couverture, remit tout en place. C'était toujours mieux que de ne rien avoir du tout. En plus, ici, personne ne lui donnerait un coup de pied pour la lever. À peine avait-elle tourné le dos que le chat avait posé son postérieur velu dans sa couche.

— Mais qu'il est gonflé ! Va-t'en !

Elle le vira à l'aide du balai, prête à bondir en arrière s'il osait recourir à ses griffes. Moustache gronda de mécontentement et la gratifia d'un « hiss » lourd de sens, les oreilles aplaties sur sa tête, les vibrisses en avant. Avant de battre en retraite, l'animal sauta à pattes jointes dans le tas de poussière qu'elle avait rassemblé, éparpillant les débris autour de lui.

— Aaaaah ! cria-t-elle, excédée, en le poussant jusque dans l'escalier.

Il fila, non sans avoir feulé par-dessus son épaule. Pomme se laissa choir sur une chaise, tremblante après cette confrontation. Et l'un des pieds céda sous elle. Elle se retrouva les quatre fers en l'air, avec un sacré mal de dos. Elle roula de côté avec un petit gémissement. Intérieurement, elle pria les Dieux de l'épargner pour le reste de la journée.

Cahin-caha, elle descendit l'escalier en se promettant d'y remédier bientôt.

La fromagerie l'étonna. Les tas de fromages étaient disposés sur des feuilles mortes, bien propres, alignés en rangs d'oignons. Ailleurs, du lait caillait dans des bols. C'était étrange comme vision : un espace si organisé et méticuleux après le désordre des étages supérieurs.

Au rez-de-chaussée se trouvait l'étable, vide à cette heure. Bien que les brebis paissaient à l'extérieur et que de la paille fraîche jonchât le sol, leur odeur piquait le nez. Elles devaient être énormes, peut-être deux fois plus grosses que le chat. Yaël entra chargée de seaux et remplit les abreuvoirs d'eau claire.

— Tout va bien ? s'inquiéta-t-elle.

— Évidemment, mentit Pomme avec un sourire.

À l'extérieur, la coupole de barbelés au-dessus de sa tête la prit par surprise. Elle ne s'y attendait pas. Cependant, cette protection entre elle et le monde sauvage paraissait dérisoire ; cela ne semblait pas aussi solide que les maillages en acier du Temple. Des merles passèrent à tire-d'aile comme des boulets de canon et d'instinct, elle se rencogna sous la porte. *Il va falloir t'y habituer*, se morigéna-t-elle.

Elle descendit à pas prudents les marches qui menaient au potager et se mit à arracher les mauvaises herbes avec précipitation. Les cris des oiseaux étaient beaucoup plus forts qu'à Bau, le soleil tapait sur son dos et l'air avait déjà perdu sa fraîcheur. Ce serait une journée chaude. Elle défit sa veste, terrifiée de remarquer des mouvements dans les buissons du côté de la forêt. Le vent ?

Le chat, qui l'avait rejointe, miaula puis se mit à faire sa toilette d'un air narquois.

— Qu'est-ce qu'il y a à la fin ? lui lança-t-elle. Tu vas me laisser tranquille, oui !

— Il doit partir, répondit calmement Bintou, quelque part derrière elle. Toi aussi.

— Je sais !

Pomme avait l'impression d'étouffer. Elle se sentait à deux doigts de rendre son petit déjeuner. La grande femme noire rajusta son arbalète dans son dos, attrapa une hache plantée dans un billot et repartit. Son air sévère avait de quoi flanquer la frousse à n'importe qui. Yaël se mit à effectuer des allées et venues, les bras chargés de bûches. Elle avait dû entendre ce qui s'était passé, parce qu'elle jetait à Pomme des regards désolés chaque fois qu'elle passait…

Le travail de Pomme aussi était dur, elle y mettait toute son énergie, bien contente de se défouler sur les mauvaises herbes, même si celles-ci ne lui avaient rien fait. Qu'est-ce qui lui arrivait au juste ? Elle avait beau se raisonner, se répéter que tout se passerait bien et qu'elle allait s'habituer, son cœur lui criait le contraire. Elle détestait cet endroit.

Pomme s'épuisa à la tâche jusqu'au soir où, dès les premières ombres du crépuscule, elle se réfugia à l'intérieur du phare. Elle se brossa les mains et les ongles avant de monter au dernier étage. Là, les prémices du soleil couchant l'arrachèrent enfin à sa mauvaise humeur. Elle fut saisie par l'harmonie qui se dégageait du paysage. Il y avait des forêts qui s'embrasaient sous les derniers rayons du soleil, le filet miroitant d'une rivière, et au-dessus, un vol de canards en V, qui traversait paisiblement l'Armorique. Pomme se laissa choir, émue. Un peu de beauté ne réparerait pas sa journée ni ses erreurs passées, mais au moins, elle s'était apaisée.

Drapée dans sa cape de plumes, Yaël tisonna le feu.

— Dure journée, hein ?

Pomme hocha la tête. Sa partenaire attrapa une bouilloire cabossée et l'accrocha au-dessus des braises.

— Le thé nous réchauffera. Tu sais que Bintou a caché du miel en bas ? On va se régaler, c'est promis.

Quand elles eurent chacune un gobelet fumant dans leurs mains, Pomme se sentit mieux. Elles discutèrent un peu du phare pour commencer.

— L'hiver, Bintou ferme les fenêtres avec des peaux, dit Yaël. On peut le faire plus tôt, si tu as froid la nuit.

— Je ne crois pas que ce soit utile. (Pomme prit une grande respiration.) Elle l'a dit, je dois partir.

— Pour aller où ? demanda Yaël, étonnée. Le seul lieu qu'on connaisse vraiment, c'est Bau. C'est trop loin : seules, sans Bintou pour se transporter, on n'y arrivera pas. Notre magie n'est pas encore assez puissante. De toute façon, si on y retourne, on risque gros.

Il y avait bien Laruns où la mère de Pomme vivait, ou Dinara, le village de Yaël dans les montagnes, mais des voisins risquaient de les dénoncer au Temple et leur famille d'avoir des problèmes. Sans compter cette histoire de voyage dans le temps, qui effrayait sans doute Yaël, mais encore plus Pomme, avec tous les regrets qu'elle se trimballait. Celle-ci releva le menton.

— Je ne veux pas aller à Bau. Bintou nous conduira dans une autre forteresse. On se fera discrètes pour ne pas attirer l'attention du Temple, le temps de se trouver un petit travail…

— Quoi comme travail ? objecta Yaël, qui peignait machinalement ses cheveux bruns avec ses doigts. On ne sait rien faire, à part lire des cartes et des livres. Je cuisine horriblement mal en plus…

— Je fais le ménage depuis des semaines, je peux continuer. Et puis tu sais t'occuper des brebis, non ?

Au lieu de répondre, Yaël tisonna les braises, l'air contrarié. Le courage de Pomme s'émoussa devant sa réserve. Apparemment, son amie n'avait pas envie de quitter cet endroit. C'était incompréhensible. Pourquoi rester vivre ici, au milieu de nulle part, à la merci des Bêtes sauvages ?

— Qu'est-ce qu'on va devenir ? s'exclama Pomme. Tu te vois passer toute ta vie là ? À avoir faim et froid, à risquer une mauvaise rencontre à chaque fois que tu vas chercher du bois ?

— On fait des provisions pour l'hiver. Je ne sors pas autant d'habitude.

— Alors, ce n'est pas beaucoup mieux qu'une prison.

Leurs regards s'affrontèrent une minute.

— Ici au moins, on est en sécurité, décréta Yaël. Qui te dit qu'on ne nous pourchassera pas dans les autres forteresses ? On a été bannies et on est repérables. Je suis d'avis d'attendre.

— Cette tour est en ruine ! Tu crois vraiment qu'elle tiendra le coup si des prédateurs attaquent ?

Comme pour lui donner raison, les loups hurlèrent à cet instant. La bouche de Pomme s'arrondit. Yaël bondit sur ses pieds.

— C'était proche. Ajoute du bois dans le feu, autant que tu peux, je vais donner un coup de main à Bintou pour fermer les portes.

Pomme se dépêcha de jeter des bûches dans les flammes, puis elle approcha du bord de la plateforme. Elle n'avait jamais eu le vertige de jour ; avec le crépuscule, la hauteur semblait se creuser. Son regard inquiet scruta les abords du phare. Des dos gris bousculaient les arbres. De là-haut elle entendait et voyait tout.

— Moustache ! appela Bintou depuis la clôture de barbelés. Moustache !

— Moustache ! fit écho Yaël. Viens, mon gros minou ! Il faut rentrer, vite !

Une espèce d'aboiement retentit dans les fourrés. Soudain, le matou en sortit au galop, une grosse bécasse dans la gueule, ses ailes battant contre son poitrail.

— Lâche ça ! cria Yaël.

Moustache n'avait pas l'intention d'abandonner sa proie. Un long museau jaillit derrière lui, et une mâchoire énorme claqua derrière ses jarrets. Le félin bondit comme un ressort, le loup crevant la végétation de toute sa stature. L'arbalète de Bintou libéra un projectile qui le frappa en plein poitrail. Celui-ci piailla de douleur. Il s'arrêta net, en grondant, surpris par cette flèche minuscule.

— Fiche la paix à ce chat, jeta Bintou. Attrape plutôt un lapin. C'est bien meilleur !

Le loup renifla sa plaie, ses yeux jaunes observant la bergère postée à la barrière, à l'abri sous le rideau barbelé qui englobait le pied du phare. Il approcha plus près. Son dos était sombre, son ventre clair. Bintou était une grande femme, et pourtant, elle lui arrivait sous l'épaule. Il aurait pu défoncer la clôture aussi facilement qu'il avait arraché les buissons sur son passage. Tout à coup, celle-ci paraissait dérisoire. Moustache se cacha derrière sa sauveuse. Alors Pomme entendit très clairement une voix rauque dans sa tête.

— *Peut-être que c'est meilleur, le lapin. Mais c'est moins amusant à attraper.*

La jeune fille se figea, incrédule.

— Je pourrais me fâcher, tu sais, répliqua Bintou, menaçante. Mes flèches pourraient te tuer. Celle-ci n'était pas empoisonnée, la suivante le sera. L'effet sera si soudain que ton cœur n'aura le temps de battre qu'une fois de plus avant que tu ne tombes raide mort.

L'animal ouvrait la gueule avec un air amusé, ses crocs brillant comme l'ivoire de la lune.

— *Tu crois ?*

— Restons en paix, loup. Rejoins ta meute. Pense à Amarok. Le loup gris n'aime pas qu'on lui désobéisse. Je ne chasse pas votre gibier, vous laissez mes brebis tranquilles et tout le monde est content.

Pomme posa une main sur sa bouche, incapable de bouger le moindre muscle. Bintou avait l'air si sûre d'elle, alors que ce loup énorme pouvait la tuer d'un coup de croc.

— *Content ? Tu as invité une humaine de plus ici et tu nous nargues avec tes bêtes qui sentent si bon… Donne-moi une brebis.*

Oui, donne-moi une brebis et je te laisserai tranquille, toi, tes filles, et même ton chat.

— Si je t'en donne une, tu en réclameras une autre bientôt. Tu finiras par les vouloir toutes. Va-t'en et ne reviens pas, ou tu auras le droit à une flèche. Une qui te tuera cette fois.

La Bête arracha le carreau entre ses dents, le recracha, puis disparut entre les arbres, faisant pleuvoir leurs feuilles sur son passage. Du haut du phare, Pomme n'en avait pas perdu une miette.

Les loups du monde sauvage parlaient.

16

Le grand prêtre Cellon, en toge de cérémonie, alourdi par son écharpe de brocart rouge, avançait dans le long couloir sous la montagne. Un courant d'air froid s'engouffrait dans ses robes et agitait les flambeaux. L'homme de foi hâta le pas, absorbé par ses tracas.

Lorsque l'Oracle lui avait fait part de sa vision, celle d'une femme-pouvoir extraordinaire, avec deux visages mêlés, présente dans les cuisines la veille, il n'avait pas immédiatement fait le lien avec la disparition de Pomme au matin. Il avait imaginé que cette dernière s'était enfuie pour échapper à son châtiment, et qu'elle se cachait en profitant de la pitié d'une âme imbécile. Aussi avait-il fait fouiller la ville, certain de la retrouver, séparant cette affaire de la révélation que l'Oracle avait eue la nuit passée. Une femme-pouvoir extraordinaire en train de fouiller leur cuisine ! Pourquoi ?

Il devait l'admettre, il avait mis trop de temps à songer qu'il existait probablement un lien. Hilde, la cuisinière, avait fini par avouer qu'elle faisait dormir la gamine là, au lieu de l'enfermer dans le chenil avec les chiens. Pour la peine, elle avait eu droit au fouet.

Mais le mal était fait. Pomme s'était échappée avec l'aide de la Deux-Visages et d'une autre personne. Qui donc accompagnait la femme-pouvoir ? Un nom lui revenait sans cesse à l'esprit. Yaël ? Pourtant, c'était impossible, elle était morte, avalée par le monde sauvage. Elle n'avait pas pu survivre, il n'en avait d'ailleurs aucune preuve. Par l'Unique ! Il devait y avoir une autre explication. Plus simple, plus logique.

Il n'avait pas non plus de piste quant à l'identité de la femme « extraordinaire », et en plus, elle avait mis la main sur Pomme. Une gamine qui possédait la capacité de voyager dans le temps ! Un don honni, rare, mais qui, selon toutes les prédictions, continuerait de se transmettre aussi sûrement que les mauvaises herbes continueraient d'attaquer le potager.

Cellon se signa, adressant une prière à l'Unique afin qu'Il lui épargne une nouvelle épreuve. La mission du Temple était déjà bien assez difficile. Il devait veiller à maintenir intacte cette trame temporelle afin que nul ne modifie plus l'avenir de l'humanité, celui où l'Unique lui rendrait sa juste place en ce monde. Et il avait l'impression de n'avoir que des armes dérisoires pour accomplir cette lourde tâche.

Encombré d'angoisses, le grand prêtre poussa la porte dérobée qui menait à la salle du bassin, lequel s'étendait au pied de la statue de l'Unique. Il se recomposa un visage impassible avant de franchir le seuil, car un banquet avait été organisé en l'honneur de la dignitaire Hapsatou. La femme régentait l'île de Corsica depuis une douzaine d'années et elle s'était déplacée jusqu'en Pyrenne afin de lui réclamer plus de voyageurs. Elle n'avait pas jugé utile d'emmener le grand prêtre de Corsica dans ses bagages. De toute évidence, elle essayait d'écarter le Temple du pouvoir dans sa forteresse, mais Cellon comptait lui remettre les idées en place. Lorsqu'il entra, elle déposait religieusement une offrande de fleurs aux pieds de l'Unique. Elle abandonna aussitôt le maire et les autres invités du banquet pour harponner le grand prêtre.

— Quelle merveille, déclara-t-elle, de pouvoir saluer notre Dieu en personne.

Il hocha la tête, sensible à la révérence dans la voix de son invitée. La dignitaire assortit sa flatterie d'un sourire chaleureux. Ses cheveux gris et crépus étaient ornés de perles ; des créoles d'or perçaient ses lobes en de nombreux endroits et sa robe bleue, d'un velours somptueux, captait la lumière. Sa peau noire et lisse était à peine marquée par l'âge. Tout en elle, chacun de ses mouvements, rappelait combien sa forteresse était florissante comparée à celle de Bau. Mais Cellon avait la protection de l'Unique et il régnait en maître absolu sur le Temple. Quoique riche, elle ne pouvait que se soumettre à sa volonté.

Fort de cette certitude, il offrit son bras à la dignitaire et la mena à la table, chargée de mets à picorer, de carafes de vin et de jus de fruits, éclairée par une multitude de bougies. L'eau du bassin clapotait, faisant trembler les motifs que la faïence dessinait au fond. La fête avait commencé depuis un moment et des groupes de religieux devisaient au son de la harpe installée dans un recoin. Il régnait une certaine agitation. En vérité, l'affaire était sur toutes les lèvres : la petite sorcière rousse s'était échappée pendant la nuit.

Dame Hapsatou accepta une coupe de la part de Cellon et entra dans le vif du sujet.

— J'ai entendu dire qu'une de vos enfants-pouvoir avait été bannie.

Il aurait pu être désarçonné par sa franchise, mais il la connaissait fort bien.

— Il y a des mois, répondit-il sur le même ton. Aujourd'hui, sa partenaire est morte. Pomme était trop jeune pour être abandonnée dans le monde sauvage. Il semble qu'elle ait décidé d'y remédier elle-même en escaladant le mur d'enceinte. Des chasseurs ont retrouvé son corps il y a une heure à l'extérieur. Nous l'annoncerons demain.

Ce pur mensonge assené avec naturel fit hausser les sourcils de son interlocutrice.

— Pauvre petite.

— Une sorcière ! s'énerva le prêtre. Elle a brisé l'interdit en pratiquant des sortilèges ! Voudriez-vous que nous laissions passer ce genre d'écart au risque d'encourir la colère de l'Unique à nouveau ?

La dignitaire vida sa coupe d'une traite. Le grand prêtre en fit autant tout en se promettant de poursuivre la conversation sur un ton plus aimable. La rumeur de bottes frappant le pavé ne lui en laissa pas le loisir.

Les gardes de l'Oracle entrèrent et dégagèrent le passage, plongeant l'assistance dans le silence. La fillette avançait pieds nus sur le sol glacial. En la voyant, les sages ne remarquèrent ni la beauté de ses traits, ni le brillant de ses cheveux noirs, ni la pâleur de son teint, non… ils n'eurent d'yeux que pour ses bras et mains, couverts du même sang frais qui avait éclaboussé sa robe blanche.

— Yaël est vivante ! s'exclama-t-elle de sa voix haut perchée, en pointant un index accusateur vers le prêtre. C'est à cause d'elle que tout a commencé ! Tout est sa faute ! Si personne ne l'arrête, elle finira par compromettre notre avenir !

Cellon se leva, oubliant les convives, le repas, ses obligations. Donc, Yaël était vivante ! Elle avait retrouvé Pomme… Il pâlit. Elles étaient désormais en mesure de voyager dans le temps. De réécrire le présent, le passé, le futur. Il aurait pu minimiser la menace, en se disant qu'après tout, ce n'étaient que deux gamines, qu'elles ne pouvaient pas changer grand-chose… Mais l'Oracle avait eu une vision et l'Unique avait tourné Son attention vers lui, Cellon le sentit. Le danger était réel. Elles disposaient d'un pouvoir immense qu'elles utiliseraient tôt ou tard. Jusqu'où iraient leurs esprits libres habités par la fougue de la jeunesse s'il ne les arrêtait pas dès maintenant ?

Il devait se débarrasser d'elles, coûte que coûte, et de la Deux-Visages par la même occasion. *Par l'Unique, je nous protégerai de leur folie !* se jura-t-il. *Je les ferai tuer, Yaël la première !*

Les paumes de Doïstov et Ramdaram se séparèrent alors qu'ils se relevaient dans l'herbe haute, au beau milieu du monde sauvage, là où ils avaient abandonné Yaël des semaines plus tôt. Les arbres aux couleurs automnales tremblaient dans le vent, de plus en plus froid, annonciateur de l'hiver.

Les deux hommes ne se ressemblaient ni de physique ni de caractère ; à les regarder, ils incarnaient une de ces associations improbables qui fonctionnent contre toute attente. Grand, blanc, et maigre, Doïstov était un orphelin originaire de la forteresse de Niradnaïa, qu'il avait quittée jeune pour suivre l'apprentissage au Temple ; il laissait rarement transparaître ses émotions et économisait ses mots.

Ramdaram, qui était issu de l'enclave du Vinndhuya, affichait un sourire éclatant en dépit des circonstances. Il avait un regard sombre, intense, la peau foncée et les cheveux brillants, en plus d'un visage à la beauté frappante. De taille similaire à celle de son partenaire, il était musclé par la danse, ainsi que la pratique des arts martiaux apprise dans la tradition de son héritage. Il ne fallait pourtant pas se fier à son humeur joviale. Il se montrait facilement cruel.

— Elle est allée par là, lui indiqua Doïstov en pointant son doigt vers les bois. Souviens-toi.

Tous deux s'étaient cachés en lisière des buissons pour assister au réveil de la fille. Ils l'avaient vue se faire poursuivre par un sanglier de taille épouvantable… Ramdaram avait bu sa peur et son désarroi jusqu'à la lie, notant tout sur le petit carnet où il inscrivait ses impressions au cours de ses explorations.

— C'est étonnant qu'elle ait survécu, non ? remarqua-t-il. Où a-t-elle bien pu trouver refuge ?

Doïstov ferma les yeux, prenant une profonde inspiration.

— Au-delà de la forêt.

Il était doué d'une légère prescience, parfaite pour l'exploration de cités inconnues, ainsi que ce genre de chasse. Ramdaram s'enroula dans son écharpe multicolore et chargea son pistolet, avant de lui emboîter le pas. Ce n'était pas la première fois que ces deux-là remplissaient le rôle d'exécuteurs ; cependant, jamais ils n'avaient eu à retrouver une fille bannie. Le grand prêtre avait ordonné de l'abattre à vue. Sa mort lui était d'une importance capitale, prioritaire, même. Ils devaient aussi tuer Pomme et ramener la femme qui leur était venue en aide, morte ou vive.

L'Oracle voulait voir son véritable visage. Pour celle-ci, ils ne disposaient pas de photographie ni de description, uniquement d'un indice : il s'agissait d'une personne dotée d'un grand pouvoir. Tout ceci piquait la curiosité de Ramdaram. Il n'oubliait pas, pourtant, que leur périple ne serait pas de tout repos.

17

Le lendemain matin, Yaël se réveilla de mauvaise humeur. Elle n'avait pas assez réfléchi à la suite. Durant tout ce temps passé au phare, elle avait tant pensé à rejoindre Pomme, et si peu à ce qu'elles feraient après leurs retrouvailles. Un sujet en particulier la préoccupait. Jusqu'à présent, leur univers s'était réduit à une cité perchée sur un flanc de montagne : elles n'étaient jamais allées plus loin que le mur d'enceinte.

Elles ignoraient à quelle distance exactement elles étaient capables de se transporter. C'était aussi plus difficile de se projeter dans un endroit inconnu. Seuls les explorateurs y arrivaient, en se basant sur des gravures ou des descriptions, au bout de plusieurs années d'apprentissage, question d'expérience, en somme. Ou alors, il fallait avancer à vue et se transporter aussi loin que possible devant soi.

Yaël partit chercher Pomme qui dormait à l'étage du dessous, avec une idée qui l'aiderait peut-être à supporter la vie au phare quelque temps. Elle la trouva bien réveillée, en train d'observer les planches disjointes sur les fenêtres, qui empêchaient les oiseaux de s'introduire dans le bâtiment. Les clous fichés dans le bois brillaient à la lueur de la bougie.

— Un thé ? lui proposa Yaël.

— D'accord.

Sitôt dit, sitôt fait. Elle leur prépara un petit déjeuner à base de fromage et de pain, notant au passage que la miche réduisait à vue d'œil. Elle s'installa avec Pomme sur le tapis étendu près du feu. Le paysage capta une minute leur regard, puis elles se sourirent en même temps.

— Il y a une ville en ruines pas très loin, annonça Yaël. Bintou m'a promis qu'on pouvait y trouver des objets du monde d'avant. Je crois qu'on devrait y aller.

Pomme souffla sur son thé trop chaud.

— C'est pour ça que tu veux rester au phare ?

— De façon provisoire. On est un peu coincées, de toute façon, non ? Mais pas pour longtemps, rassure-toi.

Yaël frissonna, avec l'air ravi qu'elle arborait toujours quand elle préparait un coup fourré.

— Bintou vend ses fromages à quelqu'un, quelque part. Le moment venu, on la convaincra de nous emmener. Mais avant, il nous faut nous préparer.

Pomme hocha lentement la tête. Yaël avait toute son attention, et à en juger par son expression concentrée, elle réfléchissait très sérieusement.

— Je te propose d'explorer la ville voisine. Imagine qu'on trouve des cartes, des objets, du cuivre, ou même, soyons folles, des plans de machines ! Je suis certaine qu'une autre cité voudra bien nous accueillir si on lui offre un véritable trésor sur un plateau d'argent.

— C'est un bon plan, approuva Pomme, toujours en pleine réflexion.

Discrètement, elle jeta quelques gouttes de thé par-dessus son épaule, pour les Dieux. Yaël avait raison, il y aurait bien une forteresse pour acheter leurs trouvailles.

— Bintou est partie avec les brebis jusqu'à la clairière, poursuivit Yaël. Si tu m'aides à nettoyer l'étable, on pourra profiter du reste de la journée pour explorer la ville, avec Moustache.

— Avec le chat ?

— Les oiseaux ont peur de lui.

Sauf les buses, mais cela, Yaël le garda pour elle.

Posté à l'étage du dessous, Moustache avait écouté leur conversation, avec beaucoup d'attention. Sa queue battait la mesure. Une forme d'anxiété le gagnait à mesure que les heures s'écoulaient. Le calme ambiant lui paraissait trompeur. Ses précédentes vies lui revenaient au fur et à mesure des évènements et il se préparait au pire. Il était plus brave que sa Déesse ne l'imaginait.

Pour cette première visite, Pomme voulait se rendre jusqu'à la ville à pied. Elle avait peur de se transporter dans un endroit qu'elle ne connaissait pas.

— C'est une blague ? protesta Yaël en dévalant les marches du phare. Tu te rends compte que cela va nous prendre des heures pour aller et revenir !

— Et si on remontait encore le temps par erreur ? Tu imagines ?

— N'importe quoi. Il te suffit de me faire confiance. Je suis déjà allée là-bas !

— Une fois, il y a des mois de cela !

Yaël haussa les épaules, sa cape d'oiseau suivant le mouvement. Cependant, la réaction de Pomme l'avait surprise, dans le mauvais sens. Elles avaient beaucoup changé toutes les deux. Cellon avait fait d'elles des poupées cassées dont il fallait rafistoler les morceaux. Avant ces tristes évènements, elles n'avaient même pas besoin de se parler pour se comprendre.

— On s'est toujours transportées dans des endroits qu'on connaissait toutes les deux, reprit Pomme avec autant de calme que possible. Je ne veux pas prendre de risques, c'est tout.

— Ne crois-tu pas, déclara Yaël plus durement qu'elle ne l'aurait voulu, que le monde sauvage présente un plus grand danger ?

Sans compter que Pomme avait bien voulu se joindre à Bintou pour s'échapper de la forteresse. Yaël ne put s'empêcher d'être à la fois jalouse et triste : sa partenaire ne lui faisait plus confiance comme avant. Elle releva son capuchon de plumes sur sa tête, de sorte à lui cacher son visage.

— Tant pis, je vais aller me promener avec Moustache. On essaiera une autre fois.

— Attends, s'exclama Pomme. Je ne voulais pas te vexer ! J'ai vraiment peur de perdre le contrôle… J'ai une idée : transportons-nous de loin en loin, en ciblant un point que nous voyons, comme les explorateurs qui ont ouvert les routes.

Elle attendit, les mains nouées, une lueur d'espoir dans ses yeux bleus, un peu de rouge aux joues à cause de son angoisse. Yaël eut soudain envie de la serrer contre elle, de la rassurer et de chasser cette ombre qui pesait sur elle.

— Tu as raison, c'est plus raisonnable. Nous irons toujours beaucoup plus vite qu'en marchant. D'ailleurs, c'est ce que font les vraies exploratrices.

Pomme ne put s'empêcher de rire.

— On est encore loin d'en être !

Yaël vit volter sa cape de plumes avec un grand geste.

— Bien sûr que si. On vit dans le monde sauvage, et on part visiter des ruines, à la recherche d'objets d'avant la Fracture !

Il y avait de la revanche dans sa voix.

— Nous sommes libres d'être qui nous voulons ! reprit-elle. Allez, viens !

La ville. Ou plutôt les ruines.

Bien qu'il s'agisse de sa deuxième visite, Yaël ne put s'empêcher de frissonner en atteignant les premiers murets, étouffés par la mousse et les lierres, transpercés par des racines comme autant de corps sacrifiés. Le peu qu'il restait à sauver devait l'être. Il y avait quelque part un trésor qui aiderait l'humanité à se reconstruire. Pomme, accrochée à sa main, pensait sûrement la même chose.

Moustache passa en tête, les oreilles couchées sur son crâne. Il battait de la queue, assez mécontent de son voyage. Pourtant, il s'était laissé faire sans broncher. Il n'en finissait pas de surprendre Yaël.

— Pas de mal de tête ? vérifia Pomme. Il est mignon, ton greffier, mais il n'est pas petit.

Son soulagement était perceptible. Ce n'était pas tout à fait la première fois qu'elles transportaient un autre être vivant : au Temple, il était arrivé qu'elles aident à livrer des marchandises pour s'entraîner, et elles avaient déjà expérimenté avec des poules et un mouton. En théorie, les voyageurs étaient capables de déplacer n'importe quoi, tant que le poids de leur cargaison n'excédait pas le leur. *A priori*, Moustache n'était pas trop gros pour elles.

— Je vais bien, la rassura Yaël avec un sourire satisfait. Tu vois, ce n'était pas si difficile. Pense qu'il y a plein de choses que nous n'avons pas encore tentées parce que Cellon l'abominable nous les interdisait. Cela ne signifie pas pour autant que nous en sommes incapables.

Pomme ne se sentait pas pour autant tranquille. Une grosse pie jacassa sur un arbre, ce qui la fit sursauter.

— Tu as raison, mais restons prudentes, tu veux bien ?

Yaël lui redonna la main, l'air ravi. Moustache se pourléchait les babines en examinant le corvidé, qui se pencha et l'abreuva de cris contrariés. Le chat feula à son encontre. On aurait dit une dispute entre voisins. Pomme fronça les sourcils en essayant de les écouter, mais elle n'entendait pas de voix dans sa tête. Pourtant, elle avait l'impression de voir quelque chose en eux… Elle se concentra.

— Il ne fait jamais ça, d'habitude, l'interrompit Yaël en tirant sur sa main. Allez, viens, on bouge.

Sa partenaire obtempéra, tout en se posant des questions à voix haute.

— Pourvu qu'on trouve quelque chose d'intéressant.

— Mais, oui, bien sûr ! Regarde ça.

Yaël extirpa de son sac une petite pioche au manche assez court.

— Je l'ai empruntée à Bintou. C'est du solide. Je l'ai déjà vue casser des cailloux avec. Tu imagines ? Elle l'a trouvée ici, dans les ruines !

Pomme fronça les sourcils et examina l'outil.

— Comment est-ce possible ? Elle est en parfait état ! Un peu usée, mais pas ancienne.

Le scepticisme de Pomme écorcha la bonne humeur de Yaël, qui rangea la pioche dans le sac. Elle se remit en route. Elle détestait quand son amie se montrait pointilleuse ; elle avait l'impression que ses doutes gâchaient l'intensité du moment. Pomme venait de mettre les pieds dans une ville d'avant la Fracture pour la première fois, et tout ce qui l'intéressait, c'était cette fichue bêche ?

— Tu exagères, Pomme. Pourquoi est-ce que Bintou n'aurait pas réussi à mettre la main sur un lot d'outils, bien enveloppé, à l'abri de l'humidité ?

— C'est une sacrée veinarde, Bintou.

Yaël haussa les épaules et repartit, un peu ébranlée par cette remarque. Elle écarta les branchages, enjamba les fougères, effraya un énorme lapin, tout en songeant à ces aiguilles utilisées pour recoudre les plaies du chat et à ce savoir que leur hôtesse détenait, enfoui sous des années de solitude.

— Avant la mort de sa partenaire, Bintou était sûrement une exploratrice, une vraie. Elle m'a dit que je trouverai tout ce dont j'ai besoin ici.

— Elle aurait pu se montrer plus précise.

Yaël roula des yeux, avant de trébucher sur une racine qui avait écarté deux gros pavés.

— Rien ne l'oblige à nous accueillir chez elle, tu sais. Elle tient à sa solitude, elle est toujours en deuil. Et puis, je ne crois pas qu'elle nous rendrait service en nous expliquant comment trouver des trésors.

— Tu as raison, dit Pomme sur le ton de l'excuse. Il vaudrait mieux mettre en pratique ce qu'on a appris au Temple.

Un brame les interrompit et l'adolescente rousse poussa un cri. Occupé à brouter les dernières feuilles d'un arbre presque aussi haut que lui, un cerf oublia son repas et tourna la tête dans leur direction. Ses bois dépassaient de la forêt. Il avait un poitrail large et musculeux. À chacun de ses mouvements, son pelage captait la lumière. Il respirait la force tranquille jusqu'à cet instant. Il éructa, en colère de découvrir des humains sur son territoire. Moustache cracha et disparut dans les buissons. Les filles s'accrochèrent l'une à l'autre. La Bête renâcla, en grattant le sol à coups de sabot.

— Il y a un grand chêne sur notre droite, l'informa Yaël, sans perdre son calme. Avec une grosse fourche à mi-hauteur.

Pomme suivit des yeux la direction qu'elle pointait. Il y avait un arbre plus que centenaire en lisière des ruines. Elle hocha la tête en repérant la branche indiquée.

— Maintenant, ordonna Yaël alors que sa magie se communiquait à la sienne.

Le cerf chargea, mais le temps qu'il franchisse les quelques dizaines de mètres qui le séparaient des deux humaines, celles-ci se transportèrent hors de portée. Il volta, en soufflant de contrariété. Pomme qui tremblait en se cramponnant au tronc, l'entendit distinctement rager.

— *Où sont les singes, que je les écrase !?*

Bien sûr, il huma l'air et son regard se posa de nouveau sur les filles.

— *Je vous vois.*

Pomme était à deux doigts de se faire pipi dessus. Elle n'avait jamais vu une aussi grosse Bête de si près, elle n'arrivait plus du tout à réfléchir. Heureusement, Yaël gérait mieux la situation.

— Cherche une cachette. Est-ce que tu vois un trou quelque part ?

Le cerf trotta dans leur direction, en leur promettant de les déloger de là.

— Il faut qu'on aille plus haut, paniqua Pomme tout en priant les Dieux de lui venir en aide.

— Là ! fit Yaël en pointant un restant de mur à demi enseveli situé à bonne distance. Donne-moi ta main.

Elle obéit et toutes deux se retrouvèrent à l'abri des pierres. Toujours accrochées l'une à l'autre, elles pointèrent le bout de leur nez par-dessus leur rempart de fortune pour observer le cerf. Pris à partie par une pie, il se défendait de son mieux. Des piaillements aigus se mêlèrent à des cris de protestation qui se changèrent bientôt en éclats de rage.

— *Laisse-moi, va-t'en !* entendit Pomme.

La pie insistait tandis que le cervidé secouait ses bois, la chassant de droite à gauche. Pomme plissa les yeux. Elle voyait l'oiseau de façon floue. Il y avait un visage bizarre… à demi bleu et osseux. Elle se détourna brusquement, terrifiée par ce qu'elle avait entraperçu : un être à moitié mort.

— Viens, intima Yaël, laissons-les se quereller.

Tapi dans les fourrés, Moustache aurait pu se joindre à la pie pour l'aider à faire diversion, mais il craignait de perdre une vie au plus mauvais moment.

— *Tu as raison de rester bien sage,* lui recommanda sa Déesse. *Hel saura bien faire peur à cet idiot, si elle s'en donne la peine.*

L'oiseau noir et blanc écarta soudain ses ailes et le cerf bondit en arrière, effrayé. Il déguerpit comme s'il venait de voir le diable en personne. Le chat tigré souffla entre ses moustaches. Il espérait que la pie lui ficherait la paix. Mais non, elle revint se poser au-dessus de lui.

— *La fin s'approche trop vite de tes protégées*, prévint Hel, agacée. *Ton chat doit les emmener loin d'ici.*

— *Il n'est pas temps*, rétorqua Bastet. *Patience, ma sœur. Et n'oublie pas de me rendre mon chat lorsque la mort l'aura cueilli.*

18

Pomme et Yaël coururent entre les talus, les arbres solitaires et les buissons. Les murets leur arrivaient non plus aux genoux, mais à la taille. On devinait des rues plus larges, que le passage régulier des troupeaux de biches et de daims entretenait. Pomme demanda à faire une pause, essoufflée. Yaël lui proposa de l'eau, tout en surveillant les alentours. Moustache les rejoignit avec nonchalance et se vautra dans l'herbe.

— Notre courageux matou est de retour ! se moqua sa maîtresse. On fait moins le malin devant un cerf, on dirait !

Il fit mine d'ignorer ses propos, et il accepta de boire quelques gouttes dans le creux de sa main avant de se détourner. À part des merles gros comme des ballons qui volaient d'un talus à un autre, le coin était tranquille.

— Dire qu'avant, ici, il y avait des milliers et des milliers d'âmes humaines.

Toutes deux fermèrent les yeux, tentant de superposer les gravures des livres qu'elles avaient étudiés à ce qu'elles voyaient. Des carrosses à engrenages que les chevaux tiraient sans peine, des promeneurs sur des voitures mécaniques aux roues immenses, des chiens pomponnés tirant derrière eux des dames aux belles robes, avec à leur bras des messieurs en chapeau haut-de-forme. Des rues illuminées la nuit par les lampadaires à électryse, de la musique sortant de drôles de cônes qu'on appelait des haut-parleurs… Mais les battements d'ailes d'une corneille les arrachèrent à leur rêverie. Il n'y avait absolument rien de tout ça autour d'elles ; la Fracture et deux cents ans du monde sauvage avaient tout effacé.

— Regarde, lança Yaël, tout excitée.

Une crevée dans le sol dévoilait une cave et ses tonneaux vermoulus, voire décerclés pour certains. Elles se laissèrent glisser dans l'ouverture. Un lièvre les bouscula pour fuir dans une galerie. Moustache se lança à sa poursuite dans l'instant.

Une partie des lieux disparaissait sous la terre et la végétation. Des étagères s'étaient effondrées avant d'être attaquées par la mousse. Elles ne contenaient rien à part des débris. Il y avait tout de même une petite armoire, encore solide sur ses quatre pieds, noire comme du bois qu'on aurait trempé dans du goudron. Elle était couverte de feuilles mortes et d'autres déchets organiques.

— Je rêve ! s'exclama Pomme en actionnant les poignées.

Les portes résistèrent, coincées. Yaël s'arma de sa petite pioche qu'elle utilisa comme un pied-de-biche.

— Il y a sûrement quelque chose là-dedans !

Le meuble finit par céder au prix de plusieurs éclats dans son bois. Il contenait principalement des documents, du moins elles le supposèrent en découvrant des monticules de pourriture et de poussière. Cependant, une boîte en fer forgé renfermait une montre aux aiguilles dorées, décorée de chiffres romains sur le pourtour. De bonne facture, le boîtier d'argent était pourvu d'une fine chaîne équipée d'une attache ciselée de toute beauté.

Elles examinèrent leur première trouvaille sous toutes les coutures, en s'extasiant sur son parfait état. Bien sûr, la montre ne marchait plus, mais c'était un bon début.

— Bintou avait raison, se réjouit Yaël.

— On ne vendra pas cette montre, on la gardera comme un trophée, décida Pomme.

— D'accord. Par où maintenant ?

Ni l'une ni l'autre n'avaient très envie d'explorer la galerie, qui avait l'air d'être l'œuvre des lapins. Aussi ressortirent-elles à l'air libre. Leurs pas les menèrent à des colonnes aux trois quarts détruites. Elles s'assuraient de ne jamais s'éloigner l'une de l'autre, au cas où. Moustache reparut bredouille quand elles furent à proximité d'une enceinte. À l'autre bout, une arche aux arcs brisés tenait encore fièrement debout. Il ne restait rien du bâtiment dont elle marquait l'entrée.

— C'est beau, remarqua Pomme. Et incroyable de voir qu'elle a résisté. Si j'avais du papier et de l'encre, je consignerais précieusement nos observations. Il faudrait découvrir le nom de cette ville…

— Ou lui donner le nôtre ?

— Yaël ! Concentre-toi deux minutes !

Celle-ci se força à faire preuve de calme, malgré le sourire qui lui remontait jusqu'aux oreilles, et elle avança jusqu'au bassin, toujours encombré de pourriture. Des insectes voletaient à la surface qui se prolongeait jusque sous des saules pleureurs. Même si la prairie avait remplacé les pelouses, les arbres aux essences rares étaient encore là, vieux et antiques. Ils avaient connu les deux mondes : avant et après la Fracture.

— Regarde, l'interpella Pomme.

Des morceaux de verre incrustés dans la pierre renvoyaient les rayons timides du soleil. La jeune fille rousse fronça les sourcils, elle essayait manifestement de deviner la fonction de cette place.

— Toi aussi, tu penses à une académie militaire ? lança-t-elle. Il y avait sûrement des mages qui vivaient ici. La rémanence de la magie a dû nous attirer.

La rémanence était l'équivalent d'un écho, souvent faible, qui attirait les explorateurs et les voyageurs aux endroits où des sortilèges plus puissants que les autres avaient résisté à la Fracture, avant de les dissoudre. Du moins, telle était l'explication la plus communément admise. Yaël prit la main de Pomme et toutes deux se concentrèrent pour mieux percevoir le phénomène.

Imperceptiblement, leurs cheveux se soulevèrent sur leurs épaules. La chair de poule s'installa sur leurs bras. Il y avait quelque chose, en effet, une lumière plus diffuse ou plus chaude, peut-être même une impression de déjà-vu. Ainsi que le sentiment d'appartenir à un monde plus vaste que celui qu'elles connaissaient.

— Incroyable, murmura Pomme.

— Tu m'ôtes les mots de la bouche, souffla Yaël.

La place se poursuivait par un jardin ceinturé de restes d'arches et de pierres, dont la forme en ovale leur parut étrange, jusqu'à ce qu'elles remarquent des grosses marches encadrant une seconde porte, ou plutôt des vestiges de gradins.

— Une ancienne arène ! s'exclama Pomme.

— Des mages s'affrontaient ici pour le spectacle ! renchérit Yaël. Ou pour s'entraîner à la guerre ! N'oublions pas qu'ils étaient pratiquement tous des militaires au service de l'Empire !

Elles furetèrent dans l'espoir de trouver un accès à un souterrain qui aurait pu être épargné. Sans succès. Elles firent le tour, par l'extérieur, jusqu'à tomber sur un bâtiment voisin, ou plutôt des murs sans toit, ébréchés certes, mais pas rasés. Dès qu'elles le virent, elles surent qu'elles y trouveraient quelque chose. Bien sûr, il manquait le palier au bout d'un escalier rouillé, les fenêtres n'étaient que des percées ouvertes au vent, mais des cloisons tenaient encore bon.

Du verre craqua sous leurs semelles quand elles franchirent l'encadrement de la porte principale. Aucune herbe ni aucun arbre ne poussait à l'intérieur même si les feuilles mortes et les toiles d'araignées avaient envahi les lieux. La mousse avait grignoté les tissus des fauteuils et la toile des tableaux encore accrochés sur leurs clous. Il restait des cadavres de meubles fondus à force de prendre la pluie. Pourtant…

Yaël examina une statue tombée de son socle, vermoulue, au visage reconnaissable appuyé sur son menton. Puis Pomme poussa un cri en découvrant un ensemble d'éléments mécaniques disloqués.

— Une machine !

Elle la dégagea de son mieux, déçue de la découvrir si abîmée. Son amie lui donna un coup de main, mais le verdict fut sans appel. Il n'y avait rien d'exploitable *a priori*. Yaël repoussa les feuilles autour d'elle, interloquée.

— Tu as vu le plancher ?

Du bois noir, intact comme s'il était recouvert d'une épaisse couche de résine, si dur que rien ne l'avait altéré. Elle repensa à l'armoire qui abritait la montre à gousset. Peut-être était-ce la marque de fabrique d'un artisan qui avait été renvoyé du champ de bataille ? Pomme gratta le bois de bout de l'ongle sans rien enlever à part de la crasse. En dessous, le vernis brillait toujours.

— Intéressant, dit-elle. C'est peut-être grâce à lui que cette maison tient encore debout.

— Il y a forcément une cave là-dessous vu la taille de la demeure.

Elles époussetèrent la surface tant bien que mal à l'aide de fougères, mais les débris de meubles ne leur facilitaient pas la tâche. La pluie se mit à tomber, dans un doux plic-ploc pour commencer, avant de se transformer en grosses gouttes froides. Elles rejoignirent Moustache, qui s'était réfugié dans la large cheminée de pierre, vaillante colonne vertébrale de la maison chapeautée par un gros nid touffu, heureusement désert.

Les filles s'assirent sur les bancs de pierre, découragées. Le chat miaula, en se frottant contre un montant. Elles n'y firent pas attention.

— Je m'attendais à ce que ce soit plus facile, avoua Yaël.

— Et moi donc, marmonna Pomme. Pourtant, les mémoires de Catherine Frøgh sont pleines d'anecdotes de ce genre. Son frère et elle ont parfois passé des semaines à écumer une ruine sans rien trouver jusqu'à ce que…

— Je me suis toujours dit qu'elle en rajoutait.

Elles rirent. L'averse s'intensifiait. Yaël resserra son manteau de plumes, sensible à l'humidité ambiante qui faisait tomber la température. Des lucioles forestières s'allumaient dans les feuillages des arbres proches. Peu à peu, elles s'en détachèrent, vertes et légères, flottant en dépit du rideau d'eau, par dizaines. En quelques minutes, elles furent des centaines. Moustache grondait avec conviction. Pomme saisit la main de Yaël ; un moment, elle avait oublié qu'elle se trouvait dans le monde sauvage.

— Je n'aime pas ces trucs.

— Ne t'inquiète pas tant. Ces insectes ont besoin de la pluie pour se reproduire, ils ne sont pas agressifs.

Pomme hocha le menton. Mais Yaël n'était pas rassurée ; Bintou lui avait dit que ces lucioles piquaient si elles se sentaient menacées. L'eau ruisselait sur le plancher de la bâtisse en ruine, tournant au ruisseau autour. Lorsque l'un des insectes passa près de son nez, elle sursauta en arrière et s'appuya sur un élément qui dépassait de la paroi. Sa main s'enfonça dans la cloison. Les filles entendirent un déclic, puis la marche de pierre devant le foyer descendit de cinquante centimètres.

Moustache songea qu'elles avaient mis un temps fou à trouver l'astuce.

☾

C'était comme dans leurs rêves les plus fous ! Le mécanisme de la cheminée fonctionnait en dépit du temps passé ! Il fallut l'aider à la force des bras, mais elles parvinrent à créer une ouverture assez large pour se glisser dans l'escalier. Curieux, le chat les suivit.

En bas les attendaient des ténèbres chargées d'humidité.

— Et maintenant ? s'enquit Pomme, en chassant du bout des doigts une luciole posée sur elle. On n'y voit rien.

— À chaque problème, sa solution !

Yaël déposa le contenu de son mouchoir – des brindilles et des feuilles bien sèches – sur une marche. Avec précaution, elle frotta ses pierres à feu à proximité. L'ensemble produisit une flamme suffisante pour allumer la chandelle.

Pomme applaudit, épatée.

La pièce secrète s'étendait tout en longueur, engluée dans le silence et la moisissure. Il y avait des porte-flambeaux en fer, des râteliers et de nombreux crochets vides aux murs ; s'il y avait eu des armes, elles avaient disparu depuis belle lurette. Yaël ramassa un carreau d'arbalète par terre. Ébréché.

— Bintou possède les mêmes.

De là à en déduire qu'ils provenaient d'ici… Rien n'était moins sûr.

Les filles avancèrent vers le fond de la salle, attirées par les silhouettes de planches enchevêtrées… On aurait dit que l'endroit avait été pillé par un courant d'air dévastateur. Le sol était recouvert de débris de papier et de volumes rongés par la pourriture. Des bibliothèques fendues et cassées s'étaient abattues les unes sur les autres. Au centre du capharnaüm trônait un bureau plus impressionnant que celui du grand prêtre Cellon, un meuble remarquable aux pattes de lion, griffues, nerveuses, indestructibles.

Le plateau de bois noir rutilait, exempt de poussière, tout comme le siège pivotant en cuir clouté. Pomme s'y installa avec appréhension. Pas un grincement. Il était comme neuf. Elle inspecta les objets sur le bureau. Des pots à crayons renversés étaient pris dans des lambeaux de parchemins, le dessous de main en cuir avait lui aussi été attaqué par la vermine, mais certains éléments en bronze attendaient, intacts, le retour de leur propriétaire : un trieur à courrier, un stylo à plume et son encrier sec, un presse-livre solitaire – deux humains portant le monde sur leur dos – ainsi que des sceaux alignés dans leur support.

— Des sceaux de mage, murmura Pomme, les yeux brillants. On s'en servait pour fermer les courriers qui ne devaient pas être interceptés.

Elle les rafla tous, entreposant son butin dans ses poches. Yaël fouillait les détritus dans le sol. Elle avait buté contre un objet. Un petit insecte, tout en roues métalliques et tiges d'acier, en parfait état : une mante religieuse. Avec émotion, elle le remonta puis le plaça sur le bureau. L'automate avança, recula, tourna, avant de s'immobiliser, sa tête triangulaire penchée sur le côté.

— Trop mignon, rit-elle. On va en tirer une fortune.

Les tiroirs furent eux aussi très généreux. Une boîte contenait des lettres intactes, un couteau à multiples lames très ingénieux et surtout une longue-vue rétractable.

— Merveilleux, souffla Pomme en la manipulant.

— Pas autant que ça, répliqua Yaël tout excitée, qui avait trouvé un bouton sous le plateau.

Nouveau déclic. Cette fois, la réalité dépassait leurs espérances : la cache contenait un carnet de mage.

Moustache se lécha les babines, satisfait.

19

Solitaire, le mât d'amarrage était planté à la limite d'un bois, engoncé dans des ronciers impénétrables. La structure d'acier tenait bon même si nul dirigeable ne venait plus s'accrocher à elle. Juste à côté, un morceau de chemin de fer s'étendait sur une centaine de mètres, comme si les racines des arbres n'avaient pu franchir la voie ferrée à cet endroit, alors qu'elles avaient avalé le reste, rails et bâtiments.

Assis au bord de la plateforme offerte au ciel, Doïstov se demandait pourquoi la tour que les passagers empruntaient pour quitter la nacelle avait complètement disparu, alors que le mât d'amarrage avait résisté. Il ne le saurait sûrement jamais.

Derrière lui, Ramdaram surveillait les frondaisons avec acuité. Les pans de sa veste en cuir claquaient dans les bourrasques tandis que son regard se promenait sur l'horizon. Il avait croisé ses mains sur son ventre, l'une d'elles tenant son pistolet à six coups.

— Il est temps de repartir, commenta son partenaire.

L'Indian était de manière générale plus joueur que Doïstov, néanmoins, il ne souhaitait pas tester la capacité de résistance de l'édifice face à une meute déchaînée. Un frémissement dans les feuillages à une centaine de mètres poussa le Slave à se lever. Quand un arbre bougeait dans ce bas monde, il ne fallait jamais sous-évaluer la menace. En particulier sur le territoire des loups. Un dos au pelage sombre confirma ses soupçons.

— Ils ne nous lâchent pas d'une semelle cette fois, à croire qu'ils se souviennent de nos précédentes visites, remarqua Ramdaram.

— Ou qu'ils veulent nous empêcher d'approcher de quelque chose, rectifia son compagnon.

Ram vérifia son barillet.

— Nous pourrions les faire danser un peu, non ?

— Je sais que tu rêves d'un nouveau manteau, mais ce n'est pas le moment de s'amuser. Nous ne sommes plus très loin, je le sens.

Les deux hommes joignirent leurs paumes, le temps de se transporter à l'endroit exact où ils avaient battu en retraite une heure plus tôt. Là où ils avaient perdu la trace de Yaël.

Ils se remirent en marche. De temps en temps, Doïstov faisait tourner la manivelle de sa lampe afin de recharger sa bobine en électryse. Son léger grincement paraissait discordant dans le monde sauvage. Il faisait trop sombre pour se projeter à distance dans ce coin qui ne figurait sur aucune photographie et qu'ils ne connaissaient ni l'un ni l'autre. Ramdaram avançait avec de plus en plus de mauvaise humeur. La fatigue pesait sur leurs épaules.

— Patience, mon ami, murmura le Slave.

Il s'arrêta, soudain suspicieux. Ram mit une main sur l'arme pendue à sa ceinture. Les loups ne s'étaient pas montrés depuis un moment et une longue clairière s'étendait devant eux.

À cet instant, des branches cassèrent en lisière et de grandes silhouettes sombres jaillirent du sous-bois, tous crocs dehors. Les deux hommes se retournèrent et se saisirent par le bras, disparaissant instantanément. Les loups hurlèrent de dépit, leurs griffes labourant la terre à l'endroit où leurs proies s'étaient tenues. Ils reniflèrent le sol, humèrent le vent, mais les humains avaient bel et bien disparu. Resté en retrait à l'orée de la clairière, le chef de la meute ne montrait aucune surprise. Il était gigantesque en comparaison de ses frères et sœurs, et son pelage d'un gris argenté captait la lumière de la lune. Il aboya un ordre sec qui fit revenir les siens au trot.

Doïstov ne l'avait pas vu, mais Ramdaram, si, un instant avant d'être happé par la magie.

— Celui-là me ferait un beau manteau, ironisa-t-il une minute plus tard, en se lavant les mains dans le ruisseau en amont, près duquel les deux hommes s'étaient transportés.

Son compagnon était trop fatigué pour en sourire.

— En admettant que tu aies bien vu, s'il est beaucoup plus gros que les autres, il doit également être plus vieux et plus sage.

— J'aurais dit vicieux.

Tous deux échangèrent un regard entendu. Certains animaux n'avaient pas seulement grossi à la suite de la Fracture : la magie les habitait. Bien sûr, le Temple ne voulait pas en entendre parler, ce qui rendait le sujet dangereux à aborder.

Certains secrets ne valaient pas de mourir pour eux.

Les flammes des bougies vacillaient et les ténèbres s'étendaient, resserrant leurs griffes sombres sur la cave qui leur appartenait depuis des lustres. Les filles avaient terminé d'inspecter la pièce. Après un bref feuilletage, le grimoire rempli de pattes de mouches rejoignit les autres objets empilés sur le bureau.

— J'espère avoir le temps de l'étudier, déclara Pomme qui le couvait des yeux. Dire qu'on nous a interdit d'apprendre le moindre sortilège… Quel gâchis.

De son côté, Yaël avait des préoccupations différentes.

— L'heure tourne. Il faudrait rentrer, il fait déjà noir dehors. Les renards et les chouettes sortent la nuit. J'aimerais éviter les mauvaises rencontres.

Elle préférait ne pas mentionner les loups. L'épisode de la veille l'avait effrayée ; Moustache avait eu chaud aux fesses et pour un peu, le phare aurait pu être attaqué. Pomme lui pressa le bras, l'air ravi.

— Tu as vu juste, n'empêche ! On peut toujours devenir des exploratrices, des légendes même ! Et un jour, les prêtres nous supplieront de les pardonner pour ce qu'ils nous ont fait !

Elles éclatèrent de rire et se tapèrent dans le dos... Le chat brisa un os dans sa mâchoire, ce qui coupa court à leur hilarité. Il se régalait d'un énorme rat fraîchement attrapé. Yaël fronça le nez, dégoûtée.

— Si on avait eu ce gros matou au Temple, les rongeurs ne nous auraient jamais posé autant de problèmes.

Le félin appuya cette déclaration d'un miaulement satisfait.

Pomme repensa alors aux menaces proférées par le loup, la veille au soir ; au cerf, plus tôt dans la journée. Leurs paroles lui avaient rappelé les voix qui la tourmentaient par le passé, un brouhaha plein de cris et de hargne... Elle frissonna. Son instinct lui dictait qu'il s'agissait de la même chose et que les voix qui hantaient ses cauchemars d'enfant étaient tout sauf issues de son imagination. Elle en était à présent convaincue : les Bêtes parlaient. Leur intelligence dépassait de loin tout ce que les humains soupçonnaient. Pour mettre sa théorie à l'épreuve, elle décida de tenter une expérience avec Moustache. Elle commença par le flatter.

— Ce chat est un grand chasseur.

Il miaula de nouveau.

— Dommage qu'il soit idiot, lâcha-t-elle ensuite d'un ton acide.

— Quoi ? s'étonna Yaël tandis que l'animal feulait. Il est très malin, je trouve. Il comprend tout ce que je lui dis.

Moustache se remit à manger, sans cesser de surveiller Pomme d'un air mauvais.

— Oui, je crois que tu as raison, s'amusa-t-elle.

Pomme aida sa partenaire à entasser leurs plus gros trésors dans leur sac – la longue-vue, le petit automate, une machine à calculer, entre autres – en proie à une idée fixe : il fallait qu'elle le lui dise. Sinon, elle aurait un secret de plus à garder. Elle n'en pouvait plus de porter son fardeau seule. Alors, elle se jeta à l'eau en s'interdisant de réfléchir plus longtemps.

— Tu ne vas sans doute pas le croire, mais hier, j'ai entendu le loup répondre à Bintou, dans ma tête.

— Hein ? Tu peux répéter ? Il discutait avec Bintou ?

— Il a exigé une brebis, je te jure, je dis la vérité.

Les iris clairs de Pomme captaient la lumière de la bougie. Il y eut un moment de flottement entre elles.

— Je te crois, répliqua Yaël en prenant ses mains dans les siennes. Plus rien ne me semble impossible après tout ce qui nous est arrivé. Moi qui croyais que Bintou parlait toute seule… Que le monde sauvage l'avait détraquée… alors comme ça, elle cause avec les Bêtes ?

Pour Yaël, c'était difficile à admettre et, à la fois, rassurant de s'apercevoir que la folie de Bintou avait une raison d'être. Chaque jour passé hors de la forteresse apportait son lot de surprises et les poussait à remettre leurs connaissances en cause. Cela avait un côté exaltant.

— À mon avis, reprit Pomme, les Bêtes n'ont pas fait que grandir comme le prétend le prêtre Cellon. Regarde Moustache, il est bien plus futé que les chiens de nos forteresses. Ce sont eux qui se font manger par les rats, je te signale.

— Mais il ne te dit rien ?

Pomme secoua la tête.

— Les brebis non plus. Je pense que ni elles ni Moustache ne sont assez gros.

Yaël se gratta le menton, le temps d'intégrer l'information.

— Donc, fit-elle, les loups seraient télépathes ?

— Il y a bien eu des mages télépathes avant la Fracture. Ceux qui espionnaient.

Elles avaient lu des histoires d'aventure de ce genre dans la bibliothèque du Temple. On les encourageait à lire, encore et encore, afin de se familiariser avec le monde d'avant, et plus tard, d'en découvrir les vestiges.

— C'est bien joli tout ça. (Yaël ferma le sac puis le plaça en bandoulière.) Mais il faut rentrer et pas question de repartir à pied. Je suis sûre qu'on peut se transporter au phare en une fois. Ce n'est pas si loin et nous n'avons eu aucun problème à l'aller.

Elles se dévisagèrent. Pomme finit par acquiescer. Le félin, qui achevait sa toilette avec circonspection, scrutait les deux filles. On aurait juré qu'il se méfiait. Elle en avait moins peur, maintenant qu'elle savait qu'il la comprenait. Plus important, il comptait aux yeux de Yaël. Moustache gronda, les oreilles rabattues sur son crâne ; ses vibrisses blanches frémissaient de contrariété. Il n'avait pas spécialement apprécié le voyage à l'aller, mais il ne se sauva pas. Elles se placèrent de part et d'autre de lui. Même si elles se préparaient à couvrir une plus longue distance que précédemment, elles étaient désormais toutes les deux parfaitement rassurées sur leurs capacités.

Elles se sourirent, de nouveau complices, comme avant, lorsqu'elles préparaient un coup tordu. Sauf qu'il ne s'agissait plus de dérober la confiture de la régisseuse du Temple, ou d'échanger les chaussures de leurs petits camarades dans les placards. Aujourd'hui, elles se prouvaient qu'elles pouvaient accomplir de grandes choses.

Elles joignirent leurs paumes et leurs fronts au-dessus du chat, qui se redressa pour les renifler. Ensuite, l'air se rafraîchit autour d'elles, la magie coula dans leurs veines, leurs volontés s'unirent et elles se retrouvèrent dans le phare, sombre et silencieux, près du feu éteint. Moustache s'éclipsa dans l'escalier avec un feulement de mépris.

Terrassée par un vertige, Yaël s'appuya sur Pomme. Celle-ci la fit s'asseoir dans la pénombre.

— Accorde-toi une minute. C'est toi qui donnes le plus lorsque nous nous déplaçons.

Yaël avait tendance à libérer son énergie sans doser, tandis que Pomme se contentait de l'accompagner dans l'état transitoire du transport. Elle adorait la sensation d'être arrachée puis éjectée à destination, même si c'était compliqué de ne pas vaciller à l'arrivée.

Hommes et femmes-pouvoir mettaient un point d'honneur à ne pas frémir d'un cil, ce qui, en général, leur valait le respect des simples mortels. C'était spectaculaire de les voir surgir du néant.

Pomme avait vite appris à se contrôler, mais Yaël ne pensait guère aux regards des autres. Peut-être était-ce pour cela que Pomme l'aimait tant. Elle ne se doutait pas qu'en vérité, sa partenaire, débordée par son pouvoir, se sentait honteuse de défaillir. La sollicitude de Pomme la touchait en effet, tout en lui laissant un arrière-goût amer, teinté de déception.

Ce soir-là, Yaël refusa de donner de l'importance à ce détail. Elles avaient accompli un véritable exploit ! Elle n'en revenait pas d'avoir rapporté autant d'objets. Cependant, avant de les examiner, il fallait rallumer le feu. Le phare désert était pris dans l'obscurité. Dehors, les brebis se pressaient avec inquiétude devant les barbelés.

— Je vais leur ouvrir, décida Yaël, étonnée par l'absence de leur hôte.

Où Bintou avait-elle encore disparu ? Les bêtes rentrèrent avec docilité sous le regard pensif de la jeune fille qui, à bien y réfléchir, les trouvait très intelligentes elles aussi. À quel point étaient-elles différentes des petites brebis qui pâturaient sur les pentes de Bau et se faisaient parfois rafler par des aigles ? Mystère. Avant celui-ci, Yaël n'avait jamais gardé le moindre troupeau.

En remontant les escaliers, elle remarqua que des fromages manquaient dans les étagères. De son côté, Pomme n'avait pas perdu son temps. Elle avait ranimé les braises, ajouté du petit bois, et elle épluchait des carottes en attendant de pouvoir jeter une grosse bûche dans le foyer.

— On va se préparer un excellent dîner ! s'exclama-t-elle en apercevant Yaël. Bintou a fait fumer la bécasse que Moustache a attrapée.

— Merveilleux ! Elle sera ravie qu'on se soit occupée de tout. Elle rentre épuisée quand elle part longtemps.

Un bout de bois sur les genoux en guise de planche à découper, Pomme releva la tête de ses légumes.

— Cela lui arrive souvent ?

— Trop, si tu veux mon avis.

— Qu'est-ce qu'elle fabrique dehors en pleine nuit ? Elle risque d'être emportée par une chouette !

— Elle a dû aller troquer ses fromages, j'imagine.

Il faudrait bien éclaircir ce point, quand elles seraient prêtes à renoncer à ce refuge.

— Dans combien de temps, à ton avis ? s'enquit Pomme.

Elle était moins impatiente de quitter les lieux, maintenant qu'il y avait une ville à explorer à proximité. Yaël s'accorda une minute avant de répondre.

— Ça dépendra de ce qu'on récupérera dans les ruines. Mais il serait bon de passer l'hiver dans un endroit plus confortable. Non ?

Pomme acquiesça et quand elle eut fini avec les carottes, elle laissa Yaël s'occuper du dîner. Elle sortit le grimoire qu'elles avaient trouvé et le feuilleta avec précaution. L'écriture était difficile à déchiffrer, mais il était question de champ de force. Plusieurs formules étaient détaillées, accompagnées de croquis et de calculs liés à la façon dont les étoiles étaient positionnées.

— Alors ? demanda Yaël, curieuse.

Pomme s'illumina en réponse :

— C'est incroyable ! Une vraie mine d'or !

☽

Dans la nuit noire, Bintou émergea de la forêt, un imposant sac de toile sur le dos. Elle constata qu'un feu brûlait en haut du phare ; ses précautions n'étaient donc pas vaines. Il y avait quelqu'un là-haut. Yaël, espéra-t-elle, tout en craignant qu'il ne s'agisse des deux hommes mauvais. Hélas, le loup gris n'était pas là, en train de l'attendre. S'était-elle donc encore trompée de moment ? Tourmentée par ses pensées qui se bousculaient trop vite, elle avança en chantonnant.

— Si belle si belle l'œuvre du vent.

Elle s'accrochait au fil de la comptine pour ne pas se perdre complètement. Il faisait nuit, elle avait froid, elle avait faim. Pourquoi Catheryn l'avait-elle abandonnée ? Elle se sentait si fatiguée.

— Trois petites feuilles à l'automne.

Elle manquerait bientôt de bois et de miel, il fallait qu'elle trempe ses carreaux dans le poison pour les hommes qui viendraient et ceux qui l'attendaient. Le chat surtout, elle s'en méfiait. Il représentait un danger, il redistribuait les cartes, elle en aurait mis sa main à couper. Le temps se mélangeait devant elle, elle avait peur pour Yaël. Et puis la lune était passée.

— Virevoltent doucement.

— *Il faut emmener la fille, fuir. Ou alors se battre. Il est trop lourd, ce sac.*

Elle le posa.

— *Silence, écoute !*

— Si belle si belle l'œuvre du vent,

Trois petites feuilles à l'automne

Virevoltent doucement.

Après une profonde inspiration, elle prit le chargement sur son autre épaule. Puis se figea en entendant un long hurlement dans le lointain. Si long qu'il lui coula dans l'oreille comme un doigt d'acier sur le fil de la gorge.

Les intrus. Ils arrivent.

Maudite soit la fatigue. La femme contourna la colline, son ballot la frappant dans les côtes. Ses doigts tremblèrent sur les fils de fer qui retenaient les barbelés ; elle les entortilla soigneusement derrière elle. La lourde porte grinça en s'ouvrant et elle se glissa dans le phare, les brebis s'agitant à peine. Elle déposa ensuite son fardeau. Libérée de ce poids, elle monta quatre à quatre les marches jusqu'au sommet. Les deux filles étaient roulées en boule autour du chat tigré qui ronflait. Bintou lâcha un soupir de soulagement : il était encore temps d'éviter le pire. L'animal se réveilla alors. Ses iris verts se fendirent et il gronda. Son ombre le grandissait. Ses griffes sortirent de ses pattes tandis qu'il se dépliait en douceur, sans déranger les adolescentes endormies.

Bintou se redressa de toute sa hauteur, la main sur un couteau glissé dans sa ceinture.

— C'est ta faute, tu les as amenées ici, maugréa-t-elle. Ici, elles sont en danger. Des hommes vont venir pour les tuer. À chaque fois que tu t'en mêles, tu me compliques la tâche.

Elle s'empara de la cruche d'eau et la renversa sur les flammes.

Le bûcher dégagea un nuage blanchâtre sans toutefois s'éteindre. Les filles se frottèrent les paupières, ensommeillées. Bintou jura en attrapant une de leurs couvertures qui lui permit d'étouffer le brasier et généra une épaisse fumée. Elles toussèrent en s'éloignant autant que l'espace le permettait, le chat s'interposant entre la bergère et ses protégées.

— Qu'est-ce que tu fabriques ? s'exclama Yaël. On va se geler !

Bintou ne répondit pas. Sa mémoire s'embrouillait à chaque fois qu'elle rompait le fil du temps. D'où sortait la petite rouquine ? Son visage lui paraissait familier. Elle l'avait déjà vue… Secouant la tête, elle tenta de se concentrer sur Yaël, la seule claire dans son esprit.

— Ils approchent.

— Mais qui ça ?

— Ceux qui veulent te tuer. Il faut partir ! Maintenant ! Sinon, ils y arriveront !

Les souvenirs la submergèrent, flous, angoissants, emmêlés comme les fils d'une bobine de laine, et interrompus par des coups de feu. Le monde tangua autour d'elle. La lune était-elle vraiment passée ? Yaël l'enjoignit à se calmer, en la guidant vers le tabouret qu'elle aimait occuper.

— Il n'y a personne. Viens manger, tu as l'air épuisée. Ensuite, tu nous diras ce qui ne va pas.

Bintou pensa que sans les lunes, tout était plus compliqué. Que les brebis avaient besoin d'elle. Qu'elle avait rapporté une arbalète pour Yaël et qu'ensemble, elles parviendraient à tenir tête à deux hommes, voire, avec de la chance, à les tuer. Peut-être était-ce Catheryn qui le croyait.

— *Écoute Yaël,* souffla celle-ci. *Commence par te remplir l'estomac, ton voyage t'a exténuée et si tu ne reprends pas des forces, tu t'effondreras encore.*

Bintou acquiesça, mais elle empêcha les petites de rallumer le feu. Elle mangea sans dégoiser un mot car, d'une façon ou d'une autre, tout avait changé et tout changerait. Puis elle veilla le reste de la nuit. Du haut du phare, alors que le vent agitait les arbres, que les nuages balayaient la lune, le silence se fit dans sa tête. Elle oublia qu'elle était perdue. Elle oublia l'avant et l'après, le pendant, le pourquoi, le comment. Le présent devint clair, tout simplement.

4

LE TEMPS

20

En une nuit, l'hiver avait mis l'automne à genoux. Au petit matin soufflait un air glacial qui emportait les dernières feuilles des arbres et qui, d'un mugissement sinistre, annonçait une tempête à venir. Les branches cliquetaient, les troncs se courbaient… Les proies se tassaient bien à l'abri dans leur terrier. Le ventre creux, les loups avançaient en se baissant sous les branches et humaient le vent avec dépit. Même les oiseaux d'ordinaire tapageurs s'étaient réfugiés dans des buissons plus épais. *Cependant*, songea Amarok qui accompagnait sa meute, *nul n'est surpris. Il faut bien que les saisons se succèdent.*

Le grand loup gris se sépara du groupe, prenant le chemin du phare, désormais tout proche. Une fois arrivé à destination, il s'assit à proximité des barbelés qui entouraient le vieux bâtiment. La misérable clôture lui arrivait à peine sous le poitrail. Une rafale claqua entre les planches disjointes qui occultaient ses fenêtres. L'édifice avait beau être de guingois, il se tenait sur ce rocher depuis bien avant la Fracture.

Si Amarok tendait l'oreille, il percevait encore le chant des maçons qui l'avaient érigé. Une complainte sourde et rauque, dure et monotone, prévue pour affronter l'océan déchaîné. Cela mit un peu d'éclat dans sa pupille morne. Autrefois, il était un Dieu et il aimait entendre les échos des temps anciens. Cela lui rappelait de penser à l'avenir.

Lorsque la femme à la peau couleur terre en sortit, elle lui adressa un regard contrarié, le doigt posé sur la détente de son arbalète.

— *Tu m'as oublié*, lui reprocha-t-il.

— Et alors ? répliqua-t-elle sur la défensive. N'as-tu pas des biches et des lapins à tourmenter, ailleurs ?

— *Ne sois donc pas si farouche ; après tout, nous sommes de vieux amis.*

Elle secoua lentement la tête. Jamais elle ne lui accorderait sa confiance. C'était ce qui lui plaisait chez elle, sa perspicacité. Le loup bâilla.

— *Deux individus se dirigent vers le phare. Ils te rejoindront sous peu.*

Bintou ne cilla pas. Elle savait. Sans doute avait-elle entendu les hurlements de la meute cette nuit.

— Pourquoi me prévenir ? s'enquit-elle, méfiante.

— *Simple rappel amical. Je te tolère, toi seule. Débarrasse-toi des gamines, et du chat surtout. Il est dangereux.*

Amarok n'appréciait pas que Bastet envoie un de ses serviteurs sur son territoire sans même le consulter. La Deux-Visages lui appartenait, à lui, et à lui seul, même si elle n'en avait pas conscience.

— Le chat est un problème, confirma Bintou, agacée.

— *Les deux filles aussi. J'ai accepté ta présence, mais je refuse que tu amènes d'autres gens ici. Les humains ne règneront pas sur cette forêt.*

Il ne voulait pas d'eux dans les parages. Jaloux, despotique, l'Unique n'avait pas renoncé à anéantir les autres Dieux. Il avait failli y arriver avec la Fracture, mais Il avait payé le prix fort pour ce coup d'éclat. Amarok se lécha les babines. L'Unique avait même commis une terrible erreur : le monde sauvage Lui était désormais interdit. Jamais les Dieux ne laisseraient ses chétifs serviteurs en prendre possession.

— Je ne veux pas de ton territoire ! s'exclama la femme. Je ne veux pas de ces hommes chez moi. Fais donc ce que tu veux !

— *Humaine*, gronda le loup, *ta folie te consume.*

— Je sais, Amarok.

— *Bien, mon nom t'est revenu. Tu as respecté toutes tes promesses. Sauf celle des brebis.*

— Je ne te donnerai jamais de brebis !

Il entrouvrit la gueule, l'air amusé, s'engouffrant dans la forêt. Il y disparut sans bruit, sa silhouette argentée se troublant entre les troncs et les feuilles d'automne qui tombaient derrière lui. Bintou regagna le perron. Elle vérifia mécaniquement les carreaux encochés dans son arbalète. Les pointes étaient bien imbibées de poison.

Deux hommes couverts de poussière sortirent des frondaisons. Le cuir de leurs vestes à poches avait subi l'usure des éléments, et leurs sacs, leur équipement, leurs armes indiquaient qu'il ne s'agissait pas de leur première expédition dans le monde sauvage. Bintou les examina avec appréhension. Elle n'avait pas croisé d'Indian depuis un temps considérable. Quant à son compère, Slave à en juger par l'écusson cousu sur sa manche, elle le dédaigna sans s'en cacher.

— Madame, dit le premier, souriant et beau comme dans un rêve. Pardonnez notre brusque irruption à votre porte. Nous sommes deux explorateurs à la recherche d'une ville ; d'après nos calculs, il doit y avoir des ruines dans cette zone. Voyez-vous de quoi nous parlons ?

Bintou se campa sur ses jambes, avec tout l'aplomb dont elle était capable. Mais elle n'avait pas assez dormi et la fatigue la troublait. Un doute la traversa. S'agissait-il des tueurs ? Tout s'était passé trop vite, tout s'embrouillait…

— *Tuons-les*, lui souffla Catheryn.

Ce ne seraient que deux victimes de plus à leur actif. Bintou résista. Sans cesser de les viser avec son arme, elle désigna d'un bras la direction à suivre.

— La ville est par là !

Le Slave prit la parole.

— Avant de repartir, pourrions-nous vous prendre un peu d'eau chaude, afin de nous réchauffer ?

— Non. Partez. Maintenant.

— Quel beau bâtiment, continua l'homme blanc avec intérêt. Qu'y a-t-il donc ici ?

— Mes brebis. Mais elles ne sont pas pour vous. Je ne veux pas de vous ici, vous entendez ? Dégagez.

— D'accord, tempéra l'Indian, sa main descendant doucement vers son arme. Auriez-vous vu passer d'autres voyageurs ? Des adolescentes, quatorze, quinze ans ?

— Non. Rien que des loups. Des loups qui ont faim et qui guettent dans les fourrés. Partez ou je vous tire dessus.

Les inconnus montrèrent les mains et reculèrent dans les taillis. Bintou rentra précipitamment à l'intérieur et barricada en bas.

— Cachez-vous ! hurla-t-elle aux filles qui remplissaient les abreuvoirs des brebis.

Bintou serra les poings, mais elle était épuisée et la magie ne venait pas, alors que chaque seconde comptait. Elle effraya le chat en escaladant quatre à quatre les marches.

— Toi, ne bouge pas d'ici ! lui hurla-t-elle.

Puis elle émergea sur la plateforme extérieure, juste à temps pour tomber nez à nez avec les deux hommes. L'Indian lui envoya un poing en pleine figure, son nez craqua sous le choc. Elle partit à la renverse et s'écrasa en bas.

Les brebis perturbées se pressaient les unes contre les autres. Elles bêlaient à tout rompre. Obéissant à l'injonction de Bintou, Yaël entraîna Pomme dans la stalle réservée aux nouveau-nés. Les filles se tapirent derrière les lattes de bois qui séparaient grossièrement les agneaux et leurs mères du reste du troupeau. Une agnelle téta les doigts de Pomme qui la repoussa avec douceur. Envahie par un sombre pressentiment, elle murmura à l'oreille de sa partenaire :

— La cheminée.

Ni l'une ni l'autre ne pouvaient se tromper de cheminée. Personne, sauf Moustache, ne savait qu'elles étaient allées là-bas. Yaël acquiesça. Puis elles collèrent leurs yeux entre les trous de planches disjointes. Un homme descendait l'escalier branlant, d'un pas prudent. S'il n'était pas entré par la porte, cela signifiait qu'il s'était transporté. Yaël serra plus fort la main de Pomme. L'individu à la peau foncée, très beau, brandissait ce qu'elles identifièrent aussitôt comme un pistolet.

— Y a-t-il quelqu'un ? demanda-t-il par-dessus le tumulte animal.

Pomme avait l'impression de l'avoir déjà croisé, sans se souvenir ni où ni quand. À Bau, en tout cas. Yaël détailla les vêtements de cuir de l'inconnu. Manteau à poches, ceinture garnie de cartouches, Glock pendant sur les côtés. Un explorateur. Un vrai.

Parvenues chacune à cette conclusion, les filles retinrent leur souffle.

— Tout ceci n'est qu'un vilain malentendu, lança-t-il par-dessus le brouhaha. Nous n'avons besoin que d'un peu d'eau. Nous ne vous ferons aucun mal. Vivez-vous seules ici ?

Pomme articula en silence le nom de Bintou. Son amie fit un signe d'impuissance. Avec tout ce bruit, impossible de savoir ce qui se passait là-haut, de deviner si elle allait bien… Les brebis ne se calmaient pas, affolées par la présence de l'intrus. Il avait une belle voix, et parlait avec une certaine élégance, mais tout en lui inspirait la menace.

— Nous avons aperçu la lumière de votre feu, cette nuit. Nous nous sommes dit que nous trouverions de l'aide.

Comme moi, s'inquiéta Yaël, en réalisant que la coïncidence était trop grande. Deux jours à peine après avoir ramené Pomme, des explorateurs se pointaient ici, comme s'ils avaient suivi le même chemin qu'elle. Qui cela pouvait-il être, sinon ceux qui l'avaient abandonnée dans le monde sauvage ? Et Bintou les avait averties que des hommes venaient pour les tuer à son retour dans la nuit.

— Allons, montrez-vous, chères demoiselles. Nous ne sommes pas des loups, nous ne mordons pas. Le Temple nous envoie vous chercher. Nous sommes porteurs de bonnes nouvelles : vous êtes pardonnées. Mieux ! L'Unique a besoin de vos services. N'est-ce pas merveilleux ?

Yaël eut envie de leur hurler qu'elle ne le croyait pas, que le Temple l'envoyait terminer sa basse besogne. Pomme l'empêcha in extremis de se redresser et posa un doigt sur ses lèvres. Arrêté sur une marche, l'Indian scrutait l'étable. Les grosses bêtes piétinaient en bêlant, il faisait sombre, et son regard courait du tas de planches qui lui bouchait la vue aux monticules d'herbes séchées, entassés contre le mur. Puis il s'arrêta sur le chat.

Moustache s'arqua, le poil hérissé, avec un air qui ne disait rien qui vaille à Yaël. Il s'interposa, un grondement coincé dans la gorge. Sa carrure s'était élargie durant l'été, sa musculature se dessinait sous son pelage tigré et il avait tué un paquet de proies, certaines presque aussi grosses que lui. L'animal était non seulement capable de mettre le nouveau venu à terre, mais aussi de le réduire en charpie.

L'Indian reprit sa descente. Pomme s'inquiéta de le voir ôter la sécurité sur son arme.

— Les as-tu trouvées ? cria une voix masculine depuis l'étage.

Elles entendirent des bruits de bottes au-dessus d'elles – une personne, seulement.

— Elles sont ici. S'il vous plaît, agissons comme des êtres civilisés. Puisque je vous dis que tout est arrangé…

Yaël se crispa. Bintou était sûrement retenue là-haut. Moustache grondait très fort alors que l'explorateur arrivait en bas. Le dos et la queue en virgule, gonflé de colère, il cracha. L'homme le mit en joue.

— Rappelez cette bête ou je me ferai un plaisir de lui tirer une balle dans la tête.

Le chat tigré avança, les oreilles aplaties sur le crâne, tous crocs dehors.

— Moustache ! cria Yaël.

Trop tard. Le coup partit. Le félin s'effondra sur le flanc. Les filles hurlèrent, puis dans le même geste, se retournèrent l'une vers l'autre, les mains jointes, et se transportèrent à l'abri de la cheminée de pierre qui les avait accueillies la veille.

21

Yaël tomba à genoux, le visage enfoui dans ses mains. Pomme, les jambes molles, s'accrocha au montant de la cheminée. La brume fine qui nappait les ruines se mélangea à leurs larmes.

— Il a tué mon chat ! gémit Yaël. Mon pauvre Moustache, il ne méritait pas ça !

— Je sais ! C'est injuste !

Pomme l'entoura de ses bras, une perle de rage au coin de l'œil. Ça non, il ne méritait pas de finir ainsi. Il les avait défendues, et il l'avait payé de sa vie. La haine brûla le cœur de la jeune fille.

— Dire que je me suis moquée de lui hier à cause du cerf, continua Yaël d'une voix brisée. Mais je savais qu'il était courageux, il... il...

Les sanglots l'empêchèrent de poursuivre un moment. Pomme embrassa ses cheveux noirs, sans cesser de la serrer. Elle aurait tant souhaité avoir les mots pour la consoler, la réconforter, apaiser sa douleur. Mais elle ne trouvait rien à dire, elle n'avait que de la colère dans la gorge. Soudain, Yaël se redressa.

— Et s'ils assassinaient Bintou aussi ? Elle m'a sauvée, je n'aurais jamais survécu sans elle !

— Non, réfuta Pomme avec fermeté, ce serait idiot s'ils veulent des informations pour nous retrouver. C'est une dure à cuire. Elle ne leur dira rien.

— Mais ils lui feront du mal ! On doit les en empêcher !

Yaël s'essuya les yeux.

— S'il lui arrive malheur, je ne me le pardonnerai pas.

— Je sais bien. Mais comment l'aider ? On n'a pas d'armes.

À cet instant, si Pomme avait eu un pistolet, elle aurait été capable d'y retourner et de tirer sur l'Indian. Elle l'avait vu de ses propres yeux : il suffisait d'appuyer et… boum. Elle revit Moustache tomber, avec un haut-le-cœur. La pluie se mit à marteler le sol devant la cheminée.

— Je dois me rendre, déclara Yaël. C'est moi qu'ils ont suivie, c'est ma faute si on en est là.

Elle était prête à tout, quitte à se sacrifier. Elle rentrerait à pied jusqu'au phare, toquerait à la porte et leur expliquerait qu'ils devraient se contenter d'elle. Que plus jamais ils n'entendraient parler de Pomme. Qu'elle était morte dans le monde sauvage, tuée par les loups.

— Tu m'abandonnerais ? l'accusa celle-ci, la voix sourde de chagrin. Alors que tu m'as promis que nous serions les maîtresses de nos vies, que nous deviendrions qui nous voulons ? Je ne suis rien sans toi. J'ai besoin de toi.

— Tu serais vivante.

Yaël ne la regardait pas, elle n'en avait pas le courage. Pomme serra les poings, ses ongles s'enfonçant dans ses paumes jusqu'au sang.

— Je me jetterais du haut du phare plutôt que d'y habiter sans toi.

— Ne dis pas de bêtises, murmura Yaël. On ne joue pas, il n'y a pas que nos vies dans la balance, il y a aussi celle de Bintou.

Pomme ravala les mots d'amour qu'elle avait encore à lui lancer à la figure. Ce n'étaient pas des « bêtises » et elle l'empêcherait de commettre une folie, quitte à l'assommer si c'était nécessaire. Elle avait une furieuse envie de l'incendier, mais elle fit un effort pour contrôler sa voix.

— Si tu te livres, ils me donneront la chasse quand même. Ils sont venus parce que tu m'as délivrée. Ils ne repartiront pas sans moi. Or, tant que nous sommes ensemble, ils ne peuvent pas nous attraper. En tout cas, pas si facilement. Je ne crois pas que Bintou apprécierait que tu te précipites dans leurs bras, alors qu'elle a essayé de nous protéger.

— On aurait dû lui obéir cette nuit, quand elle est rentrée, réalisa Yaël avec émotion. C'était pour ça qu'elle voulait partir.

Mais elles n'avaient pas écouté.

— Tout est ma faute.

Une bise froide souffla sur la pluie qui prenait de l'ampleur. La jupe de Pomme commençait à coller à ses jambes ; pareil pour la tunique de Yaël. Elles se serrèrent l'une contre l'autre, recroquevillées dans un coin de la cheminée pour éviter les gouttes. Il n'y avait plus de Moustache pour les réchauffer. Elles n'avaient même pas de manteau.

Pomme prit une profonde inspiration.

— Tu te trompes, dit-elle. Je ne t'ai pas tout dit à propos de la fois où on a remonté le temps.

☽

Pomme vida son sac. Elle avalait certains mots tant elle parlait vite, un peu comme s'ils la brûlaient. Elle expliqua que sa famille gardait un secret depuis des siècles, déjà avant la Fracture : le pouvoir de voyager dans le temps. Sa mère l'avait mise en garde parce que ce don ressemblait surtout à une malédiction et qu'il touchait un enfant sur cinq de leur sang, peut-être encore moins. Mais qu'il finissait toujours par ressurgir sans crier gare.

— Je pensais que ça ne m'arriverait pas, parce que ma magie était trop faible. Je me disais que la Fracture avait définitivement effacé ce talent, comme tant d'autres. Quand nous avons commencé à nous transporter au Temple, j'ai eu très peur, et puis au fur et à mesure des exercices, comme il ne se passait rien d'extraordinaire, j'ai cru que j'étais épargnée…

— Tu aurais dû m'en parler, murmura Yaël. Avec moi, ton secret aurait été à l'abri.

Pomme secoua la tête. Avant le Temple, à Laruns, les enfants se moquaient et la tenaient à l'écart parce qu'elle était différente. La blessure était demeurée cuisante en dépit des années passées. À cela s'ajoutaient les mises en garde.

— Maman m'avait prévenue que le Temple me tuerait si j'étais découverte. Que je ne devais me fier à personne et ne pas me faire remarquer. Mais je vais être honnête. Je pensais que tu n'y croirais pas. J'avais déjà du mal à y croire moi-même.

— C'est vrai que ça m'aurait paru fou avant. Beaucoup moins aujourd'hui, cela dit.

Les filles se sourirent entre leurs larmes. Pomme songea que sa mère lui manquait. Elle ne savait même pas si elle la reverrait un jour. Il ne lui restait que Yaël.

— Tu n'es pas fâchée ? s'inquiéta-t-elle.

— Pourquoi ? Ce n'est pas ta faute si l'Unique t'a offert ce cadeau et si personne ne t'a appris à t'en servir. Tout est la faute de Cellon. C'est lui qui a décidé de me bannir après tout. C'est lui qui nous envoie des assassins. C'est lui qui rendra des comptes à sa mort.

— Je ne crois pas que Cellon ait quoi que ce soit à craindre ; il ne fait qu'appliquer Ses enseignements.

La rancœur marquait les mots de Pomme.

— De toute façon, poursuivit-elle, si on m'avait autorisée à retourner au Temple, je me serais crevé un œil plutôt que d'implorer l'Unique de me pardonner. Tu ne m'as sûrement pas retrouvée par Sa grâce. Je suis une païenne, je crois en d'autres Dieux.

— Qu'est-ce que tu racontes ? murmura Yaël, effarée. Imagine qu'Il t'entende ?

Elle ne put s'empêcher de se tourner vers le ciel gris. L'Unique ne restait pas enfermé dans Sa statue de pierre, Son esprit était partout, et peut-être les écoutait-Il en ce moment même. Pomme ne partageait pas son avis.

— Ne t'inquiète pas, Il a d'autres chats à fouetter. En outre, s'Il était si puissant, Il nous aurait déjà foudroyées sur place, au lieu d'en passer par un prêtre chauve au cœur aussi sec qu'un torchon abandonné au soleil.

Elle se rendit compte qu'elle avait jeté un froid. Elle aurait dû tourner sa langue sept fois dans sa bouche plutôt que tout lâcher d'un coup. Pourquoi ne pas s'être arrêtée à ses histoires de famille ? Les émotions lui faisaient perdre le nord. Moins d'une heure plus tôt, elle avait failli crier à Yaël qu'elle l'aimait pour l'empêcher de se sacrifier ! Elle devait faire plus attention.

— Il y a d'autres Dieux ? finit par demander Yaël.

— Oui. Ma mère m'a dit qu'ils errent parmi nous, et qu'ils entendent les âmes sincères. Mais je ne sais pas où les trouver. Je sais juste qu'ils existent. J'espère qu'ils nous protègent.

22

La pluie avait cessé. Les oiseaux recommençaient à pépier de loin en loin. Elles décidèrent de chercher un second refuge au cas où les explorateurs retrouveraient leur piste. S'ils les avaient débusquées une fois, pourquoi pas une seconde ? Il leur fallait une nouvelle solution de repli. Il leur en faudrait toujours une d'avance, tant qu'ils seraient à leur recherche. Et puis de cette façon, elles gagnaient un peu de temps pour réfléchir à un moyen de libérer Bintou.

Elles avançaient dans la forêt qui recouvrait les ruines de la ville, main dans la main, les sens en alerte. Terminés les confidences et les blasphèmes. Il n'était plus question de reparler des Dieux de sitôt. Yaël ne savait pas trop quoi en penser, de toute façon. Sa partenaire avait beaucoup souffert au Temple, aussi paraissait-il naturel qu'elle le rejette. Mais Yaël avait du mal à croire l'Unique responsable des actes de Cellon. Ce n'était qu'un simple humain. De là à admettre l'existence d'autres Dieux… Un frisson la secoua.

— Allons bon, se sermonna-t-elle, j'ai de plus gros problèmes à résoudre dans l'immédiat.

— Tu disais ? glissa Pomme, qui voyait bien que leur conversation l'avait secouée.

— Concentrons-nous sur Bintou. Il faut la délivrer, c'est ça, le plus important. De toute façon, sans elle, je ne vois pas comment on pourrait survivre dans le monde sauvage ou rejoindre une forteresse… On ne sait même pas où situer le phare sur une carte !

Pomme approuva, et ce faisant, trébucha sur des racines. Elle se rattrapa de justesse à un muret de pierres disjointes dont des branches avaient peu à peu délogé le mortier. La mousse rendait glissantes les dalles détrempées. Le ventre de la jeune fille gronda. Yaël non plus n'avait pas déjeuné, mais elle avait plus d'endurance de ce côté.

— Ce sera plus facile de porter secours à Bintou de nuit, déclara cette dernière. On attend qu'il soit tard, que les deux vilains s'assoupissent et hop ! on se transporte dans le phare.

— Pas terrible, ton plan. Déjà, ils vont sans doute monter la garde au cas où on revienne. Ce serait idiot de leur part de ne pas la surveiller. Ils sont au chaud, ils ont nos provisions, ils ont tout leur temps.

Pas comme elles, transies de froid, sans manteau, sans matériel, avec juste leur pouvoir pour leur sauver la mise en cas de danger. Hélas, leur magie avait des limites, surtout quand elles avançaient avec la faim au ventre. Pomme désigna un tronc ébréché qui avait reçu la foudre. Derrière lui gisait une statue sans visage, dont le bras tendu vers le ciel semblait réclamer de l'aide.

— D'accord, s'agaça Yaël en se dirigeant vers les décombres. Donc, du coup, à ton avis, quand est-ce qu'on devrait retourner au phare ?

— Bonne question.

Alors qu'elles atteignaient la statue, des têtes couronnées de bois se relevèrent dans la prairie voisine. Des biches aussi tournèrent un regard curieux dans leur direction.

— Ah, fit Yaël. Je trouvais que c'était calme. Maintenant on sait pourquoi.

Elles reculèrent doucement, prêtes à rejoindre la cheminée en un claquement de doigts. Quand elles furent hors de leur vue, elles firent une pause, à croupetons, derrière des fougères.

Pomme était obnubilée par les silhouettes immenses du troupeau. La vision s'était comme imprimée sur sa rétine.

— J'ai une idée, s'exclama soudain Yaël. Tu m'as demandé quand on devrait retourner au phare ?

— Oui…

Pomme n'aimait pas quand son amie était prise de fulgurances. En général, elles s'attiraient des ennuis, comme la fois où elle avait décidé de donner une leçon à cet imbécile de Marcel et qu'une femme de ménage les avait surprises en train de répandre du poil à gratter dans son lit. Yaël se releva, habitée par une énergie nouvelle – oui, c'était bien le même regard.

— Je crois que la réponse, c'est ce matin. Je veux dire, tout à l'heure. Avant que les explorateurs n'arrivent. Puisque le Temple nous pourchasse à cause de ton pouvoir, autant s'en servir.

Les jambes de Pomme flageolèrent.

— Je ne sais pas l'utiliser et c'est trop dangereux.

Cette possibilité lui semblait aussi déraisonnable qu'inenvisageable, ce dont son amie ne se souciait guère à cet instant. Habitée par ses certitudes, celle-ci la pointa du doigt :

— Balivernes, je te connais, je sais ce dont tu es capable ; Cellon aussi, c'est bien pour ça que nous lui faisons si peur, non ? Dis-moi la vérité : tu te souviens parfaitement de ce qui s'est passé au Temple le jour du mariage, n'est-ce pas ?

Pomme hocha le menton, sans desserrer les lèvres. Comment oublier ? Elle avait revécu ce moment des dizaines de fois, à se demander si elle n'avait pas rêvé ce voyage en arrière. Pourtant, elle savait intimement à quel instant elle avait dérapé. Cette fraction de seconde où ses mains se refermaient sur celles de Yaël, où le regret plantait son dard en plein cœur, où elle avait souhaité avoir une nouvelle chance.

Si seulement je pouvais revenir en arrière.

Il avait suffi d'une erreur pour changer le cours de leurs vies. Or, sa mère le lui avait maintes fois répété : il y avait de grandes responsabilités à voyager dans le temps. Ce n'était pas pour rien que le Temple l'interdisait et que le grand prêtre s'était mis dans une telle rage.

— Il y a des conséquences que tu ne soupçonnes pas. Regarde déjà où ça nous a menées ! Nous avons tout perdu. Mais ça aurait pu être pire…

— On pourrait même retourner au mariage ! l'interrompit Yaël. Tu te rends compte ? On pourrait tout effacer ! Retrouver nos vies d'avant… Ne plus avoir à fuir, nous contenter de garder le secret !

— C'est beaucoup trop loin dans le temps, comme dans l'espace. Tu ne…

Sa partenaire ne l'écoutait pas.

— On retournerait au matin, tu sais, quand on remplissait les coupes. Personne ne s'apercevrait de rien. Je nous dirais de ne surtout pas remonter le temps, que les conséquences seraient terribles… Et tout serait terminé.

— Yaël ! cria Pomme. Veux-tu bien m'écouter ?

Des petits oiseaux s'envolèrent dans les arbres voisins et des corbeaux croassèrent avec véhémence.

— C'est malin, bougonna Yaël en tirant sur son bras pour la faire avancer. Tu es dingue de crier. On va se faire repérer par un prédateur. Autant s'ouvrir les veines et s'offrir aux loups. Tu sais qu'ils flairent le sang à des kilomètres à la ronde ?

— C'est ta faute aussi, rétorqua Pomme sur le même ton, tout en la suivant. Tu ne me laisses pas en placer une et tu n'en fais qu'à ta tête, comme d'habitude. Alors que tu ignores tout au sujet de ce pouvoir. J'en sais assez pour te dire que non, on ne peut pas retourner au mariage, même en admettant qu'on en ait la force.

Elles se faufilèrent sous un arbre abattu. La végétation le recouvrait presque entièrement et rejoignait une margelle arrondie. Les restes d'un puits, ou d'une fontaine. Apparemment, dans l'ancien monde, on érigeait des fontaines à tous les coins de rue. Yaël tomba assise, avec un petit grognement de douleur.

— Explique.

— Mais voyons ! Ça changerait tellement le cours de nos vies, que le temps se brouillerait complètement et qu'on risquerait de disparaître. C'est un gros risque, on a déjà eu de la chance de s'en sortir saines et sauves la première fois.

— Que veux-tu dire ?

Les mèches rousses de Pomme dansèrent devant son visage devenu sévère. De nouveau, elle ressemblait à l'élève favorite du prêtre Cellon, même si celui-ci ne l'avait jamais admis en public.

— Imagine que tu sauves un chasseur qui devait mourir dans la forêt. Toi, tu vis au Temple, lui dans un petit quartier de Bau. Qu'il meure ou qu'il vive, cela ne changera pas beaucoup ton quotidien. Tu pourras revenir au présent et continuer ta vie. Tu sauras que tu as sauvé le chasseur, parce que le crieur n'annoncera pas sa mort, voilà tout. Il en ira autrement si tu affectes la destinée d'une personne liée à la tienne : un parent, un partenaire, un professeur. Même si tu remontes le temps de quelques heures seulement, si c'est pour sauver ta mère, par exemple, tu changeras radicalement le fil des évènements. Sans sa mort, tu n'auras plus de raison de repartir dans le temps et pourtant, tu y seras allée pour la garder en vie.

— Il existera donc deux versions de moi ?

— Impossible, voyons ! Les Dieux ne l'autorisent pas. Ta ligne de temps appartenant elle-même à celle plus vaste du monde, elle ne peut pas s'interrompre ; donc, au moment même où tu interviendras pour changer ce qui t'est arrivé, tout se mélangera et il n'existera plus qu'une seule personne.

— Du coup, qu'est-ce qui m'arrivera ?

— Ça dépend. Tu peux devenir un légume ou disparaître, carrément. Dans le meilleur des cas, tu as oublié tout ce qui s'est produit entre le moment où tu as modifié ton passé et celui où tu as remonté le temps. Personne ne sait exactement. C'est de la folie pure.

Pomme arrivait aux limites de son savoir, lequel s'avérait plutôt mince. Quelques mois plus tôt, elle était encore convaincue que cela lui était impossible de remonter le temps ; néanmoins, elle n'avait pas oublié à quel point ce pouvoir effrayait sa mère, qui avait réussi à faire en sorte que son enfant n'oublie pas ses mises en garde. Yaël se mit à réfléchir à voix haute.

— D'accord, oublions le mariage, en effet. Mais on pourrait au moins sauver Moustache. Si on y pense, il ne nous est rien arrivé en deux heures. Et sa mort ne changera la vie de personne, ce n'est qu'un chat sauvage.

— Sauver Moustache ? (Pomme secoua la tête.) Si on le sauve, cela changera trop de choses pour nous deux. On ne se transportera pas à la cheminée au même moment. On n'aura pas la même discussion par la suite… Peut-être qu'on écoutera l'Indian plus longtemps et qu'il en profitera pour nous tuer, va savoir.

Le vent qui agitait les branches au-dessus de leurs têtes déversa des gouttelettes sur leurs têtes et les poussa à se remettre en marche, Yaël pestant, Pomme frissonnant dans ses loques trempées. Chacune réfléchissait de son côté. La première avait le cœur tordu à l'idée d'abandonner définitivement son chat. La seconde s'inquiétait de la tournure que la conversation avait prise et n'oubliait pas que sa partenaire était une vraie tête de mule quand elle s'y mettait.

— Ce serait dommage de ne pas se servir de ton pouvoir, dit Yaël. C'est le seul avantage qu'on ait sur ces hommes.

— Il ne nous sert à rien. Puisqu'on ne doit pas modifier notre passé.

Un sourire malicieux glissa sur les lèvres charnues de Yaël.

— Parfois, tu manques d'imagination, tu sais ! On pourrait au moins récupérer nos affaires sans risque, en allant au phare avant que les hommes n'attaquent. On prendrait discrètement les reliques, la nourriture, les manteaux…

— Et les armes, renchérit Pomme, oubliant ses réticences.

— Les armes, oui. On en aura besoin pour sauver Bintou.

Yaël n'avait jamais tiré sur rien de vivant avec l'arbalète, information qu'elle tut, persuadée que le moment venu, elle n'hésiterait pas. Elle se voyait bien trouer la peau de cet épouvantable Indian et lui faire payer la mort du chat.

— Ce serait malin, admit sa partenaire. Mais il faut absolument ne rien modifier, juste prendre ce qu'il nous faut et revenir ici ensuite dans notre présent.

Yaël acquiesça. Il y avait dans le regard de Pomme une détermination nouvelle, plus farouche.

— Le meilleur moment, fit-elle, ce serait ce matin, quand on s'occupait des brebis au rez-de-chaussée, pendant que Bintou était dehors, juste avant que les hommes ne débarquent… Il n'y avait personne dans les étages. Pas même Moustache.

23

Une averse leur était brusquement tombée dessus, les trempant de la tête aux pieds. En attendant que la pluie passe, elles s'étaient collées aux rocailles qui s'amoncelaient à proximité du phare et dans lesquelles le troupeau aimait tant se percher.

L'eau froide aurait dû nous remettre les idées en place, pesta Pomme en elle-même. Les longs cheveux noirs de Yaël pendaient par paquets, collés sur son visage. Les siens frisaient comme de la laine de mouton. Elles se sentaient épiées. Des corbeaux les observaient de loin. Un calme inhabituel régnait aux abords du bâtiment et de son jardin grillagé.

— On perd un temps précieux, chuchota Yaël. On le fait, ou pas ?

C'était bien son genre de poser un ultimatum. Pomme aurait aimé avoir toute latitude pour réfléchir, mais elle avait déjà pris sa décision : tout serait plus simple avec des vêtements secs, une arme, des provisions. Peut-être manquait-elle juste de courage.

— La fois où on a remonté le temps, fit-elle, c'était la pleine lune. Ce n'était pas une coïncidence. La lune incarne le changement et elle possède une grande influence sur notre monde.

— Et alors ? J'imagine qu'elle a amplifié ton pouvoir. (Yaël haussa les épaules.) Je ne te forcerai pas si tu ne t'en crois pas capable. Mais tu devrais me faire confiance. Je te connais mieux que personne.

— Oh, ça oui, je suis au courant. Eh bien, allons-y.

Pomme se redressa, secoua les bras et les jambes pour les délasser. Yaël lui sourit, la fossette se creusant sur son menton, ses yeux bruns brillant d'un éclat juvénile, aussi joyeux que lorsqu'elle se préparait à jouer un tour pendable à leurs camarades du Temple. Pomme se rendit soudain compte qu'elles n'avaient rien à perdre, ni l'une ni l'autre, et que c'était peut-être là le prix de leur liberté.

— Pensons à ce matin, déclara-t-elle en levant les mains, quand nous nous occupions des brebis.

Yaël posa ses paumes contre les siennes.

— Je voulais te montrer l'agnelle, la plus petite, parce qu'elle se laisse porter. Tu te souviens ?

Parfaitement. Pomme se souvenait de cette petite bête qui n'avait qu'une idée en tête : lui téter les doigts. Sa voix se durcit.

— Au même moment, mais cette fois, au dernier étage.

Leurs fronts se rejoignirent. Elles fermèrent les yeux, se concentrant sur leurs souffles. Ce qu'elles s'apprêtaient à faire était réellement dangereux. Elles respirèrent profondément. Une fois, deux fois, et à la troisième, elles retournèrent au sommet du phare.

Yaël s'écroula sur sa partenaire, littéralement assommée. Elle papillonnait des yeux, en lutte pour rester consciente. Pomme l'aida à s'asseoir sur le plancher poussiéreux. La tête lui tournait un peu à elle aussi, et il y avait un goût métallique dans sa bouche. Y en avait-il eu un la première fois ? Elle ne s'en souvenait pas.

— Repose-toi, chuchota-t-elle en se redressant. Je m'occupe de tout.

Les braises rougeoyaient encore dans le foyer. Le paysage brumeux masquait la forêt. À la lumière en demi-teinte, encore grisâtre, il lui semblait qu'il était plus tôt dans la journée, mais il lui fallait en avoir le cœur net. D'un pas aussi léger que possible, elle descendit l'escalier et tendit l'oreille pour écouter ce qui se passait au rez-de-chaussée. En bas, des filles discutaient par-dessus les bêlements des brebis. Elle reconnut aussitôt Yaël. L'autre voix fluette devait être la sienne. Étrange comme elle lui semblait différente. En tout cas, elles avaient réussi. Elles avaient remonté le temps !

Elle se dépêcha de repartir à l'étage, en transpirant chaque fois que l'escalier branlait sous son poids. Il restait une dizaine de minutes à tout casser avant que les évènements ne se produisent. Plus qu'il ne leur en fallait. Tout ce qu'elle possédait était déjà rassemblé dans son sac, et Yaël se contenterait de sa besace qui contenait, outre le livre et les autres reliques, ses quelques effets personnels. Enfiler un manteau sec par-dessus des vêtements mouillés était une expérience désagréable, mais Pomme serra les dents. Faire vite, c'était tout ce qui comptait. Elle jeta sur Yaël sa cape de plumes. Celle-ci se remit sur pied et l'attacha avec difficulté.

— J'ai encore… du mal.

— J'ai presque fini.

Elle fit main basse sur deux écuelles, un couteau, les pierres à feu qui traînaient près du foyer. Elle regretta de ne pas avoir raflé un fromage en bas, un bout de pain, n'importe quoi à se mettre sous la dent. Mais il y avait plus important. Elle se mit à la recherche de l'arbalète, soulevant les toiles, dérangeant les paillasses…

Soudain, elle se figea. Moustache s'étirait devant l'escalier. D'une démarche chaloupée, le chat tigré rejoignit Yaël et se mit à ronronner. Celle-ci tomba à genoux, les bras enlacés autour de son cou, le visage niché dans sa douce fourrure. Le bruit de ses sanglots était à peine étouffé par le pelage. Il n'aurait pas dû être là.

Oh non, se dit Pomme, *il a dû m'entendre et il est monté voir ce qui se passait*. Tout à coup, le sol lui parut mouvant sous ses pieds. Elle avait un peu le vertige, assez pour s'inquiéter. Le fil du temps était en train de trembler, leur passé changeait ! Une main s'abattit sur son épaule et elle se dégagea vivement, à deux doigts de crier. Mais c'était Bintou. D'où venait-elle ? Pas de l'escalier en tout cas, elle l'aurait vue !

— Chut, fit la bergère habillée de pied en cap, poussiéreuse comme après un long voyage.

Du bout des gants, elle saisit les boucles mouillées de Pomme. Son visage se renfrogna.

— Je vous avais bien dit que le chat créerait des problèmes ! Il n'a rien écouté encore une fois ! Je lui avais dit de ne pas bouger !

Pomme avait l'impression qu'un détail clochait sans mettre le doigt dessus.

— Vous ne devriez pas être là.

— Vous non plus.

Le monde ne tanguait plus autour de la fille. Pour une fois, elle avait l'impression d'être exactement à la place où elle devait se trouver. Comme si l'instant était figé.

— Comment pouvez-vous être ici alors que vous êtes dehors ?

— Viens avec moi.

Bintou lui prit la main et se dirigea vers Yaël, qu'elle attrapa par le bras. Elle la tira en arrière, rassemblant sa magie pour les transporter toutes les trois. Les filles sentirent leur pouvoir s'éveiller en réponse. Tout se passa si vite alors ! Un véritable brasier les parcourut avec une puissance sans égale… Mais Bintou n'avait pas tout à fait arraché Yaël à son chat. Celle-ci avait encore une main sur son cou et il se colla contre elle, ses iris verts se pailletant d'or.

Toutes trois disparurent avec l'animal, leur magie consumée par celle de Bintou, la femme que l'Oracle nommait la

Deux-Visages et qui sans le vouloir, venait à nouveau de rompre le fil du temps.

☽

Quelques minutes plus tard, au pied du phare se rejouait la même scène à quelques détails près. Bintou ordonna aux hommes de partir, puis se précipita vers l'étage en ordonnant aux filles de se cacher. Elle arriva un instant trop tard pour fermer la trappe du phare. Là, le poing de Ramdaram lui brisa le nez, la faisant retomber en arrière. Doïstov et lui descendirent tranquillement les marches, enjambant le corps gémissant de leur hôte. Le Slave examina la pièce tandis que son complice se rendait au rez-de-chaussée. Il avait entendu les voix des filles.

— Nous avons aperçu la lumière la nuit, dit l'Indian. Nous nous sommes dit que nous trouverions de l'aide.

Les brebis lui firent froncer le nez à cause de l'odeur et du bruit. Elles bêlaient sans discontinuer. Il continua à livrer ses belles paroles, tout en ne pensant qu'à débusquer les deux jeunes ingrates. Il leur ferait payer ces longues heures de marche dans le monde sauvage, à subir les assauts de la pluie et du vent. Quand il eut fini de descendre l'escalier, il s'impatienta.

— Ma gentillesse a des limites que vous venez d'allègrement franchir. Soit vous vous montrez maintenant, soit je vous y force.

Pas de réponse. Aussi tira-t-il un coup en l'air. Les filles hurlèrent et se transportèrent à la cheminée dans le même souffle. Au-dessus de l'Indian, quelqu'un jura.

— Ram ! Tu as failli me coller une balle dans le pied.

Ram vérifia qu'il n'y avait personne d'autre ailleurs dans le phare. Les filles s'étaient envolées, ce qui ne laissait aucun doute sur l'identité de la femme noire : il s'agissait de la personne qui avait aidé Yaël à délivrer Pomme du Temple, et dont le grand prêtre voulait la tête. Un premier problème de réglé. Elle saurait forcément où trouver les gamines. Elles n'avaient pas pu aller bien loin, elles qui ne s'étaient jamais transportées en dehors de Bau... Les grosses brebis bêlaient toujours, incommodées par sa présence. Il détestait ces bêtes autant que leur odeur.

— Elles étaient là, affirma-t-il à Doïstov après l'avoir rejoint.

— Et tu viens de les faire fuir.

L'Indian haussa les épaules. Son compère fouillait les tiroirs des vieux meubles branlants. Il cherchait des livres, des gravures, des photographies de l'ancien temps, tout ce que cette femme pouvait avoir réuni dans cet extraordinaire endroit, encore debout deux siècles après la Fracture.

— Où as-tu caché notre amie ? s'enquit Ramdaram.

Doïstov se retourna vers l'escalier où était tombée assommée la propriétaire des lieux. Cependant, au pied de l'escalier, le corps inconscient de la femme avait disparu. Le Slave marqua un temps d'arrêt. Il l'aurait vue passer si elle était descendue. Elle était forcément montée.

Ram grimpa les marches quatre à quatre, la ferraille gémissant sous le poids de son corps musclé.

— Elle s'est envolée, lança-t-il en redescendant une minute plus tard, fort contrarié. Comment s'y est-elle prise ? Rends-toi compte, elle était seule !

— Des vagabonds ont profité que j'avais le dos tourné, voilà tout. Ils se sont cachés, et à la première occasion, ils l'ont récupérée. Il y a de la place pour vivre à plusieurs ici.

L'esprit cartésien de Doïstov ne concevait pas d'autres explications. Ram secoua la tête.

— Et tu n'aurais rien vu, rien entendu, alors que tu te tenais à deux pas ?

Un rictus s'installa au coin de sa bouche. Il était en colère.

— Nous avons affaire à une véritable magicienne. Rappelle-toi ce qu'a dit Cellon, qu'elle possédait un pouvoir hors normes. Elle s'est transportée seule après avoir repris connaissance. La voilà, la vérité.

— Impossible, répliqua sèchement Doïstov. La magie a tendance à s'effriter de génération en génération. Les enfants-pouvoir sont de moins en moins nombreux. Nous perdons plus que nous ne gagnons.

Sur ce point-ci non plus, ils ne tombaient pas d'accord. Ramdaram pensait qu'il aurait fallu plus de brassage entre les forteresses. Cependant, il comprenait mieux l'intérêt du grand prêtre pour cette femme. Quel âge pouvait-elle avoir ? Une trentaine d'années, *a priori*. Peut-être était-elle en mesure d'enfanter. En ce cas, la tuer serait un véritable crime contre l'humanité.

— Je te le prouverai quand nous l'aurons retrouvée. Regarde-moi ce taudis. S'ils étaient nombreux à vivre ici, il y aurait des lits.

De fait, ils comptèrent trois paillasses.

— Admettons, dit Doïstov, désireux de faire la paix. Elle ne m'a pas paru saine d'esprit ce matin. Elle tenait un discours incohérent. Où a-t-elle pu aller ?

— Rejoindre les gamines. Elles ont pu trouver un abri dans les ruines de la ville si celle-ci existe.

— Probablement, mais…

Le Slave prit une profonde inspiration. Ram lui laissa le temps d'écouter son intuition et attendit sagement qu'il reprenne la parole.

— Elles me semblent loin d'ici.

— Alors, elle les a emmenées dans un autre refuge. Ce phare doit en être un lui aussi.

— Sacré beau refuge, entre nous.

Ceux qu'ils utilisaient pour fragmenter leurs voyages entre les forteresses n'étaient pas aussi luxueux. En général, leur confort rudimentaire permettait d'attacher un hamac au sec, de mettre une cargaison en sécurité, voire d'allumer un feu s'ils étaient chanceux : des caves, des grottes, parfois des bunkers rescapés des dernières guerres. Pas de véritables bâtiments.

— Les vagabonds ont leurs propres cartes, de toute évidence, grommela Doïstov. J'aimerais bien mettre la main dessus.

Ce n'était pas une nouvelle en soi. Les vagabonds étant allés eux aussi à l'école du Temple, ils avaient forcément pris soin de laisser des indications sur les lieux suivants. Tout voyageur qui se respectait les consultait scrupuleusement. Lorsqu'on se déplaçait sur des centaines de kilomètres, les haltes étaient nombreuses et finissaient par se mélanger, multipliant le risque de se perdre et de ne pas arriver à destination.

Ramdaram monta d'un pas lourd jusqu'au sommet du phare. Il fit le tour de la vigie et passa sa main au-dessus des braises encore chaudes avant de s'installer sur la margelle qui dominait le paysage. Du rouge, de l'orange et de l'or, entrecoupés de vert, à perte de vue.

Quant à Doïstov, il poursuivit sa fouille minutieuse des meubles.

24

Le grand prêtre dormait mal depuis le soir où l'Oracle avait eu sa vision. Ses paroles au sujet de Yaël lui revenaient sans cesse : c'était elle, la clé, le déclencheur des évènements, l'erreur, le fruit de son incompétence. Après réflexion, il avait consulté les grimoires interdits et cherché la mention d'un catalyseur. Ce qu'il avait trouvé lui avait donné froid dans le dos.

Les catalyseurs étaient rarement des mages doués d'un pouvoir remarquable au premier abord. Certains avaient le don d'amplifier la magie des autres, mais surtout, ils pouvaient accélérer les évènements et provoquer le destin. La description collait bel et bien à Yaël. Il l'imaginait sans peine inciter Pomme à remonter le temps, douée comme elle était pour foncer tête baissée et se lancer dans les pires âneries.

Il n'aurait jamais dû prendre le risque de l'abandonner vivante dans le monde sauvage. Il aurait suffi de l'abattre pour en être définitivement débarrassé. Au lieu de mourir, elle avait survécu grâce à la Deux-Visages. Yaël n'avait pas pu tomber sur cette femme par hasard. Il songea brièvement aux anciens Dieux qui se dissimulaient dans le monde sauvage. Ils avaient sûrement fomenté leur rencontre.

Leurs intentions lui échappaient, mais il voyait dans leur retour les signes avant-coureurs d'une nouvelle guerre. Les Bêtes ne toléraient plus les voyageurs sur les routes et leurs incursions à proximité des forteresses devenaient de plus en plus fréquentes. Il ne pouvait s'agir d'une coïncidence.

Quel rôle exactement devaient jouer Yaël, Pomme, et la Deux-Visages dans leurs plans ? Cellon l'ignorait, cependant, il avait encore la possibilité de contrecarrer les desseins des Dieux, en tuant leurs marionnettes. Ainsi les choses rentreraient dans l'ordre prévu. L'humanité reprendrait le chemin de la prospérité et retrouverait sa juste place en ce monde, au nom de l'Unique.

Ce matin-là, Cellon décida de se flageller pour se racheter de ses fautes et de ses pensées impures – nul ne pouvait s'opposer à la volonté de l'Unique. Sa propre inconséquence le remplissait de honte. Il avait manqué à tous ses devoirs le soir où Pomme et Yaël avaient remonté le temps. Si seulement l'affaire avait été menée plus discrètement, et non au beau milieu d'un mariage ! Au lieu d'agir dans la précipitation, il aurait dû les éliminer dans le plus grand secret.

Il tâcha d'expédier son courrier, annula ses visites aux pauvres et traversa les jardins du temple pour se rendre à la grotte de l'Unique, sa badine sous le bras. Il observa les branches nues des arbustes savamment taillés par ses frères et sœurs, essayant d'échapper à ses regrets comme à ses peurs. Son regard s'attarda sur les sommets enneigés qui composaient le paysage. Puis le prêtre marqua une pause, bien qu'il eût froid dans sa robe de bure.

Il avait cru entendre quelque chose au loin, peut-être un léger grondement. Se remettant en marche, il ne put s'empêcher de repenser au soir du mariage. La sueur dégoulina dans son dos. Cela n'avait duré qu'un bref instant, mais il était persuadé de ne rien avoir inventé, le temps avait tremblé. Tout à coup, sa cité de Bau lui parut moins tranquille. Comme si la montagne, les rues, les maisons frémissaient à l'écoute d'une tempête en approche. Pourtant, en apparence, tout allait bien.

Cette pensée l'occupa durant l'heure qu'il passa à genoux devant l'immense statue de l'Unique, entre deux gémissements retenus par ses vieilles dents. Il frappa encore et encore, avec l'espoir d'enfin faire taire ses peurs.

L'équilibre du monde ne tenait qu'à un fil. Ses semblables tendaient à l'oublier, c'était tellement plus facile ainsi, mais lui, il savait qu'une catastrophe n'était jamais loin.

☽

La pie avait pris ses habitudes dans l'arbre d'en face. Méfiante, elle s'enfuyait dès que des humains pénétraient dans l'enceinte du jardin. L'enfant prodige trouvait le corvidé aussi beau que fascinant et avait décidé de l'apprivoiser. Il était tout à fait utile, par ailleurs. Une fois, il avait attaqué et dévoré un gros lapereau, un de ceux que les prêtres se plaignaient de voir dévaster les potagers et que les chiens du Temple poursuivaient sans relâche.

Oui, la pie fascinait l'Oracle, parce qu'elle était véritablement maline. Elle ne se faisait jamais surprendre par personne. Elle volait des petites choses çà et là, qu'elle revenait examiner à l'abri, dans cet arbre. Pourquoi celui-ci en particulier ? Son feuillage plus dense que celui de ses voisins lui permettait peut-être de mieux se camoufler. La petite aurait bien aimé grimper dedans pour examiner le nid de l'oiseau. Hélas, c'était impossible à cause de ses robes aussi lourdes que précieuses. Les gardes en auraient fait une syncope. Un jour, l'enfant avait trouvé une petite boucle d'argent coincée entre deux pierres. Par jeu, elle l'avait déposée bien en vue sur un muret, avec un abricot oublié dans sa poche. Toute la journée, elle avait guetté la pie depuis son balcon grillagé en ne laissant dépasser que le bout de son nez du parapet. L'oiseau était bel et bien venu embarquer l'offrande.

Depuis, l'Oracle avait pris l'habitude de déposer des cadeaux à cet endroit, en restant assez longtemps pour être vue de l'animal.

— *Qu'est-ce que tu veux faire ?* lui demanda une autre Oracle tandis qu'elle coinçait un bout de ruban argenté sous une pierre. *L'attraper pour la sacrifier ?*

— J'ai des pigeons et du gibier pour mes sacrifices, grommela la petite.

Cette sœur-là venait d'après la Fracture. Elle détestait presque autant les animaux que le grand prêtre.

— *Alors quoi ? C'est une Bête. Elle pourrait te picorer les yeux ! Les corvidés attaquent les humains, je te signale !*

Cela rendait le jeu d'autant plus amusant. Si le vieux Cellon le découvrait, il deviendrait vert de rage. L'autre haussa les épaules.

Soudain, il y eut un lointain roulement de tonnerre.

— *Qu'est-ce que c'est ?* s'effraya le fantôme, une main sur le cœur.

L'Oracle leva le nez vers les nuages. Pas de masse noire ni sur les montagnes ni au-dessus de la vallée. Le temps était clair. Le grondement persistait sourd et diffus, angoissant. Sa sœur s'évanouit tandis qu'elle baissait les yeux vers ses pieds. C'était le monde qui venait de s'ébranler.

— La ligne du temps, murmura-t-elle.

L'image de Yaël s'imprima dans ses pensées avant de s'embrumer, juste un peu, pas assez cependant pour qu'elle l'oublie. L'Oracle voyait le présent même lorsqu'il se mouvait. Le retour de la pie l'arracha à ses réflexions. Elle examinait son cadeau, penchant la tête de côté. Ce qu'elle était amusante ! Pourtant, elle s'envola sans y toucher après un coup d'œil dans la direction du balcon.

L'Oracle fut très déçue, elle qui ne connaissait pas l'échec. Elle aurait plutôt dû se soucier de ce qui venait de se produire, mais elle n'avait que douze ans, et elle n'était pas pressée d'ouvrir le ventre d'une bête pour en apprendre plus. Elle allait rentrer quand un bruissement d'ailes la fit se figer. Elle n'eut pas le temps d'apercevoir le volatile qu'il était déjà reparti avec le ruban. Comme d'habitude, il lui avait laissé une cosse remplie de délicieuses boules sucrées. Elle se dépêcha d'aller récupérer le fruit.

Elle le mangea avec gourmandise dans la minute qui suivit. Le grondement était encore audible, mais elle n'y faisait plus attention. Le jus coulait encore du coin de ses lèvres quand elle prit enfin conscience que quelque chose s'était brisé.

La vieille oracle, celle qui veillait souvent sur elle, apparut à cet instant. Par réflexe, l'enfant cacha son butin dans son dos. Mais Grand-mère lui caressa les cheveux.

— *Montre-moi ce que tu as là.*

Avec un air coupable, l'enfant obéit.

— C'est très bon, ça ne m'a jamais rendue malade.

— *Je sais*, acquiesça la vieille dame. *Cette pie est décidément très maline, tu ne trouves pas ?*

— L'Unique ne voudrait pas que je mange ses cadeaux, s'Il savait.

— *Il n'a pas le pouvoir de t'en empêcher. Il ne peut pas nous contrôler. Sans nous, l'humanité aurait disparu et Il le regretterait.*

— Je voudrais être libre comme la pie.

— *La liberté n'existe pas, mon enfant. Les êtres de chair sont tous prisonniers de leurs rêves.*

Grand-mère lui adressa un dernier sourire avant de disparaître. L'Oracle termina son fruit, la tête ailleurs. Il lui semblait être plus… seule.

5

LES REFUGES

25

Il régnait une lumière crépusculaire dans cette forêt impénétrable et sombre, aux troncs épais, au sol envahi de mousses, de fougères et de ronces épineuses. Les arbres, grands et anciens, tutoyaient le ciel et drapaient de leur ombre une immense statue de cheval. La plumaille se fit tout à coup plus discrète. Un frémissement anima les feuilles mortes avant que ne surgissent de nulle part trois humaines et un chat tigré. Deux d'entre elles titubèrent. Quant à la troisième, Bintou, elle demeura droite comme un i, ancrée à la terre et indifférente au monde qu'elle venait d'ébranler. Elle n'avait d'yeux que pour le félin sur lequel Yaël s'appuyait, avant de se jeter au sol et de vomir.

— Il ne devrait pas être là, murmura Bintou, surprise. Il n'était pas là, l'autre fois…

Elle posa ses mains sur son visage comme pour retrouver ses esprits. Pomme, elle, se mit à quatre pattes. Le monde tanguait, elle en était sûre. Il s'était passé quelque chose. Mais quoi ? Elle n'avait rien changé à leur passé ! Ou bien, si ?

— Le chat, grommela Bintou. Toujours le chat, à chaque fois, à se mettre dans nos jambes. C'est à cause de lui que rien ne se passe jamais comme je le voudrais.

Pomme ne l'écoutait plus. Tandis que la ligne du temps vacillait en grondant, elle n'était plus sûre de rien. Elle ne savait plus ce qui lui était arrivé en haut du phare, mis à part que Bintou avait surgi de nulle part et les avait emmenées. En était-elle vraiment certaine ? Était-ce seulement possible de se déplacer seule ?

Pomme se concentra sur sa respiration pour combattre son vertige, conséquence de son escapade dans le passé. Tant pis, ce qui était fait ne pouvait être défait. Au moins, elle avait récupéré son sac et portait son manteau par-dessus ses vêtements trempés. Yaël, qui rendait tripes et boyaux dans un fourré, avait aussi récupéré ses affaires, dont sa cape de plumes. Et Bintou était armée. Il fallait juste patienter et se calmer. Ne pas paniquer.

Au bout de quelques minutes, Pomme fut capable d'aider sa partenaire à s'asseoir. La pauvre Yaël n'avait que de vagues souvenirs et elle était encore terrassée par l'effort que lui avait demandé ce transport.

— Où sommes-nous ? dit-elle. Bintou, où nous as-tu emmenés ?

À son nom, celle-ci ouvrit grand les yeux. Un changement s'opéra sur son visage qui s'éclaira, comme si d'un coup, la confusion la quittait. Elle se retourna et leva la tête. Alors, suivant son regard, Pomme remarqua la sculpture. Un assemblage gigantesque de branches dépouillées de leur écorce, à la chair rousse et fibreuse comme ses cheveux, et qui représentait un étalon dressé sur ses pattes arrière. Les morceaux de bois tortueux semblaient se tenir les uns aux autres par miracle, sans le moindre clou. La bête de bois les dominait, aussi haute que les maisons de Bau, toute prête à prendre vie et à les écraser de ses larges sabots.

Et ce n'était pas la première fois qu'elle la voyait. Il en existait une miniature au phare, une réplique identique que Pomme reconnut aussitôt.

— Effrayant, murmura-t-elle.

— Ne restons pas là, répliqua Bintou d'une voix ferme, comme si instantanément, son assurance lui était revenue.

Elle se dirigea vers Yaël, la remit sur pied et passa son bras par-dessus son épaule. Pomme les suivit sur une sente, un minuscule ruisseau de terre parmi les buissons. Moustache en fit autant sans qu'elle ait à l'appeler. Il lui jeta un regard torve quand elle fit mine de le toucher. Sa queue battait furieusement à chaque pas. Il détestait cet endroit, et Pomme partageait son avis. Elle aussi avait peur.

Elle avait encore du mal à rassembler ses pensées, mais le vertige s'atténuait. Ses souvenirs demeuraient confus, mais pas son esprit. Une chose était certaine, leur incursion dans le passé avait eu des conséquences. Le chat la doubla, la queue droite, et la frôla de son doux pelage afin de se rapprocher de sa maîtresse. À moins qu'il n'eût pas confiance en la bergère qui la soutenait.

Bintou avançait avec détermination à travers les ronciers, lesquels tentaient d'accrocher le manteau de Pomme. Grâce à sa cape de plumes, Yaël n'avait pas ce problème. Elle ne paraissait plus affectée par les variations dans la ligne de temps. Au bout d'une centaine de pas, elle se dégagea de l'étreinte de Bintou.

— Je peux marcher seule.

La femme posa un doigt sur ses lèvres, et se retournant, adressa la même recommandation silencieuse à Pomme. Elles n'ouvrirent plus la bouche. Plus loin, une trouée se dessina dans le rideau de troncs, manquant la sortie des bois. Elles se raidirent d'effroi en apercevant une silhouette d'ours dressée à la lisière. Mais il ne s'agissait que d'une statue tout aussi impressionnante que le cheval.

Bintou leur fit signe d'attendre tandis qu'elle se rapprochait à pas de loup de la sculpture. Elle ne fut bientôt plus visible, avalée par la lumière. Quand elle réapparut, elle leur indiqua de la rejoindre, d'un geste autoritaire. Même Yaël fut soudain frappée par son attitude très détendue. Si différente de la bergère qui discutait avec ses brebis, cette femme souvent inquiète, à l'air perdu, pourtant douce et gentille à bien des égards.

On aurait dit une autre personne, comme si la lumière s'était rallumée dans son regard ; Yaël n'aimait pas vraiment cette métamorphose et, surtout, cet air dur qui avait chassé toute trace de folie. Cette Bintou-là se mettait facilement en colère et n'acceptait aucune remise en question de ses ordres. Pourtant, Yaël voulait savoir où elle les emmenait. Elle en avait besoin, après ces mois à lui tirer les vers du nez, à essayer de savoir si elle connaissait d'autres endroits…

— Où nous conduis-tu ? chuchota-t-elle quand elle l'eut rejointe. Là où tu vends tes fromages ?

Il y avait une pointe d'accusation dans la question. Bintou haussa un sourcil, l'air amusé.

— Si jeune et déjà si abîmée… Non, ce n'est qu'un autre refuge.

Au-delà de l'ours, au sinistre faciès composé de ramures sèches, s'étendait une lumineuse clairière encombrée par des centaines de totems, de taille plus modeste. Toutes les espèces semblaient représentées : bœuf, biche, chien, lion, comme un incroyable imagier pour enfants. Au beau milieu se tenait une maisonnette en pierre. Une main humaine avait empilé de gros cailloux, bricolé des fenêtres rudimentaires garnies de vitres intactes, et ajouté un toit de guingois, fait de morceaux de tôle.

Ébahies, Pomme et Yaël échangèrent un sourire. Tout cela datait d'après la Fracture, le verre des ouvertures en attestait. Quelqu'un d'autre que Bintou avait donc réussi l'impossible et s'était installé dans le monde sauvage !

— Attention aux pièges, les avertit Bintou. Marchez dans mes pas et soyez prêtes à vous jeter à terre.

Elles se faufilèrent entre les statues avec prudence, les filles s'assurant de garder Moustache entre elles, jusqu'au porche de la cabane. Une avancée permettait de s'abriter de la pluie. Yaël y remarqua des débris de chaise.

Un hululement rompit le calme, puissant, assorti d'un battement d'ailes. Elles sursautèrent. Un grand-duc se percha en lisière et fit ployer l'arbre sous son poids. Les branches perdirent leurs dernières feuilles. Les grands pétales dorés dansèrent dans le vent avant de toucher le sol.

Bintou baissa son arbalète avec un soupir de soulagement.

— Allons, grand seigneur, il est inutile de te fâcher.

— *Pourquoi me fâcherais-je ?* s'amusa l'immense rapace. *Je t'attendais. J'ai senti un changement dans le vent. Pas toi ?*

Ses grands yeux jaunes clignèrent. Pomme secoua Yaël par l'épaule.

— Tu l'entends parler toi aussi ?

Yaël fit signe que non.

— Rien, à part des cris.

— *Silence !* hulula l'oiseau.

Sa tête exécuta une gigue de droite et de gauche, comme s'il essayait de voir derrière les filles, où Moustache s'était réfugié.

— *Ce chat…*, fit-il, l'air anxieux. *Il doit partir.*

Décidément, pensa Pomme. *Ils ont tous un problème avec Moustache.*

— Il ne te volera pas tes proies, répliqua calmement Bintou. Il sera bientôt reparti.

— *C'est de la vermine. Comme toi, comme ces humaines. Débarrasse-moi de ça ou bien je les dévorerai. Va-t'en, emmène-moi ça, avec les rats dont il se nourrit. Et pars toi aussi, petite femme noire. Emmène tes rejetons avec toi, va pourrir avec les ruines de ton peuple…*

Bintou interrompit sa diatribe.

— Je ne reste jamais longtemps.

— *Tu n'es pas seule ! Tu en amèneras d'autres ! Tu as menti !* se fâcha encore l'oiseau. *L'ancêtre avait raison. Tolère un seul d'entre eux et il en viendra des milliers. Ils détruiront tout sans respect pour nos forêts !*

— Nous ne sommes que trois ! protesta Pomme. Chassées, honnies par les nôtres ! Ils veulent tous nous tuer, tu n'es pas le premier sur la liste ! Et tu ne nous attraperas jamais ! Nous sommes des femmes-pouvoir !

L'oiseau s'agita, tournant sa tête en tous sens.

— J'ai de la viande séchée, annonça soudain Bintou. Celle que tu préfères.

— *Vraiment ?*

Il se rengorgea, comme s'il avait oublié toute colère. Puis sa tête pivota à quatre-vingt-dix degrés, comme s'il réfléchissait.

— *La petite renarde me l'apportera. Avant la nuit !*

Bintou fit signe aux filles d'avancer.

— Qu'est-ce qui vient de se passer ? demanda Yaël, inquiète.

☽

À l'intérieur de la cabane, il faisait aussi sombre et humide que dans la forêt. Bintou sortit sa pierre à feu et s'accroupit devant la cheminée, tandis que les filles regardaient autour d'elles. En comparaison, le phare était un véritable palais. La cabane ne comportait qu'une unique pièce, surmontée d'une mezzanine branlante. Il y avait le minimum vital en termes d'ustensiles et de vaisselle, le tout entreposé sur une étagère. À proximité de la fenêtre, une chaise tapissée et finement ouvragée tenait compagnie à une minuscule table ; çà et là, quelques peintures étaient accrochées, l'une d'elles ressemblant à s'y méprendre au phare, et puis le grand tapis de laine sur lequel Moustache se roula en boule, sans nul doute éreinté par toutes ces émotions. Pomme décida de s'assoir quelques minutes : ses jambes flageolaient. Pour sa part, elle se sentait soulagée d'avoir atterri dans un nouveau refuge, et pas juste une cave humide dans une ville dévastée.

Quant à Yaël, elle observait Bintou. Il y avait dans l'affaissement de ses épaules, sa façon de pencher la tête de côté et de souffler sur la paille qui venait de s'enflammer, tous les signes qu'elle était redevenue sa Bintou, bourrue et secrète, le plus souvent perdue dans ses pensées. Une femme à l'esprit pratique, rigoureusement organisée. Comme le feu avait pris, elle se retourna vers son sac à dos et vérifia rapidement le contenu, tout en jetant un regard suspicieux à la ronde.

— Il faut sécher vos vêtements.

Les filles se déshabillèrent pendant que la bergère tendait une cordelette à travers la pièce. Elles purent accrocher leurs tuniques et passer leur chemise de rechange. Mais ni l'une ni l'autre ne disposaient d'un deuxième pantalon ou d'une autre jupe, alors elles s'enroulèrent, frigorifiées, dans des couvertures.

Bintou leur proposa un peu de pain et de fromage, puis elle remit du bois dans le bûcher, l'air concentré. Affamées, les adolescentes dévorèrent leur repas.

— Pourquoi est-ce qu'on ne s'est pas transportées directement ici, à l'intérieur ? lui demanda Yaël avec douceur.

— Il faut vérifier qu'il n'y a personne. Ils pourraient être là. Parfois, ils y sont.

Elle avait l'air d'être déjà repartie dans son monde. Pourtant, Yaël avait des questions à lui poser, des dizaines, des centaines de questions à lui poser !

— Tu as dit que cet endroit était un refuge. Comme ceux des voyageurs ou des vagabonds ?

— Elle se déplace seule, lui souffla Pomme à l'oreille, je l'ai vue.

Puis après une hésitation, elle ajouta :

— Je crois qu'elle aussi est remontée dans le temps.

Il n'y avait donc jamais eu de vagabonds. Lorsque Bintou partait avec ses fromages, elle n'avait nullement besoin d'aide, sa magie lui suffisait à aller où elle voulait. Le pain, le savon, le riz, tout ce qu'elle rapportait pouvait venir de n'importe quelle forteresse… D'un coup, tout s'éclaira pour Yaël. La fatigue de Bintou chaque fois qu'elle s'était absentée… La raison pour laquelle elle éludait les questions à ce sujet. Pourquoi elle semblait si souvent perdue et qu'il lui arrivait de ne pas la reconnaître… Elle errait dans le temps !

Bon sang, mais qui était-elle ? Il était vital de percer l'abcès maintenant, et au plus vite.

— Bintou ? Il faut qu'on parle.

Celle-ci saisit un cruchon ébréché sur une étagère pour y verser le contenu de sa gourde.

— On n'en aura pas assez.

Elle se dirigea vers la sortie d'un pas décidé. Elle n'avait quitté ni son manteau ni son sac. Yaël s'interposa, lui barrant le chemin de la porte.

— Je ne te laisserai pas partir cette fois. Tu me fais tourner en bourrique depuis des mois, mais il est temps que tu t'expliques. J'ai besoin de savoir qui tu es et d'où tu viens. Tu as des notions de médecine, tu te transportes seule, tu connais des refuges… Parle-moi s'il te plaît ! Il y a des tas de choses que tu dois nous apprendre !

— Qu'est-ce que tu fabriques, là ? l'interrompit la femme avec un mouvement de rage, ses yeux fouillant les ombres. Tais-toi ! Laisse-moi tranquille !

Elle se prit la tête entre les mains, avant de se redresser avec morgue. Pomme la considéra avec inquiétude, cherchant à temporiser la situation.

— Ce n'est pas une bonne idée de s'énerver, on ne sait jamais avec les Bêtes…

— Les Bêtes n'approcheront pas, s'agaça Bintou. Elles craignent cet endroit parce qu'il reste de la magie dans les statues et dans les pièges.

Yaël continua de lui barrer le chemin.

— Est-ce qu'il reste de la magie ailleurs ?

— La magie est partout, voyons ; dans les arbres, dans l'air…

— Dans les Bêtes.

— Quelle perspicacité. Maintenant, dégage de mon chemin. Je n'ai pas de temps à perdre.

Il était soudain très clair pour Yaël qu'elle ne s'adressait pas à la bergère. Or, la seule personne de son passé dont elle avait jamais parlé était sa partenaire.

— Vous n'êtes pas Bintou. Vous êtes… Catheryn.

À cet instant, elle sut qu'il y avait quelque chose d'horrible et d'indicible dans cette situation. La façon dont la femme la dévisagea avec un éclair de haine l'en persuada. Elle avait beau se cacher, Yaël avait toujours senti que ce qui clochait n'avait pas seulement à voir avec la légère déraison et les absences de Bintou.

— Vous lui avez volé son corps !

— Tu juges sans savoir, petite. Je la protège ! Sans moi, elle se serait complètement égarée. Elle n'a jamais eu la notion du temps. Plus elle voyage, plus elle mélange l'avant et l'après. Et sans ma magie, elle serait morte depuis des lustres. Remerciez-moi plutôt de vous avoir sauvées. Elle en aurait été incapable.

Pomme se leva et jeta avec colère :

— Vous mentez ! Elle nous a déjà sauvées toutes les deux plus d'une fois.

Le silence tomba entre elles. Bintou parut soudain très fatiguée et s'assit sur le plancher. Moustache se frotta contre elle, la poussant d'un gentil coup de tête. Yaël et Pomme s'approchèrent et s'accroupirent, sincèrement inquiètes.

— Bintou ? vérifia la première. Tu es là ?

— Tu as l'air épuisée. Tu veux de l'eau ? s'enquit la seconde. Un bout de pain ?

— Ce n'était pas prévu ! s'énerva Bintou en désignant le chat. Il ne devrait pas être là !

Vexé, l'animal la quitta pour s'installer plus près du feu. Yaël prit sa place, passant un bras autour des épaules de Bintou.

— Il ne faut pas écouter Catheryn, dit celle-ci d'un air malheureux. Elle est perdue. Le temps est un piège, même en suivant les lunes.

— Pourquoi ? souffla Pomme.

— Son fil s'échappe. Je n'aurais jamais dû la suivre.

Puis elle s'abîma dans le silence, l'air malheureux. Elle se cala contre le mur de bois et s'assoupit, vaincue par l'épuisement.

Les filles tinrent un conciliabule dans l'autre coin de la pièce, sans cesser de la surveiller.

— Tu crois que les explorateurs peuvent nous retrouver ? s'inquiéta Pomme.

Yaël acquiesça.

— Elle a dit qu'il fallait vérifier s'« ils » étaient là avant d'entrer dans cette maison.

Pomme resserra la couverture sur elle ; elle avait froid. Yaël était persuadée que si les explorateurs les avaient trouvées une fois, ils y parviendraient encore.

— Même ici ? Aussi loin du phare ? se décomposa Pomme.

Elles avaient parcouru une longue distance avec Bintou ; du moins, c'était l'impression qu'elle avait eue.

— Ne t'inquiète pas, déclara Yaël à mi-voix. Je ne laisserai pas le Temple nous tuer, je te le jure. Dès que Bintou se réveillera, elle nous emmènera en lieu sûr. On se construira une nouvelle vie, toi et moi, comme prévu. Il est hors de question de renoncer.

Elles s'installèrent sur le tapis en face de la cheminée et se pelotonnèrent contre le chat. Leurs pieds dépassaient de la couverture, alors Yaël alla chercher son manteau de plumes qu'elle étala de son mieux sur leurs jambes. Moustache les renifla toutes les deux avec affection, puis se mit à ronronner comme un moteur à électryse… Enfin, elles se réchauffaient.

Pomme piqua du nez, mais Yaël ne s'endormit pas tout de suite. L'angoisse lui serrait les tripes. Depuis son arrivée au phare, Bintou lui avait souvent répété que les choses ne se terminaient jamais bien. Ses paroles sans queue ni tête prenaient un tout autre sens. Elle essayait de les sauver depuis un moment déjà. Jusqu'ici, elle n'avait pas réussi. Désormais, Yaël savait que si l'occasion d'utiliser l'arbalète se présentait, elle n'hésiterait pas une seconde. Elle s'assoupit à son tour.

Moustache ouvrit les yeux, fixant les flammes dans l'espoir d'apercevoir sa Déesse. Il avait encore perdu une vie au phare et il n'avait toujours pas trouvé comment tuer les assassins de l'Unique.

26

L'Oracle s'arrêta de manger, posa ses couverts l'un après l'autre avec soin, essuya les coins de sa bouche carmin. Elle prit une gorgée d'eau et reposa son verre sans bruit. Puis elle jeta son assiette de petits pois sur le sol en marbre. La vaisselle se brisa dans un tintement clair, quasi cristallin, sous les regards éberlués des suivantes qui l'avaient rarement vue casser quoi que ce soit.

Ce geste ne parvint pas hélas à apaiser le tumulte de ses pensées.

— Sortez, ordonna-t-elle à la gouvernante sur le point d'intervenir. Vous toutes. Avec les gardes. Qu'on me laisse seule !

— *Pourquoi t'énerves-tu ?* l'interrogea une jeune femme de sa lignée.

Celle-là se prenait pour une madame je-sais-tout, avec toujours une critique ou un conseil aux lèvres.

— *Je ne comprends pas pourquoi tu veux tellement tuer Yaël. Après tout, elle n'a pas le pouvoir de voyager dans le temps.*

— *Il suffit,* répliqua Grand-mère avec autorité, en apparaissant à ses côtés. *Elle n'a nul besoin de se justifier.*

Vexée, la première visiteuse disparut retrouver son époque. Quant à la vieille dame, elle approcha de l'enfant, qui croisait les bras, murée dans sa colère.

— Je sais que c'est Yaël, la clé, grommela la petite. Pomme l'aime et la Deux-Visages aussi, elle la protège. C'est pour Yaël qu'elles font tout ça. Sans Yaël, la Deux-Visages continuerait à aller et venir seule dans son coin et Pomme mangerait avec les chiens dans le chenil.

— *Tu as raison. Elle est ce qu'on nomme un catalyseur. Une personne qui par son action accélère ou déclenche certains évènements...*

La jeune Oracle se leva de table, traînant sa robe avec elle. Elle contempla les petits pois par terre.

— Je n'ai pas encore réussi à la tuer et le temps se brouille. L'Unique sera fâché.

— *Cet échec est celui de Cellon, mon enfant. Tu l'as prévenu.*

Elle fit voler ses cheveux noirs au-dessus de son épaule en se retournant vers la vieille femme fantomatique. Sa sérénité la contraria. Devant Grand-mère, elle avait l'impression d'être une enfant gâtée qui piquait une crise. Mais sous son masque d'arrogance, elle cachait des angoisses qu'elle évitait de formuler à haute voix.

— Il suffirait que tu me rendes visite dans le passé et que tu me préviennes, déclara-t-elle en guettant la réaction de la vieille dame. Comme ça, je donnerai l'ordre à Cellon de séparer les filles et de les tuer, à l'époque où elles étaient encore au Temple. Ensuite, il enverrait les tueurs au phare, et ils s'occuperaient de régler le compte de la Deux-Visages.

Elle écrasa un morceau de vaisselle sous son talon. Une moue désapprobatrice se peignit sur les lèvres gercées de Grand-mère.

— *C'est une mauvaise idée, mon enfant. Le risque de voir la situation empirer est considérable. La Deux-Visages ne se laissera pas piéger si facilement et elle brouillera de nouveau les évènements. Peut-être au point que nous ne nous souviendrons ni de Yaël ni de Pomme. Elles nous échapperont encore. Nous ne devons pas interférer de la sorte. Il est plus prudent d'agir sur notre présent, au risque de susciter la colère de l'Unique.*

La jeune Oracle secoua la tête, agacée.

— Alors à quoi notre pouvoir nous sert-il si nous n'en profitons pas pour réarranger les évènements ? C'est pourtant comme ça que nous avons survécu à la Fracture !

Plusieurs Oracles avaient anticipé dans leurs visions la catastrophe qui interrompait leur lignée, ainsi que l'existence de l'humanité. La dernière d'entre elles avait agi et manœuvré avec leur aide pour l'éviter en dépit de la volonté de l'Unique, ne faisant que repousser l'inéluctable à plusieurs reprises, jusqu'à ce qu'enfin, une de ses sœurs lui rende visite depuis le futur. Alors, elle avait appris comment sauver ses semblables et laissé la Fracture se produire.

— *Ma fille*, reprit Grand-mère d'un ton plus sévère, *il en allait de l'avenir de l'humanité à l'époque. Il en est toujours question aujourd'hui. Il est beaucoup plus sage d'influer sur le présent à notre mesure, de sorte à garder le contrôle des évènements. Tu n'as pas besoin de changer ton passé pour te débarrasser de ces deux péronnelles. Laisse les tueurs du grand prêtre accomplir leur mission. S'ils échouent, sois certaine que tu trouveras un moyen de pallier leur incompétence. N'oublie pas qu'à tout mal, malheur est bon. Un jour, Cellon sera vieux et toi, tu règneras sur le Temple. Laisse-le donc se prendre les pieds dans le tapis.*

La foi inébranlable de Grand-mère la rassura. Elle venait d'un futur assez proche de celui de l'Oracle pour que celle-ci puisse s'y fier. Cependant, elle baissa la voix :

— Mais, et si les Dieux étaient à l'œuvre ?

Grand-mère ne put s'empêcher de rire.

— *Bien sûr qu'ils rusent et complotent. Quelle importance ? Un destin hors des forteresses nous attend, comme l'a promis l'Unique.*

Sur ces mots, elle disparut, la laissant terminer seule son repas. L'Oracle ne cassa plus rien. Elle réfléchissait à tout ce qu'elle venait d'entendre. Les avertissements de Grand-mère n'étaient pas à prendre à la légère et elle craignait le courroux de l'Unique. L'interdiction de modifier le passé valait pour elle aussi.

Elle regagna sa chambre et alla droit au balcon. Les pigeons gros comme des oies battirent des ailes. Comme d'habitude, ils se mirent à roucouler dès qu'elle ouvrit la porte grillagée. Elle attrapa le plus proche dans ses bras – son plumage roux et blanc lui rappelait Pomme. Elle le serra plus fort contre elle quand il se débattit. Il puait la fiente.

Parvenue à l'autel, elle s'empara du couteau sacrificiel et le planta en plein cœur de l'oiseau sans l'ombre d'une hésitation. Elle voulait voir si les tueurs allaient vraiment rattraper Pomme et Yaël. Alors que le volatile tressaillait, dans un dernier spasme, elle promena la lame de droite à gauche afin d'ouvrir sa poitrine. Ses doigts plongèrent attraper le cœur. Une vision la submergea. Il y avait des visages en larmes, des cris, mais elle n'eut d'yeux que pour les flammes : la silhouette d'une femme à tête de chat se tourna vers elle.

Saisie, la fillette revint à la réalité. Elle se débarrassa du cadavre, qu'elle jeta dans le couloir – les domestiques s'en chargeraient – et elle se changea, abandonnant ses affaires tachées sur le sol.

Elle s'installa sur son lit pour réfléchir. Sa décision fut rapide. Elle ne partagerait pas cette vision avec Cellon, pour le moment. Un jacassement bref, discret, providentiel l'interrompit. L'enfant se précipita à la fenêtre, toute joyeuse à l'idée de retrouver sa pie. Celle-ci patientait sur le muret, une cosse entre les pattes. Elle n'avait pas oublié d'apporter ce fruit délicieux dont l'Oracle se régalait…

☽

La tête de Yaël bascula en arrière, la réveillant en sursaut. La petite sieste lui avait été bénéfique, quoique trop courte. Elle aurait pu se rendormir aussi sec si Bintou n'avait pas bougé dans son champ de vision. Elle marmonnait à propos de ses brebis.

— Elles ont besoin de paître. Et puis, il faut plus d'armes.

— Tu ne peux pas aller là-bas ! bondit Yaël, bousculant Pomme et Moustache au passage. Les deux hommes sont encore au phare à l'heure qu'il est ! Ils vont te tomber dessus.

— Les brebis doivent sortir, insista Bintou. Les petits ont besoin de gambader. Il fait beau.

— Reste, s'il te plaît ! tenta Pomme. Nous aussi, on a besoin de toi. Qu'est-ce qu'on va faire ici ? On ne sait même pas où aller chercher de l'eau ! Et puis tu as entendu le grand-duc ? Il veut sa viande.

La femme noire ouvrit son sac, le vidant de ses provisions sous leur regard éberlué.

— Donne-lui tout. Il monte la garde. Il vous préviendra si les loups approchent.

— Attends ! intervint Yaël. Qu'est-ce qu'on va devenir si jamais ils nous attaquent ?

Se ravisant, Bintou se déchargea de son arbalète qu'elle posa contre le mur.

— Fais attention à ne pas te blesser avec. Le poison des carreaux pourrait te tuer.

— D'accord, mais…

Yaël n'eut pas le temps de terminer sa phrase. Il y eut un frisson familier de magie. Bintou disparut dans un fourmillement argenté.

— Quelle tête de pipe ! jura la grande brune en tapant du pied. Quand je pense qu'elle m'a caché ses pouvoirs pendant des mois ! Et qu'il n'y a pas moyen de lui tirer les vers du nez ! Ou de lui faire entendre raison !

— Je la préfère à Catheryn.

Yaël acquiesça en se remettant au chaud. Quelle qu'en soit la raison, sa présence perturbait Bintou. Cela devait être terrible d'avoir une autre personne dans sa tête, même quelqu'un d'aussi proche que sa partenaire. Elle était morte, sûrement tuée à cause d'un voyage dans le temps qui avait mal tourné.

— C'est ce que je te disais, s'assombrit Pomme en replaçant la couverture de plumes sur leurs pieds. Ce pouvoir est trop dangereux pour être utilisé. On a changé le passé tout à l'heure. Je l'ai senti. Depuis, on n'est pas dans notre assiette. Je pense que c'est pareil pour elles.

Pomme écrasa un peu trop Moustache sans y prendre garde. Le félin souffla en se dépliant, et les deux filles se rapprochèrent. Pomme ne put s'empêcher de frissonner quand leurs jambes se touchèrent.

— Tu as froid ? s'inquiéta Yaël. Tu veux que je remette une bûche ?

— Non, reste (elle rougit), il faut économiser le bois.

Pomme se mordit la lèvre. Elle se sentait à la fois bête et confuse de penser à son attraction pour Yaël maintenant, alors que ce n'était ni le lieu ni le moment. Le grand prêtre Cellon les avait bien chapitrées sur le fait que des partenaires devaient pouvoir compter l'un sur l'autre sans mettre en jeu de sentiments, car ils pouvaient leur nuire, en les déconcentrant. Elle détestait farouchement cet homme ; pourtant, il avait bel et bien eu raison, puisque la seule fois où elle s'était autorisée à penser à son penchant pour Yaël, le monde leur était tombé sur la tête.

— Tu fais une drôle de grimace, remarqua celle-ci en s'écartant un peu. Tu as faim ?

— Mais non, s'agaça Pomme. Je réfléchis, c'est tout. Il y a matière à se poser des questions, non ?

À vrai dire, ça lui faisait mal de voir que Yaël ne comprenait rien. C'était pire qu'un non. Si l'attirance avait été partagée, elle aurait réagi différemment. Elle n'aurait pas continuellement joué la fille qui ne remarquait rien. Pomme avait envie de se nicher dans ses bras et d'enfouir son visage dans ses longs cheveux noirs. Mais elle n'en ferait rien. Tout comme elle n'en parlerait jamais. Pourquoi faire ? Yaël serait affreusement gênée de ne pas partager le même amour, ce qui deviendrait un poids de plus à porter alors qu'elles ignoraient de quoi demain serait fait.

Pomme se dégagea avec brusquerie.

— Je vais nourrir le grand-duc. Il aura peut-être des trucs intéressants à me raconter.

— Quelle mouche te pique ? Tes vêtements sont encore mouillés ! Et puis, tu n'y penses pas ! T'approcher de cette bête !

— Il cause, il ne m'attaquera pas.

Elle enfila sa jupe, à peine sèche. Son gilet l'était, lui, et une fois son manteau sur ses épaules, elle se sentit prête à affronter l'extérieur. Fâchée, Yaël serrait sa couverture sur elle.

— Tu ne peux pas y aller seule, et je ne compte pas bouger d'ici.

— Je ne te demande pas la permission.

De fait, Pomme s'empara du sac de toile qui contenait la viande et se précipita dehors. La porte claqua derrière elle. Les statues ou les sculptures – elle ne savait pas trop comment les appeler –, se dressaient comme autant de sentinelles terribles entre la forêt et elle. Même les écharpes de brume évitaient de s'y accrocher. Elle recula sous le porche, beaucoup moins certaine de vouloir quitter le refuge. Elle se pencha à droite, puis à gauche. La maison était bâtie exactement au centre de la clairière et Bintou les avait averties de la présence de pièges.

Cette cabane ne ferait pas un pli si jamais un ours décidait de manger ses occupants. Mais les ours ne se promenaient peut-être pas dans cette région. Un cri dans le lointain l'informa qu'en revanche, il y avait des loups.

Quand une grande silhouette se détacha de la lisière, elle sut que le grand-duc l'avait repérée. Il se percha aussi près d'elle que possible, sur le dos d'un buffle de bois. Les cheveux encore humides de Pomme claquèrent dans le souffle de ses ailes battantes tandis qu'il cherchait une position confortable. Ses serres auraient pu arracher son visage d'un seul geste. En les voyant lacérer la chair rousse du bois, Pomme comprit d'ailleurs pourquoi elle n'aimait pas ces statues : on aurait dit d'immenses pantins écorchés. Les veines du bois, encore très orangées, semblaient pleines de sève.

Tout cet endroit était tellement bizarre, probablement l'œuvre d'un mage. Le phare, lui aussi, avait dû être protégé par des sortilèges pour résister à la Fracture. Mais là, les statues dataient-elles d'avant ou d'après ? Elle n'avait jamais rien vu de tel dans ses livres.

Le grand-duc pencha sa face lunaire pour mieux la regarder de ses yeux orange. Son poitrail était marbré de longues mouchetures et ses aigrettes se dressaient de chaque côté de son crâne comme des plumeaux soyeux. Son bec renfoncé ajoutait une absence d'expression déconcertante, et elle aurait pu en apprécier sa majesté naturelle, mais à la place, elle recula d'instinct, et se heurta à la cloison derrière elle.

— *La renarde.*

Le plus bizarre, c'était sans doute qu'elle était sortie nourrir un oiseau de proie plus grand qu'elle avec lequel elle s'apprêtait à avoir une conversation. Majestueux, il se secoua, doublant de volume et dispersant un peu de poussière blanche autour de lui.

— *Tu ne m'entends pas, toi, non plus ?*

— Si, répondit Pomme. Je vous entends.

— *La viande ?*

Elle plongea la main dans le sac et en ressortit un morceau un peu sec. Que devait-elle faire ensuite ?

— *Lance !* s'impatienta-t-il.

Elle s'exécuta aussitôt de façon un peu maladroite, si bien qu'il dut se pencher d'un mouvement vif pour l'attraper au vol. Cette fois, elle interpréta très bien son geste d'irritation quand il replaça nerveusement ses ailes. Il engloutit néanmoins le cadeau en un battement de cils.

— Je vais faire plus attention.

Son lancer fut satisfaisant cette fois-ci. L'animal se rengorgea. Pomme se détendit et tenta une question.

— Bintou vous apporte souvent à manger ?

— *Je ne sais pas. Qu'est-ce que c'est, souvent ?*

— Plusieurs fois par lune ?

Il goba les morceaux suivants avec adresse. Une telle quantité aurait rendu malade n'importe quel être humain... Machinalement, Pomme en jeta une miette par-dessus son épaule, pour les Dieux, en les priant d'accorder leur protection à Yaël et elle, comme toujours. Cela la réconforta un peu.

— *Tu dois bientôt partir, jeune humaine.*

— J'en ai marre d'entendre ça.

Le grand-duc battit des ailes avec fureur et Pomme s'appuya contre le mur de la maison pour affronter le souffle.

— *Les loups sont sur les dents depuis trois soleils. Ils ont déjà flairé la fumée de ta cheminée, ils sont en route. Ils arriveront bientôt et les pièges ne les retiendront pas cette fois. Ils s'enhardissent depuis qu'ils sentent le changement.*

Un pli d'inquiétude barra le front de la jeune fille. Elle n'avait pas imaginé que les Bêtes aussi puissent percevoir les troubles dans le fil du temps. Pourquoi en seraient-elles affectées ? Leurs vies n'avaient pas de lien avec la leur.

L'oiseau de nuit se pencha pour l'observer de plus près, si bien qu'elle put en faire autant, un remugle de peur étranglée dans sa gorge. Quand il ouvrait le bec, ça lui faisait comme un gouffre dans sa face de lune, bien assez large pour avaler une tête comme la sienne. Son cri lui arracha un sursaut et elle plaqua ses mains par réflexe sur ses oreilles. Trop tard, elle avait l'impression de moins bien entendre.

— *Ce sont mes statues maintenant. Je ne veux pas qu'ils les abîment. Je crois qu'ils deviennent fous. Comme toi et comme la sorcière qui t'a amenée. Comme les humains, qui détruisent tout partout !*

Pomme frissonna et se dépêcha de lui lancer un bout de viande séchée afin de le calmer. Le problème, c'était que Bintou était partie. Il fallait espérer qu'elle reviendrait vite. Hélas, rien n'était moins sûr. Le grand-duc guettait sa réaction.

— On ne restera pas plus que nécessaire. Mais on a besoin d'un peu de temps.

— *C'est quoi, le temps ?*

27

Ramdaram n'était pas redescendu aider Doïstov. Ce dernier se sentait gagné par la mauvaise humeur, las d'explorer ce phare rempli de poussière. Il avait déjà une piste sérieuse, mais il ne comptait pas se précipiter. Par le passé, il leur était déjà arrivé de se faire quelques frayeurs en essayant d'atteindre un lieu à partir d'une photographie trop abîmée.

Se transporter n'était possible que si au moins l'un des deux voyageurs parvenait à visualiser parfaitement leur destination. La plupart n'y arrivaient qu'au moyen d'une carte et d'une image très précise. Les explorateurs comme eux n'avaient pas forcément besoin de savoir où se situait le lieu à atteindre, du moment qu'ils parvenaient à se le représenter.

C'était là que les intuitions de Doïstov s'avéraient particulièrement utiles. Il arrivait à sentir l'endroit. À se tendre vers lui, et Ramdaram n'avait plus qu'à donner l'impulsion. En règle générale, tout se passait bien, certainement parce qu'en avançant dans l'âge, Doïstov avait appris de ses erreurs et qu'il ne prenait plus aucun risque.

Pour l'heure, il n'en était pas encore là. Il avait mis la main sur une vieille coupure de journal, conservée entre deux couches de cuir. Elle représentait un bassin carrelé, celui d'une piscine du monde d'avant. C'était un point de chute, il en était persuadé. Cependant, son sixième sens lui soufflait que ce n'était pas là qu'il trouverait les filles. Non, il ne cessait de revenir à l'étrange statuette en bois, un cheval, avec lequel il jouait encore à cet instant, éprouvant les douceurs de ses brindilles rousses et la rugosité des fibres selon l'endroit qu'il touchait. Elle était là, sa piste. La véritable statue devait être de taille humaine, ou peut-être même… Plus grande ?

Aimanté par cette certitude, il perdait toute envie de poursuivre ses recherches. Pourtant, il aurait dû s'assurer qu'il ne passait pas à côté d'une information précieuse concernant la ville toute proche. D'après ses recherches, elle accueillait une usine fabriquant des câbles et des circuits avant la Fracture. Il ne désespérait pas de trouver du matériel lui permettant de poursuivre ses recherches en cours. Hélas, cela serait pour une autre fois. Peste soit de l'Oracle et de Cellon… Il fallait qu'il tue ces gamines au plus vite pour avoir la paix et se consacrer à ce qui comptait : ses travaux.

Son regard revint au cheval de bois. Ce serait pour bientôt. Il décida de rejoindre Ram à la vigie. Son pas lourd ébranla l'escalier sans réveiller son acolyte, plongé dans une sieste.

— Eh bien, eh bien ! Tu dors pendant que je fais tout le travail.

— En contrepartie, je ne dors jamais que d'un œil pendant que tu ronfles la nuit.

L'Indian se leva et exécuta quelques étirements avec le sourire, avant de se figer.

— Tu as sorti les brebis ?

Ils regardèrent dans la même direction que lui, en contrebas. Le troupeau avait en effet quitté l'étable. Doïstov n'avait pas remarqué que le silence s'était installé au rez-de-chaussée. Il avait fermé la trappe qui séparait l'étable du reste du phare, puis il s'était absorbé dans sa recherche.

— Je ne peux pas à la fois fouiller et monter la garde, tu m'excuseras.

— Elle a dû les faire sortir une par une, discrètement, devina Ram.

— Qui donc ?

— La Deux-Visages.

Doïstov se tourna vers les animaux, dont certains étaient visibles depuis la plateforme.

— Elle n'a décidément peur de rien, dit-il d'un air pensif. Elle est vraiment spéciale ; je suis incapable de détecter sa présence. De toute façon, nous devons nous concentrer sur les gamines. Elles sont loin. Très loin.

Il y eut une lueur de contrariété dans le regard sombre de Ram.

— Mais la femme, la magicienne, elle est plus importante. Songe un peu comme elle est extraordinaire… Si nous l'attendons ici, nous finirons par l'attraper.

— Et nous perdrons la piste des petites. Cellon a été clair, les filles doivent mourir, Yaël la première. L'Oracle a déclaré qu'elle représentait une menace, et qu'un jour ou l'autre, elle compromettrait notre avenir. Ne veux-tu pas, comme nous tous, retrouver un jour la liberté d'aller et venir dans ce monde ? De mon côté, je suis du même avis que le Temple : je ne suis pas prêt à prendre le moindre risque.

Ram sortit son couteau et sa pierre à aiguiser. Sa bonne humeur s'était envolée. Doïstov n'était pas décidé à contrevenir aux ordres. Il était bien trop attaché à remplir ses missions, ou plutôt à s'en libérer pour rentrer chez lui. Doïstov était un scientifique. Il rêvait sans se mêler de la politique qui se jouait autour de lui. Ramdaram avait les yeux ouverts, lui. Il ne vivrait pas assez vieux pour voir le monde revenir aux humains, comme avant. Il envisageait même que leur espèce finisse par s'éteindre. Si le Temple continuait à garder la main sur les voyageurs, il y en aurait de moins en moins et, un jour, les cités survivantes seraient coupées les unes des autres. Dernière étape avant de disparaître.

Les dignitaires des forteresses se rendaient compte que, chaque année, le Temple formait moins de voyageurs. On trouvait moins d'enfants-pouvoir capables de passer le test et de prouver qu'ils possédaient assez de magie pour se transporter un jour. Il s'agissait d'animer un objet ensorcelé du temps d'avant, une petite boîte à musique qui se mettait à jouer lorsqu'elle se trouvait à proximité d'une source de magie. Sa mélodie se faisait de plus en plus rare, voire, chuchotait-on dans les couloirs du Temple, de plus en plus faible.

L'influence de Cellon s'étiolait à mesure que les saisons passaient. Il ne prenait pas les bonnes décisions et il plaçait le Temple dans une mauvaise posture. Une bannie qui survivait au monde sauvage, une autre qui parvenait à s'échapper, une mystérieuse voyageuse qui leur portait secours… Sans oublier un dernier élément, assez savoureux : l'Oracle avait débarqué en pleine réception, couverte de sang, et en proférant des phrases sans queue ni tête.

La Deux-Visages pouvait devenir un atout dans la manche de celui qui oserait le jouer. Une véritable magicienne, même folle, capable de voyager seule, c'était extraordinaire ! Elle incarnait la preuve que la magie des humains ne mourait pas à petit feu. Bien sûr, la jalousie dévorait Ramdaram. Il aurait tant souhaité être à sa place, ou encore, naître avant la Fracture et vivre pleinement ses pouvoirs. Quelle injustice… Il y avait dans la bibliothèque du temple un livre de magie originelle, celle des sortilèges, celle qui donnait l'énergie de se battre comme dix, ou de rendre l'ennemi incapable de bouger… Peut-être la Deux-Visages connaissait-elle des formules, ce qui expliquait qu'elle ait réussi à survivre seule dans le monde sauvage… Peut-être même que c'était pour cette raison qu'elle parvenait à leur jouer des tours.

L'attraper ne serait pas une mince affaire, mais il finirait par trouver un moyen. Dès qu'il se serait débarrassé de Yaël et Pomme. Chaque chose en son temps.

Doïstov posa devant lui un petit cheval orangé.

— Je sais que c'est là. Il nous suffit de suivre leur piste. Mais pour l'instant, je dois me reposer.

28

Au retour de Pomme, Yaël se précipita vers le feu et se mit à le tisonner pour se donner une contenance. Bien sûr, elle avait tout espionné par la fenêtre. Elle s'en voulait d'avoir fâché sa partenaire. Yaël s'était sentie bizarrement troublée par leur proximité, lorsqu'elles se réchauffaient. C'était certainement lié à la fatigue et à toutes les émotions de ces derniers jours. D'une façon ou d'une autre, Pomme avait dû percevoir son trouble, ce qui l'avait mise mal à l'aise et poussée à sortir. Yaël avait envie de la prendre dans ses bras pour se faire pardonner, mais cela aussi pouvait être mal interprété… Elle chassa cette pensée, feignant le détachement.

— Alors ? Ça s'est bien passé ?

Elle s'était inquiétée, même si au fond elle se doutait que Bintou n'aurait pas envoyé Pomme nourrir cette créature s'il y avait eu un danger.

— On a bavardé, répondit celle-ci avec calme.

C'était tout ce que ça lui faisait, de discuter avec l'ennemi comme si de rien n'était ? Yaël se redressa d'un coup, ce qui fit sursauter Moustache sur le tapis.

— C'est dingue que tu entendes ce que pensent les Bêtes !

— Pas ce qu'elles pensent, ce qu'elles me disent. Si j'entendais leurs pensées, j'en saurais beaucoup plus.

Yaël ne voyait pas la différence. Elle songeait à l'importance de cette découverte ainsi qu'à son intérêt. S'il était possible de discuter, il devait y avoir un moyen d'éviter les attaques des forteresses. Cette idée lui aurait paru farfelue seulement un an plus tôt. Comment se faisait-il que le Temple ne soit pas au courant ? En deux cents ans, on n'aurait pas découvert qu'il était possible de s'adresser aux Bêtes ? Elle s'assombrit.

— Les prêtres ne nous ont rien dit à ce sujet.

— Si tu veux mon avis, lui confia Pomme, ils nous cachent un paquet d'informations. Ils nous parlent sans cesse de l'avenir brillant qui nous attend, des cités que nous finirons par reconstruire, du retour de l'électryse, mais ils n'ont pas l'air de savoir quand ce miracle va se produire. Peut-être jamais, si ça se trouve. Ils sont bien contents de régner sur les forteresses en attendant…

— Il y a sûrement un moyen de s'entendre avec les Bêtes, tu ne crois pas ? répliqua Yaël. Cela changerait tellement de choses !

D'ordinaire, son enthousiasme était contagieux. Cependant, Pomme grimaça, désolée de la contredire.

— Avec certaines, mais pas toutes. Elles ne veulent vraiment pas de nous dans le monde sauvage. Elles disent que si un humain s'installe, un autre suivra, puis un autre… et cela leur fait peur. Elles savent que nous voulons quitter les forteresses et retrouver le monde d'avant. Même le grand-duc nous est hostile…

Elle baissa les yeux.

— Il m'a aussi parlé des loups. Ils arrivent.

Yaël poussa un profond soupir.

— Le grand-duc était inquiet, insista Pomme. Moi, je le crois. Il a dit qu'on devait partir au plus vite. Même avec une arbalète, on ne fera pas le poids s'il s'agit bien d'une meute.

Elles frissonnèrent en repensant aux gigantesques loups du phare. Elles n'avaient pas la moindre envie de risquer une confrontation et Pomme n'avait absolument pas le courage de tenter une discussion avec eux.

— On ne peut pas se transporter sans Bintou, vu qu'on n'a aucune idée d'où aller, déclara Yaël. Et pour l'instant, il n'y a pas de danger. Écoute, on n'a qu'à manger pour commencer. Après, on réfléchira à la suite. Regarde, je prépare le repas.

Yaël avait trouvé des patates qu'elle prévoyait de cuire dans la soupière, en utilisant du gras de viande séchée. Elle suspendit le récipient au-dessus du feu et se mit à brosser les légumes, un peu flétris par l'âge.

— On n'est pas rendues, remarqua Pomme. Il y en a pour une heure au minimum…

— Je vais faire des petits morceaux. Je suis sûre que ce sera moins long à cuire.

— Si tu le dis.

— Tu devrais en profiter pour te reposer.

Elle continua de nettoyer les pommes de terre. Elle savait que Pomme n'était pas fâchée après elle, mais que la situation l'angoissait. Au contraire, Yaël avait foi en Bintou. Quand elle se serait assurée du bien-être des brebis, elle reviendrait, comme toujours. Elle ne les abandonnerait pas, quoi qu'en dirait Catheryn. Quand elle songea à quel point tout ceci devait être compliqué, difficile et fatigant pour leur bienfaitrice, une larme perla au coin de son œil. Il faudrait trouver un moyen de l'aider.

Secoue-toi, ma fille ! se morigéna-t-elle. Ce n'était pas le moment de devenir sentimentale. Elle éplucha mécaniquement les pommes de terre, la tête ailleurs. Cette cabane au milieu de nulle part était une énigme sans fond. Qui l'avait construite ? Probablement la même personne que celle qui avait sculpté les bêtes dehors. Yaël tisonna le feu et mit la viande qui leur restait dans le fond du chaudron. Bientôt le gras frétilla. Elle rajouta les légumes, en imaginant la vie de la personne qui avait vécu là. Seule, entourée de statues horribles. Le phare était infiniment plus agréable.

De son côté, Pomme tenta de suivre le conseil donné par son amie – se reposer – mais elle en fut incapable. Le vent agitait les arbres au-dehors. Elle sursautait chaque fois qu'il cinglait les vitres. Les loups approchaient. Elle avait l'impression de sentir leur présence au loin. Quelque chose en elle résonnait de toutes les fibres de son être. Elle aurait voulu savoir de combien de temps elles disposaient. Mais impossible de le deviner. *Pourquoi ne pas retourner interroger le grand-duc ?* Non, elle n'avait plus de nourriture à lui offrir. Alors elle se mit à examiner les murs de la cabane pour s'occuper.

— Tu as remarqué ? dit-elle soudain en désignant un mur. On dirait le phare.

Un tableau de la taille d'un carnet était accroché, dans un coin que la lumière peinait à atteindre. Il y avait en effet une ressemblance flagrante avec leur sémaphore, même si sa peinture blanche n'était pas abîmée et qu'aucune lézarde ne le nervurait. À bien y réfléchir, il était planté droit dans le sol.

— Une représentation d'avant la Fracture, présuma Yaël en tapotant du doigt sur ses lèvres. C'est trop ressemblant pour relever de la coïncidence. Tu crois… qu'il pourrait y avoir une image d'un autre refuge ?

— Mais oui, bien sûr ! s'exclama Pomme. C'est comme une carte ! Il faut bien que Bintou s'y retrouve ! Et comme elle oublie, il lui faut un aide-mémoire !

— Comme les voyageurs du Temple ! renchérit Yaël. Elle suit une route, elle se déplace de refuge en refuge comme eux. La prochaine étape de notre voyage se trouve quelque part ici, j'en suis persuadée !

Elle attrapa les mains de Pomme et se mit à danser avec elle, avant de s'arrêter, frappée par une nouvelle révélation.

— Tu sais ce qu'on dit ? Que tous les chemins mènent à Roma !

— Quoi ? s'esclaffa Pomme.

— Si c'est bien une route, il nous suffit de la suivre et nous retrouverons la civilisation.

Le visage de Pomme s'éclaira en même temps que sa peur des loups s'allégea.

— Une forteresse ! Ce serait merveilleux… Oh ! Les patates brûlent !

— Je m'en occupe.

— Et moi, je cherche un indice. Au pire, on demandera à Bintou quand elle reviendra.

Pomme avait l'impression que plus vite elles quitteraient la cabane, mieux ce serait. Elle examina les murs, les étagères, le pourtour de la cheminée. Elle tomba sur un morceau de fascicule au fond du panier à bois. L'encre était passée, mais on distinguait entre le début d'un gros titre « Arriv… », et un bout de gravure, peut-être le nez d'un train. Elle en avait déjà vu au Temple, dans des photographies dûment consignées : des grosses machines en fer capables de se propulser à grande vitesse, lancées sur des rails qui permettaient d'aller d'un bout à l'autre de l'Occitanie, même sans aucun pouvoir.

Elle finit par trouver une photo dans une boîte en fer blanc oubliée sur un guéridon.

Un hangar à dirigeables.

La Deux-Visages fouillait le coffre, à la recherche de balles et de poudre sèche. Le mousquet à sa ceinture aurait besoin d'être graissé, et peut-être même réparé.

— Qu'est-ce que tu fabriques ? bougonna Bintou à voix haute.

— *Ils nous donnent la chasse*, rétorqua Catheryn en son for intérieur. *Il faudra bien les tuer.*

Bintou savait que Cath avait raison, que les hommes n'abandonneraient pas, qu'ils étaient revenus au phare, qu'ils avaient vu les brebis dehors.

— J'ai laissé les petites trop longtemps.

— *Il faudra se débarrasser du chat. Il a encore trouvé le moyen de nous suivre. Il est dangereux et il agit pour le compte d'un Dieu.*

— Ou d'une Déesse. Il apporte des oiseaux, protesta mollement Bintou. Il protège les filles.

— *Tu sais bien que les Dieux ne se soucient que d'eux-mêmes et tu ne veux rien entendre, comme d'habitude. À chaque fois, Moustache s'en mêle, la situation empire et, à la fin, Yaël meurt.*

Elle se cacha le visage dans une main, secouée par le souvenir d'un coup de feu.

— *Mais nous la sauverons, je te le promets.*

Le château dans lequel elle se trouvait était abandonné au vent, perché sur une falaise. Il lui manquait le toit, les fenêtres, une tour, des pans de mur. Les sortilèges de construction l'avaient préparé à affronter des canons et des bombes, pas des tempêtes. Il n'avait pas aussi bien résisté à la Fracture que le phare. Des lézardes couraient dans ses pierres, abritant racines, mousses, et insectes, toute une nouvelle vie qui le grignotait petit à petit. Mais dans un recoin, des coffres avaient été épargnés. Arquebuses, arbalètes, armes à feu… Fusil ou arme de poing, il y avait là tout un arsenal. Ainsi que quelques barils de poudre humide qui ne serviraient plus jamais à rien.

— *L'ancien monde faisait beaucoup trop la guerre*, murmura Catheryn tristement. *Et le nouveau pourrait prendre le même chemin.*

Elle mit enfin la main sur une dose de poudre, bien au sec dans une bourse de cuir. Elle replaça les linges huilés sur les bords afin d'assurer l'étanchéité du couvercle avant de le rabattre avec précaution. Le soleil baissait franchement sur la mer. Mille couleurs chatoyaient dans les nuages et coloraient les vagues.

— Je suis partie trop longtemps.

Bintou ignorait combien de temps au juste. Le château se situait à l'ouest, sur la grande île britannique qui était séparée du continent par une mer tumultueuse en hiver. L'heure n'était pas la même partout, ce qui compliquait ses voyages. Elle s'assit sur une pierre le temps de se masser le front. La fatigue la rattrapait. Même en se déplaçant de point en point, les distances parcourues étaient grandes. Plus elle allait loin, plus elle s'épuisait.

— *Tu peux encore rejoindre le phare en un seul bond. Il n'est pas hors d'atteinte.*

— Après, il faudra aller jusqu'à la cabane.

Encore plus à l'est.

— *Tu te reposeras là-bas. Tu pourras en profiter pour rentrer les brebis.*

— Non. Je ne pourrais peut-être pas revenir les sortir.

— *Alors les loups les dévoreront.*

C'étaient de braves brebis, de gentilles bêtes qui donnaient du bon lait, qui n'avaient rien à voir avec les facéties de Catheryn, qui la réconfortaient en hiver en cherchant ses caresses et l'accompagnaient dans le monde sauvage avec beaucoup de gaieté. En leur compagnie, la vie était plus simple. Bintou parvenait même à se reposer. Elle eut soudain un sourire.

— Tu as raison. Je dois les rentrer.

— *Quelle idée as-tu eue ?*

Mais Bintou ne voulut rien dire. Elle se dépêcha de se rendre à l'emplacement du potager où un carré d'herbes médicinales avait été planté autrefois. Les plantes avaient crû, s'étaient enchevêtrées au point qu'il était difficile de les séparer, mais la femme trouva ce qu'elle cherchait.

Elle arracha une tige de réglisse qu'elle mâchonna en dépit de l'arrière-goût amer. Cela l'aiderait à remonter sa tension trop basse. Elle se déplaçait trop ces jours-ci. Autrefois, elle avait étudié la médecine. C'était dans une autre vie, à une autre époque, mais elle n'avait rien oublié. Ses aiguilles et son fil chirurgical dormaient dans une trousse, glissée dans la poche intérieure de sa veste. Les savoir près de son cœur lui donnait le sentiment que sa personnalité n'était pas tout à fait morte avec Catheryn. Qu'elle existait toujours. Qu'elle était elle, même si deux voix, deux cœurs, deux pensées se mélangeaient dans sa tête, l'empêchant de réfléchir sereinement et de se concentrer.

— *Je ne te maltraite pas à ce point tout de même.*

— Tu ne sais pas. Tu ne vois pas. Tu es comme avant.

Bintou avait été une de ces femmes brillantes qui se tiennent en retrait et captent malgré tout la lumière. Les puissants se confiaient à elle pendant que d'autres écoutaient Catheryn.

— Maintenant ma tête est…

Elle la secoua. Sens dessus dessous. Une tête n'était pas faite pour contenir plus d'une âme.

— *Je voulais te sauver.*

— Tu m'as sauvée.

Catheryn avait pris la balle à sa place. Catheryn lui avait, dans un élan du cœur, tout donné. Trop : son pouvoir, mais aussi son âme.

— *Je ne pouvais pas savoir.*

Bintou essuya les larmes sur ses joues, un peu des siennes, un peu des siennes.

— Je ne suis pas fâchée.

— *Mais tu souffres.*

— D'habitude, ça va. Quand je ne m'occupe que des brebis.

La routine des bêtes, la liberté de vagabonder, le lever du jour, le coucher au soir. Une vie simple où ni l'une ni l'autre n'avaient à penser. Parce qu'il ne fallait pas penser. Au passé. Au temps. Aux lunes. À la Fracture. À la fuite en avant. Aux Dieux qui voulaient se servir d'elles.

Bintou rangea la réglisse dans une de ses poches. Elle se sentait déjà mieux.

— *Tu devrais manger.*

— Je dois retourner au chalet.

La nuit était tombée. Un sentiment d'urgence la tenaillait. D'abord les brebis. Les bêtes l'attendaient, un peu nerveuses, à l'orée du bois. Elles se dépêchèrent tandis que Bintou s'accroupissait la tête entre les mains. Les tueurs étaient partis. Depuis quand ? Ses idées se brouillaient car Catheryn avait peur et l'empêchait de se concentrer. Dans son sac, il y avait des armes. Dans un éclair de lucidité, elle choisit un fusil.

Cette fois-ci, elle ne manquerait pas sa cible.

29

Elles s'étaient endormies après leur repas, à l'heure de la sieste, pelotonnées contre Moustache dont les vibrisses frémissaient. Dehors, la tempête s'était levée. Les feuilles tourbillonnaient dans la bise sifflante, se mélangeant aux flocons, épars dans un premier temps, de plus en plus drus par la suite.

La neige commença par combler les interstices dans les assemblements de branches qui composaient les statues. Ensuite, elle parvint à remplir les creux des dos, à recouvrir le haut des têtes, à étendre son manteau au plat des ailes. Elle s'amoncela plus vite aux pieds et sabots de ces créatures inertes et menaçantes, puis comme la tempête enflait, elle fit bientôt disparaître le sol. Les dernières feuilles mortes avaient cessé de danser, chassées par des bourrasques glacées. Et les loups laissaient des empreintes de pattes derrière eux.

Ceux-là n'avaient aucun lien avec la meute d'Amarok qui vivait à proximité du phare. Leur pelage était plus sombre, leur croupe un peu moins haute, mais leurs yeux brillaient de la même intelligence. Ils connaissaient bien les statues ; le lion grimaçant, l'éléphant épouvantable, l'étalon fou… Ils savaient qu'ils étaient disposés là en guise d'avertissement. Mieux, ils savaient qui les avait érigés, deux siècles plus tôt, avant la révolte des Bêtes. Car les loups se chantent les histoires, ils se les passent, sans jamais rien oublier. Même si le magicien était mort depuis longtemps, les pièges dissimulés par la neige leur briseraient les pattes s'ils s'y aventuraient. La moindre erreur leur serait fatale. Surtout si les humains tiraient des flèches empoisonnées sur eux comme la sorcière. Il faudrait être assez vifs pour les éviter.

Sans ces défenses, il leur aurait suffi d'un coup d'épaule pour réduire la cabane en un tas de planches. Gueule-Noire, la louve qui se tenait aux côtés du chef de meute, fouillait les lieux du regard. Elle avait repéré le grand-duc et gronda, assez fort pour qu'il s'envole avec un piteux « houhouuuu ». Dans le chalet, Moustache ouvrit un œil. Il avait entendu.

— *Traître d'oiseau, il a donné l'alarme.*

— *Rien ne bouge à l'intérieur.*

Œil-Sage huma le vent, décelant toujours de la fumée, mais certain que le feu était en train de s'éteindre. Peut-être les visiteuses étaient-elles déjà parties. Leurs effluves avaient beau lui chatouiller les narines, il hésitait. Il ne lancerait pas les siens à l'assaut de la maisonnette sans être sûr.

— *Laisse-moi vérifier,* grogna la louve.

Il hocha la tête et s'assit sur son postérieur tandis qu'elle se faufilait dans le réseau des statues honnies. Le vent ébouriffa le pelage de Gueule-Noire, tenta de la pousser dans les mâchoires d'acier, mais elle évita soigneusement les croisements et quelques endroits qui ne lui inspiraient pas confiance, quitte à faire un détour. Gueule-Noire avait cette faculté de mieux déceler la magie que ses frères et sœurs. Son chef Œil-Sage s'en remettait souvent à elle car il savait que les humains possédaient encore un peu de pouvoir et que ces choses-là demandaient plus de subtilité qu'un simple coup de dent.

À l'intérieur, Moustache se redressa complètement. Un grondement aussi léger qu'un souffle roula dans sa gorge. Du bout des griffes, il transperça les vêtements de Pomme pour toucher sa peau. Dehors, la louve releva la truffe, l'œil brillant. Elle y était presque. Elle approcha de la fenêtre.

Pomme entrouvrit les paupières, surprise de trouver Moustache debout, le poil du dos hérissé de façon significative. Elle secoua immédiatement Yaël. Elle entendait des murmures d'impatience. Les loups attendaient un signal pour passer à l'attaque.

— Ils sont là !

À l'instant de panique succéda un élan d'adrénaline. Elles bondirent sur leurs pieds et s'entraidèrent pour s'équiper : les manteaux, les sacs, l'arbalète. Yaël appela Moustache avec une autorité sans réplique :

— Viens ici !

Le chat se réfugia aussitôt entre leurs jambes. Pomme remarqua le museau et les prunelles brillantes à la fenêtre.

— Maintenant !

Elles joignirent les mains, les yeux dans les yeux. C'était le moment ou jamais. Se transporter ailleurs loin, à un endroit où elles n'avaient jamais mis les pieds.

— Tu me fais confiance ? dit Pomme.

— Toujours, répliqua Yaël.

La magie bouillonna, attisée par leur peur mutuelle, et elles attendirent qu'elle enfle et qu'elle tire jusque sur la peau de leurs paumes avant de fermer les yeux et de visualiser leur nouvelle destination. Puis elles disparurent en un claquement de doigts.

Gueule-Noire gronda de dépit. Il aurait fallu les tuer. Sinon, d'autres risquaient de venir, encore et encore. Un jour, les pièges seraient remplacés par des palissades, puis des murailles. Alors, les humains couperaient les arbres afin d'élever des villes sur le territoire des loups. Une fois à l'abri, ils auraient le temps de fabriquer des armes. Si petits et si faibles qu'ils paraissaient de prime abord, ils finiraient par chasser les meutes, épuiser le gibier, remplacer les prairies par des champs, enfermer le bétail… Étouffer le monde sauvage. Rompre l'harmonie. Transformer la Terre en enfer.

De cela, il n'était pas question.

Un panneau illisible oscillait en grinçant, retenu par un écrou à un enchevêtrement de poutrelles métalliques. L'ensemble dépassait d'un monticule de terre envahi par les ronces. Au pied, de l'herbe jaunie par le froid, couchée par les pluies, comme partout dans cette grande prairie qui s'étalait sous un ciel limpide. Un troupeau de vaches, mer de cornes et de croupes, broutait tranquillement, assez loin pour ne pas constituer une menace immédiate. Quelques têtes se levèrent, mais visiblement, ces Bêtes-là ne s'inquiétaient pas d'avoir des visiteuses. À part un faucon crécerelle, minuscule dans l'immensité du ciel, il n'y avait pas de prédateurs dans les environs. Les filles se redressèrent, scrutant la nature avec attention.

— On est où, là ? demanda Yaël avec un soupir de soulagement.

Faiblarde, comme chaque fois qu'elle usait beaucoup de magie, elle s'assit sur un bloc de béton fissuré par les mousses et le lierre. Elle replaça la sangle de l'arbalète (très encombrante) qui glissait sur son épaule. Moustache se frotta contre elle, la queue agitée de soubresauts. On aurait dit qu'il commençait à s'y faire, à ces voyages à travers… Comment appeler ça ? Yaël n'en savait trop rien. Pour elle, ça ne durait qu'une fraction de seconde et à l'arrivée, elle avait l'impression d'avoir été lancée par une catapulte.

Pomme tendit le bras en direction d'un grand hangar, au dos brillant et aux vitres absentes, qui se tenait toujours debout avec en guise de compagnie de gigantesques cyprès.

— C'est celui de la photo, dit-elle, un peu émue.

Yaël lui renvoya un sourire malicieux.

— Tu crois qu'il y a encore un dirigeable dedans ?

— Je parie que je le saurai avant toi !

Avec un éclat de rire, elle se mit à courir. Yaël partit avec un temps de retard, en lui criant que c'était de la triche. Elle ne parvint pas à la rattraper, encore sous le coup du voyage, et reprit son souffle, courbée, les mains en appui sur ses genoux. Moustache la dépassa d'un pas tranquille. Sa queue se dandinait comme jamais.

Pomme l'appela à l'aide pour ouvrir l'une des grandes portes coulissantes par lesquelles les aéronefs sortaient autrefois. Elle sourit en retroussant ses manches.

— C'est drôle ; encore hier, je ne m'imaginais pas vivre de telles aventures…

— Tu veux dire, menacée d'être dévorée par un loup géant, et sur le point de faire une découverte majeure la minute d'après ?

Toutes deux grimacèrent en poussant sur le battant rouillé. Pomme écarta une mèche de son visage luisant de transpiration.

— Ah ah ! Non, je veux dire que je ne m'en croyais pas capable. Et j'avais l'impression que je n'aimerais pas ça, de toute façon.

Yaël s'arrêta soudain.

— Tu ne voulais pas devenir une exploratrice ?

Pomme détourna les yeux, gênée.

— Si, mais… Pas dans des conditions de ce genre.

Malheureusement, sa tentative de se rattraper aux branches ne parvint pas à embobiner Yaël.

— Je croyais que c'était notre rêve, pas seulement le mien, bougonna celle-ci, déçue.

— Arrête ! Tu sais bien que je préfèrerais mille fois me trouver au chaud dans une bibliothèque ou sous ma couette, en train de lire, qu'à risquer ma vie dans le monde sauvage.

Le souvenir de son lit, dans sa belle chambre du Temple, lui arracha un soupir de tristesse. Yaël relâcha la porte, les sourcils froncés par l'irritation.

— Elle est soit verrouillée, soit trop lourde pour nous. Ça ne va pas du tout, Pomme ! On est des partenaires. On doit faire les choses ensemble, mes désirs ne devraient pas écraser les tiens. Sinon, on risque de finir comme… Comme Catheryn et Bintou !

Pomme éclata de rire.

— Cela n'a rien à voir !

Yaël se retourna vivement, son manteau de plumes volant autour d'elle en même temps que ses longs cheveux noirs.

— C'est une question d'équilibre, Pomme. Pour être heureuses, l'une ne doit pas se sacrifier plus que l'autre. L'une ne doit pas donner plus que l'autre. L'une ne doit pas porter plus que l'autre.

Terriblement sérieuse, elle se rapprocha, assez pour que son souffle chatouille la joue de son amie.

— Toi, tu connais tout de moi. Maintenant qu'il n'y a plus de secrets entre nous, je veux qu'on soit à égalité et que tu me dises quels sont tes rêves.

— Ici ? Maintenant ?

Pomme recula, les yeux embués. Elle avait l'impression qu'une main venait de se serrer sur son cœur et qu'elle allait étouffer.

— Je n'ai pas de grands rêves. Je suis juste une pantouflarde et j'aime les livres.

— Vraiment ? répliqua Yaël, sceptique.

— Puisque tu insistes… Je veux juste qu'on reste ensemble, pour toujours, et surtout, qu'on ne soit plus jamais séparées comme quand Cellon t'a envoyée dans le monde sauvage.

— Décidément, tu ne fais pas d'efforts. Je te parle des choses dont tu rêvais quand nous étions encore au Temple.

Pomme leva les yeux au ciel ; si seulement Yaël avait eu un peu plus de jugeote, elle aurait compris. Un long grincement métallique les fit se retourner, juste à temps pour voir Moustache dressé sur ses pattes arrière, qui appuyait de tout son poids sur une porte à taille humaine.

Pomme se dépêcha de le rejoindre à l'intérieur, bien heureuse d'échapper à cette discussion pénible.

☽

La première chose qu'elles notèrent fut l'absence de dirigeable comme de tout autre appareil à moteur… De gros pigeons roucoulèrent dans les hauteurs, perchés sur des poutres, certains s'envolant et se posant avec la délicatesse d'un sac de sable. Le chat les remarqua aussitôt et se mit à raser les murs, en les surveillant du coin de l'œil. Les verrières jetaient des flots de lumière sur le centre, laissant le reste des murs à la pénombre et aux établis poussiéreux.

Une gigantesque carte du monde gravée sur une plaque perforée attira immédiatement le regard de Yaël. Elle indiquait leur position : quelque part entre l'Armorique et Aparis. Pas très précis, mais c'était un début. Elle admira les trous qui servaient à encocher des pointes et qu'on reliait par des fils pour marquer les itinéraires des vols. Des palettes de chiffres et de lettres s'étaient brisées sur le sol, à côté d'une grande échelle renversée. Les câbles d'électryse pendaient, arrachés, ou alimentaient des lampes à bulbes inertes, accrochées çà et là, comme au petit bonheur la chance. Des morceaux de plans moisis étaient encore punaisés à hauteur de regard. Pomme marcha droit devant, sans prendre garde à sa partenaire qui vérifiait quelques tiroirs rouillés.

— J'ai trouvé un tournevis !

— Yaël ! Viens plutôt voir par ici.

La jeune fille tendit le doigt, soudain incapable d'avancer plus loin. Au fond se trouvait une masse plus grosse qu'un corps d'ours, à l'abri sous une toile cirée en bon état. Le tournevis dans son poing, Yaël la rejoignit, s'attendant à voir sortir un renard ou un loup de là-dessous. Mais rien ne se produisit. Pomme put soulever un coin de la bâche et découvrir une véritable cabine de dirigeable toute de bois ouvragé. Elle en dégagea le nez, abasourdie de trouver une relique de cette taille en si bon état.

La cabine était assez grande pour accueillir cinq ou six personnes dans son salon, et un pilote dans le siège avant. Pomme s'installa à cette place et posa les mains sur le manche. Elle ferma les yeux, en imaginant une mer de nuages qui aurait pu se dérouler devant elle. Yaël se laissa tomber sur la banquette en velours bleu nuit.

— C'est peut-être piloter, mon rêve, en fin de compte, déclara Pomme en venant s'affaler dans les coussins près d'elle.

Leurs mains se frôlèrent par inadvertance, leur arrachant un frisson. Elles tournèrent la tête l'une vers l'autre. Leurs regards se happèrent, puis elles rougirent, gênées. Le plafond, recouvert de damas bleu saphir, devint subitement très intéressant.

— Il ne manque que le ballon et le gaz, murmura Yaël. Et on pourrait s'envoler.

Toutes deux y songèrent durant un moment. Leurs doigts se rapprochèrent tout doucement et finirent par se trouver. Elles retinrent leur respiration. D'habitude, elles n'entraient en contact que pour lier leur magie. Un miaulement de Moustache rompit l'instant de grâce. Puis son museau souleva un coin de bâche, ses yeux fendus captant brièvement la lumière. Le chat les bouscula afin de s'installer d'autorité entre elles, prenant autant de place que les deux humaines réunies. Le dépit lui hérissait les poils.

— Tu n'as pas attrapé de pigeon, c'est ça, mon gros minet ? s'amusa Yaël en lui tapotant le dos.

— Miaaa, acquiesça Moustache.

Il tendit le cou pour que Pomme lui gratte le menton. Elle s'exécuta avec un sourire.

— Il faudrait fabriquer un avion, dit-elle soudain. Un gros, pas un petit comme ceux d'avant la Fracture, qui embarquaient des sacs de courrier et une ou deux personnes. Les avions voleraient assez vite pour échapper aux rapaces.

— Bonne idée, approuva Yaël.

Le visage de sa partenaire s'assombrit. Sa bonne humeur venait de s'effondrer comme un château de cartes.

— Même si ce hangar serait parfait pour construire un avion, on ne pourra pas. Des Bêtes viendront nous en déloger.

— Comment peux-tu en être si sûre ?

Pomme se mit à trembler.

— Parce que je le sens. Elles savent que nous sommes là. Il faut que nous repartions dès que possible. Tant que nous n'aurons pas rejoint une forteresse, nous serons en danger.

30

— Tu en es sûre ? Certaine ? redemanda une nouvelle fois Yaël, pleine d'angoisse.

Sa voix résonna dans le hangar, qui semblait encore plus vaste, plus vide, et plus décrépi qu'à leur arrivée. Certainement pas le meilleur endroit pour se cacher des Bêtes. Une façade de tiroir resta dans les mains de Pomme. Avec une grimace, elle plongea la main à l'intérieur, n'y trouvant que de vieilles toiles d'araignées et de la poussière.

— Puisque je te le dis ! J'ai déjà eu cette impression dans la cabane, après que le grand-duc nous a prévenues que les loups arrivaient !

Pomme donna un coup de pied dans une porte de meuble. À sa grande surprise, elle s'enfonça du premier coup. Il fallait trouver au plus vite leur prochaine destination, aussi fouillaient-elles les établis poussiéreux à la recherche d'une gravure ou d'un objet. Il n'y avait rien sur les murs, pas de tableau ni de cadre présentant une destination possible. Il leur fallait pourtant trouver une représentation d'un autre refuge, le prochain sur la « route » qu'elles suivaient. Yaël commençait à douter de la logique qui l'avait conduite jusqu'ici. De son côté, Pomme se retourna vers des caisses en bois dans un coin ; certaines étaient tombées en miettes. La lumière s'était assourdie avec le crépuscule. On y voyait à peine.

Comme si ce n'était pas assez compliqué comme ça, se disait Yaël en plissant les yeux. Une pensée effrayante la taraudait.

— Et si on se cachait dans la nacelle de dirigeable ? On attise le feu pour faire de la fumée et on se planque jusqu'à ce qu'elles partent ?

Elles se remirent à rassembler tout le bois qu'elles pouvaient et à le jeter dans le feu qui prenait de l'ampleur : les façades des tiroirs, les portes qui avaient cédé, les bris de caisse. Ce n'était qu'un moyen de gagner un peu de temps, elles en avaient conscience. Que feraient-elles si les Bêtes entraient ? Yaël remettait en place son arbalète toutes les deux minutes, certaine qu'il lui faudrait s'en servir cette fois. Pomme aussi était complètement absorbée par la tâche, si bien qu'elles s'étaient éloignées l'une de l'autre de quelques mètres par mégarde ; Yaël se tenait près du feu, Pomme de la nacelle.

Moustache cessa sa toilette. Son poil se hérissa. Lorsqu'elles entendirent la porte grincer, elles se retournèrent, prises d'un fol espoir : celui que Bintou les ait rejointes. Cependant, à la place, elles découvrirent Ramdaram au sourire lumineux, avec en main, son six-coups.

— Ne bougez surtout pas, leur recommanda-t-il.

Yaël n'aurait pas le temps d'armer, il lui tirerait dessus avant. Cependant, il ne pourrait pas les abattre toutes les deux en même temps. Moustache se mit à gronder.

— Non ! cria Yaël alors que le chat avançait vers l'explorateur.

Quelque part au fond d'elle, elle devina ce qui allait se passer – la balle, le chat qui tombait, comme un goût de déjà-vu –, aussi arma-t-elle l'arbalète. Ramdaram se retourna vers elle. Une balle siffla non loin de sa tête et le chat effrayé par la détonation courut se cacher sous la bâche de la nacelle. Yaël appuya à son tour sur la détente. Dans la précipitation, elle fit partir son carreau trop haut, sans inquiéter l'homme qui marchait droit sur elle.

— Sauve-toi, cria-t-elle à Pomme. Fais-moi confiance !

Pomme plongea derrière la nacelle alors que Yaël tentait de réarmer. Avec la peur, ses doigts trébuchaient, malhabiles, et elle ne parvenait plus à retendre la corde. Ram replaça son arme à la ceinture et lui arracha la sienne des mains, s'en servant pour la frapper d'un coup ajusté en plein visage. Sonnée, Yaël tituba en arrière. Il l'attrapa par les cheveux, la forçant à rester debout.

Elle sollicita alors la magie et la fit monter jusque dans ses poings. Dans un accès de rage, elle attaqua au ventre. Surpris, Ram la lâcha, encaissant avec une grimace de douleur. Yaël fit un pas en avant, déterminée à lui casser le nez, mais il riposta avant qu'elle ne le touche d'un coup de genou qui la plia en deux. Toute son énergie s'évapora.

— La rouquine s'est planquée là-bas derrière, lança-t-il à Doïstov qui avait fait le tour pour entrer par une autre porte. Je m'occupe de finir celle-ci. Tue l'autre !

Sans états d'âme, il l'entraîna à l'extérieur. Ses gémissements le laissèrent de marbre. Lorsqu'elle se débattit, il la calma d'une grande gifle qui la sonna pour la deuxième fois. L'obscurité se referma sur eux, la porte grinçante dessinant un maigre faisceau orangé dans leur dos.

Il fit s'agenouiller Yaël dans l'herbe givrée ; le vent siffla une complainte, faisant s'envoler ses longs cheveux noirs.

— Pourquoi ? demanda la jeune fille, des larmes plein les yeux.

— L'Oracle, répliqua Ramdaram. Elle dit que la Deux-Visages trouble le présent, et que par ta faute, l'avenir de l'humanité est compromis. Il te faut mourir pour tous nous sauver.

Que répondre à cela ? Elle n'avait pas compris la moitié de ce qu'il avait dit. Un puissant sentiment d'injustice la dévora.

— Vous imaginez si l'Oracle se trompe ? Que l'humanité a toujours son destin entre ses mains ?

L'Indian se pencha, l'air sévère.

— Ses prédictions se sont toujours réalisées.

— Mensonge, répliqua Yaël. Ce ne sont plus des prédictions lorsqu'on provoque le destin.

Puis, elle releva le menton avec fierté vers son exécuteur, lequel recula de trois pas et abaissa sereinement le canon vers son front.

31

Abritée dans l'ombre de la nacelle, Pomme regarda Yaël se faire traîner dehors. « Je m'occupe de finir celle-ci. » L'Indian allait l'exécuter. Elle devait agir au plus vite. Le claquement sec des talons de Doïstov sur le béton se rapprochait. Elle recula alors qu'il contournait l'obstacle. Dans un sursaut d'adrénaline, elle ramassa un morceau de planche qui aurait dû finir dans le foyer et se prépara. Elle ne se rendrait pas sans se battre. Dès qu'elle vit son bras dépasser, elle le frappa de toutes ses forces, faisant tomber l'arme par terre.

Elle se rua en avant pour la ramasser, mais l'instant de surprise était déjà passé, et Doïstov réagit en la projetant violemment au sol. Le souffle coupé, elle se remit à quatre pattes et s'accrocha à son poignet, dans lequel elle mordit à pleines dents, l'empêchant de reprendre le pistolet. L'objet de leur convoitise glissa plus loin tandis qu'ils luttaient tous les deux. Doïstov la ceintura et elle rua de toutes ses forces. Ivre de rage, elle donna de la tête vers l'arrière. Un craquement d'os récompensa ses efforts.

— La chienne !

Cependant, le combat s'avérait bien trop inégal pour que Pomme espère l'emporter. Doïstov était plus grand, plus fort, plus expérimenté aussi, et il reprit vite l'avantage, non sans lâcher quelques jurons, et lui fit payer chaque coup reçu au prix fort. En quelques minutes, elle fut sur le dos, ses yeux bleus papillonnant, remplis de larmes, le sang coulant de ses lèvres fendues. Son corps était devenu de plomb.

Doïstov se redressa, lui crachant dessus.

— La messe est dite, mon enfant. Ta copine va prendre une balle dans la tête, et toi aussi !

Tout était perdu. Au-dessus d'eux, les pigeons s'agitèrent dans un froissement de plumes. Pomme crut entendre un hurlement de Yaël, avant d'être traversée par un cri perçant. Ses pensées s'embrouillèrent sous l'effet de la colère. La sienne, mais pas seulement. Il y avait une colère brute et puissante qui fondait droit vers eux. Les Bêtes approchaient plus vite que l'orage.

Doïstov saignait du nez, abondamment. Il sortit son mouchoir et s'essuya tant bien que mal. Son manteau était taché. Il avait de l'hémoglobine plein les mains. De rage, il lui balança son pied dans le visage.

Moustache jaillit de sous la bâche et lui sauta à la gorge, le faisant basculer en arrière. L'homme heurta le sol. Il lutta à mains nues pour contenir le félin qui labourait le cuir sur ses bras. Arc-bouté au-dessus de lui, le chat était déterminé à le tuer. Sans l'équipement de protection sous ses vêtements, il aurait déjà réussi.

— *Il est à ta merci, arrache-lui la gorge !* réclama Bastet, féroce.

Elle lui prêtait sa force, l'encourageant à libérer sa sauvagerie, donnant à Pomme le temps qu'il lui faudrait pour…

Une douleur intense vrillait la mâchoire de la jeune fille. Elle gémit, sentit un objet dur rouler sur sa langue, puis cracha une dent. Elle ne voyait plus rien sauf les flammes, elle n'entendait plus son bourreau, elle n'était plus qu'un écho à la colère terrible qui approchait. Les cris s'intensifiaient, ils vibraient jusque dans son corps. La fureur coulait dans ses veines, charriait son sang, la gardait consciente. Les Bêtes arrivaient. Et Pomme eut une idée sombre et noire, terrible, parce qu'elle n'avait rien à perdre, parce qu'ainsi, au moins, elle se vengerait.

Elle les appela.

— *Ils sont venus pour s'installer ! Ils vous tueront, ils mettront le feu partout, ils construiront une nouvelle ville. Les humains sont de retour, avec des armes et tout ce qu'il faut pour vous détruire ! Vous êtes finies ! Toutes autant que vous êtes !*

Un cri de défi répondit. Un autre de haine, ensuite. Elles étaient là.

Puis le tonnerre d'une détonation, une seule, retentit au-dehors. Pomme tomba en elle-même, comme si elle avait reçu la balle, en plein cœur. L'Indian l'avait fait ! Il l'avait tuée ! Yaël était morte. Son âme se glaça. Elle oublia de respirer. Toute pensée s'effaça, le silence la happa. La réalité l'écrasa.

Puis la verrière éclata dans une explosion de plumes au-dessus de leurs têtes et tout à coup, le son revint, ses bras se levèrent pour la protéger du verre et du bois qui pleuvaient. Moustache bondit se mettre à l'abri et Doïstov roula de côté, juste à temps. Des serres gigantesques déchirèrent son flanc au passage et il se plia en deux de douleur. Pomme attendit, yeux écarquillés, incapable de bien voir les oiseaux de proie, tourbillon de plumes brunes, de poitrails mouchetés, de becs jaunes et de griffes, qui piquaient tour à tour vers les humains. Les Bêtes remplissaient tout l'espace du hangar, elles rebondissaient contre les parois, se cognaient aux poutres.

Hystérique, Pomme se mit à rire de douleur et de joie, alors que l'explorateur tirait sur les Bêtes, hurlait à chaque coup de bec reçu et essayait de rejoindre la sortie. Puis des serres la saisirent par les épaules, perçant sa peau, ce qui lui tira une plainte. Le rapace l'arracha au sol. Il l'emporta vers le haut du hangar et, avant de franchir la limite des fenêtres brisées, elle aperçut à mi-hauteur une large peinture presque passée à laquelle la lune donnait des couleurs ; une ville pleine de lampadaires au milieu de laquelle était érigée une tour en dentelle d'acier.

C'était le refuge suivant, celui qu'elles avaient cherché pendant une heure avec Yaël. Qu'elles n'avaient pas vu parce que l'image était trop haute ou trop effacée. Pomme aurait pu en rire encore, si elle n'avait eu si mal en son cœur et en sa chair. Elles avaient failli s'en tirer. Failli seulement. En quelques battements d'ailes, elle se trouva loin au-dessus du hangar en flammes. En bas, à côté, gisait une silhouette sombre et inerte, si petite vue du ciel.

— Lâche-moi ! implora-t-elle l'aigle. C'est fini !

Elle était prête à partir, elle voulait rejoindre Yaël dans la mort.

— *Si tu crois t'en tirer à si bon compte… J'ai d'autres plans pour toi, petite.*

Des éclairs jaillirent des nuages tout autour d'elles. Et la fille perdit connaissance.

☽

Quand elle rouvrit les yeux, elle gisait sur un sol dur. Son flanc percuta une branche cassée et une odeur de fiente la prit au nez. Elle se redressa péniblement, avant qu'un coup asséné par un bec dur la fasse de nouveau s'écrouler. Le ciel la surplombait de son azur limpide alors que des petits cris lui cisaillaient les oreilles. Elle se heurta à la roche en reculant, quelque chose s'accrochait à son pied. Un bec jaune au bout noir. Il appartenait à un horrible aiglon hirsute, au duvet blanchâtre, moucheté de gris, qui piaillait de joie en essayant de l'attirer près d'elle. Sa mère observait la scène avec un mélange de cruauté et d'intérêt, qui la glaça plus encore que le marmot cherchant à la dévorer.

Pomme regarda autour d'elle, dans le nid. Il n'y avait nul trou où se glisser entre les branchages, et le fond était dur comme de la boue séchée, pleine de duvet et d'excréments. Bon sang, l'odeur la prenait à la gorge et lui piquait les yeux, même si elle n'avait plus de larmes.

Pomme hurla quand le petit arracha un bout de peau à son mollet. Puis, avant qu'il recommence, elle ramassa ses jambes contre elle et projeta ses talons dans son bec crochu. Le coup porta assez fort pour qu'il vacille en arrière, tandis que Pomme se relevant au prix d'un effort surhumain, gonflait les poumons. Elle s'égosilla dans un long cri, empreint de toute sa douleur, de ses peurs, de l'horreur qu'elle venait de vivre :

— NOOOOON !

Le petit monstre duveteux la fixa de ses deux yeux jaunes à la pupille noire, sans faire mine de l'attaquer de nouveau. Pomme toussa, désemparée. Plus aucun son ne sortait de sa gorge. La mère poussa l'aiglon du bout de l'aile. Remarquant son hésitation, la fille s'adressa à lui en cherchant à toucher son esprit avec le sien, usant de toute la hargne dont elle disposait encore :

— Ne t'avise pas de me toucher.

— *Sinon, quoi ?* s'amusa aussitôt la grande aigle.

— Je lui tordrai le cou !

Pomme ne réfléchissait plus, ni à la suite ni au reste ; elle bouillonnait encore d'émotion, comme si avec la perte de Yaël et la perspective de sa mort prochaine, il n'y avait plus de fin à la violence qui l'habitait. Oh oui, elle avait envie de tuer, elle en était capable... Si l'oisillon l'approchait, elle lui sauterait dessus, elle lui règlerait son compte. Jamais elle ne se laisserait dépecer vivante ! D'un mouvement de bras, elle essuya les larmes de son visage avec un air bravache. L'aigle se secoua, ébouriffa son jabot et secoua ses ailes, soulevant un nuage de poussière blanche dans le nid.

Pomme éternua.

— *Tu ne souhaites plus mourir ? Qui es-tu ?* lui demanda le rapace.

— Qu'est-ce que ça peut te faire, comment s'appelle ta bouffe ?

Mourir, que tout finisse. Mais pas en se faisant déchiqueter. Si seulement elle parvenait à atteindre le bord et à se jeter dans le vide… Comme si l'aigle avait lu dans ses pensées, elle se décala pour lui barrer la route.

— *Je sais que tu m'as appelée à ton secours.*

— Quoi ?

— *Les hommes voulaient te tuer. Tu voulais tuer les hommes. Alors tu nous as appelés.*

La justesse de la remarque décontenança Pomme.

— *Pourquoi ?* poursuivit l'aigle. *Les humains aiment massacrer les nôtres pour le plaisir, mais il est rare qu'ils s'entretuent.*

— Sur ce point, tu te trompes. Les humains sont des êtres retors. Ils se sont entretués pendant des millénaires…

— *Avant. Les humains sont trop faibles maintenant. Qui es-tu ? D'où viens-tu ?*

Pomme garda le silence. Ainsi, elle était vivante parce que l'oiseau souhaitait l'interroger. Son interlocutrice avait beau présenter une tête somme toute petite eu égard à son ramage, elle analysait la situation avec finesse ; une lueur d'intelligence sournoise tapissait ses prunelles noires. Peut-être qu'une fois sa curiosité soulagée, elle laisserait Pomme rejoindre Yaël dans la mort.

— Mon nom est Pomme. Je viens de Bau, une forteresse de Pyrenne.

— *Bau ?* répéta l'aigle d'un air songeur, la tête inclinée.

La façon dont elle se secoua ensuite, comme si elle prenait le temps de réfléchir, donnait l'impression qu'elle avait déjà entendu ce nom ; peut-être même qu'elle connaissait l'endroit en question.

— *Pourquoi es-tu venue au hangueur ?*

— Au hangar, tu veux dire ?

L'aigle entrouvrit le bec et gonfla les plumes du cou de façon impressionnante. Elle n'aimait pas qu'on la reprenne. Pomme garda le silence, elle ignorait combien de questions l'aigle comptait lui poser. Une chose était certaine, si la Bête avait bien entendu que les hommes allaient les tuer tous et revenir s'installer au hangar, alors c'était ce qui l'intéressait. Yaël gisait seule là-bas, livrée en pâture au monde sauvage. C'était auprès d'elle que Pomme aurait voulu se retrouver. Un cri perçant la ramena à la réalité.

— *Réponds ! Pourquoi étais-tu au hangaaaaar ?*

— Yaël et moi, nous étions de passage.

— *De passage ? Pour aller où ?*

— Loin des hommes. Ils voulaient nous tuer.

— *Tu mens. Vous remontiez vers Aparis.*

Aparis. La capitale de l'Empire de France avait été rasée lors de la Fracture, elle avait complètement disparu ! Pomme se remémora le dessin aperçu en quittant le hangar : Aparis, la ville lumière, c'était cela qui était peint, bien sûr.

— *Oublie Aparis. Jamais vous n'aurez Aparis. Nous empêcherons les humains de la reprendre. Elle est à nous désormais. Ni les vagabonds ni les rats dans ton genre ne l'auront. Nous l'avons interdit.*

Ces deux mots tintèrent à l'oreille de Pomme : des vagabonds et des rats, voilà en quelles catégories les Bêtes classaient les humains. Les rats, c'étaient forcément ceux qui vivaient dans des cités, à l'abri dans des forteresses. Pomme s'assit et enveloppa ses genoux de ses bras avec précaution. Tout son corps la lançait ; de sa joue meurtrie à ses épaules que les serres avaient transpercées, en passant par la nouvelle plaie que l'oisillon lui avait infligée au mollet. L'aigle battit des ailes avec vigueur, plus menaçante que jamais.

— *Pourquoi les hommes voulaient-ils te tuer ?*

— Parce que nous avons été bannies, ma partenaire et moi. Nous avons brisé des interdits et ils voulaient nous punir.

— *Quel genre d'interdit ?* insista l'oiseau. *Dis-moi tout, je dois savoir.*

— À cause de mes pouvoirs. Mais je n'en ai plus aucun, maintenant que je suis seule. Je ne vaux plus rien.

La mort de Yaël la bouleversa de nouveau, la submergeant comme à l'instant où elle avait entendu la détonation. Elle ne la reverrait plus. Elle ne lui avait jamais avoué ses sentiments. Chaque seconde passée sans elle était une souffrance. Finalement, les larmes roulèrent de nouveau sur ses joues.

La mère recula, ennuyée par ce spectacle, tandis que son oisillon se dandinait jusqu'à la jeune fille et passait la tête sous son bras.

— *Il suffit !* ordonna l'aigle. *Cesse de geindre !*

Mais rien n'y fit. Pomme ne l'écoutait plus et elle s'en fichait. Qu'elle fasse ce qu'elle voulait d'elle. De toute façon, plus rien n'avait d'importance.

Contrariée, l'aigle prit son envol.

Quand Pomme se réveilla, l'aiglon dormait sur elle. Il s'appelait Gwaihir. Elle s'en était souvenue sans trop savoir d'où elle tenait ce nom, un peu comme si on le lui avait soufflé dans son sommeil. Il retourna sa tête et la nicha contre son ventre. Elle glissa une main dans son plumage avec reconnaissance. Sans sa chaleur, elle aurait tremblé de froid, sa cape n'aurait pas suffi à la protéger de la bise mordante qui sévissait à cette altitude. Le paysage se déployait devant ses yeux. Des forêts moutonneuses entouraient le promontoire rocheux sur lequel trônait le nid. Les couleurs de l'aube se dissipaient. C'était étrange de contempler l'horizon quand, quelques heures plus tôt, elle croyait vivre ses derniers instants. Elle poussa un soupir. Les entailles causées par les serres de l'aigle la brûlaient au moindre mouvement, même léger.

Et maintenant ? Pomme observa le bord du nid. Il n'y avait qu'à se lever. Elle aurait bien voulu, mais elle n'y parvint pas. Un sentiment de plénitude l'enveloppait. Elle devait poursuivre sa sieste avec Gwaihir. C'était lui qui l'apaisait, comme s'il l'abreuvait de son contentement et qu'ils étaient devenus des vases communicants. Il préférait la garder avec lui, il était trop tôt pour se jeter dans le ciel, il n'avait pas encore ses ailes… Les paupières de Pomme se fermèrent, bercées par son monologue.

Quand elle les rouvrit, l'aigle la surplombait de son poitrail brun aux plumes ourlées de blanc.

— *Tu as menti. Les hommes ne se sont pas installés. Ils sont partis.*

Gwaihir se plaignit avec virulence. Où était donc son repas ?

— Ils voudront une preuve de ma mort, assura la fille. Les humains ne croient que ce qu'ils voient. Tu devrais peut-être me ramener là-bas et te débarrasser de moi.

Gwaihir s'impatienta. Cette discussion ne remplacerait pas son déjeuner et il protesta avec vigueur. Attendrie par sa détermination, sa mère frotta son bec contre le sien, non sans rembarrer Pomme.

— *Les hommes ne se montreront pas avant longtemps, il n'y a plus rien. Or, ils laissent toujours des choses quand ils comptent revenir.*

— Tu vas me dévorer, alors.

— *Pour quoi faire ? M'empoisonner avec ta magie ?*

Elle s'envola, ses ailes claquant dans le petit matin. Gwaihir remua son arrière-train avec satisfaction. Il avait gagné, elle partait chasser sa pitance. Pomme le flatta, songeuse, parce que son estomac aussi gargouillait. Quelque chose en lui la fascinait. Il était trop petit pour parler, mais quand elle essaya de sonder son esprit, elle entrevit une tempête dominée par la foudre. Il piailla avec autorité, en remuant son croupion.

— Si seulement tu pouvais m'aider à convaincre ta mère de me relâcher là-bas…, soupira Pomme J'aimerais tenir Yaël dans mes bras une dernière fois.

Les explorateurs avaient-ils aussi emporté son corps ? L'aigle avait dit qu'ils n'avaient rien laissé derrière eux. Au prix d'un effort douloureux – son épaule la lançait –, la jeune fille clopina jusqu'à l'extrémité du nid. Gwaihir s'agita avec inquiétude. Mais la paroi escarpée ficha une frousse terrible à l'humaine. Elle recula, pleine de honte. Elle n'avait même pas le courage de sauter.

Quand la mère reparut dans le ciel, elle apportait un lièvre. Elle le jeta dans leurs pattes. Le jeune se mit à déchiqueter la proie avec enthousiasme, ce qui donna à Pomme un haut-le-cœur. Elle se tassa dans les branchages. Peut-être que quand elle aurait vraiment trop faim, elle trouverait la force d'en finir.

6

LE PIÈGE

32

À l'extérieur du chalet, les statues d'animaux étaient toujours figées dans la neige. Les empreintes des loups avaient disparu… D'apparence, tout était calme. Cependant, la cabane présentait un léger désordre. Un tabouret retourné, des gamelles qui n'avaient pas été nettoyées… Bintou se pencha sur l'âtre. Sa main survola des braises, encore chaudes ; pas assez pour cuire quoi que ce soit, cependant. Le fond du chaudron était quant à lui tapissé de patates brûlées, signe que Yaël avait cuisiné ici.

Par-dessus son manteau de cuir, Bintou en portait un autre, fait de plumes de pie noire et blanche, très semblable à celui de sa protégée. Elle le caressa machinalement tout en détaillant la pièce, avant de se mouvoir d'un pas résolu vers le guéridon, dans le coin, à droite de la cheminée. Le cliché du hangar était posé à côté de la boîte en fer où il aurait dû être rangé. Elle y remédia, les sourcils froncés.

Elle vérifia ensuite que son fusil était chargé, bascula sa capuche sur sa tête, et prit une longue inspiration, de celles qui l'entraînaient à l'intérieur, jusque dans son ventre, et même plus loin, là où sa magie parfois se terrait. Elle cherchait ce moment précis depuis plusieurs lunes déjà. Il n'y avait plus ni doute ni fatigue, pas de limites possibles ; le temps, passé, présent et futur, lui apparaissait désormais clairement. Elle savait où aller avant que le pire n'arrive. Et elle se déplaça.

Elle réapparut face à la colline et chancela. La vision se superposa à ses pires souvenirs. Le hangar avait pris des allures de spectre hanté par les lueurs d'un feu qui dansait dans les ouvertures. Deux ombres familières s'apprêtaient à entrer à l'intérieur, l'une choisissait la porte la plus proche, l'autre contournait le bâtiment. Bintou avança d'un pas résolu, déroutée d'entendre déjà les Bêtes et les rumeurs de leur colère. Elles étaient en avance.

— *Concentre-toi sur ces hommes. Fais en sorte qu'ils ne se relèvent pas,* lui souffla Cath. *Ou bien, ils se déplaceront encore dans ton dos pour essayer de t'abattre comme lors de notre dernière tentative.*

Elle les aurait exécutés de sang-froid. Mais pas Bintou, parce que Bintou avait tenté d'arracher trop de gens à la mort pour souhaiter y envoyer quiconque.

— Qu'est-ce que tu fabriques ? s'énerva-t-elle. Tais-toi, tu m'embrouilles.

Il y avait déjà trop de voix dans son esprit. Car les Bêtes approchaient. L'heure était venue. Des coups de feu le lui confirmèrent. La foudre frappa à plusieurs reprises dans le lointain.

La femme se mit à courir, alors que Yaël sortait, tenue en joue par l'Indian. Il la fit s'agenouiller. Son bras armé se leva, visant la tête. Cath hurla quelque chose, mais Bintou n'écouta rien, happée par la puissance de sa peur. Utilisant la magie, elle franchit en un pas la distance qui la séparait de l'individu. Se servit de son fusil pour écarter le poignet et dévier le tir. Quand il voulut riposter, Cath prit le contrôle. Elle le frappa avec la crosse de son arme en pleine figure, puis elle le mit hors d'état de nuire dans un enchaînement de coups parfaitement maîtrisés. Elle avait été soldat dans une autre vie.

Ensuite, la nuit devint une mer de becs et de serres pointues. Bintou se débattit avant de se jeter sur Yaël pour la protéger, par instinct. Elle fit ce qu'il fallait, elle l'emmena en une fraction de seconde à bonne distance du danger, à couvert des arbres à un kilomètre de là. Elle garda Yaël contre elle, la serrant dans ses bras, la forçant à rester spectatrice de la scène. Le bâtiment était pris d'assaut par des rapaces, plus qu'elle n'en avait jamais vu à la fois.

— Bintou ! cria Yaël. Il faut sortir Pomme de là !

Mais à peine ces mots furent-ils tombés de sa bouche qu'un aigle plus grand que les autres ressortit par les fenêtres, emportant une silhouette gesticulante à travers un rideau d'éclairs.

Le sac de Pomme pesait sur l'épaule de Yaël, comme alourdi par le chagrin. Les ronrons de Moustache, qui persistait à se frotter contre sa poitrine, n'y changeaient rien. Il lui renifla affectueusement l'oreille, il paraissait heureux de la retrouver comme s'il ne l'avait pas vue depuis des heures. Elle s'appuya sur lui, en rassemblant ses idées. Bintou avait attendu que les Bêtes soient parties avant de les transporter dans le hangar afin de récupérer leurs affaires.

Il aurait dû faire nuit, mais le soleil brillait. Yaël avait du mal à tenir debout, sujette de nouveau au vertige. Elle était fatiguée d'avoir pleuré et ne pensait plus très clairement. Sa partenaire avait disparu, condamnée à être dévorée ou à finir en pièces contre le sol. Mais Yaël ne croyait pas à sa mort. Elle l'aurait senti si sa chère Pomme avait définitivement quitté ce monde. Leur lien était spécial. Elle se raccrochait à cette certitude. Il fallait trouver une solution pour lui porter secours.

— Allons chercher Pomme, murmura-t-elle à l'intention de la bergère.

Sur les traits fatigués de Bintou se superposait une autre expression, plus sévère. Catheryn se dissimulait dans sa pénombre.

— Nous devons partir.

L'ordre laissa Yaël de marbre. Elle la regarda en coin. Elle avait remarqué son manteau de pie, semblable en tout point à celui qu'elle avait prévu de lui confectionner. D'où venait-il ? Du futur, peut-être. Ou bien, était-ce une preuve que le temps était bouleversé ? Que son passé avait été réécrit et qu'elle l'avait oublié ? Les cartes du présent se rebattaient, comme à la cabane. Yaël avait mal au crâne et elle était à deux doigts de vomir. Elle reconnaissait les symptômes, Cath venait de lui jouer un tour et de la faire voyager dans le temps.

— Pomme ne s'est pas sacrifiée pour que tu restes ici à l'attendre. Partons avant que les Bêtes ne reviennent terminer le travail.

— Mais il faut aller la chercher ! s'indigna Yaël. Et tu sais très bien comment faire ! En retournant au bon moment !

— Dis-moi donc lequel ! s'énerva Cath. Ce n'est pas si simple, Yaël, crois-moi. Tu ne peux pas retourner changer ton propre passé sans que cela porte à conséquence. Tout ce que tu auras fait entre-temps ne pourra plus exister, tu deviendras un paradoxe vivant et les lois divines l'interdisent. Tu te perdras : celle que tu es à cet instant n'existera plus, celle que tu as été changera, vos souvenirs se brouilleront et les évènements aussi. Non seulement, c'est dangereux, mais tu n'es même pas sûre d'arriver à tes fins. Tu pourrais faire empirer les choses ! Maintenant, donne-moi la main. Nous partons.

Yaël resta droite comme un i, des larmes dans les yeux. Elle savait tout cela, elle refusait juste de l'accepter. Moustache poussa son coude du bout du nez. En retour, elle passa le bras autour de son cou.

— Évidemment, s'agaça leur sauveuse. Monsieur ne fait rien d'autre qu'intervenir et brouiller les évènements, mais tu persistes à l'emmener avec nous ! Est-ce que tu te rends compte qu'à chaque fois qu'il agit, je ne sais plus ni où j'en suis ni ce qui doit se produire ?

Le félin miaula avec irritation. Il avait tout de même sauvé Pomme et failli tuer Doïstov, mais personne n'avait rien remarqué, comme d'habitude. Yaël défia Catheryn du regard.

— Il est tout ce qu'il me reste. Il vient.

Il y eut une brève confrontation entre elles, dans le silence, juste avant qu'en un frisson, la magie ne les emmène ailleurs.

Bintou dormait, roulée en boule dans son manteau de plumes noires et blanches. Le rythme apaisant de sa respiration calme, mesurée, profonde, s'ajoutait au tambour de la pluie. L'eau dévalait les marches et dessinait des flaques à l'entrée du métropolitain. Celui d'Aparis. Yaël avait lu des quantités d'histoires qui s'y déroulaient, toutes parsemées de prodigieuses machines et de transports incroyables, d'une technologie si inventive que la magie n'y avait pas sa place. Dans ces récits d'aventures, les magiciens incarnaient toujours de méchants espions, qui se servaient de leurs sortilèges pour tuer ou torturer.

Tout ceci avait, bien entendu, disparu depuis aussi longtemps que le reste.

Les ruines de la capitale n'avaient rien d'extraordinaire. Des gravats recouverts de végétation, comme ailleurs. Dans la bouche du métropolitain s'amoncelaient des débris, de la boue, des os aussi. D'après le Temple, il était devenu impossible d'explorer Aparis tant les Bêtes s'y montraient agressives à l'égard des humains. Le grand prêtre Cellon prétendait que des rats énormes occupaient par milliers les souterrains où circulaient autrefois les trains à électryse. Il disait qu'il n'y avait plus rien.

L'attitude de Moustache, assis près d'elle, semblait le confirmer. Il la toisait d'une bonne tête, ses vibrisses blanches frémissant, ses oreilles pointues dressées, la queue agitée de soubresauts nerveux… Il brûlait de partir en chasse ; cependant, il demeurait à ses côtés. Elle le caressa avec gratitude et il lui donna un coup de tête affectueux. Il savait.

Elle avait le cœur en miettes.

— C'est à moi qu'il faut que j'en veuille, se maudit Yaël, c'est ma faute si Pomme est… partie.

Elle l'avait regardée s'envoler sans lever le petit doigt. Se cachant le visage, elle pleura un bon coup. Elle s'essuya ensuite les joues et reprit sa garde, agrippée à son arbalète. Comme si elle était capable de se défendre avec…

Ses yeux se reposèrent sur Bintou, ancrée dans un sommeil de plomb. La magie l'avait épuisée… Toutes ces fois où elle était arrivée au phare dans le même état, avait-elle voyagé dans le temps ? C'était probable.

Maintenant que Yaël s'était reposée, elle avait l'esprit beaucoup plus clair. Elle ne voyait qu'une solution à son problème. Il suffirait de joindre leurs mains pour secourir Pomme.

Repartir au hangar.

Avant que les oiseaux ne l'enlèvent, avant même qu'elles ne découvrent la cabine. De cette façon, elles pourraient poursuivre leur route. Ce n'était pas si compliqué. Tant pis si Yaël changeait son passé et qu'elle perdait ses souvenirs, Bintou pourrait les conduire en sécurité et éviter que le pire se produise.

Mais pour mener son plan à bien, elle avait besoin d'une

Bintou en pleine possession de ses moyens, si possible à un moment où Cath serait moins présente. Yaël n'aurait pas plus d'une chance pour sauver Pomme, et elle la saisirait, de force s'il le fallait. Tant pis si la ligne du temps s'en trouvait bouleversée. Elle ne croyait pas que cela pouvait vraiment changer l'avenir de l'humanité.

Des bruits à l'extérieur attirèrent son attention. Des brames, puis d'autres cris plus aigus, les biches qui réaient. Yaël escalada les marches avec précaution. Une harde s'avançait entre les arbustes qui submergeaient le tracé d'une large avenue. Les bois des cerfs ruisselaient tout autant que le pelage des gigantesques animaux. Ils poussaient le troupeau devant eux, majestueux et prudents, leurs naseaux fumants de vapeur.

Soudain, elle aperçut un homme, à cent mètres, perché dans un arbre, sa longue-vue dépliée devant lui.

Yaël se baissa dans un réflexe salvateur. Les dernières personnes qu'elle avait rencontrées avaient tenté de la tuer, mine de rien. Dans le monde sauvage, elle ne s'attendait plus qu'à croiser des ennemis… En toute logique, les pires prédateurs restaient les Bêtes, mais les humains… elle s'en méfiait comme de la peste.

Elle risqua un rapide coup d'œil. L'individu, juché à califourchon sur sa branche, replaça son chapeau melon. Il ne paraissait pas tout jeune, à en juger par sa barbe grise, et il était sec comme un courlis et vêtu d'un costume de laine mal ajusté. *D'où vient-il donc ?* s'interrogea-t-elle en se coulant à l'abri des marches.

Était-il de passage lui aussi ? Quand le troupeau se fut éloigné, elle l'observa à nouveau. Le type descendait de son perchoir avec une agilité certaine. C'était plus que cela. Au Temple, les moines chargés de sonner les cloches grimpaient les cordes pendues au balancier, puis ils s'appuyaient contre les parois et poussaient fort sur leurs jambes. Sourds pour la plupart, ils exécutaient leur tâche avec un bel entrain assorti d'une apparente facilité. Pour avoir essayé, Yaël savait qu'il n'en était rien. L'inconnu lui faisait la même impression. Il avait l'habitude, il connaissait bien l'endroit. Il se promenait désormais à découvert en esquivant les racines traîtres d'un pas guilleret. Décidément, un paquet de gens vivaient dans le monde sauvage... Yaël se demanda s'il possédait les talents de Bintou. Se déplaçait-il seul ? Pouvait-il remonter le temps ?

Il fit une halte afin de cueillir des herbes, qu'il fourra dans son escarcelle. Il ne portait pas d'arme sur lui, d'ailleurs. Fascinée, Yaël le vit contourner un banc en fer forgé, intégralement colonisé par le lierre. Où allait-il ? Une main douce pressa alors son épaule.

Yaël retint une exclamation et se retourna. Bintou avait l'air assez reposée ; sa peau noire avait retrouvé son éclat, ses yeux leur intensité. Pour une fois, elle n'avait pas l'air paumée, comme si elle se souvenait de tout. À moins que ce ne fût Catheryn qui arborait cette expression soucieuse.

— Il faut que tu partes, annonça-t-elle. Avec le chat.

— D'accord, répliqua Yaël, sans en penser un mot. Mais d'abord on va chercher Pomme. Je sais où et quand.

— Tu ne peux plus m'accompagner. Je vais me perdre ; je me perds sans cesse. Hier s'efface, demain m'échappe, tu comprends ?

— Non, je te guiderai, je t'emmènerai, tu n'as qu'à me suivre ! J'ai besoin de toi, tu sais bien que je ne peux pas me déplacer seule.

— Ils me poursuivent, répondit Bintou, sérieuse. Si tu restes avec moi, tu es en danger. Si tu pars, ils t'oublient. Et puis je dois m'occuper de mes brebis.

— Quoi, tu laisserais tomber Pomme ? Tu m'abandonnerais ?

Bintou désigna la voie que les cerfs avaient suivie.

— Continue tout droit. Quand tu les auras trouvés, tu seras en sécurité avec eux.

Yaël commença à s'affoler.

— Qui ça ? Ce que tu racontes n'a pas de sens ! C'est Catheryn, n'est-ce pas ? Elle veut se débarrasser de moi, hein ? C'est elle, forcément !

Bintou se redressa avec morgue. Cette fois, Yaël n'eut aucun doute, ce fut Catheryn qui s'exprima par la bouche de son hôte.

— Puisqu'elle te dit que tu seras en sécurité ! On n'a pas fait tout ce chemin pour que tu te fasses tuer bêtement en retournant dans ce hangar ! Si tu y vas, ce sera terminé pour nous toutes.

— De quoi tu parles ?

— De ce qui arrivera.

Yaël plongea dans le regard noir de Bintou-Catheryn. Ainsi donc, elle avait vu juste avec le manteau de plumes. Elle avait voyagé dans le futur.

— Bintou ne supporterait pas que tu meures encore ! s'énerva Cath. Tu comprends ? Réjouis-toi qu'elle ait tenu à te sauver. Cela n'a pas été facile ! C'est peut-être ta seule chance de rester en vie !

Yaël sentit les larmes dévaler ses joues. Ainsi, on l'avait bel et bien tuée, au moins une fois. Sans Bintou, elle ne serait plus de ce monde. Mais elle était vivante et, si le prix à payer était d'abandonner Pomme, cela n'avait aucun sens ! Elle voulut attraper la main de Bintou, mais celle-ci se déroba.

— Qu'est-ce que tu fabriques ? Pourquoi tu ne m'écoutes pas ?

— Mais Pomme mourra si on ne va pas la chercher ! Je ne peux pas renoncer à elle, tu comprends ?

— Monte ces marches et avance, droit devant. Tout rentrera dans l'ordre, tout. Je te le promets.

Elle pleurait, sous ses airs bourrus. Brusquement, elle attrapa son sac, son fusil, puis elle disparut.

Yaël tomba à genoux, son manteau de plumes s'ouvrant autour d'elle.

33

L'Oracle dansait dans une robe blanche, sa chevelure noire ondoyant au-dessus de ses épaules à chaque fois qu'elle tournait sur elle-même. Le silence n'était troublé que par le bruit de ses pieds nus courant, sautant, glissant sur les carreaux de ciment qui longeaient le bassin du temple. Les yeux fermés, elle se prenait pour une feuille d'automne, et entendait en son for intérieur une valse sans fin, jouée par un prodigieux orchestre qui s'était depuis longtemps éteint.

Quand la musique atteignit son paroxysme, elle se jeta tout habillée dans l'eau avec un éclat de rire. Les notes enchanteresses l'accompagnèrent alors qu'elle coulait pour toucher le fond. À l'instant où sa main effleura les mosaïques de naïades, l'orchestre se tut.

Une bulle d'air s'échappa de sa bouche. Elle leva le regard vers la surface. Ses cheveux masquaient en partie la statue de l'Unique, trouble à cause de l'eau. L'enfant replia ses jambes sous elle, tout en étudiant son image déformée. Il l'observait, elle le voyait. Cela lui déplut, aussi se propulsa-t-elle vers le haut. Elle regagna le bord sans encombre, agacée de constater qu'Il avait fait disparaître son orchestre. Que lui voulait-Il encore ?

Trempée comme une soupe, elle marcha droit vers la statue, l'escalada et s'installa dans ses bras. De là, elle embrassait toute la salle. Les flambeaux. Les rayons de lumière naturelle qui éclairaient le bassin. Les plateaux d'or et les statues des servants implorant la miséricorde de l'Unique.

Elle n'était pas de ceux-là. Sans les Oracles, l'Unique aurait détruit l'humanité en même temps que les anciens Dieux, sans faire de distinction entre Ses fidèles et les leurs. Maintenant qu'Il avait besoin d'eux, Il leur promettait monts et merveilles. L'enfant Lui en voulait pour Son égoïsme absurde, elle qui avait appris à se consacrer à son devoir. Aussi se méfiait-elle, tout en prenant soin de ne pas Lui dévoiler ses sentiments. Par chance, Il ne s'intéressait pas à ce qu'il y avait dans son cœur. Tout ce qu'Il voulait, c'était qu'elle voie l'invisible pour Lui.

— Je ne peux pas trouver la Deux-Visages, Lui rappela-t-elle, fâchée. Inutile de me punir en me privant de musique.

Le poids de Son attention s'accrut sur ses minces épaules.

— Je ne vois pas non plus les deux filles. Elles ont comme disparu.

Il voulait qu'elle cherche, quitte à trancher la gorge de tous ses pigeons, voire à sacrifier un ours si c'était de pouvoir qu'elle avait besoin. L'enfant acquiesça, sujette à l'effroi qu'Il lui inspirait. Elle porta les mains à son cou de façon instinctive. Sa volonté l'étranglait tel un nœud coulant qui se resserrait sur sa gorge à mesure que Sa colère montait.

Les anciens Dieux s'enhardissaient, ils Le défiaient en lui cachant les enfants-pouvoir. L'Oracle hoquetait, à deux doigts d'étouffer tandis que la terre grondait de concert. La fillette tenta de glisser hors de Ses bras, mais une force implacable l'empêcha de filer.

Il attendait mieux d'elle. L'Oracle devait veiller à remplir sa mission. Quel que soit le temps que cela prendrait, elle devait les retrouver.

Puis Il la libéra de Son étreinte, et elle se dépêcha de fuir les bras de pierre. Elle courut, trempée, jusque chez elle. Elle jeta ses servantes dehors en les menaçant de les éventrer si elles s'avisaient de la toucher. Une fois seule, elle reprit enfin ses esprits. L'Oracle serrait les poings si fort que ses ongles écorchaient ses paumes. L'Unique ne devait jamais découvrir que son pouvoir diminuait et qu'elle ne parvenait plus à rendre visite à ses sœurs dans l'avenir. Heureusement, Grand-mère venait toujours et l'avait rassurée, il n'y avait pas de catastrophe à craindre. Elle apparut à cet instant, comme si elle avait su qu'elle avait besoin d'elle.

— Il m'a brutalisée, jeta-t-elle au fantôme. Comment vais-je attraper la Deux-Visages ? Dis-le-moi ! Il ne me laissera pas tranquille, sinon.

La vieille dame soupira, sensible à l'émotion de sa jeune condisciple. Hélas, elle ne possédait pas la réponse à cette question.

— *C'est elle qui te trouvera, mon enfant. Quant aux filles, si elles reparaissent, tu les verras. Reste vigilante. Tue des Bêtes si cela peut L'apaiser.*

L'Oracle hocha la tête. Ses craintes se murent alors en une profonde colère. Elle en voulait à l'Unique de la traiter si mal et de ne pas faire cas de son dévouement.

— Je le jure, je trouverai comment nous délivrer de Lui.

Un éclair de fierté brilla dans les yeux de la vieille dame. Elle jeta un coup d'œil à la pie qui frottait son bec contre l'écorce d'une branche pour le nettoyer. Elle avait déposé son présent à l'endroit habituel.

— *Patience, mon enfant,* fit-elle, *patience.*

Moustache donna une bourrade dans l'épaule de Yaël. Elle n'avait pas bougé depuis des heures. Le chat ne comprenait pas l'apathie de sa maîtresse. Il lui avait rapporté un gros pigeon, certain que ces dames le plumeraient et le rôtiraient aussitôt sur le feu, qui manquait à l'appel, à ce qu'il semblait. Tout comme la Deux-Visages. Elle avait encore pris la poudre d'escampette. Décevant.

Ne sachant trop que faire, le chat opta pour une toilette. Cette activité hautement satisfaisante lui remettait toujours les idées en place. Son pelage était humide. En plus, il faisait froid ici. Le bougre d'animal regrettait déjà le phare. Il avait pris l'habitude de dormir au chaud, de disposer d'eau fraîche plutôt que de flaques, de récupérer les restes de viande cuite, fort savoureux, ainsi que de se mettre à l'abri ailleurs que dans un trou qui puait le rance.

Il détestait quand Yaël l'attrapait et que tout à coup, son environnement changeait. Pire, il détestait quand la Deux-Visages les faisait voyager dans le temps, comme maintenant. Pourquoi avait-il fallu qu'elle se perde encore ? Qu'elle les emmène presque une semaine plus tard ? Elle avait sans doute semé les horribles humains qui les pourchassaient. De toute façon, il n'était pas question de revenir en arrière.

Honnêtement, le souterrain devant lequel Bintou les avait abandonnés ne lui inspirait pas non plus confiance. Il y avait un passage, étroit, par lequel il s'était engagé, avant de reculer précipitamment, la faute aux bruits inconnus dont ses oreilles affutées avaient perçu la résonnance.

Les bras autour de ses jambes, sa maîtresse avait posé le front sur ses genoux. On ne voyait que ses cheveux et l'amas de plumes qui lui servait de seconde peau. Moustache s'agaça de son attitude. Il venait de lui rapporter une belle bête, foi de félin ! Il se frotta avec insistance contre elle, désireux d'être félicité pour son rude labeur. Quand enfin, elle releva la tête, il fut surpris par son air de bête blessée. Souffrait-elle d'une vilaine plaie qu'il fallait lécher ? Il l'inspecta avec inquiétude.

— Je survivrai, dit-elle en le flattant. Bintou ne reviendra pas et Pomme est…

Elle n'acheva pas sa phrase.

— Il n'y a plus que toi et moi. Et le monde sauvage.

Moustache renifla les larmes sur ses joues ; il comprenait que Bintou et Pomme étaient parties. Que ce n'était pas bon, qu'ils ne formaient plus un clan. Lui, il aimait bien avoir un clan. Même si ce n'était pas des chats comme lui. Qu'allaient-ils faire maintenant ? Mais surtout, qu'en penserait la Déesse ?

Elle lui avait confié une mission. Protéger et guider Yaël, autrement dit, contrarier les plans de l'Unique. Parce que Bastet était très en colère après cet autre Dieu. Par Sa faute, elle avait perdu ses fidèles et son rang… Pire, elle ne pouvait plus s'incarner qu'en Bête. Moustache la trouvait beaucoup plus irritable qu'avant la Fracture. Elle ne serait sûrement pas satisfaite de la situation et il craignait d'être puni. Son humaine favorite ne survivrait pas longtemps seule.

— Bintou se trompe, je peux y retourner, grommela Yaël. Pomme n'est pas encore morte, je la sauverai… J'y arriverai, je te le jure.

Le chat en doutait : il avait dû en arriver des choses à Pomme en une semaine. Yaël ne se rendait pas compte que trop de temps avait passé. Mais au moins, l'Oracle allait perdre sa trace et avec de la chance, elle la tiendrait pour morte. Yaël ramassa l'arbalète laissée à son intention. Il y avait près de son sac un carquois de cuir d'où dépassaient des carreaux aux pointes redoutables. Moustache évitait de s'en approcher à cause du poison. Enfin, elle remarqua le pigeon gisant près de ses affaires.

— Belle prise, Moustache.

Ce dernier se rengorgea et reprit sa toilette. Yaël se battit avec les bandoulières du sac, de l'arbalète et du carquois, abîmant des plumes de son manteau au passage. Elle était harnachée comme une bourrique. Sacrés humains ! Ils avaient un sens certain du ridicule.

— En avant. Bintou a dit d'aller tout droit. Elle a promis… que tout rentrerait dans l'ordre.

Oui, songea le félin, brièvement habité par sa Déesse. *Rejoins tes semblables, le temps de te faire oublier.*

34

Yaël mesurait combien elle avait changé. Ses premières heures dans le monde sauvage l'avaient propulsée dans un état de frayeur où ses réflexes, plus qu'un réel courage, lui avaient permis de survivre. Aujourd'hui, elle se tenait debout dans une avenue dévastée d'Aparis, prête à défendre sa peau, mue par la volonté de sauver Pomme à tout prix. Sa partenaire, son âme sœur, n'avait pas rendu son dernier souffle.

Je te retrouverai, se jura-t-elle encore en essayant vainement de la « toucher ». Elle se concentra sur le lien qui les unissait, cherchant au plus profond de son cœur celle qui ne le quittait jamais, celle pour laquelle elle avançait… En vain. Le miracle ne se produisit pas.

Ça ne veut rien dire, tempêta-t-elle, obstinée.

Alors que ses yeux glissaient sur des statues décapitées, des margelles de fontaines englouties par la terre, des restes de bâtiments d'une longueur sidérante, elle cherchait l'homme qu'elle avait aperçu. Grâce à lui, elle rencontrerait des gens en mesure de l'aider. Tout s'arrangerait. Il suffisait de suivre la direction indiquée par Bintou. Soudain, elle se cramponna à son arbalète. Des lémuriens filaient comme des flèches entre les ruines. L'un d'eux s'arrêta, l'air aussi surpris qu'elle. De taille équivalente à la sienne, il avait de grands yeux orange et une longue queue rayée blanche et noire. Deux de ses copains firent demi-tour pour venir le chercher en piaillant, et l'un d'eux ramassa de gros cailloux qu'il jeta sur Yaël avec colère.

Indigné, Moustache cracha, tandis qu'elle se remettait précipitamment en marche. Ses méninges aussi se remirent en branle. Ces mammifères n'avaient rien à faire dans le coin, ils n'étaient pas originaires d'Europe.

— Ce n'est pas normal, s'inquiéta-t-elle à haute voix. Ils ne sont pas sur le bon continent…

Qu'est-ce qu'il pouvait y avoir d'autre ? Yaël repéra des vautours qui planaient plus loin… Signe qu'une charogne les intéressait – ça, elle en avait déjà vu à Bau. Elle vérifia que le carreau dans son arbalète était bien empoisonné. Elle avait un mauvais pressentiment. Une vipère, de l'épaisseur d'un tronc, serpenta assez près pour qu'elle la mette en joue. Pourtant, ce ne fut pas sa présence qui poussa la fille à s'arrêter au premier croisement. Une voie rectiligne tranchait dans la végétation, nette, encore brillante de la dernière pluie.

— Tu as vu, Moustache, chuchota-t-elle, incrédule. Il n'y a pas d'herbe qui pousse entre les pavés.

Le félin gronda, réticent à s'approcher. Avec prudence, Yaël posa une botte sur la pierre lisse, prête à la retirer si ses semelles prenaient feu. Bien heureusement, rien ne se passa.

— Ce n'est qu'une réminiscence de magie. Nos ancêtres ne faisaient pas que la guerre avec leurs pouvoirs.

Difficile de se départir de son impression de malaise, cependant.

— Sûrement parce que je fais une proie facile.

C'était aussi effrayant de découvrir un boulevard intact. D'imaginer que des mages avaient fait en sorte qu'il traverse les âges. D'accepter que d'autres, tout aussi talentueux, avaient mis au point des armes capables de tout détruire.

Yaël se remit en marche, le grand chat tigré sur ses talons, convaincue que le Temple n'aurait pas dû interdire la magie. Elle pouvait donner de bons résultats. Le problème, ce n'était pas la magie, mais ce que les humains en faisaient.

Ses réflexions glissèrent vers Pomme et son cœur se serra. Leurs vies auraient été si différentes si elle avait pu parler de ses voix au Temple, si on lui avait expliqué qu'elle entendait les Bêtes et si elle avait pu se servir de ce don pour négocier avec elles. Comme pour obtenir la permission de cultiver des champs, en partageant le fruit de ce labeur, ou couper de vieux arbres afin d'entretenir les forêts, ce qu'on faisait dans les temps anciens… N'y avait-il pas moyen de trouver un équilibre ?

Mais le Temple ne voudrait jamais en entendre parler. Ce genre d'idées valait sûrement un aller simple en prison. Yaël se tourna vers le soleil. En cet instant, elle se sentait le droit d'être là, dehors, monde sauvage ou non.

— Nous sommes tous les enfants de la Terre.

Le Temple n'avait plus aucun choix à lui dicter. Ce fut alors qu'un nuage de vapeur s'éleva devant un morceau de façade. Il s'évanouit vite, remplacé par un autre quelques minutes plus tard. Des images vinrent en tête à Yaël, la plupart glanées dans les livres d'étude : en majorité des machines géantes aux rouages fumants ou plus simplement, des locomotives rutilantes…

Elle quitta la route pour en avoir le cœur net. Il y avait bel et bien une grille d'aération, rongée par la rouille, encrassée par la boue aux coins. Quelqu'un l'avait fraîchement nettoyée. Des marques régulières indiquaient qu'un outil avait arraché la mousse et les débris bloqués entre les barreaux. Yaël en retrouva un amoncèlement sur le côté.

Des gens habitaient sous les ruines d'Aparis. Le type qu'elle avait vu plus tôt appartenait forcément à cette communauté.

Justement, tandis qu'elle était encore accroupie, elle le repéra au beau milieu des pavés, reconnaissable à son chapeau melon.

Les poings sur les hanches, il surveillait Moustache, fort occupé à labourer de ses griffes un arbrisseau, en prenant tout son temps, bien entendu. L'individu introduisit deux doigts dans sa bouche et poussa un sifflement strident. Le chat tigré s'étira en creusant le dos, nullement inquiet. L'humain n'avait pas d'arme sur lui – arc, pistolet ou couteau. L'animal commençait à avoir une sacrée expérience en la matière. La seule chose à laquelle il n'avait pas pensé, tout rusé qu'il se croyait, c'était la magie.

Le maître des lieux allongea un bras autour duquel l'air se mit à tourbillonner et à se charger de noirceur. Yaël ressentit une vibration jusque dans le ventre ; elle cligna des paupières et vit autre chose que de l'air. Pas de la chaleur ou de l'énergie, mais bien une créature faite de fumée… avec des billes rougeoyantes dans ses orbites et un sourire denté garni de vide. Le dos de Moustache se hérissa.

— Non ! hurla-t-elle aussitôt en sortant à découvert. Laissez mon chat tranquille, il n'est pas dangereux !

L'individu s'interrompit, repoussant son couvre-chef vers l'arrière. Il accusait une trentaine d'années, de celles qui creusent des poches sous les yeux et tannent la peau du visage. Son costume sombre, trop grand aux épaules, était troué à un coude, et son pantalon râpé aux genoux. Une chaîne de montre brillait sur son gilet de laine.

— Je m'appelle Yaël. (Elle mit les mains en évidence, consciente de son arbalète qui ballotait contre sa poitrine.) Je suis seule et je n'ai pas d'intention belliqueuse.

Il ôta son chapeau melon et s'inclina, la créature flottant jusque sur son épaule.

— Hermès, pour vous servir. Et ce magnifique démon qui m'accompagne se nomme Thanos.

Thanos escalada son chapeau. Son regard de braise se fixait sur un point hors de vue. Hermès pivota avec vivacité.

— Quoi encore ? s'étonna-t-il.

Un halètement rauque, guttural, puissant, secoua les arbustes, et chassa les oiseaux. Moustache s'aplatit au sol de peur. Le bruit prit de l'ampleur, « roar ! roar ! » entendit Yaël, qui ne reconnaissait pas ce cri.

— Mademoiselle, je vous suggère de m'accompagner si vous voulez poursuivre la discussion. Pressons, voulez-vous !

— Qu'est-ce que c'est ? s'inquiéta-t-elle en le suivant vers la bouche de métro.

— Un lion !

Moustache passa devant en allongeant ses foulées.

— Un lion ? s'affola Yaël. Mais c'est impossible, les lions vivent dans les savanes d'Aphrikia !

— Pas les descendants du zoo de Vincennes ! Figurez-vous qu'ils sont abominablement méchants.

Ils contournèrent un talus. Derrière, un escalier descendait sous terre. Hermès marqua une pause.

— Avant d'aller plus loin, je me dois de vous demander ce qui vous amène ici, jeune dame ?

Une foule d'idées traversa Yaël, toutes entachées de l'ombre de Pomme.

— La magie, finit-elle par déclarer. J'en ai besoin pour sauver une personne que j'aime.

Un nouveau rugissement, plus proche, les fit sursauter. D'un geste, Hermès lui intima de le suivre.

— Vous serez déçue. Mais venez. Il sera bientôt l'heure du thé.

Comme Moustache bondissait à la suite de son amie, l'homme pointa un index menaçant dans sa direction :

— Pas lui ! Il ne va pas plus loin.

En guise de réponse, l'animal cracha, vibrisses en avant. Les yeux de Thanos rougeoyèrent et il ondula, gonflant sur l'épaule de son maître. Avant que Yaël n'ait eu le temps de protester, le chat battit en retraite. En deux bonds, il atteignit le haut des marches et disparut de leur vue. Il ne se cacha pas loin, dans un terrier repéré à proximité. Il rangea ses pattes sous lui, contrarié.

Un lion mâle et trois femelles passèrent en roulant des épaules, sans se presser. L'une des lionnes s'arrêta afin de se faire les griffes sur un muret qu'elle laboura et transforma en un tas de petits cailloux.

Moustache ne put s'empêcher de se faire tout petit. Il jugeait cette rencontre détestable. Bastet aussi se renfrogna. De tous les habitants d'Aparis, pourquoi avait-il fallu que Yaël tombe sur cet homme-là ?

Yaël se morfondait d'avoir abandonné le seul allié qui lui restait à l'extérieur. Les marches et les couloirs, sombres et noirs, se succédaient depuis la surface. L'obscurité s'était installée durablement, à peine troublée par la lumière chiche d'une lampe. D'où venait son huile ? C'était la première question qu'elle s'était posée, parce qu'il n'y en avait pas au Temple. On se contentait de bougies de suif ou de cire d'abeille, comme celle que Bintou possédait. Yaël connaissait l'huile parce que le grand prêtre en recevait d'une autre cité. Il s'en servait uniquement pour les hôtes de marque.

Pourquoi penser à lui maintenant ? Ce vieux schnock l'avait bannie, avant de lancer des tueurs à ses trousses… *Un jour,* se promit-elle, *je prendrai ma revanche.*

Devant elle, Hermès tournait à droite, à gauche, sans hésitation. Yaël ne parvenait pas à mémoriser leur parcours, il allait trop vite. Parfois, l'étrange créature de fumée perchée sur son épaule braquait son regard démoniaque sur elle et, dans le trou de sa gueule, des crocs étincelaient brièvement.

— Où m'emmenez-vous ?

— Un peu de patience, jeune dame… Vous vous rendez compte, j'espère, qu'il faudra nous expliquer d'où vous arrivez ainsi ?

Yaël n'y avait pas songé, en effet. Elle avait eu d'autres préoccupations jusque-là. Cependant, elle se garda de répondre, bien décidée à se méfier de lui. Il y avait de la lumière, plus loin. Enfin, des gens ! Elle avait soif de partager la même pièce avec plus d'une ou deux personnes ; de ne plus entendre le monde sauvage, avec ses bruits, ses cris, ses vents tempétueux. Et de parler à de vrais adultes ! Des êtres capables de prendre leurs responsabilités et de secourir Pomme. Hermès n'était qu'un garde. Il la conduisait à celles et ceux qui sauraient lui prêter une oreille attentive, comme à Bau où il suffisait de s'adresser au conseil de la forteresse en cas d'accident ou de disparition.

Yaël pénétra dans un vaste tunnel, aux parois grossières et mal taillées, aux rails noirs qui s'enfonçaient dans l'obscurité. Elle ne regarda rien de tout ça, les prunelles aimantées par les ampoules brillantes qui s'alignaient de loin en loin tels des points miraculeux au-dessus de sa tête. Une guirlande alimentée par l'électryse ! Bien qu'elle éclairât à peine assez pour toucher le sol, elle constituait un miracle.

Yaël posa une main sur sa bouche, envahie par une puissante émotion. Qu'elle refoula ensuite. Ces gens possédaient des secrets de magie et ils avaient aussi des générateurs à électryse, et un réseau en état de marche… Soit le Temple l'ignorait, soit il le leur cachait. Pourquoi fallait-il que tout ce qu'elle croyait savoir bascule sans cesse ?

Je ne sais rien, comprit-elle. *Mais je vais apprendre. Comprendre. Et sauver Pomme.*

— Est-ce qu'on arrive bientôt ?

— Oui, nous approchons de Raspail.

Comme elle ne réagissait pas à ce nom, il poursuivit :

— L'accès principal aux quais est bouché, ce qui nous oblige à emprunter les escaliers de service. Les Bêtes ne les connaissent pas.

— Je vois. J'imagine que la station est très grande ?

Hermès lui adressa un coup d'œil, surpris par son ignorance.

— Ce ne sont pas les Halles, voyons.

Le spectre grisâtre se frotta soudain contre le buste de son maître, dans un étonnant mouvement qui fit chanceler ce dernier.

— Doucement, Thanos…

Encore un nom qui lui rappelait l'Antiquité. Yaël se souvint alors pourquoi Hermès sonnait familier à ses oreilles. Il appartenait à un messager des Dieux que l'Unique avait chassé en révélant Son existence à l'humanité. Elle ne put s'empêcher de penser à ce que Pomme lui avait dit à propos d'eux, qu'ils se cachaient parmi les Bêtes… Elle examina Hermès avec crainte. Ce n'était qu'un homme ordinaire qui portait des vêtements usés, elle n'avait rien à craindre. Et Thanos… Qui était-il dans la mythologie, au juste ? Elle l'avait oublié.

Les braises brûlèrent dans le regard de la créature tandis qu'elle ondulait autour du bras de son maître. Puis soudain, elle plongea en lui, disparaissant complètement. Hermès surprit l'expression inquiète de Yaël.

— N'ayez nulle crainte. Il n'aime pas nos semblables, voilà tout.

Décidément, ce type n'était pas net.

Ils montèrent quelques marches. Les parois rugueuses et encrassées firent place à un carrelage brillant et à une voûte arrondie. Le nom de la station de métro, blanc sur fond bleu, étincelait sous les lampes nombreuses qui donnaient autant de lumière qu'en plein jour. L'électryse éclairait un solide ensemble d'échafaudages montés contre les murs, accessible *via* des échelles de bois et d'acier, où se tenaient de petits commerces de fruits et légumes, mais aussi d'étoffes, de bouteilles et de… livres ! Yaël les reconnut à leurs dos alignés dans des caisses. Les rails avaient disparu sous un épais plancher, et de grandes tablées désertes occupaient une partie de l'espace, tandis que l'autre faisait figure d'aire de jeux pour des enfants, habillés comme dans l'ancien temps, de jolies culottes à boutons et de robes ornées de dentelles.

— Vous n'avez jamais rien vu de pareil, on dirait…, se moqua Hermès.

On aurait dit une véritable petite ville souterraine. Les gosses dévisagèrent Yaël en pointant son manteau de plumes.

— Une Bête, une Bête ! crièrent certains.

La gêne fit rougir la jeune fille, consciente du décalage entre eux. Une gamine osa l'approcher. Elle était coiffée d'un chignon piqué de rubans, aussi belle qu'une poupée. Yaël ne put s'empêcher de lui sourire.

— Je ne suis pas une sauvage.

— Elle parle ! s'écria l'enfant en fuyant.

— Merveilleux accueil, grommela Yaël.

— Si elle avait à se promener dehors, répliqua Hermès, elle ne dédaignerait pas un tel manteau. Cependant, mon amie Alessandra vous procurera une tenue adaptée pour votre séjour. Nous commencerons par une collation. Il est évident que nous devons prendre le thé.

Il désigna une table et héla une bonne femme, aux vêtements simples et au tablier symptomatique de sa condition.

— Du thé et des gâteaux, je vous prie.

Après une révérence, elle se dépêcha vers une cantine dissimulée par des panneaux de bois ouvragés. Yaël défit le cordon de son manteau, qu'elle posa sur la chaise voisine, à l'assise tapissée d'un velours cramoisi, usé jusqu'à la trame, néanmoins doux sous la paume. Son gilet en laine mal dégrossie et sa tunique tachée, malodorante, lui firent honte. Elle poussa son arbalète sous les plumes.

— Une enfant-pouvoir, donc, déclara Hermès en détaillant les broderies de son col. On pourrait avoir besoin de quelqu'un comme vous par ici.

— Je ne peux pas me déplacer seule.

— Mais vous pouvez unir votre pouvoir. Il y a assez de magie en vous pour développer un talent. Regardez-moi, par exemple, j'ai peu de magie, mais je suis capable de me protéger seul. Votre chat n'aurait eu aucune chance.

— Pff. Moustache n'avait pas l'intention de vous attaquer, il constituait une proie facile. Et vous vous êtes réfugié dans un arbre lorsque le troupeau de cerfs est passé. Je ne donne pas cher de votre peau face à un aigle royal ou un loup. Vous n'êtes qu'un subalterne qu'on dépêche à l'extérieur pour nettoyer les grilles. Cela ne m'intéresse pas de vivre sous terre ou de devenir une domestique.

Ces enfants-là étaient trop bien habillés pour être ceux des marchands et des serviteurs. Où étaient passés les autres ? Personne n'était vêtu pour se promener à l'extérieur, en tout cas.

— Je ne crois pas que vous sortiez beaucoup, conclut-elle.

La déception dans sa voix sembla heurter Hermès.

— Je vous trouve bien critique pour une pauvresse égarée dans le monde sauvage.

— Une pauvresse qui a affronté des loups, des aigles, et appris plus que vous ne le croyez.

Les mots s'alignaient sans qu'elle y réfléchisse, mais ce qu'elle avait vécu l'avait fait grandir et elle entendait ne pas se laisser manipuler.

— Je n'ai pas le temps de vous faire la conversation. Je cherche quelqu'un capable de m'aider.

— De quelle façon ?

— Je le dirai à cette personne seulement.

La servante revint alors avec du thé. Le service en porcelaine délicate cliqueta doucement alors qu'elle déposait les tasses devant eux. D'autres gens richement vêtus arrivaient par des portes dérobées, ou depuis l'autre côté du tunnel. Hermès se détourna, l'air gêné. Hommes et femmes de qualité s'installaient par petits groupes aux tables libres, riant et discourant assez fort pour être entendus de toute part. Des enfants se précipitèrent vers leurs parents qui les embrassèrent. Les nouveaux venus ignoraient parfaitement Hermès. Il n'était peut-être pas un serviteur, mais il n'appartenait pas à la belle élite de cette station.

Yaël fit mine de se lever, mais il l'arrêta d'un geste.

— Vous ne pouvez pas leur parler maintenant. Vous devrez attendre. J'insiste, profitez de la collation. Ensuite, je demanderai une audience afin de vous présenter ce soir. Les magiciens et magiciennes régissent notre communauté. Il est difficile d'obtenir quoi que ce soit sans respecter scrupuleusement l'étiquette.

Tout ceci avait le goût d'une mauvaise plaisanterie. Yaël se mit debout, renversant au passage la tasse dans laquelle elle n'avait pas trempé les lèvres. Son geste déchaîna des grimaces scandalisées à son égard.

— Y a-t-il un ou une responsable dans cette station ?

Une femme abominablement poudrée, vêtue de satin et alourdie par les perles, se dressa.

— Il suffit, petite sauvage. Nous prenons le thé.

Yaël s'avança, assez pour noter que la robe somptueuse de loin était rapiécée en de nombreux endroits.

— Je n'ai pas de temps à perdre. Je dois sauver une amie, une vie est en jeu.

La dame éclata de rire, promptement imitée par l'assistance.

— Vous nous importunez.

Soudain, Yaël eut du mal à respirer. Par réflexe, elle porta les mains à la gorge, notant le rictus sadique d'un homme en haut-de-forme, gilet rayé, une chemise blanche bouffant aux épaules. Ses yeux étaient soulignés de khôl et, à en juger par sa main levée qui mimait un étranglement, c'était lui qui l'étouffait avec sa magie.

— Il n'y a rien ici pour vous, mademoiselle.

Hermès bondit gracieusement sur ses pieds, fit une révérence et rattrapa Yaël qui chancelait.

— Vos Excellences, je vous en prie, faites preuve d'indulgence. La pauvre chérie est tourmentée par son affreux voyage. Sa survie est déjà un miracle, en soi, mais ne vous laissez pas abuser par sa mine misérable. Voyez ce col brodé. Ceci est la marque des enfants-pouvoir. Seuls les dons les plus puissants bénéficient de ce rang au sein du Temple.

Il ajouta quelques courbettes, déférentes. Une femme beaucoup plus vieille fit signe au mage de cesser et la pression se relâcha sur la gorge de Yaël.

— Ayant moi-même été bannie d'une forteresse, je me propose de lui donner sa chance. Envoyez-la-moi quand elle sera propre.

Hermès tira en arrière Yaël, qui voulut se débattre.

— Je n'ai pas le temps pour ça !

— Si vous aviez deux sous de jugeote, vous fermeriez votre clapet et vous me suivriez. Dame Ésolia, en sa qualité de doyenne, possède une influence considérable ! Dire que vous avez emporté sa protection… Je pourrais tuer pour l'obtenir ! Alors suivez-moi et laissez-moi vous expliquer comment cela fonctionne par chez nous.

Bien entendu, il ne lui dit pas ce qu'il pensait, qu'elle n'obtiendrait aucune aide et que son amie mourrait (si ce n'était pas déjà le cas). Cependant, avec de la chance, il entrerait lui aussi dans les bonnes grâces de dame Ésolia. N'était-ce pas pour cette raison qu'il avait amené cette gamine à Raspail ? Pour retrouver sa place parmi l'élite ?

35

Il était souvent arrivé à Yaël d'envier les filles de Bau à cause de leurs jolies robes de laine colorée, lors des veillées quand l'hiver sombre et froid gardait les familles autour de leur feu… Bien sûr, en son for intérieur, elle savait que ses tuniques de lin, ses écharpes de soie, son collier d'argent valaient plus qu'une jupe qui tournait dans le vent. Sa tenue presque sacrée lui conférait tant de privilèges – comme celui de toujours manger à sa faim – que sa jalousie lui paraissait déjà déplacée à l'époque. *Des enfantillages,* se disait-elle avec amertume, sans oser se confier à quiconque, pas même à Pomme.

Aujourd'hui, elle avait conscience que son désir inavouable masquait une réalité, la nécessité d'exprimer celle qu'elle était. D'incarner un individu et non plus une figure du Temple, de ses enseignements rigides, de ses lois qui forçaient les enfants-pouvoir à revêtir son uniforme. Il y avait là la volonté du grand prêtre Cellon de leur faire comprendre qu'en dépit de leurs privilèges, ils étaient tous semblables aux yeux de l'Unique et qu'ils n'étaient que des outils, certes précieux, mais également interchangeables.

Aussi, quand la couturière posa devant elle une robe reprisée, au brocart vert encore brillant, Yaël se sentit étourdie. Sa main caressa le tissu, avant de se retirer vivement, car la saleté sous ses ongles lui faisait horreur.

— Vous plaît-elle, mademoiselle ?

Difficile d'ignorer la pointe d'ironie cachée sous le vernis de la politesse. Alessandra se délectait du spectacle de la sauvageonne découvrant un habit de fête. Un pli narquois au coin de sa lèvre altérait la beauté de son visage, dont les longs cils mouillés agrandissaient un regard émeraude à la froideur incisive. Le décolleté de sa robe rubis mettait en valeur sa gorge d'un brun crémeux dans laquelle Hermès ne cessait de s'égarer.

Yaël recula d'un pas, admirant ses boucles savamment tressées en une couronne imposante ; Alessandra passait sans doute des heures à se pomponner dans cette chambre souterraine, mal aérée, dont les parfums capiteux peinaient à masquer l'odeur de la moisissure qui rampait le long des murs. Des miroirs occupaient en partie l'espace du salon d'essayage. Des portiques ployaient sous les housses de vêtements dans tous les coins.

— Elle sera parfaite sur vous, insista la couturière. Les lavandières l'ont nettoyée il y a trois jours. Allons, passez-la.

Elle poussa Yaël vers le paravent de bois.

— Non.

Yaël soupira du fond de son âme, car elle aurait tant voulu porter cette robe… Ou voir Pomme dedans. Elle aurait été magnifique, à n'en pas douter. Le vert se mariait à merveille à sa chevelure rousse. L'imaginer dans cette tenue lui donna un coup de poignard dans le cœur. Elle aurait dû être à ses côtés pour vivre cette nouvelle aventure. Yaël ne voulait plus en vivre d'autres sans elle. Elle l'aimait trop pour supporter son absence et elle était prête à tout pour la retrouver.

Son expression se durcit tandis qu'elle effleurait l'étoffe. Si jamais elle enfilait ce vêtement, ce serait comme effacer sa provenance et accepter les règles qui régissaient ces gens. Elle s'engluerait dans la toile de leur société délabrée. Elle devrait attendre qu'une vieille dame repose sa tasse et s'essuie les lèvres d'un air dégoûté, avant de feindre de l'écouter tout en pensant à quel genre d'emploi la destiner.

Elle ne pouvait se permettre une telle erreur. Dame Ésolia venait d'un temple. Donc, elle aussi avait le don de se déplacer. C'était tout ce dont Yaël avait besoin pour retourner au hangar et suivre la piste de Pomme. Parce que même si elle ne pouvait pas remonter le temps et la sauver des Bêtes, elle pouvait au moins chercher à la rejoindre.

— Vous devez vous laver et vous changer, la tança Hermès. Sinon, vous ne serez pas reçue.

Il vérifia sa montre à gousset. Yaël croisa les bras.

— Pas de bustier ou de corset. Rien d'extravagant, des habits pratiques.

Il fallait qu'elle puisse courir en cas de problème. Alessandra agita la main d'un air fatigué.

— Bien, je me rends… Laissez-moi voir si j'ai quelque chose… de simple.

Elle finit par lui dénicher une jupe dans un coton bleu foncé, doux et épais, assortie d'une chemise à lavallière. Ensuite, elle l'emmena jusqu'à une grande salle carrelée, compartimentée par des paravents, garnie de baignoires à sabot et des premières douches qu'elle voyait de sa vie.

Alessandra lui remit un morceau de savon parfumé et une serviette.

— Vous vous décrasserez avec ceci. Frottez, surtout.

C'était la remarque de trop. Yaël pendit son manteau de plume à un crochet, puis lui jeta d'une voix froide :

— Si vous touchez à mes affaires, je vous tue. L'un comme l'autre. Entendu, Hermès ?

L'homme sourit, amusé par la menace.

— Charmante.

Les corridors qui menaient aux quais étaient tout aussi vivement éclairés ; certains étaient ouverts à la circulation, d'autres étaient condamnés pour couper les accès vers l'extérieur, et enfin les derniers étaient obstrués par de grands battants de bois ornementés, derrière lesquels vivaient les magiciens et magiciennes d'importance. Des ventilateurs alimentés à l'électryse apportaient de l'air frais, comme par miracle. Yaël se surprit à se hisser sur la pointe des pieds pour en aspirer quelques bouffées. Il y avait trop de monde là-dessous, trop de parfums, trop d'odeurs corporelles.

La populace n'avait pas accès aux bains plus d'une fois par mois. Hermès apprit à Yaël qu'ils étaient environ cinq cents à vivre dans cette station.

— Comment nourrissez-vous tout le monde ? s'enquit Yaël qui ne s'émerveillait plus de quoi que ce soit.

— Nous disposons d'un champ potager.

— Les Bêtes ne l'ont donc pas ruiné ?

— Il est protégé par un sortilège que nos magiciens renouvellent à chaque pleine lune. Les jardiniers s'en occupent autant que possible. Mais il faut nous montrer prudents. Les Bêtes nous guettent.

À ces mots, Yaël devina que les humains sortaient rarement vainqueurs des affrontements.

— Avez-vous des contacts avec d'autres… stations ?

— Ce n'est pas votre affaire.

— Et le Temple ? risqua-t-elle.

— Les vagabonds qui viennent sur les marchés nous donnent quelques nouvelles parfois, non pas que cela nous intéresse, évidemment. Les adorateurs de l'Unique nous ont en horreur.

Ils refusent d'utiliser la magie. Mais vous le saviez, non ? se moqua-t-il. Apprenez que ce n'est pas l'Oracle qui a sauvé nos ancêtres, nous devons notre salut aux bons vieux murs du métro.

Elle ne répondit pas. De toute façon, ils étaient arrivés devant la porte de dame Ésolia. Un battant était découpé dans le panneau de chêne massif qui suivait la ligne de la voûte, intégralement sculpté. Des oiseaux minuscules voletaient autour d'une femme nue à la longue chevelure, de minuscules lapins se pressant à ses pieds, tandis qu'elle examinait le papillon au creux de sa paume. À bien y regarder, les proportions rendaient l'humaine gigantesque en comparaison des animaux qui l'entouraient. Dans un recoin, un loup aux yeux brillants l'observait, tapi sous une souche renversée.

Hermès fit tinter une cloche de bronze, et on leur ouvrit. Le serviteur portait une livrée passée, aux gants blancs, usés aux coutures, et il s'effaça pour leur livrer passage avec un sourire. L'appartement s'étirait en longueur, illuminé par de beaux lustres ; les pièces étaient suggérées par le mobilier. L'entrée était définie par des banquettes prévues pour passer des pantoufles et se décharger de son manteau, que Yaël refusa de donner au maître d'hôtel. Elle avait déjà dû renoncer à son arbalète après sa douche.

— Marius, pour vous servir, mademoiselle, s'inclina-t-il. Appelez-moi si vous souhaitez vous débarrasser plus tard.

Ensuite venait le salon, avec ses guéridons, ses fauteuils confortables et ses étagères recouvertes de livres. Il fallait descendre trois marches afin d'accéder à la salle à manger occupée par une table, des chaises et un vaisselier. Enfin des paravents s'alignaient, occultant les espaces plus intimes.

Le majordome les désigna avec flegme.

— Dame Ésolia vous attend dans son boudoir.

À demi allongée sur un canapé, dame Ésolia fumait, un porte-cigarette au bout de ses doigts gantés. Le nuage blanchâtre empestait les plantes médicinales. Yaël toussa, écœurée, moins à cause de la fumée que de la révérence d'Hermès. Pour un peu, il lui aurait léché les pieds.

— Mazette ! s'agaça Ésolia en s'adressant à Yaël. Vous avez apporté votre pelure d'oiseau ! Vous ne vous montrerez pas ainsi avec moi, je vous préviens, jeune fille…

Tout en elle exprimait la désapprobation, de ses yeux furibonds à son rictus sévère. Cependant, elle se calma et plaqua sur son visage une expression plus douce en lui faisant signe de s'asseoir.

— Dites-moi tout : d'où vous venez, pourquoi vous avez été bannie… Comment vous avez survécu… Je dois tout savoir. Vous me parlerez de votre amie, bien entendu. Quel est son nom, d'ailleurs ?

— Pomme.

— Pomme, répéta-t-elle en tirant une bouffée de sa cigarette. J'imagine que vous vous déplaciez ensemble. Quelle tristesse d'être séparée de sa partenaire… On se sent dépouillée de celle qu'on était.

Il y avait dans ses manières une fausse douceur, une feinte sagesse, une façon de manipuler son auditoire qui sautait aux yeux de la jeune fille, après avoir vécu dans le monde sauvage où la duperie n'existait pas. Yaël ne put s'empêcher de mépriser la vieille femme. Elle lui rappelait le grand prêtre ; gentil par devant, implacable par derrière. Jamais Bintou n'avait tenté de l'utiliser ; elle était folle, habitée par Catheryn, et bien sûr, elle l'avait abandonnée, mais au moins, elle était vraie.

— Me raconterez-vous ? insista dame Ésolia, intriguée par le silence de Yaël. Je vous aiderai de mon mieux, je vous le promets.

Ses mots ne sonnaient pas comme les serments que Pomme et Yaël s'étaient faits. *Mensonge, mensonge, mensonge !* Sans doute dame Ésolia avait-elle l'habitude que l'on se plie à ses moindres désirs. Son pouvoir lui permettait de jouir d'une existence agréable. Jamais elle ne se laisserait attendrir ; elle promettrait de réfléchir au problème de Pomme, elle offrirait à Yaël de se reposer pour commencer… Mais au bout du compte, il ne se passerait rien.

Soudain, Yaël vit clairement pourquoi Bintou vivait seule : l'humanité ne la méritait pas. Dans ce moment de lucidité, elle décida qu'il en allait de même pour elle. Au lieu de rester debout, elle vint s'assoir près de la magicienne, qui s'en offusqua.

— Je ne vous permets pas !

— C'est moi qui décide. Je vous l'ai déjà dit, je n'ai pas de temps à perdre.

Ésolia parut choquée et, lorsque Yaël lui saisit les poignets, elle hurla.

Hermès bondit trop tard.

Elles disparurent sous ses yeux.

36

L'orage tonna dans le lointain. Gwaihir poussa Pomme du bout de son bec afin de la réveiller.

— Laisse-moi dormir, protesta-t-elle faiblement.

Il tenta de lui fourrer quelque chose dans la bouche. C'était chaud, ça empestait le sang. Elle entrouvrit les paupières. Il s'agissait d'un petit bout de viande mâchonnée. L'oisillon insista, tant et si bien qu'elle finit par avaler le morceau de chair avec un haut-le-cœur. Elle n'avait rien mangé depuis longtemps, et juste bu un peu d'eau de pluie dans le creux de sa paume. Gwaihir roucoula un encouragement avant de recommencer.

— Merci, mon poussin, lui dit-elle, avant de le caresser de sa main gauche.

Elle peinait à remuer son côté droit. À vrai dire, une sensation de brûlure persistait dans son épaule ; au moindre mouvement, la douleur remontait, brûlante jusque dans son coude. Bien sûr, elle avait mal depuis la veille là où les serres de l'aigle royal l'avaient transpercée, mais son état empirait. Ses blessures s'infectaient. La plaie sur son mollet avait elle aussi pris une drôle de couleur.

— Je ne crois pas que les Bêtes voudront se nourrir d'une viande malade… Disons que c'est un point positif.

L'aigle n'était pas revenue depuis un long moment. Pomme n'avait aucune idée du sort qui lui était réservé, mais elle avait perdu tout espoir de se faire ramener au hangar, auprès de Yaël.

Elle ne pourrait pas la serrer une dernière fois dans ses bras ; après une nuit passée dehors, son corps devait être raide. Est-ce que les mouches l'avaient déjà attaquée ? Elle avait envie de la pleurer, mais les larmes lui manquaient.

Le vent sifflait, faisant danser ses mèches rousses devant ses yeux. Le paysage s'étendait avec ses couleurs d'automne jusqu'à l'horizon limpide. Les nuages passaient vite, emportés par la bise, projetant leur ombre sur le promontoire rocheux. Elle distinguait des Bêtes dans leurs formes éphémères et changeantes. Des loups, des brebis, des rapaces gigantesques… Et même un ours menaçant.

Elle éternua, transie jusqu'aux os. Remarquant sa respiration sifflante, Gwaihir s'affaissa contre elle. Il émit une série de claquements inquiets, tandis que Pomme sentait des sueurs froides dégringoler sur sa nuque. Elle se mit à parler, autant pour oublier sa fièvre, que pour casser la solitude qui pesait sur elle.

— Un jour, tu seras aussi grand que ta mère, Gwaihir, et tu voleras haut dans le ciel.

C'était facile de l'imaginer en train de planer.

— Tu monteras plus loin que les nuages… et (sourit-elle) les humains se cacheront quand ils t'apercevront. Ils courront comme des petites souris se mettre à l'abri.

Gwaihir piailla de contentement, très satisfait.

— Tu pousseras des cris perçants qu'ils entendront de loin… Tu feras ça pour les prévenir, parce que tu ne les mangeras pas, tu leur chiperas peut-être des moutons, mais tu ne les dévoreras pas.

Il l'étudia de son œil jaune, d'une telle façon qu'elle eut un léger rire.

— Bon, d'accord, s'ils sont méchants comme les deux tueurs qui me couraient après, tu pourras t'en repaître. Cela donnera une bonne leçon aux autres. Qu'en dis-tu ?

L'aiglon déplia ses courtes ailes, les remua et les rangea contre ses flancs dodus, comme pour marquer son assentiment. Elle l'enlaça avec affection. Après tout, il ne lui restait que lui.

— Il faudra que tu te méfies des humains. Même si tu es plus fort, n'oublie jamais qu'ils possèdent des armes. Des flèches empoisonnées, des fusils, du feu. Ils sont plus féroces que les loups. Dans les temps anciens, ils détruisaient tout. Mais ça, tu le sais, ta mère te l'a expliqué.

Il nicha sa tête si douce dans son cou.

— Un jour, mes semblables retrouveront l'électryse, ils quitteront les forteresses où ils se terrent. Ils ne vivront pas éternellement comme des reclus, tu vois. Le Temple l'a promis. Le monde nous appartiendra de nouveau. C'est ainsi.

Les villes ressusciteraient. Il y aurait des spectacles, de la musique, à manger pour toutes et tous en quantité… Telle était la volonté de l'Unique. Un avenir brillant attendait l'humanité qui renaîtrait de ses cendres, sans la magie du monde d'avant, bien sûr. Et sans les Dieux…

— Il y aura des ballons dans les cieux et des bateaux sur les fleuves, ajouta-t-elle d'une voix tremblante. Peut-être naviguerons-nous sur l'océan ?

Les images flottaient comme un rêve puissant, mélange de ce qu'elle avait lu dans les livres, vu sur des gravures, et aperçu dans les ruines. Si elle quittait ce nid, que deviendrait-elle au juste ? Elle n'en savait rien. Le futur qu'elle venait de décrire à son oisillon dépenaillé ne serait jamais le sien, il était bien trop lointain. Elle ne retournerait pas à Bau, elle ne reverrait pas sa famille, et elle ne savait pas non plus où elle vivrait… Regagner le phare était exclu, trop loin, trop dangereux, trop impossible. Alors, quoi ? Et si elle trouvait un abri, devrait-elle s'enfuir aussitôt à cause des Bêtes ?

Vivre en cavale, voilà tout ce que le monde sauvage lui offrirait. Qui plus est, seule, sans Yaël. L'image de son corps, gisant près du hangar en flammes, la frappa dans toute son horreur.

— Ce n'est pas juste, murmura-t-elle les yeux noyés dans les larmes du ciel.

Le désespoir la terrassa, au point de lui couper le souffle. À quoi s'accrochait-elle, au final ? Elle se dégagea de l'étreinte de Gwaihir, se remettant à grand-peine sur ses pieds. Elle approcha ensuite du gouffre. Le vertige la fit tanguer, ses genoux flageolèrent, mais cette fois-ci, elle n'avait plus peur. Elle ne survivrait pas à sa chute, voilà tout ce qui importait. L'aiglon se mit à pousser des cris perçants alors qu'elle se penchait en avant.

— Je ne souffrirai pas.

Pomme ne fit aucun adieu au monde. Elle ouvrit les bras et se lança dans le vide, comme s'il s'agissait de sauter dans le bassin du Temple.

37

Les herbes hautes de la colline, abondamment fouettées par le vent, se couchaient d'un côté puis de l'autre dans un chuintement incessant. Les bris de verre jonchaient toujours la terre piétinée devant la porte du hangar, restée entrebâillée après le drame. À l'intérieur, des restes de planches calcinées avaient été éparpillés, se mêlant à des plumes de grande taille qui recouvraient en partie des flaques de sang.

C'est là que Yaël apparut, accrochée aux poignets de dame Ésolia, dont le cri se réverbéra sous la voûte du hangar. Yaël la lâcha pour plaquer une main sur sa bouche.

— Silence, bon sang. Vous allez donner l'alerte.

La vieille dame roula des yeux sous ses paupières fardées de violet. Puis dans un nouvel élan, elle saisit Yaël. Sous son impulsion, la magie fourmilla, se rassembla, monta… Cependant, au vif désespoir de dame Ésolia, l'énergie se contenta de refluer sans parvenir au point de convergence. Elles ne se déplacèrent pas.

— Je suis plus forte que vous, grogna la jeune fille, qui s'était fermement ancrée dans le sol, dressant toute sa volonté comme une barrière infranchissable.

Elle se dégagea d'un mouvement sec. Pour une fois, elle ne ressentait pas les effets secondaires de sa magie. Elle l'avait maîtrisée de bout en bout.

Une bourrasque s'engouffra dans ses longs cheveux noirs

tandis qu'elle prenait la mesure de la situation. Elle chassa le remords sombre, tapi dans sa poitrine, qui faisait écho à la colère de dame Ésolia d'avoir été entraînée jusqu'ici malgré elle. Des pigeons se mirent à roucouler, perchés au même endroit que la veille, comme si rien ne s'était passé. La lumière d'un ciel de pluie éclairait juste assez les lieux pour laisser admirer les dégâts…

Ésolia épousseta sa robe de taffetas.

— M'expliquerez-vous au moins pourquoi vous nous avez conduites ici ?

— Je suis venue sauver mon amie.

— Il n'y a personne.

— Des Bêtes l'ont enlevée.

La vieille dame tapa du pied.

— Merveilleux ! Nous sommes perdues dans le monde sauvage, et loin d'Aparis, en prime ! Seules, sans arme, à la recherche d'une pauvre gamine qui est déjà morte !

— Pomme n'est pas morte ! Taisez-vous donc, que je réfléchisse !

— Admettons qu'elle vive ! Vous n'avez aucune idée de la façon dont vous y prendre pour la sauver. (Elle ramassa une plume par terre, qu'elle jeta aussitôt comme si elle lui brûlait les doigts.) Des rapaces ? Mais voyons, mon enfant, vous délirez ! Vous ne la retrouverez jamais.

— Je dois essayer. Sauriez-vous remonter le temps ?

Un rire sec secoua Ésolia, qui la toisait avec toute la dignité dont elle pouvait faire preuve. La vieille dame masquait sa peur de son mieux. Une angoisse primale se lisait à travers ses mains crispées sur ses bras croisés, ses regards inquiets vers le plafond chaque fois qu'un pigeon battait des ailes, sa respiration rapide. Ajoutez à cela le vertige de se retrouver dans un lieu inconnu avec une personne dont la magie avait écrasé la sienne… Elle avait beau faire bonne figure, elle se sentait plus petite, plus vieille, plus rabougrie que jamais. Elle voulait rentrer.

— Je n'ai pas ce pouvoir, ma demoiselle. Et si je l'avais, je ne commettrais pas l'erreur de m'en servir. Mes livres contiennent plus d'une mise en garde à ce sujet. Avant la Fracture, celles et ceux qui le possédaient étaient considérés comme dangereux au point qu'on les assassinait pour préserver l'ordre établi.

Yaël haussa les épaules.

— Alors, il ne me reste qu'une solution : me concentrer sur elle et la rejoindre. Donnez-moi vos mains.

Dame Ésolia reprit un peu de contenance.

— C'est impossible, surtout si Pomme est morte comme je le crois, vous nous perdrez définitivement.

— Elle est vivante. J'en suis sûre. Il doit y avoir un moyen de la trouver. J'ai déjà réussi une fois, je recommencerai !

Ou alors, elle devait l'attendre ici. À la place de Pomme, elle aurait essayé de revenir au hangar, exactement ce qu'elle-même venait de faire, d'ailleurs. Autre possibilité, elle partait convaincre Bintou de remonter le temps. La bergère était complètement perdue. Combien de fois avait-elle pris Yaël pour une étrangère au phare ? Peut-être qu'elle y retournait, sans savoir à quel moment. En ce cas, il serait plus facile de convaincre une Bintou du passé, qui ne la connaissait pas encore, de l'aider. Après tout, elle ne l'avait jamais chassée de chez elle, en dépit des réticences de Catheryn.

— Ramenez-moi à Raspail immédiatement, s'impatienta Ésolia. S'il y avait la moindre chance de porter secours à votre amie, je vous aurais aidée. Mais tout ce que je vois, ce sont de faux espoirs qui vous rongent l'esprit. Nous n'avons rien à faire ici.

— Je connais un autre refuge. Il y a là-bas quelqu'un qui est capable de la retrouver. Nous sommes sur une route. Il nous suffira de faire deux déplacements pour l'atteindre.

Dame Ésolia se méfiait.

— À quoi ressemble cet endroit ?

Yaël avait franchi les limites de l'acceptable en utilisant le pouvoir de cette femme sans son consentement. Elle avait présumé que dame Ésolia ne l'aiderait pas, mais en vérité, elle ne lui avait laissé aucune chance. Elle décida de ne pas lui mentir.

— Il s'agit d'un phare qui a survécu à la…

Dame Ésolia pâlit.

— Celui de la sorcière. C'est elle qui vous a amenée, n'est-ce pas ?

— Ce n'est pas une sorcière, elle n'a pas toute sa tête, mais elle n'est pas dangereuse.

— Vraiment ? Les vagabonds n'osent plus s'aventurer dans ce coin de la carte à cause d'elle. Elle a abattu de sang-froid plusieurs d'entre eux, et elle continue de rôder aux Halles où elle vend de la laine et des fromages. Il ne faut pas l'approcher. Surtout pas.

— C'est mon amie. Elle m'a sauvée ! Elle ne nous tuera pas, vous pouvez me croire.

La vieille dame se demanda si la gamine était folle ou suicidaire.

— Non, nous n'irons pas la voir. Vous m'avez empêchée de rentrer chez moi, mais croyez-moi, je suis tout à fait en mesure de vous retourner la politesse.

— Alors vous êtes coincée ici.

Yaël la toisa.

— Je me fiche de mourir. J'ai perdu Pomme. Si je ne peux pas la retrouver, eh bien, tant pis. Que les Bêtes me prennent. (Elle sourit.) Et vous avec.

Ésolia enjamba une flaque de sang et alla s'appuyer contre un établi. À son âge, elle détestait les émotions fortes.

— Admettons que je vous emmène jusqu'à ce phare. Je veux rentrer chez moi, comprenez-vous ? De moi dépendent des vies à Raspail. Si je ne rentrais pas, ce serait une catastrophe. Une fois que vous aurez retrouvé la sorcière, il faudra que je puisse repartir pour Aparis rapidement.

L'espoir fit monter les larmes aux yeux de Yaël.

— C'est promis. Je ferai tout ce qu'il faudra. Donnez-moi vos mains.

Ésolia secoua la tête et répondit néanmoins avec une certaine douceur :

— Il me faut plus que quelques mots jetés à la va-vite, jeune fille. Vous m'avez trahie et dupée, avant même d'entendre ce que j'avais à vous offrir. Ce n'est pas une parole que je veux. Mais du sang.

— Du sang ?

— Oh oui, du sang. Sans cela, je ne croirai pas à votre serment.

Ésolia poussa un bris de verre du bout du pied, dans sa direction, puis elle tira un mouchoir blanc de sa poche, qu'elle tendit. Yaël voulut le prendre.

— Entaillez-vous le doigt d'abord.

Peu importait à Yaël tant qu'elle obtenait son concours. Elle ramassa le verre sans tergiverser. Après l'avoir essuyé sur sa jupe propre, elle s'entailla la paume. Ésolia enroula l'étoffe blanche autour de la blessure, la pressant entre ses mains. Le tissu se tacha. Yaël respirait l'haleine de fumée et de thé de la magicienne. Celle-ci la retint près d'elle, sévère. Ses petits yeux chassieux sondaient les siens.

— Maintenant, entendez-moi bien.

Yaël frémit comme si les ondes d'un gong silencieux l'avaient touchée. Les prunelles de la magicienne étaient soudain devenues d'une profondeur insondable. Sa voix se fit métallique.

— Je suis celle qui désormais commande. Par ma volonté, vous devenez l'ombre de vous-même. Dans les tréfonds de votre être, mes mots vous emprisonnent.

Yaël pâlit, incapable de se dégager, hypnotisée par l'aura qui sourdait de la magicienne. *Un sortilège*, réalisa-t-elle alors. Il lui fallut rassembler ses forces pour murmurer :

— Que faites-vous ?

Ésolia sourit.

— Je vous soumets et dès cet instant, vous m'appartenez.

38

La chute. Pomme avait toujours cru qu'on revoyait les moments importants de sa vie avant de mourir. Mais le vent gonflait sa jupe, claquait contre ses joues, le sol se rapprochait sans qu'elle parvienne à penser. Elle n'entendait que son cri… Il était trop tard pour regretter. Elle voulait juste que tout s'arrête. Soudain, des serres la saisirent, l'arrachant à l'inévitable, malmenant sa chair déjà malade, et elle crut qu'elle se disloquait. La douleur lui fit perdre connaissance.

Quand elle rouvrit les yeux, elle tremblait comme une feuille. Le paysage sous ses pieds avait changé. Les arbres ressemblaient à des fourmis. Il y avait moins de forêts rousses, plus de prairies au fourrage terne. Tout lui revint d'un coup. En relevant la tête, elle découvrit le ventre beige et moucheté de l'aigle royale qui l'avait rattrapée.

— Tu ne renonceras jamais à me torturer ! hurla-t-elle.

— *Toujours aussi ingrate.*

— Qu'est-ce que tu attends pour me lâcher ? Pour en finir ?

— *Si j'avais voulu te tuer, tu serais morte depuis longtemps.*

Le rapace reprit de la hauteur, puis étendit ses ailes, planant un moment, sans paraître se soucier de Pomme au corps ballant et aux épaules dévorées par la souffrance.

— *Tu m'as appelée à l'aide la nuit où je t'ai trouvée ; j'aurais pu t'abandonner à tes bourreaux là-bas, mais je t'ai emportée. Sais-tu pourquoi ?*

— Je n'en ai aucune idée. Quelle importance ! Laisse-moi !

— *Tu n'es qu'une enfant perdue. Même une Bête est capable de le voir.*

Elle poussa un long trille aigu comme un avertissement jeté à la ronde.

— *Je ne t'aurais pas arrachée à tes ennemis si Gwaihir n'avait pas entendu ta voix. Je ne t'aurais pas enlevée s'il ne m'avait pas commandé de te ramener. C'est lui encore qui m'a ordonné de te sauver tout à l'heure.*

Pomme ne comprenait pas bien. Comment l'oisillon pouvait-il se trouver derrière tout ça ? Il ne savait pas encore parler !

— *Tu ne dois pas mourir, tête de linotte. Tu dois grandir, et quand tu seras adulte, tu dois te souvenir de ce qu'il a fait pour toi. Regarde, nous arrivons.*

C'était une ville qui, jadis, avait dû être immense, car les lignes de ses quartiers et de ses boulevards étaient encore visibles depuis le ciel à cause des différences de niveaux et de couleur dans la végétation, en majorité dépouillée de son feuillage par l'automne. Des ruines saillaient de-ci de-là, mais bien peu en vérité, à part l'une d'elles, reconnaissable entre toutes : une tour autrefois faite de dentelle d'acier, fauchée à mi-hauteur par la Fracture. Le lierre l'avait entièrement colonisée.

L'aigle royale vira. Elle semblait chercher quelque chose. Pomme le devina sitôt que ses yeux se posèrent dessus. Il y avait une voie pavée, intacte, qui s'étendait à travers la ville. La Bête freina de toute la puissance de ses ailes, secouant la jeune fille comme un prunier. Cependant, elle la déposa avec douceur sur l'avenue luisante, avant de se percher sur un arbre voisin, qui ploya sous son poids.

— *Tu voulais retourner au hangar, mais il n'y a plus rien là-bas.*

Les humains d'Aparis s'occuperont de toi. Je te préviens, ils vivent sous terre, comme des rats puants.

Pomme se releva péniblement. Elle ne savait pas si elle avait encore le courage d'avancer.

— *Ne leur parle ni de Gwaihir ni de ton pouvoir*, lui recommanda le rapace, penché au-dessus d'elle. *Sinon, ils voudront t'utiliser...*

— Et si je décidais de m'en servir contre vous, tu y as pensé ?

La Bête se rengorgea, comme si elle riait. Ce n'était qu'une menace en l'air, Pomme en avait bien conscience. Gwaihir avait lu en elle. Qu'était-il en réalité ? Les pupilles noires se rétrécirent dans les yeux d'ambre de l'aigle royale.

— *Cherche mieux. Tu connais la réponse à cette question. N'as-tu pas souvent prié pour qu'il t'entende ? Qu'il te protège ?*

La jeune fille trébucha en arrière. Se pouvait-il qu'il s'agisse d'un Dieu ? L'un des anciens Dieux ? Un ennemi de l'Unique... Même dans cet état, elle était capable de comprendre qu'elle n'était qu'un pion balloté sur un échiquier. Cependant, elle avait du mal à le voir autrement que comme une fragile créature incapable de voler et de lui faire du mal.

— Dis-lui que je suis désolée. Je ne voulais pas lui faire de la peine en sautant.

L'aigle secoua ses ailes, comme si elle se préparait à s'envoler.

— *Il m'a chargée de te livrer un message. Choisis ton chemin et deviens ton propre prophète. Voilà comment tu leur échapperas. Voilà comment tu gagneras ta liberté. Souviens-toi bien de ces paroles !*

— Quoi ? Qu'est-ce que ça veut dire ?

L'aigle se rengorgea, avant de s'élancer.

— *Je n'en sais rien. Mais méfie-toi des sangliers, ils n'écoutent rien.*

Il faisait chaud pour un jour d'automne. Pomme transpirait à chaque pas. La route s'étirait à l'infini dans l'horizon tremblant de chaleur. Les blessures de ses épaules la tourmentaient plus encore que dans le nid, son mollet percé et sa dent cassée la faisaient souffrir… Elle avait l'impression d'être une plaie ambulante. En plus, elle mourait de soif et de faim. Pourtant, elle mettait un pied devant l'autre.

— Ne pas penser aux Bêtes, grinça-t-elle. Ne pas…

Le bout de sa semelle droite se coinça entre deux pavés et se déchira sur un centimètre. Voilà que sa botte était trouée maintenant ! Trop fatiguée pour s'en agacer, elle se contenta de poursuivre son chemin, la larme à l'œil. Si même ses chaussures rendaient l'âme, qu'allait-elle devenir ? L'aigle l'avait bien dupée en la relâchant ici. Il n'y avait personne à part les oiseaux qui pépiaient et la narguaient.

Une paire de pies jacassaient en bondissant de loin en loin, sans cesser de la surveiller. Elles étaient énormes. Pas assez grosses pour l'attaquer de front, du moins pas tant que la jeune fille aurait la force de se défendre.

À la minute où elles me trouveront trop faible, elles se jetteront sur moi.

Cette idée la tourmentait. Sa chute dans le vide l'avait complètement déboussolée. Elle voulait vraiment mourir à ce moment-là, elle avait sauté pour en finir. Et maintenant qu'elle avait survécu, elle ne savait pas pourquoi elle avançait au lieu de s'asseoir et d'attendre, tout simplement, que la mort vienne la cueillir.

Peut-être qu'en définitive, je n'ai plus envie de disparaître.

Il lui manquait la rage de vivre. Sans Yaël, ça n'avait aucun sens. Néanmoins, elle ne voulait pas souffrir, en terminant entre les griffes d'un prédateur, par exemple. En cet instant, elle aurait tout donné pour être au phare. Les quelques heures qu'elle y avait passées en compagnie de Yaël et de Bintou lui revenaient en tête, nimbées de la douceur des souvenirs… Même Moustache lui manquait alors qu'il la terrifiait au début !

J'aurais dû me rendre compte que j'étais bien.

Un scintillement sous une statue décapitée attira son attention. D'un pas traînant, elle contourna les ronces, y perdit un bout de jupe, écarta les buissons et trouva de l'eau dans de grandes mains de pierre jointes en coupe. Pomme but longuement. Sa langue cartonneuse lécha ensuite ses lèvres craquelées. Son regard s'arrêta sur un panneau de fer forgé, tout tordu, avec un M stylisé en son centre.

Le métropolitain, pensa-t-elle. Des kilomètres de réseaux sous Aparis. L'aigle avait dit que les habitants vivaient sous terre, comme des rats. Voilà où elle devait chercher. Quant au message de Gwaihir, il n'avait aucun sens. « Choisis ton chemin et deviens ton propre prophète. Voilà comment tu leur échapperas. Voilà comment tu gagneras ta liberté. »

Devenir un prophète ? Elle ne comprenait pas. Aussi se remit-elle en marche, s'interrompant dès qu'elle apercevait une bouche de métro, toujours plus ou moins cachée par la végétation. Aucune ne lui sembla fréquentée par des humains.

Alors que le jour déclinait, elle entendit des grognements, des souffles rauques, des reniflements empressés au-devant d'elle. Elle ralentit jusqu'à un morceau de façade et aperçut de gros monticules bruns agités de frémissements. Des défenses jaunâtres se tournèrent vers elle : une harde de sangliers hirsutes.

Eux aussi la virent.

Elle se mit à courir.

Pomme avait bien fait de fuir. La harde se faisait un plaisir de pourchasser son espèce et, d'une façon ou d'une autre, elle avait eu vent de sa venue. Telle était même l'objet de sa visite à Montparnasse. Les Bêtes se lancèrent avec enthousiasme sur ses traces. Consciente qu'elles la rattraperaient vite, la fille se faufila sous un roncier qui recouvrait un pan d'immeuble effondré, au prix de douloureuses griffures.

Ils arrivèrent en grommelant, très excités, leur truffe fouillant le sol à grand bruit. Une peur intense saisit Pomme lorsqu'à coups d'épaule, ils entrèrent dans le fouillis d'épines en broyant les vestiges sous leurs sabots. Leur chef atteignait la terrible hauteur de trois mètres, avec des défenses longues comme l'une de ses courtes jambes d'humaine, et il avait décidé de la dévorer. C'était parfaitement clair dans son esprit.

— Laisse-moi, balbutia-t-elle en projetant ce qu'elle pouvait de ses émotions vers lui. De toute façon, je suis malade.

— *Moi, Gullinbursti, je n'épargne aucun de tes semblables. Jamais. Toi moins que les autres, sorcière. Tu crois pouvoir rivaliser avec les Dieux ? Tu te trompes !*

Il avança sans difficulté tandis qu'elle rampait. Chaque mouvement la mettait au supplice, mais elle refusait de terminer ainsi. Ses doigts s'accrochèrent à une plaque largement rongée par la rouille. Fébrile, elle se redressa un peu. Il n'en restait que la moitié ! Au prix d'un nouvel effort, elle se tira en avant et plongea le regard dans le néant. C'était sa seule chance. Gullinbursti était sur ses talons, à ahaner en arrachant la végétation. Elle put se glisser dans le trou, ses pieds trouvèrent une échelle et elle la dévala à toute vitesse. Puis un barreau céda, ses jambes fouillant le vide à la recherche d'un appui. Elle tint moins d'une seconde. Trahie par son corps, elle tomba.

Quand Pomme se réveilla, il faisait nuit. Les étoiles scintillaient au-dessus de la bouche d'égout qui l'avait sauvée. Il n'y avait plus trace des sangliers. Ils avaient dû la laisser pour morte. À en juger par la distance qui la séparait de l'extérieur, elle n'était pas tombée de très haut. Elle avait juste écopé de bleus supplémentaires.

Un point rouge brillait plus loin dans le souterrain, alors elle se mit en marche. Elle buta contre des rails qu'elle enjamba maladroitement. Bientôt, elle en repéra une autre. Les veilleuses se succédaient, lui indiquant la voie à suivre.

Elle ignorait qu'une fois par mois, la ligne sur laquelle elle se trouvait tremblait sous les assauts d'une machine formidable lancée à pleine vitesse. Une éternité s'écoula avant qu'une lumière jaunâtre n'apparaisse. La fille avait presque oublié pourquoi elle avançait encore et elle se demanda si son imagination lui jouait des tours. On aurait dit des ampoules qui se balançaient au bout de leur fil. Néanmoins, elle ne parvint pas à les atteindre. Elle s'effondra à un mètre du halo lumineux.

7

LES RATS D'APARIS

PLUSIEURS MOIS PLUS TARD

39

L'une des lampes à électryse grésillait, nasillarde, au-dessus de la tête de Yaël. Elle lui aurait bien balancé un coup de poing, mais cela ne servirait qu'à lui attirer des ennuis. Sa dernière tentative d'évasion lui en avait apporté assez comme ça.

Le nez au-dessus de son livre – celui que Pomme et elle avaient découvert dans une cave –, elle déchiffrait patiemment les pattes de mouche laissées par une magicienne disparue depuis 250 ans. Leurs ancêtres d'avant la Fracture avaient eu beau disposer de machines à écrire formidables, ils s'étaient attachés mordicus à leurs vieux carnets et leurs plumes moyenâgeuses. L'écriture flageolante détaillait plusieurs façons de lever un champ de force. C'était Pomme qui aurait dû se trouver à sa place, en train d'étudier cette relique d'une autre époque.

— Pourquoi me forcez-vous à lire ça ? Je ne pourrai jamais en faire autant !

— Ce n'est pas ce qui vous est demandé, répliqua Ésolia, très occupée à taper des notes sur un clavier à pistons.

Ses lorgnons accentuaient les poches sous ses yeux.

— Vous devez comprendre les principes fondamentaux qui régissent la magie. Les grands sortilèges sont hors de notre portée, je vous le concède. Mais nous pouvons les adapter à notre mesure afin qu'ils nous rendent service. Comme lorsque vous m'avez kidnappée contre mon gré et que je vous ai soumise à ma volonté.

Yaël brûlait de la remettre à sa place : d'accord, la vieille avait réussi à la contrôler grâce à un sortilège de sang. Mais cela n'avait pas duré. Au bout de vingt-quatre heures, Yaël avait récupéré son libre arbitre. Tout cela parce que le pouvoir d'Ésolia n'était pas capable de mieux. La preuve, c'était que pour l'empêcher de s'enfuir, on la faisait surveiller par Hermès et son horrible créature démoniaque.

Marius déposa une tasse de thé près d'elle et lui adressa au passage un sourire encourageant. Yaël remercia le maître d'hôtel avec politesse tout en continuant de lire.

— Il nous faudrait une source énorme de magie, s'entêta-t-elle à voix haute. Voilà ce qui nous permettrait de nous protéger des Bêtes !

— Sortez-vous ces fadaises de la tête, s'agaça Ésolia. Même en réunissant tous les magiciens de nos stations, nous ne parviendrions pas à obtenir une coupole capable de les arrêter.

Pour lancer un sort, ils agissaient comme les voyageurs, en unissant leurs forces, mais en plus, l'un des maillons de leur chaîne récitait une formule qui donnait corps à la magie, sous forme d'une intention. Plus l'intention était forte, plus grandes étaient les chances que le sortilège fonctionne.

Yaël retint une remarque acerbe entre ses dents. Ce n'était pas comme s'ils avaient vraiment essayé de tous se rassembler. Peut-être qu'ils pouvaient protéger un bâtiment. Un phare, par exemple. Les images du passé lui traversèrent l'esprit, laissant autant d'entailles vives dans son cœur. Pomme, Bintou, et son pauvre Moustache qu'elle n'avait pas revu depuis qu'elle avait mis les pieds à Raspail…

Parfois, elle avait l'impression d'avoir rêvé. Les flammes, le hangar, l'oiseau qui s'envolait dans la nuit… Mais ce n'était pas un cauchemar, tout était vraiment arrivé. Elle pleurait souvent quand elle était seule, le soir. Elle avait le sentiment qu'on lui avait arraché bien plus que sa partenaire. Il lui manquait son âme sœur. Les quelques jours qu'elles avaient passés ensemble dans le phare s'étaient nimbés de l'éclat des moments merveilleux. Parfois, elle tremblait aussi, submergée par une émotion différente, en se rappelant cette fameuse fois dans la cabane, où elles se séchaient toutes les deux devant le feu. Yaël avait fait semblant de rien, mais elle s'était sentie fébrile, touchée par la grâce du désir. Elle tâchait de ne pas trop y penser. D'abord parce que Pomme avait préféré prendre ses distances à ce moment-là, ensuite parce qu'elle avait beau s'accrocher à son espoir de la retrouver, elle craignait de ne jamais la revoir.

L'hiver était passé, puis le printemps était arrivé sans crier gare. On la retenait sous terre, à longueur de temps. Son feu sacré continuait de brûler. Elle finirait par se tirer. Plutôt mourir entre les griffes des Bêtes que de s'enterrer vivante de la sorte. Malheureusement, elle ne parvenait pas à endormir la vigilance de ses précepteurs.

De leur escapade au hangar, Ésolia avait conservé une rancœur farouche. Si Yaël l'approchait de trop près, la vieille dame lui assenait un coup de la cravache dont elle ne se séparait plus. Entre elles, il n'y avait pas de retour en arrière possible. Yaël ne lui avait pas non plus pardonné le sortilège de sang. Elle se méfiait de tout ce qui sortait de cette vieille bouche fripée à la langue de serpent.

Alceste, son second mentor, ne lui faisait pas confiance non plus, même s'il se montrait plus agréable à son égard. À ses yeux, elle demeurait la « fille-oiseau », comme on la surnommait à Raspail, une sauvageonne mal dégrossie incapable d'avoir une conversation polie. Il n'y avait qu'auprès d'Hermès qu'elle trouvait grâce. Il guettait ses apparitions comme pour quémander des caresses. Il lui avait même assuré qu'il avait vu Moustache, et ce, à plusieurs reprises. Loin de lui faire plaisir, il la confrontait à une autre source de honte. Elle n'avait pas seulement laissé tomber Pomme, elle avait aussi tourné le dos à son chat. Le pauvre matou avait dû passer un hiver horrible, dur et solitaire, livré à lui-même dans des ruines dominées par une famille de lions. Dans quel état se trouvait-il ?

La seule chose qui la consolait, c'était qu'au moins, le grand prêtre ne pouvait pas l'atteindre tant qu'elle restait là. Le Temple et les stations n'entretenaient aucune forme de communication, et ici, personne ne se souciait de ce qui se passait dans les forteresses.

Ésolia toqua contre le plateau de son bureau.

— Vous rêvassez, mademoiselle.

— Pourrais-je au moins changer de livre ?

— Non. Ceci est votre grimoire. Vous l'avez trouvé dans des ruines et je refuse de croire qu'il s'agisse d'un bête hasard. Si vous accordiez un tant soit peu d'intérêt à mes leçons sur le destin, vous comprendriez à quel point cet ouvrage est important pour vous. S'il s'est retrouvé entre vos mains, conclut-elle avec emphase, c'est que vous avez été choisie pour en être la dépositaire.

Les mots explosèrent aux oreilles de Yaël, qui ne put s'empêcher de revoir le fil de tout ce qui lui était arrivé. Elle avait été choisie ? Par l'Unique, tant qu'on y était ? Elle renversa sa chaise en se levant et sortit à grands pas, la colère bouillonnant dans le regard. Elle pouvait presque sentir la magie piquer jusque dans ses yeux charbonneux.

— Yaël ! tempêta Ésolia. Revenez ou je vous fais fouetter !

La salle d'étude se trouvait juste au-dessus des quais de la station, son endroit préféré en ces lieux, le seul où on voyait à plus de trois mètres devant soi. Elle retint ses larmes et son réflexe de se frotter les yeux. Elle avait passé trop de temps à dessiner un trait au khôl sur ses paupières pour ruiner ses efforts. Cette vieille bique n'allait pas en plus lui gâcher son seul motif de satisfaction du jour !

Alors qu'elle filait dans le couloir, elle entendit Hermès lui emboîter le pas. Quand elle se retourna, elle repéra deux billes incandescentes sur son épaule. Thanos ! Elle accéléra avec un frémissement de peur. La dernière fois qu'elle avait échappé à la vigilance d'Hermès, elle avait réussi à atteindre un couloir qui menait vers l'extérieur selon les plans accrochés au mur. Mais la créature de fumée l'avait empêchée d'aller plus loin. Elle avait traversé le sol et s'était accrochée à sa cheville, lui infligeant une épouvantable sensation de brûlure. C'était comme si sa chair s'était mise à fondre, et son os avec… Yaël avait chuté, incapable de se relever jusqu'à ce qu'on vienne la ramasser. Il n'y avait aucune marque sur sa peau, mais elle avait boité plus de quinze jours.

Inquiète qu'il ne lâche son démon, elle se dépêcha de rejoindre les quais de Raspail. Thanos serait obligé de se cacher. Hermès avait mauvaise réputation à cause de lui : les gens le détestaient. Elle avait entendu dire qu'avant la Fracture, la famille d'Hermès invoquait des démons qu'elle lançait sur des champs de bataille. Thanos avait permis à son maître de survivre à la catastrophe en le guidant à l'abri sous terre, mais il était devenu minuscule alors que par le passé, il s'incarnait sous forme d'un colosse. Depuis, il accompagnait l'héritier de la famille, sur lequel il veillait jalousement.

La jeune fille escalada les échafaudages sans prendre soin de sa robe, qu'elle tacha de graisse au passage. Une fois arrivée au dernier étage, elle jeta un regard à Hermès, resté en bas. Celui-ci souleva son chapeau et alla s'installer à une table.

Rassurée, Yaël gambada jusqu'au stand de Rose-Marie, qui se spécialisait dans le kéfir, une boisson qu'elle servait à la louche dans les gobelets et timbales que chacun veillait à garder en permanence sur soi.

— Tiens, ma petite puce…

Rose-Marie lui adressa un sourire édenté, profondément bienveillant. Il s'agissait de l'une des rares personnes qui n'attendaient rien d'elle en particulier, rien à part un compliment sur sa boisson, qu'elle aromatisait avec ce qu'on lui donnait.

— Je lui trouve un léger goût d'orange, annonça Yaël. Elle est décidément très bonne, aujourd'hui !

— De l'orange ! s'extasia la bonne dame. Merveilleux !

Elle goûta sa mixture pour apprécier le nom de ce fruit qu'elle n'avait vu que sur des images.

Ésolia fit son apparition sur le quai ; la fin de la récréation sonnerait vite. Heureusement, la vieille femme dut se plier aux salutations des autres magiciens, ce qui laissait à Yaël un peu de temps. Elle s'accroupit derrière la marmite de Rose-Marie et celle-ci se décala subrepticement pour mieux la masquer.

— On ne te laisse donc jamais tranquille, ma pauvre…

— Si, le soir, quand on m'enferme à la chaufferie. Je ne vaux guère mieux qu'une prisonnière si tu veux mon avis.

— Comme tu y vas ! Il y a pas mal de jeunes gens du dessous qui aimeraient manger aussi bien que toi, je t'assure !

— Bien manger n'a jamais rendu libre, Rose-Marie.

— C'est ce que disent ceux qui n'ont pas connu la faim !

Elle se mit à rire franchement. Comment aurait-elle pu deviner que Yaël avait déjà erré, affamée, dans le monde sauvage ? L'adolescente rangea sa timbale dans le petit sac accroché à sa ceinture. Elle avait tout d'une jeune dame avec son chemisier à fines rayures pourvu de dentelles, sa jupe agrémentée de rubans et son chignon laqué. Ses bottines lui meurtrissaient les pieds dès qu'elle courait, mais elle courait quand même.

Ce fut Alceste qui vint la chercher. Le dandy ne manquait jamais une occasion de se pavaner sur les étages supérieurs.

— Eh bien, mademoiselle, ne devriez-vous pas étudier à cette heure ?

— Quelle heure, en vérité ? répliqua Yaël avec hauteur. Nous ne sentons jamais la lumière du soleil sur notre visage, nous ne voyons pas les jours passer, mon pauvre corps ne sait même plus quand il doit dormir.

Alceste lui tendit son bras afin qu'elle se relève. La trentaine, déjà dégarni, l'homme possédait un petit pouvoir de télékinésie. C'était lui qui avait manqué d'étouffer Yaël lors de sa première altercation avec les magiciens de la station. Il ne lui faisait toujours pas une très bonne impression. Mauvais professeur, toujours en retard, il n'aimait rien mieux que se moquer de sa pupille.

Elle avait cru qu'il l'aiderait à se trouver un talent particulier. Pomme avait celui de remonter le temps, Ésolia de la rendre chèvre, Hermès de dompter Thanos, alors elle en avait déduit qu'elle aussi en possédait un. Après tout, il lui était arrivé d'avoir un accès de force à plusieurs reprises dans le monde sauvage. Mais en vérité, Alceste ne comptait pas l'aider à apprendre à se défendre et elle n'avait pas réussi à reproduire cet exploit depuis qu'elle était sous terre.

— Des patates, grommela Yaël sans enthousiasme.

— Pardon ?

— Je parie qu'on aura encore des patates à manger ce soir.

— Quelle perspicacité, ma jeune amie…

Des patates, quelques carottes et oignons composaient le menu quotidien, agrémentés d'œufs ou de morceaux de poulet acheminés des Halles deux fois par semaine. Les légumes étaient pour la plupart issus de petites parcelles protégées par des sortilèges de dissimulation. À ce que Yaël savait, les « jardiniers » limitaient les sorties et se concentraient sur quelques plantations robustes… D'où la tristesse dans l'assiette.

On ne pouvait pas vraiment leur jeter la pierre. Il était déjà périlleux pour tout un chacun de s'aventurer dans le monde sauvage, mais les lions compliquaient encore plus les choses. Ils inspectaient régulièrement les accès au métro, heureusement trop étroits pour eux. Les gardiens comme Hermès télégraphiaient leur position aux autres stations chaque fois qu'ils les repéraient, de sorte que tout le monde sache où ils se promenaient.

De fait, mis à part les gardiens, les habitants du métro se comportaient comme si la lumière du jour constituait un péril mortel. Ne parlons même pas de la nuit ! L'idée même les terrifiait. Chaque matin, quand les ouvriers partaient travailler à Montparnasse, ils disaient au revoir à leur famille comme s'ils n'allaient jamais revenir.

Quel gâchis, songeait Yaël chaque fois que son regard se posait sur ses concitoyens au teint cireux. Malgré leur stock d'armes et de poudre, malgré leurs générateurs qui alimentaient les lampes et chauffaient l'eau, les Aparisiens se terraient comme des rats.

En guise d'avenir meilleur, ils rêvaient de Montparnasse. Sous l'ancienne gare, de nombreuses galeries, des salles, et même des commodités existaient déjà. Lorsque les lieux seraient sécurisés, puis les aménagements terminés, plus personne ne vivrait dans des catacombes insalubres, à même la terre battue, comme c'était le cas pour la majorité des familles de Raspail. Toutes s'étaient vu promettre un logement décent. Ensuite, d'autres groupes issus de stations surpeuplées pourraient les rejoindre.

Yaël ne comprenait pas. Ils possédaient des générateurs à électryse ! Des pales qui tournaient sous l'eau de la Seine, entraînant des turbines et générant assez d'énergie pour plusieurs stations ! À Bau, avec ce matériel, les techniciens auraient érigé des barrières impénétrables autour des champs et des villages, et ainsi l'humanité aurait prospéré de nouveau ! Mais chaque fois qu'elle en parlait, on lui riait au nez.

— Il n'y a pas assez de puissance, lui martelait Ésolia, tu n'y connais rien. Et puis, nous n'avons pas assez de câbles ni de barbelés. Les lionnes les arracheraient en deux temps trois mouvements.

Peut-être que s'ils avaient utilisé l'électryse pour leur défense au lieu de s'en servir pour ventiler et illuminer des souterrains, ils auraient pu tenir les animaux en respect. Mais quoi qu'elle dise, Yaël n'obtenait que des soupirs fatigués, des yeux qui roulaient, des mouvements d'éventail agacés.

Si elle insistait trop, elle recevait un coup de cravache ou se retrouvait à copier des pages et des pages de formules, avec ordre de garder le silence.

— Alors, jeune dame, reprit Alceste, la tirant de ses pensées mélancoliques. Est-ce la perspective d'un repas à base de pommes de terre qui vous rend si triste ?

— Oui, on va dire que c'est la faute aux patates, grogna-t-elle en réponse.

Il toqua sur le sol, absolument sidéré par sa réponse.

— Ma parole ! Ne ferez-vous donc jamais aucun effort de langage ?

— Veuillez me pardonner, monsieur, repartit Yaël avec affectation. Je ne souhaitais pas tant me plaindre du menu, que du manque de soleil dans la station. Je suis comme une fleur qui fane, je me transforme en endive…

— Une endive, vraiment ? Vous en faites trop, si vous voulez mon avis.

Avec lui, c'était toujours trop ou pas assez. Yaël détestait ces pantomimes ridicules. Elle voulait remonter à la surface et admirer le ciel. Le temps d'un flash, elle revit la voûte céleste depuis le haut du phare. Il lui restait encore les étoiles et le souvenir des flammes qui dansaient dans les yeux de Pomme. Sa partenaire n'était jamais loin dans ses pensées. Elle aussi aurait détesté Raspail, Yaël en aurait mis sa main à couper. L'électryse l'avait éblouie au début, mais le constat était sans appel à ses yeux : ils avaient beau vouloir vivre comme avant, les habitants manquaient de nourriture, de matériel, et même de vêtements, que les plus pauvres reprisaient jusqu'à ce qu'ils ne soient plus bons qu'à faire des torchons.

Alceste et elle rejoignirent le plancher de la station et ils s'installèrent à l'écart. Un homme sec et revêche leur apporta des petits croustillants à base de pommes de terre – *comme tout le reste,* s'agaça Yaël. Même le fromage de Bintou lui manquait.

Elle croisa ses doigts gantés et laissa son regard divaguer sur le groupe d'enfants – une poignée – autorisés à jouer là parce que leurs parents disposaient d'une influence ou d'une protection de la part d'un magicien. Les autres bambins travaillaient quelque part sous terre, comme le reste de leur famille.

Alceste plissa ses yeux chafouins.

— Vous jouez avec brio la prisonnière maltraitée dans vos beaux atours, toute parfumée à la rose. Mais comme je suis de bonne humeur, je n'en prendrai pas ombrage.

— Vous ? De bonne humeur ? Auriez-vous gagné au trictrac hier soir ? À moins qu'une fois n'est pas coutume, vous ayez pris la peine de dormir comme le commun des mortels ?

Alceste partit d'un éclat de rire.

— Absolument pas. J'ai perdu un cornet d'or et fermé les yeux trois heures à peine.

Le cornet d'or n'était qu'une valeur fictive. Il n'y avait pas de véritables enjeux même si Hermès le lui avait assuré, il arrivait que l'on joue des objets, ou pire, que l'on contracte des dettes d'honneur.

— Allons, chère Yaël, interrogez-moi, cela vous plaira, j'en suis sûr !

— Eh bien, cessez de me faire lanterner ! s'exclama-t-elle. Dites-moi !

— Demain, nous fêterons le solstice du printemps.

Elle ouvrit de grands yeux, à deux doigts de sourire. Enfin, elle allait respirer de l'air frais. Et peut-être qu'une chance de reprendre sa liberté se présenterait. *J'y arriverai, Pomme,* se promit-elle.

40

Amarok humait avec intérêt les effluves printaniers. Le grand loup gris avait décidé de marquer une pause, à l'écart de la meute, et profitait du soleil, allongé dans une clairière. De sombres pensées lui occupaient l'esprit tandis que des insectes volaient autour de lui et captaient la lumière dans leurs ailes transparentes. La Deux-Visages s'était de nouveau égarée. Le phare était laissé à l'abandon, sans sorcière ni brebis, et pourtant, ce matin-là, il avait senti de nouveaux tremblements dans le temps, signe du retour de l'humaine dans les parages. Il y en avait eu la veille au soir, également. Quelque chose se passait. Sans lui.

Amarok bâilla. La lassitude le gagnait. Un loup solitaire était venu lui rapporter qu'au Nord, un aigle royal volait à travers les orages sans se soucier de la foudre. Il devinait sans peine de qui il s'agissait, sans pour autant désirer sa visite. Peut-être son échec à défaire l'Unique avant la Fracture expliquait-il que les Dieux le laissaient pour compte aujourd'hui. Ne souhaitait-il pas aussi demeurer à l'écart ? Ses autres vies ne lui avaient jamais autant pesé que celle-ci. Il se demandait s'il n'était pas temps pour lui de se désincarner plutôt que de laisser l'ennui éteindre sa flamme avec les siècles.

Une chatte rousse, borgne, à l'oreille droite à demi mangée, se faufila alors entre des tiges des fougères vert tendre aux pédoncules encore repliés. Elle posa son auguste postérieur en face de la Bête qui aurait pu n'en faire qu'une bouchée, au sens littéral du terme. De tous les loups que ce monde portait, Amarok était le plus grand.

— *J'attendais ta visite plus tôt*, reprocha-t-il en guise de préambule à la Déesse qui habitait le félin. *Comment tes manigances avancent-elles ?*

Son sarcasme se teintait de mépris. Il appréciait la force brute et les confrontations directes, pas les petits jeux sournois de Bastet.

— *Il faut bien que quelqu'un agisse…*, répliqua-t-elle, ironique.

— *La pleine lune ne suffira pas à changer le monde.*

— *Pas tout de suite, en effet.*

La chatte borgne s'étira de la pointe des griffes à la queue. Le loup se redressa un peu, de sorte à s'assoir et à la dominer de toute sa hauteur. Soudain, un battement d'ailes attira son attention. Une pie venait de se percher dans l'arbre voisin. Le poil d'Amarok se dressa sur son échine. Il savait parfaitement de quel jardin maudit venait cet oiseau de malheur.

— *Que me veux-tu ?* demanda-t-il, méfiant, à Bastet. *J'ai protégé la Deux-Visages, comme tu me l'as demandé, mais elle est partie. À présent, je ne sers plus à rien.*

— *Elle reviendra avec ses brebis. Patience, mon ami.*

Il renifla avec mépris. La chatte se lécha la patte. Son œil sans orbite était particulièrement vilain.

— *Les loups hurlent de colline en colline*, fit-elle. *Ils disent que tu es vieux et fatigué et que tu veux t'en aller.*

— *Je n'ai pas d'armée à mener à la bataille. Ni de guerre à gagner, à la réflexion.*

Bastet se leva et se frotta contre ses pattes, en faisant le dos rond.

— *Voyons, mon frère, patience, il y en aura une. L'Unique croit-Il que nous Le laisserons s'en tirer ainsi ? Que nous ne réduirons pas en cendres Ses effigies ?*

— *Je pourrais dormir en attendant.*

Le loup gris se laissa de nouveau glisser dans l'herbe. L'ennui le reprenait. La chatte ronronna sans cesser de se frotter contre lui.

— *As-tu oublié mon cadeau ? Il finira par venir à toi. Je t'ai fait une promesse quand tu as accepté de m'aider en protégeant la Deux-Visages et je compte la tenir.*

La pie jacassa en hochant la tête, son œil noir fixant le Dieu avachi sur le flanc. Amarok devina que depuis ses jardins, la maîtresse de l'oiseau avait finalement décidé d'intervenir dans le cours du temps. Sans doute se lassait-elle de la compagnie de ses volatiles acariâtres et souhaitait-elle quitter son monde… Bastet en avait eu vent.

— *Pourquoi es-tu si contente ?* demanda-t-il. *Tu as perdu tes pions, qui n'étaient pas capables de grand-chose en comparaison de la sorcière…*

Refusant de répondre, Bastet se rengorgea. Amarok se trompait au sujet des filles. Un feu puissant naîtrait de ces deux germes d'espoir. Il n'y avait nul besoin d'être capable de soulever des montagnes pour initier un changement : il fallait avant tout avoir une vision différente, et du cœur, du moins assez pour que l'amour et la magie s'en mêlent. Elle avait longtemps cherché avant de trouver un catalyseur.

Ironie du sort, les fidèles de l'Unique lui avaient servi Yaël sur un plateau. Un brasier couvait en elle. Son esprit devenait plus fort, plus sauvage, plus rebelle à chaque heure qui s'écoulait… Nul doute qu'elle renverserait le monde lorsque l'occasion se présenterait. Et Bastet possédait un don dont elle préservait jalousement le secret : elle se souvenait de toutes les lignes temporelles qui la traversaient.

Cependant, la partie n'était pas encore gagnée. Elle pouvait encore perdre ses deux protégées.

— *Attendras-tu ton cadeau ?* insista-t-elle.

La pie poussa un cri d'impatience. Le loup bâilla encore.

— *Ai-je le choix ?*

— *Si même les humains ont toujours le choix, pourquoi pas un Dieu ?*

En guise de réponse, il montra les crocs. Avant que la Déesse ne puisse protester, il croqua la chatte et la broya dans ses puissantes mâchoires. Ensuite, il les fit claquer du côté de la pie, ce qui la chassa de sa branche.

☾

Lors des solstices, tout le corpus magicum sortait de sa tanière afin d'établir un périmètre de protection autour du champ principal, et si possible, d'autres parcelles à proximité. L'entreprise, quoique périlleuse, était nécessaire à la survie de la station. Les cultivateurs qui s'occupaient de faire pousser des pommes de terre en majorité, étaient considérés comme de véritables héros.

De ce que Yaël avait entendu dire, leur travail était beaucoup plus difficile depuis que les lionnes avaient déchiqueté leur charrue mécanique l'année passée. Malgré les précautions prises, elles avaient repéré le bruit et accouru. Bien qu'il n'y eût pas eu de pertes humaines cette fois-là, le coup avait été rude et tout Raspail en souffrait. Apparemment, la station des Halles, la plus peuplée d'Aparis, avait promis de la remplacer, mais en attendant qu'elle tienne parole, il était d'autant plus crucial de préserver le peu de culture dont Raspail disposait.

Tout ceci n'intéressait pas vraiment Yaël qui n'entendait rien à l'agriculture et s'en fichait complètement. La seule chose dont elle se souciait à cet instant, c'était de sortir à l'air libre. Elle n'en pouvait plus de l'atmosphère humide du métro. Elle voulait respirer à pleins poumons.

En gravissant l'escalier qui menait vers l'extérieur, ce qu'elle sentit en premier fut la brise. Une caresse fraîche pleine d'odeurs végétales, le parfum des fleurs, la fragrance de l'herbe mouillée et les effluves de l'humus. Encadrée par Hermès et Alceste, Yaël eut la soudaine envie de les bousculer, de dépasser tout le monde et de monter quatre à quatre les marches. C'était comme un sentiment d'urgence, un besoin qu'elle avait refoulé trop longtemps. Elle dut se faire violence au point que la tête lui tournait.

Lorsqu'enfin elle aperçut le ciel nocturne, ses ténèbres mouvantes, ses étoiles lumineuses, lorsqu'elle entendit le cliquètement d'insectes, lorsqu'elle foula la terre meuble et froissa la végétation sous ses semelles, ce fut une renaissance. L'extérieur lui apparut dans toute son immensité, sa puissance, sa beauté, la submergeant totalement.

La respiration de la jeune fille accéléra sous le coup de l'émotion.

— Yaël…, murmura Alceste qui lui donnait le bras. Gardez votre calme, ma chère. Vous n'avez rien à craindre. Nous vous protégerons.

— Je ne suis pas un rat, gronda-t-elle. Je n'ai pas peur.

La triste colonne hérissée de mousquets suivit la jardinière en chef à travers le dédale de bosquets et de ruines. Un hululement de chouette les fit sursauter et des chauves-souris les frôlèrent, le temps que le groupe atteigne le champ, pourtant situé à deux pas. Il se trouvait à l'emplacement d'un ancien bloc d'immeubles dont les fondations colonisées par les mousses et les fougères étaient encore assez hautes pour le masquer en partie. Pour le moment, Yaël ne voyait pas de moyen de s'enfuir. Elle doutait d'en avoir l'occasion, à moins qu'une Bête ne se montre. Au cas où, elle avait emporté une grosse bourse contenant un peu de nourriture rationnée sur ses repas, un petit couteau, sa pierre à feu… Elle avait aussi desserré son corset au maximum, de sorte à pouvoir respirer et courir en cas de problème.

Elle ne put s'empêcher de repenser à Bintou qui lui avait promis que tout rentrerait dans l'ordre. Sa mauvaise humeur la rattrapa. Elle ne risquait pas de tomber sur Pomme dans ce champ. D'ailleurs, jamais sa partenaire n'aurait commis la sottise de mettre une tenue digne d'un mariage pour une sortie dans le monde sauvage. Ces gens étaient irrécupérables, décidément.

Alors qu'elle leur donnait la main, elle eut la certitude qu'elle n'appartiendrait jamais à leur société. Qu'ils avaient beau la garder prisonnière, elle s'échapperait. Elle récupérerait son chat et elle trouverait Pomme. Jamais elle n'abandonnerait cette idée. Son aura se précisa à son tour, plus forte et plus dense que celles des autres, pleine de colère en vérité. La magie drapait l'assemblée d'une lueur pâle et mouvante sous la lune. Si grande, si belle, si magnétique. Yaël ne voyait plus qu'elle. Les mots sortirent de sa bouche comme une litanie à laquelle elle comprenait tout. Ils se mirent à la brûler de la gorge aux flancs alors que le flot de la magie la quittait afin de se concentrer dans le sortilège. C'était douloureux et pourtant, elle continuait de psalmodier et d'alimenter le filament évanescent qui se tendait pour atteindre ceux des autres membres de la chaîne. Enfin, quand ils se touchèrent, ils s'assemblèrent en une sphère de la taille d'une grosse pomme qui tournoyait, faite d'ombre et d'énergie, incapable de se fixer.

Yaël le sentait, ils arrivaient au bout de l'enchantement, et elle avait beau donner, donner de toutes ses forces, au prix de crampes douloureuses, le sortilège ne prenait pas l'ampleur espérée. La voix d'Ésolia prit le dessus. Elle s'approcha de la boule lumineuse afin d'en prendre le contrôle. Quand la dame la saisit enfin, elle se mit à chuchoter, et soudain, la magie se délita en une multitude d'étincelles qui filèrent aux quatre coins de la zone.

Ce fut tout.

Après s'être abreuvée des récits grandioses des magiciens du monde d'avant, Yaël ressentit une certaine déception. Elle s'était attendue à mieux : à des éclairs, à une explosion, à… quelque chose de plus fort. Lorsque Pomme et elle joignaient leurs mains, Yaël avait souvent le vertige. Là, elle avait juste mal à la gorge.

À en juger par le regard perdu d'Ésolia, elle n'était pas la seule à ressentir leur faiblesse. Pourtant, les autres magiciens paraissaient satisfaits. Ils avaient créé une barrière sonore nourrie par les sifflements du vent qui se joueraient à une fréquence que les humains n'entendaient pas… et que les Bêtes ne supportaient pas longtemps.

Voilà ce qui leur restait : la ruse à défaut de talent.

Ils se congratulaient à voix basse, non sans surveiller les alentours ; ils avaient tous hâte de retourner sous terre. Le groupe repartit, d'un bon pas, en direction du premier potager. Des cerisiers en fleurs se balançaient, ombres chevelues et tranquilles toutes espacées de la même distance. Yaël cueillit une marguerite du bout des doigts, en écoutant d'une oreille distraite les discussions. Elle respirait enfin à pleins poumons, elle se sentait de nouveau vivante après avoir passé tant de temps recroquevillée sur elle-même. Sa robe s'accrocha dans une branche et elle dut se pencher pour désentortiller le tissu. Elle prit son temps, en dépit d'Alceste qui marmonnait :

— Ils ne vont pas nous attendre. Pressez-vous s'il vous plaît.

À cet instant précis, elle surprit le mouvement fluide d'un félin qui bondissait d'une branche au sol, avant de se tapir dans un buisson.

— Un chat, s'horrifia Alceste.

— Au moins, il ne s'agit pas d'un lion, s'agaça Yaël.

Elle se tordit le cou pour essayer de le voir. Cela avait été bref, et pourtant, elle avait immédiatement pensé à Moustache. Quelque chose dans le port de tête, et aussi parce qu'il adorait se cacher et se montrer juste au moment où elle regardait dans sa direction. C'était bien son genre.

Alceste passa son bras sous le sien.

— Allons, venez.

— Ça va, j'ai compris !

Yaël empoigna sa robe et passa devant. Le sang pulsait si fort dans ses tempes qu'une veine semblait sur le point d'éclater. Ne pouvait-on pas la laisser souffler une minute ? Qu'ils aillent au diable avec leur mauvaise foi ! Tout ce qui les intéressait, c'était son pouvoir. Cet infime et ridicule pouvoir auquel ils s'accrochaient en singeant l'ancien monde.

L'humeur de Yaël oscillait dangereusement, au bord de l'implosion. Alceste la suivait de près, Hermès semblait prêt à lui sauter dessus si elle faisait mine de s'enfuir, mais tout ce qui l'intéressait, c'était le chat. Il l'avait sauvée. Il ne l'avait jamais abandonnée. Elle avait l'impression qu'avec lui, elle pouvait recommencer là où elle s'était arrêtée. Si elle avait su, elle ne se serait jamais aventurée sous terre.

Elle se retourna à plusieurs reprises. Par deux fois, elle surprit une silhouette familière au dos tigré. Moustache la suivait. Elle se mordit l'intérieur des joues, pleine d'émoi. Il continuait de rôder à la lisière de sa vision périphérique. Yaël se plaça dans le cercle avec les autres. Alors qu'elle commençait à réciter, l'envie de s'arracher au groupe se fit plus forte.

Pense aux enfants, se rappela-t-elle soudain en se concentrant sur la formule. *Il faudra bien qu'ils mangent.*

Voilà ce qu'avec patience la vieille Ésolia avait tricoté des semaines durant : son sentiment de culpabilité. Mais le chat rôdait, et elle avait plus en commun avec lui qu'avec les rats. Tous deux luttaient pour survivre. Elle se battrait pour sauver Pomme. Tant qu'elle aurait un souffle de vie, elle garderait l'espoir.

Tu n'es pas morte. Si tu l'étais, je le saurais.

— Un dernier champ et nous pourrons rentrer, soupira Ésolia, une fois l'incantation terminée. Il semblerait que nous soyons chanceux ce soir. Pas de Bêtes à l'horizon.

La colonne reprit sa marche. Cette fois, leur parcours les mena près d'un magnifique magnolia chargé de fleurs blanches. Ce fut l'endroit que Moustache choisit pour se montrer. La tête basse, l'air hésitant, il bondit par-dessus des fourrés et approcha en battant de la queue avec anxiété. Immédiatement, les gardes chargèrent leurs fusils et les pointèrent sur lui tandis que Yaël, paniquée, se mettait à crier :

— Ne lui tirez pas dessus, c'est mon chat ! Il ne nous fera pas de mal, il vient juste me dire bonjour !

Ésolia ouvrit la bouche, mais Alceste la devança en s'adressant à l'escorte :

— Ne tirez pas. De toute façon, nous ne voulons pas éveiller la curiosité des Bêtes plus dangereuses. Yaël, ne l'approchez pas.

— Donc, je n'ai pas le droit de lui faire une caresse ? s'indigna-t-elle. Ai-je le droit de respirer au moins ? Et si je désobéis, m'enfermerez-vous de nouveau dans mon cachot ?

Les autres magiciens la dévisageaient sans aménité. Dame Ésolia avait la bouche tordue, autant parce qu'elle détestait les esclandres que parce qu'elle savait que cet épisode serait largement commenté. Il n'y avait que sa réputation qui l'intéressait ! Yaël traversa l'herbe.

— Allez-y, arrêtez-moi. Tirez-moi dessus tant que vous y êtes. Ou mieux, lancez Thanos à mes trousses ! Mais je vous préviens, je me vengerai. Vous n'avez pas idée de ce dont je suis capable.

Le chat attendit qu'elle vienne jusqu'à lui et frotta sa tête contre sa poitrine. Ses longues moustaches frissonnantes lui chatouillèrent le menton alors qu'il la reniflait avec affection. Il n'avait pas confiance dans le groupe d'humains. Comme il avait raison ! Yaël le flatta, à deux doigts de le serrer contre elle.

— Marche avec moi s'il te plaît, Moustache, lui murmura-t-elle tout bas. Je donnerais cher pour te faire un câlin, mais je ne veux pas qu'ils voient combien tu comptes pour moi.

Ses yeux s'embuèrent alors qu'il lui emboîtait le pas, restant à sa hauteur, de sorte qu'elle soit placée entre lui et les autres. Rassurés en dépit de leur expression outrée, ces derniers se remirent en route.

— Il ne faut pas que tu traînes trop près de la station. On ne sait jamais, Ésolia pourrait envoyer Hermès à tes trousses. Il est complètement cinglé, il se promène avec une espèce de démon sur le bras. Les autres magiciens le méprisent, mais au fond, ils ont surtout peur de lui.

— Miaaah…, commenta Moustache.

Son poil d'hiver, bien touffu, ne suffisait pas à masquer la maigreur de son arrière-train. Il avait une croûte sur le flanc, vestige d'un récent affrontement. Comme elle, il était un étranger partout. Ses pupilles fendues la sondaient avec acuité.

— Je mange bien, le rassura-t-elle. Mais tu me manques. Pomme me manque. Bintou et le phare me manquent. Le ciel, le soleil, les brebis… Tout ce que nous étions.

Elle s'interrompit. Alceste ne la quittait pas des yeux. Si elle tentait de fuir maintenant, il l'étranglerait avec son pouvoir de télékinésie.

— Je ne peux pas continuer comme ça, sous terre. Je vais bien trouver un moyen de te rejoindre, je te le promets. Je te demande juste encore un peu de patience.

Elle le caressa encore une fois, avant de souffler d'une voix étranglée :

— File.

Moustache détala aussitôt, comme si un fouet avait claqué à ses oreilles. Quand Yaël croisa le regard dur d'Ésolia, elle le lui rendit sans ciller.

41

Plus tard, au cours de la soirée, dame Ésolia retrouva Alceste dans un couloir de service, en apparence condamné.

— Non, elle ne sortira pas, même sous la surveillance d'Hermès ! tempêtait la vieille dame. Je ne lui fais pas confiance, elle s'enfuira à la première occasion. Ouvrez les yeux, la station ne peut pas se permettre de la perdre. Sans elle, ce soir, nous ne serions arrivés à rien.

— Nos confrères sont fatigués, je vous le concède, tempéra Alceste, mais la jeune génération prendra la relève. Nous avons quelques élèves prometteurs.

— Prometteurs ? Ils n'arriveront jamais à la cheville de Yaël. Le Temple sélectionne les initiés parmi des centaines d'enfants quand nous en comptons quelques dizaines dans notre station. Et celle-ci possède des dispositions spéciales que les prêtres doivent regretter d'avoir perdues !

— Justement, intervint-il. Elle mérite que nous fassions preuve d'égards. Nous la brutalisons. Elle en gardera une rancœur.

La lumière jaune de l'électryse creusait les ombres dans le vieux visage d'Ésolia.

— Vous ne la comprenez pas. Moi si. Et je sais que tout ce qu'elle désire, c'est partir. Elle croit que sa partenaire est vivante quelque part et elle l'aime d'une telle force que si vous l'attachiez à un anneau de fer dans un mur, elle se couperait le bras pour se libérer et se lancer à sa recherche.

Alceste leva les yeux au plafond, de plus en plus agacé par son interlocutrice.

— Plus vous vous montrez autoritaire, plus elle se braque. Notre excursion sous la lune ne l'a pas radoucie, mais son chat compte à ses yeux. Si vous refusez de l'utiliser pour la motiver à faire des efforts, que nous reste-t-il ?

— Que proposez-vous ? De m'infliger vos reproches devant elle ? Peut-être qu'en effet, elle y prendrait plaisir.

— Les Halles, répliqua-t-il, changeant de stratégie. Voilà ce dont nous avons besoin.

— Leurs magiciens nous cracheraient dessus plutôt que nous tendre la main. S'ils le pouvaient, ils nous voleraient cette fille, vous le savez.

— Peut-être les Halles ont-elles plus à offrir que vous ne le pensez, ma chère.

Un éclat de ruse brillait dans le regard d'Alceste.

— Le marché y aura lieu demain. Emmenons-y notre jeune amie.

— Je ne vous suis pas.

La vieille dame lissa un pli de sa robe, par habitude, signe de contrariété chez elle.

— Ce que nous proposons à Yaël ne l'intéresse pas, poursuivait-il. C'est peine perdue. Elle a la tête pleine des fariboles du Temple, le retour à l'électryse, la création de nouvelles villes… Elle croit à l'avènement prochain de l'humanité, elle a de l'espoir. Notre station ne lui en donne aucun. Elle nous voit comme des moribonds en sursis.

Cette déclaration serra le cœur d'Ésolia. Elle n'était pas loin de partager cette opinion.

— Je ne lui donne pas tort, marmonna-t-elle. Nous ne nous sommes pas montrés sous notre meilleur jour. Entre les problèmes de générateur et la baisse des récoltes, c'est à peine si tout le monde mange à sa faim.

— Alors, emmenons-la au marché. Elle constatera que la vie dans les stations peut se révéler plus agréable que ce qu'elle imagine. Il faut qu'elle prenne un peu de recul, qu'elle retrouve de l'espoir, qu'elle voie plus loin. Ensuite, il lui sera plus facile de se projeter dans Montparnasse.

Le chantier de Montparnasse avait essuyé tant de revers ces cinq dernières années qu'Ésolia avait du mal à se souvenir de leur grand projet d'avenir. Il y avait eu deux famines, les attaques des sangliers, le harcèlement permanent des lions, des problèmes techniques… Les retards s'accumulaient. Vivrait-elle assez longtemps pour voir la nouvelle station les accueillir ? La vieille dame se le demandait. Tout compte fait, Alceste n'avait pas tort. Peut-être bien que tous avaient besoin de perspectives.

— J'accepte, mais je vous préviens, je vous accompagnerai.

Un sourire creusa des fossettes dans les joues du dandy qui la gratifia d'une élégante révérence.

— À la bonne heure ! Vous verrez, nous finirons par gagner son cœur. Si ensuite nous lui permettons de sortir, elle commencera même à nous apprécier.

— Elle s'enfuira, vous dis-je, pesta Ésolia. Vous avez un véritable problème, mon ami. Vous ne savez pas vous arrêter sur une victoire. Il faut que vous continuiez, au risque de voir s'envoler tout ce que vous avez acquis. C'est ce qui cause si souvent votre perte au jeu.

— Cela fait partie de mon charme, soupira-t-il avant de poursuivre, plus sérieux : Nous ne pourrons pas la traiter éternellement comme une prisonnière si nous voulons en faire l'une des nôtres.

— Pourquoi pas ? De toute façon, tant qu'elle ne demande pas officiellement son rattachement à la station, elle n'est qu'une étrangère, une bannie, une bouche à nourrir qui ne participe pas à l'effort général et nous avons le droit de la traiter en tant que telle.

— Alors, en effet, elle s'enfuira, conclut Alceste, sombre.

Le cadran indiquait cinq heures quarante. Il n'y avait nul bruit dans la chaufferie sinon le ronron habituel des machines. Yaël rempocha la montre au boîtier d'argent ciselé. Il s'agissait de celle qu'elle avait trouvée dans les ruines et qu'Ésolia avait fait réparer pour elle. Il était tôt. Malgré les mois passés à Raspail, elle ne s'habituait pas à cette étrange sensation de flotter dans une journée sans queue ni tête, elle qui si, longtemps, avait vécu au rythme du soleil.

Depuis ses premiers jours sous terre, elle avait eu du mal à s'endormir comme à se réveiller dans ce réduit. Deux mètres sur trois, où tenaient toutes ses affaires. Dans le fond, la banquette qui lui servait de lit ; à gauche, une planche sur tréteaux faisait office de bureau, complétée par un petit tabouret ; à droite, un empilement de livres, de bric-à-brac d'outillages de vêtements qu'elle rangeait de son mieux dans des bacs et sur des portants branlants. Elle avait suspendu son manteau de plumes à un clou pour ne jamais le perdre de vue. En dessous, ses bottes. Sur l'étagère, elle avait disposé ses trouvailles d'exploratrice : le jouet mécanique, la longue-vue, le livre de magie.

Elle essuya son front et les mèches collées par la transpiration. La faute à la chaudière. Un peu de lumière provenant de la machinerie filtrait par la grille qui occupait la moitié de la porte. Quand elle en avait assez, elle la masquait avec un bout de drap ; ainsi que quand elle se changeait, histoire de s'assurer un minimum d'intimité. Ce qu'elle détestait le plus, c'était son pot de chambre.

Personne ne lui ouvrait la nuit.

Il était vraiment temps de prendre ses cliques et ses claques. Aussi sortit-elle de sa poche une fine tige métallique, presque une pointe, subtilisée sur une table pas plus tard que la veille. Quelqu'un l'avait oubliée et elle l'avait embarquée d'un mouvement leste. Personne n'avait rien vu. La surveillance absolue n'existait pas. Le plan était simple : sortir et foncer dehors. Jusqu'ici, elle n'avait jamais essayé de fracturer sa cellule et elle savait qu'on ne postait pas de garde à sa porte une fois qu'elle était enfermée.

La serrure résistait à ses tentatives. Elle insista, déterminée à ne pas baisser les bras. Elle avait promis à Moustache. Tant pis si elle n'avait pas de vrai plan, à part retourner au phare. Là-bas, il y aurait toujours Bintou et elle pourrait au moins régler ses comptes. « Continue tout droit et tout rentrera dans l'ordre ! » Ben voyons ! Elle s'était bien fichue d'elle.

Perdue dans ses pensées, elle ferraillait le trou de serrure, tant et si bien qu'elle n'entendit pas Hermès approcher dans le couloir. Celui-ci toussa dans son poing pour la notifier de sa présence.

La jeune fille fourra la tige sous son matelas.

— Tu es en avance, lui reprocha-t-elle à travers la cloison.

L'homme posa la main sur la porte. Thanos apparut brièvement autour de son cou, des yeux de rubis brillant dans un nuage éphémère d'un gris vaporeux.

— Choisissez vos plus beaux atours – sans plumes, cela va de soi. Aujourd'hui, vous vous rendez au palais des merveilles.

La draisine à plateforme était pourvue d'un moteur à vapeur devant lequel siégeait une mécanicienne que Yaël avait croisée une ou deux fois. Des rambardes, pourvues de bancs sur la longueur, permettaient aux passagers de s'asseoir, mais tout le monde ne pourrait pas s'y installer. Il faudrait que les autres se tiennent à la rampe centrale.

— Laisse les sièges aux grands-mères et aux enfants, glissa Alceste à Yaël en l'aidant à monter.

Les prunelles incandescentes de Thanos la fixaient depuis le quai, et il était évident qu'Hermès enrageait d'être laissé derrière.

La conductrice desserra un frein et appuya sur une pédale. Tout de suite, le moteur relâcha une bouffée de vapeur et se mit à entraîner les roues d'acier. La plateforme s'ébranla avec lenteur avant de prendre sa vitesse de croisière. Yaël aurait pu se maintenir à côté en courant si on l'avait débarrassée de ce corset qui l'oppressait. Celui qui avait conçu cet outil de torture – ça ne pouvait être qu'un homme – devait vraiment détester les femmes.

La draisine poursuivit cahin-caha dans l'obscurité. La conductrice poussa sur un bouton pour allumer le phare du véhicule. La lumière traça un faisceau droit à travers l'atmosphère humide, poussant d'énormes rats à fuir. En prévention, Alceste sortit ses deux mousquets.

L'engin s'immobilisa deux stations plus loin sur la ligne 6, à Montparnasse. Yaël descendit de la draisine avec une certaine anxiété. Elle n'avait aucune idée d'où ils allaient. La triste compagnie descendit sur le quai et mit le feu aux mèches des lampes à huile à l'aide d'un briquet. Yaël le dévora des yeux.

Si l'occasion se présentait, elle n'hésiterait pas à en voler un. Elle avait repéré celui d'Ésolia qui lui servait à fumer des herbes hallucinogènes, soi-disant pour soigner ses douleurs. Yaël la soupçonnait d'essayer d'avoir des visions, comme les Oracles.

Le groupe quitta le quai pour un tunnel qui se terminait par une barricade, faite de barres d'acier et de tôles, le tout maintenu fermé par des chaînes. Ésolia déverrouilla les cadenas elle-même. Des escaliers les conduisirent ensuite à une esplanade sous un puits de lumière. Du lierre et des ronces couraient sur les murs, de petites fougères dressaient leur pédoncule entre les gravats et des yeux noirs brillèrent dans l'herbe. D'énormes rats joufflus poussèrent des cris stridents avant de déguerpir.

Les humains se dépêchèrent d'atteindre l'escalier suivant et de redescendre dans les profondeurs. Les couloirs dans lesquels ils marchaient maintenant étaient sales, encombrés de débris végétaux et de matières fécales. Personne n'était tranquille, surtout pas Yaël qui avait l'impression d'être entrée dans une souricière. Malgré les craintes générales, le groupe atteignit une porte en acier sans faire de mauvaises rencontres.

De l'autre côté, ils retrouvèrent aussi l'électryse. Ils descendirent jusqu'à un quai – ligne 4, nota Yaël – où ils patientèrent en conversant avec beaucoup plus de tranquillité. La mécanicienne consulta sa montre à gousset, lançant à la cantonade qu'ils étaient parfaitement à l'heure.

Soudain, Yaël entendit un grondement au loin. Son sang se figea dans ses veines à mesure qu'il prenait de l'ampleur. Le sol se mit à vibrer sous elle tandis que deux lueurs perçaient l'obscurité du tunnel. Instinctivement, elle s'éloigna du quai. L'incrédulité la frappa alors que les rames de métro pénétraient dans la lumière, les roues crissant sous l'effet du freinage puissant. Elle croisa le sourire du conducteur en livrée dorée, son regard glissant sur la formidable machine. Peintes en rouge, numérotées à l'or, les cabines intactes ouvrirent leurs portes dans un chuintement métallique. Les clous des banquettes de cuir brillaient comme si elles venaient d'être nettoyées. Yaël entra, complètement sous le choc.

— Alors, demanda Alceste. Impressionnée ?

Elle hocha la tête.

— Eh bien, très chère, attendez qu'elle démarre. Accrochez-vous !

Une clochette tinta, avant que les portes ne se referment toutes seules. Yaël ouvrit des yeux émerveillés en se préparant au départ. La secousse la fit trébucher, puis l'engin prit de la vitesse, dans un bruit de roulement étourdissant. Pomme aurait adoré ça.

— C'est merveilleux ! s'exclama-t-elle, éberluée.

— À chaque pleine lune, la ligne 4 est en service pour permettre aux stations de se rendre au marché.

— Où se tient-il ? s'enquit Yaël intriguée.

— Aux Halles, répliqua Ésolia, avec une ombre de sourire aux lèvres.

Puis elle adressa, dans le dos de Yaël, un hochement de tête satisfait à Alceste, qui souleva son chapeau en réponse.

42

La station où s'arrêta la rame de métro brillait de mille feux sous l'effet des chromes lustrés, des carrelages propres et des lampes multiples. Yaël s'attarda sur le panneau d'affichage. Les heures d'arrivée et de départ venaient de changer d'un battement de palettes, avec un léger claquement.

— Il a un planning serré sur la journée, expliqua Alceste en entraînant la jeune fille à la suite du groupe. Nous ne devrons pas manquer le dernier train sous peine d'être bloqués ici jusqu'à la prochaine lune. Personne n'a envie de rentrer à pied par les tunnels.

Elle voulut se dégager quand il passa son bras sous le sien. Il tapota sa main avec affectation.

— Il vaut mieux que vous restiez avec moi. Il est tout à fait possible de se perdre dans le dédale des Halles et vous apprendrez à vos dépens que les autorités locales ne sont pas aussi souples qu'à Raspail. Ici, on vous accuse de vol plus vite que n'importe où. Je parle d'expérience, bien sûr.

Cette remarque lui valut un coup d'œil torve de la part d'Ésolia. Celle-ci intima de se presser avant de se porter en tête de leur délégation. La clochette retentit dans leur dos, puis le train repartit dans un souffle d'air et un grand bruit de roulement.

Une pointe d'excitation traversa Yaël. Quels autres prodiges allait-elle observer ? Les images les plus folles issues de ses lectures la traversèrent : des cages mécaniques pour monter et descendre, des tapis roulants en caoutchouc pour se déplacer sur de longues distances… Peut-être même de véritables voitures à vapeur ! Néanmoins, elle étouffa vite cette vague d'enthousiasme. Elle ne devait pas oublier son objectif, s'échapper. En attendant, elle resterait attentive. Un jour, elle aurait à raconter à Pomme ce qu'elle avait vu.

Les couloirs carrelés, plus propres qu'à l'accoutumée, ne paraissaient pas plus larges qu'à Raspail ou ailleurs. Yaël se surprit à talonner Ésolia, de plus en plus pressée d'atteindre leur but. Elle n'en pouvait plus des tunnels.

Ils finirent par déboucher sur une grande esplanade, encombrée d'énormes tuyaux ; Yaël n'en avait jamais vu d'aussi gros. Sous leurs pieds, des grilles qui laissaient s'échapper des vapeurs, mais à travers lesquelles il était difficile de voir quoi que ce soit. Il faisait trop lumineux. Les murs étaient couverts d'une couche de marbre rutilante. Au-dessus d'eux, des structures d'acier s'élevaient comme une toile pour accompagner lesdits tuyaux qui vibraient parfois de manière inquiétante. Il régnait de façon générale une atmosphère sonore et désagréable, emplie des soupirs vaporeux qui remontaient depuis les profondeurs, des crissements et des grincements métalliques, comme si l'ensemble gémissait sous son propre poids. Parfois des coups lointains se réverbéraient, et il y eut même un bruit d'explosion qui leur donna la chair de poule.

— Qu'est-ce que c'est que cet endroit ? demanda Yaël.

— Ce que l'on nomme l'Usine, annonça Alceste. La toute dernière encore capable de produire des équipements.

Les questions se bousculèrent sur ses lèvres.

— Mais il y a combien de personnes dans cette station ? Qu'est-ce que cette usine fabrique ? Est-ce qu'on peut voir ses plans ?

— Près de deux mille cinq cents âmes… Trop, même, pour une aussi grande station. Voilà pourquoi de plus petites unités comme la nôtre ont été ouvertes, ou pourquoi cette unité de fabrication existe, elle nous fournit du matériel pour étayer les souterrains et mettre en œuvre la ventilation, l'approvisionnement en eau… Et non, vous ne verrez aucun plan. Suivez-moi.

Le groupe repartit dans des escaliers de fer blanc, avec l'impression de s'enfoncer dans les bouches de l'enfer. Plusieurs mécanos soulevèrent leur casquette à leur passage, l'air fort occupé à vérifier les cadrans de pression à différents endroits.

Yaël n'avait aucune idée de ce qu'elle observait et cela la rendait dingue. Puis il y eut des doubles portes fermées par une énorme roue qu'un jardinier aux gros biscotos se chargea de tourner.

Au-delà s'étendait une salle immense, aux hauts plafonds, percés de coupoles d'où tombait la radieuse lumière du soleil. De véritables étages s'élevaient tout autour, soutenus par des arcades ouvragées et accessibles depuis de magnifiques escaliers aux rambardes rutilantes. Il s'agissait de l'antique galerie marchande, construite à l'époque de Napoléon 1er, au début du XIXe siècle. Le « Louvre du peuple », ainsi que l'Empereur de France l'avait baptisé, avait été agrandi et réaménagé bien des fois avant de survivre à la Fracture et de devenir une ville, ou presque, depuis lors.

Alceste se retourna et fit une révérence à Yaël.

— Bienvenue aux Halles, jeune dame.

Sous le choc, elle ne pipa mot. Partout, du bois, du cuivre, des kiosques reconvertis en boutique et des allées agréables pleines de monde bien habillé. On se serait cru dans une gravure du monde d'avant la Fracture. Des gens faisaient la queue chez le tisserand, un horloger discourait sur le pas de sa porte, et un jeune garçon en culotte courte, casquette vissée au crâne, proposait son journal en criant : « Le printemps, c'est maintenant ! » Yaël s'empara d'un exemplaire à la date du 27 mars. Elle parcourut avec avidité les sous-titres : « L'Usine à 45 % de rendement, inquiétude sur les approvisionnements en savon, qui sont vraiment les vagabonds ? »

— Mademoiselle, ma pièce s'il vous plaît…

Elle leva des yeux ébahis vers le gamin – elle n'avait pas le moindre sou en poche. Alceste glissa une rondelle de bois à l'enfant. C'était la première fois qu'elle en voyait une. Toutes les pièces de monnaie en métal avaient été fondues depuis belle lurette.

— Ne traînons pas, s'il vous plaît.

Yaël roula le journal sous son bras et suivit Alceste avec entrain. Sa fibre d'exploratrice venait de se réveiller, ses espoirs aussi.

— Mais comment ? s'exclama-t-elle. Je croyais que les Bêtes attaquaient tout ce qui sortait de terre ? Que vous ne pouviez pas élever de murailles, de…

— Évidemment, la coupa Alceste. Ce bâtiment était déjà en partie enterré et la magie rémanente l'a protégé, un peu comme la voie sur laquelle vous avez été trouvée.

Une vague de terre et de débris l'avait quasiment recouvert pendant la Fracture. De l'extérieur, et vu de loin, le bâtiment ressemblait à une colline. Il n'avait pas été simple de le reconquérir.

— Les Bêtes nous délogeaient dès qu'on faisait mine de s'y installer. Les survivants sont restés longtemps sous terre, le temps de parvenir à consolider les murs et à mettre en place une défense susceptible de les repousser.

Il y avait des fenêtres murées sur les côtés et des volets de métal obstruaient les ouvertures à la moindre menace. Les guetteurs, armés de fusils, se chargeaient de dissuader les rapaces s'ils approchaient trop près.

— Il y a plus de problèmes avec les pigeons qu'avec eux, de nos jours, soupira Alceste. Les bougres sont têtus et veulent se percher sur les balcons.

— Et les lions ?

Alceste haussa les épaules.

— Il y des pièges dissimulés sur la colline. Ah, et des mitrailleuses enterrées aussi. Ils ne les aiment pas du tout. Elles envoient des projectiles plus gros que ma main et ont déjà tué l'un des leurs. Ils n'ont pas oublié ce détail.

Ils déambulèrent parmi les échoppes. Un joueur de piano en queue-de-pie animait un coin de rue, la mélancolie sourdant de ses doigts qui frappaient les touches. Pour la première fois depuis des lustres, Yaël ne se sentait pas écrasée par le manque d'espace. Les jardiniers s'étaient éclipsés pour retrouver leurs pairs dans une serre. Les habitants des Halles dépendaient moins de leurs champs extérieurs que Raspail. Ésolia sortit son éventail qu'elle agita sous son nez. Les autres membres du groupe disparurent entre les boutiques.

— J'ai besoin d'un thé, décréta la vieille dame.

Ils trouvèrent sans problème une terrasse, avec ses jolies petites tables, ses arbres en pot, sa façade peinte et bien décorée… Dame Ésolia commanda des gâteaux et Yaël se crut dans un des romans qu'elle dévorait autrefois. Elle se demanda d'ailleurs s'il y avait une bibliothèque, qu'elle imaginait immense, comme celle du Temple. Cela l'amena à penser à Pomme, elle qui adorait les livres. Un voile de tristesse mouilla ses prunelles. Elle le chassa d'un mouvement vif. Au loin, entre les têtes des gens qui vaquaient à leurs occupations, elle crut l'apercevoir. Une jeune fille avec le même profil, des joues pleines, des cheveux d'un blond tirant sur le roux – trop clairs, pas assez flamboyants. Ce n'était pas Pomme. La silhouette s'évanouit dans la foule aussi vite qu'elle était apparue, laissant derrière elle un souvenir douloureux. Yaël soupira et reporta son attention sur le gâteau finement décoré posé sur son assiette.

43

Quelques mois plus tôt…

C'était un lit, un vrai. Les ressorts grinçaient à chacun de ses mouvements. Pomme portait une espèce de chemise fermée dans le dos. Quelqu'un avait pansé ses blessures, et une aiguille plantée dans son bras la reliait *via* un fil de caoutchouc blanc à une poche de la même couleur. C'était étrange de se sentir mieux, après avoir eu l'impression d'avoir marché en enfer. Des rideaux blancs l'isolaient du reste de la pièce, largement éclairée par des néons. Cela ressemblait à l'hôpital de Bau.

Sauf qu'elle était à Aparis.

Elle se renfonça dans son oreiller. Il y avait d'autres malades ici puisqu'elle entendait des respirations, parfois sifflantes. Puis une femme entra, ses talons claquant sur le carrelage. Elle chuchotait, allant de patient en patient. Elle finit par s'arrêter devant le rideau de Pomme. Celle-ci se tassa instinctivement sous sa couverture. Elle avait peur d'une mauvaise surprise, elle n'avait plus du tout confiance en l'humanité. Mais la doctoresse qui écarta le tissu et le referma derrière elle avait un visage souriant, long et ridé. Des cheveux gris et courts, la cinquantaine, des yeux pétillants. Toute sa personne respirait la bonté.

— Vous voilà enfin réveillée ! s'exclama-t-elle en se penchant pour examiner l'adolescente. Pour de bon, cette fois, on dirait.

— Ai-je dormi si longtemps ?

— Il s'est passé une douzaine de jours depuis qu'on vous a trouvée inconsciente dans le métro. Comment vous appelez-vous ?

— Pomme, balbutia-t-elle, sous le choc de cette révélation.

— Moi, je suis la doctoresse Collard, en charge des urgences des Halles.

La femme vérifia sa tension, passa une lumière dans ses yeux, lui fit compter des doigts. Ensuite, elle s'assura que la jeune fille sentait ses orteils, pouvait les faire bouger, et quand elle fut satisfaite, elle lui donna quelques explications supplémentaires, d'un ton calme, sans se précipiter.

À son arrivée dans son service, Pomme était faible et déshydratée. Elle souffrait d'une forte fièvre en plus d'un début d'infection au niveau de ses différentes blessures. Il avait fallu l'opérer et traiter un début de septicémie. Comme elle délirait dans des accès de paranoïa, Collard avait dû la sédater. Pomme ne s'en souvenait pas.

— Pouvez-vous me raconter ce qui vous est arrivé ? poursuivit la doctoresse d'un ton neutre.

Pomme eut un moment de panique. Que devait-elle répondre ? Comment réagirait cette femme face à la vérité ?

— Je…

La doctoresse se méprit sur l'origine de son trouble.

— De quoi vous souvenez-vous exactement ?

Elle ne trouvait pas de mensonge. Ça ne sortait pas. Elle voyait le corps de Yaël, le hangar en flammes, le nid, Gwaihir, les sangliers… Son cerveau s'engluait dans ces évènements traumatisants, incapable de mettre des mots sur quoi que ce soit. Le sourire de Collard semblait forcé à présent. Elle tapota la main de sa patiente.

— De quelle station venez-vous ?

— Je ne sais pas, balbutia Pomme. Je me rappelle juste un aigle. Il m'a lâchée.

— En effet, vous l'avez mentionné plusieurs fois pendant vos crises. Vous avez un nom de famille au moins ?

La jeune fille fit non de la tête. Collard poussa un profond soupir.

— Vous avez subi un choc violent. Il est probable que la mémoire vous revienne dans les prochains jours, ne vous inquiétez pas pour ça. Nous enverrons un télégramme aux autres stations pour les informer que nous vous avons trouvée. Votre famille sera soulagée d'avoir de vos nouvelles, j'en suis sûre. En attendant, reposez-vous, nous nous occuperons de régler tout ceci plus tard.

Pomme acquiesça, le cœur serré. Il n'y avait pas de famille à retrouver…

☾

Elle se reposa plusieurs jours dans la clinique souterraine des Halles avant que Collard ne l'autorise à quitter sa chambre. Dans l'intervalle, elle découvrit les douches de l'hôpital et l'omniprésence de l'électrysc. Ici, les réseaux fonctionnaient toujours. Elle s'informa en lisant le journal qu'un infirmier lui déposait après que le papier avait fait le tour du service. Ainsi, elle découvrit que la station principale d'Aparis était comme une véritable petite bulle temporelle, où tout ou presque fonctionnait « comme avant ». On ne mentionnait nulle part la Fracture, même si le gros des nouvelles commentait principalement les attaques des Bêtes – des lions ? –, les intrigues politiques des magiciens et les trop fréquentes coupures d'électryse, qui n'affectaient pas l'hôpital pourvu de son propre générateur.

C'était à la fois étrange et étonnant. Cette découverte aurait rendu Yaël folle de joie. Elle aurait été impatiente de découvrir les Aparisiens et leur façon de survivre… Pomme pensait souvent à elle, à son corps abandonné près du hangar… Il lui arrivait de se pincer pour se réveiller, sans véritable espoir, au cas où. Mais les somnifères avaient chassé les cauchemars et elle ne rêvait plus. De toute façon, si Yaël avait été vivante, elle l'aurait senti. Oui, Pomme l'aurait su, comme lorsque le grand prêtre Cellon les avait séparées, juste après le mariage d'Azra. Elle ignorait que ses cachets affectaient un certain nombre de ses capacités.

Ses yeux restaient secs, mais son cœur s'était glacé. Son sourire s'était envolé. Toute joie l'avait quittée. Une part d'elle avait disparu avec celle qui était à la fois sa partenaire et son âme sœur. Bien que Pomme ait choisi de vivre, elle ne ressentait plus rien.

La doctoresse qui l'avait prise d'affection lui apporta des vêtements à sa taille. Une grande jupe à carreaux, élégante et pourvue de poches, un chemisier blanc, un châle vert d'eau, et un petit chapeau noir et rond. Collard le fixa elle-même avec une épingle avant de la considérer d'un regard appréciateur.

— Vous êtes parfaite.

Elle lui proposa ensuite son bras. La doctoresse avait troqué sa blouse blanche contre une robe de velours vert et une voilette de grande qualité.

— Où m'emmenez-vous ? demanda Pomme, déconcertée.

— Faire un tour et discuter de votre avenir. J'ai terminé ma journée alors j'ai un peu de temps devant moi.

Elles croisèrent des brancards et utilisèrent un ascenseur pour rejoindre l'entrée de l'hôpital. Pomme comprit ce qu'était cette cage d'acier seulement quand elle s'ébranla dans un grincement métallique. La sensation de s'élever l'émerveilla même brièvement. Un seul grand couloir tout illuminé la séparait des doubles portes des halles. Pomme se prépara au choc. Elle avait lu les journaux et vu des photogravures. Mais bien sûr, la réalité de cette ville miniature, qui semblait tout droit surgie du passé, la figea sur place.

La doctoresse épiait chacune de ses réactions. Nul doute qu'elle prenait note de sa sidération.

— Alors, qu'en dites-vous ?

— Il y a tellement de monde, souffla Pomme en s'accrochant à son bras. C'est surprenant.

— Allons manger un gâteau, lui proposa Collard, un pli soucieux sur le front. Pomme, pour l'instant, les stations n'ont pas donné suite à votre signalement. Personne ne vous a réclamée, vous ne figurez sur aucun registre, ce qui pose un problème. Légalement, vous n'avez pas d'existence et il n'y a pas de précédent. Personne ne tombe du ciel, pour ainsi dire. Vous êtes un miracle à plus d'un titre : vous avez survécu à une Bête, à une chute, à vos blessures et vous sortez de nulle part.

— Je vais avoir des problèmes ?

— Mais non, mon enfant !

Collard lui tapota vigoureusement le bras.

— Votre amnésie ne nous aide pas à savoir quoi faire de vous. Tenez, installons-nous là.

Un serveur en costume noir et blanc, un torchon immaculé sur le bras vint aussitôt prendre une commande. La femme commanda des gâteaux au citron, avant d'en revenir à leur discussion. Elle lui expliqua qu'elle ne pouvait pas la garder plus longtemps dans son service. Il fallait que Pomme se trouve un poste au sein de la station.

— Vous savez lire et écrire. Y a-t-il un domaine qui vous intéresse ? La médecine peut-être ? Je pourrais avoir besoin d'une aide-soignante.

Pomme secoua la tête. Elle ne voulait plus voir de sang et de blessures.

— J'aimerais travailler sur des machines, murmura-t-elle. J'ai entendu dire qu'il y avait une usine et qu'on manquait de bras.

— C'est dans le journal de ce matin, en effet. Je pourrais vous recommander à Orro. Il dirige l'atelier…

— Oui, ça m'irait. Enfin, s'il veut bien de moi.

Le serveur déposa deux gâteaux brillants d'un jaune éclatant devant chacune d'elles. Pomme n'en avait jamais vu de pareils.

Des magiciens « régnaient » sur les Halles. Ils formaient un genre de conseil. Ils se disputaient le pouvoir à coups de lois et de votes. Leurs luttes intestines rejaillissaient dans le journal. Pomme se tenait loin de tout ça. Et la chaufferie lui paraissait le meilleur endroit pour demeurer insignifiante. Elle ne voulait plus tremper dans aucune histoire.

« Choisis ton chemin et deviens ton propre prophète, avait dit Gwaihir. Voilà comment tu leur échapperas. Voilà comment tu gagneras ta liberté. »

Elle avait fini par comprendre le message.

Elle se tiendrait loin des Bêtes et des Dieux, loin des prêtres et des magiciens. Elle ne voulait plus être un pion. Les pions, on les lançait, on les brisait, on les oubliait. Yaël en avait fait les frais, et Pomme avait survécu par un coup du… hasard. Elle avait décidé d'appeler ça comme ça, même si d'autres auraient parlé d'intervention divine.

Donc, lorsqu'elle arriva chez Orro, avec pour toute possession ses seuls vêtements, elle s'en tint à son amnésie. Jamais elle ne mentionnerait ni sa magie, ni son histoire, ni rien de ce qu'elle avait été avant. Cette Pomme-là était morte avec Yaël. Une nouvelle chance lui était donnée. Et même si son cœur ne s'en remettrait jamais, elle vivrait. Pour elles deux.

Orro paraissait vieux. Quelques mèches grises dépassaient de sa casquette. Ses paupières étaient lourdes, ses doigts épais, et, quand il parlait, il donnait l'impression d'être fatigué. Il manquait de souffle alors qu'il ne fumait pas. Il n'avait jamais un mot plus haut que l'autre, et pourtant, tout le monde lui obéissait sans sourciller.

La première chose qu'il lui dit fut :

— Viens. Je t'ai fait préparer un coin.

Il s'agissait d'un lit superposé, poussé dans un renfoncement séparé du reste de la remise par un paravent. Dessus était accrochée une pancarte : « Chez Pomme ». Cela lui plut.

— Personne n'osera jamais venir sans frapper au mur, déclara-t-il. Ici, les portes sont dans la tête. Chacun a la sienne. Si on frappe, tu n'es pas obligée de répondre. Sois là si tu as envie de l'être. Mais sache que si tu n'es jamais là pour celles et ceux qui en ont besoin, le jour où tu seras sous l'eau, personne ne viendra te repêcher.

Ainsi démarra la nouvelle vie de Pomme. Les premiers jours, elle fut chargée de menues commissions. Aller chercher des outils, réveiller des mécanos crevés, compter les sandwichs pour la pause déjeuner, surveiller les indicateurs de pression... Très vite, elle fut fort appréciée, ce qui lui parut étrange. Elle se montrait polie, elle se sauvait sans bavasser, et elle ne souriait à personne : elle n'y arrivait pas. Ce qui n'empêcha pas la famille de la chaufferie de s'enticher de la « petite miraculée ». Elle était gentille et dévouée, c'était tout ce qu'il leur fallait pour l'adopter !

Pomme découvrit les dîners, la veille du jour de repos. L'équipe d'astreinte se dépêchait de filer après avoir mangé, mais les autres restaient. On jouait. On discutait. On riait. On se relâchait. Pomme restait un peu, pas trop.

— Ça prendra du temps, fit Orro un soir. Mais un jour, tu sauras que tu fais partie des nôtres.

Pomme aurait dû répondre quelque chose, elle le savait. Elle se contenta de hocher la tête. Elle portait désormais un pantalon à pinces, une chemise bleue et un gavroche vissé sur la tête, qui retenait ses mèches rousses à grand-peine ; elle les avait obtenus, ainsi qu'une paire de bretelles, en échange de la belle jupe que la généreuse doctoresse lui avait donnée.

Elle lisait des manuels de machines au petit déjeuner et s'endormait comme une masse le soir. Entre-temps, elle se dévouait corps et âme à l'atelier de mécanique. Elle remplissait ses journées pour ne pas penser. Elle y arrivait très bien.

Au fil des jours, Pomme se rendit compte des problèmes de fournitures. On manquait de tout, de pièces, d'huile ; même les boulons finissaient par s'user à force d'être serrés. Il fallait pourtant que les machines tournent. D'elles dépendaient la ventilation des habitations souterraines, le pompage de l'eau, le fonctionnement des ascenseurs, la mise en œuvre des presses, et bien sûr, le chauffage. Les Aparisiens étaient habitués au confort.

Peu à peu, l'équilibre précaire de l'ensemble apparut clairement à Pomme.

Le métal qu'on refondait dans des moules devenait cassant à la moindre erreur de température ou par la faute des impuretés. De manière générale, ce qu'on fabriquait ne valait pas les originaux. On manquait de bras, parfois de connaissances. C'était comme un navire qui prenait l'eau : on écopait pour limiter les dégâts et continuer à avancer, mais la coque était foutue. Pire, celles et ceux qui vivaient plus haut ne s'en rendaient pas compte ; ils poursuivaient leur vie comme si toutes les merveilles de l'électryse leur étaient acquises. Cependant, il lui semblait probable qu'un jour ou l'autre, une coupure d'électryse devienne définitive et qu'Aparis se retrouve dans la même situation que le Temple.

Un soir, Pomme se planta devant des plans sur papier suspendus dans le bureau du mécanicien en chef.

— Les ingénieurs qui ont travaillé là-dessus connaissaient leur affaire, lui dit Orro.

Il aimait bien parler des ingénieurs du monde d'avant.

— Sans doute. Vous en avez d'autres, des plans ? Je voudrais construire un aéronef, un jour.

Orro se mit à rire, mais elle n'en prit pas ombrage. Tant qu'à vivre, elle voulait se trouver une raison de se lever le matin. Par acquit de conscience, avant de clore le dossier de Pomme, la doctoresse Collard fit envoyer un nouveau télégramme aux autres stations pour vérifier qu'aucune disparition n'avait été signalée depuis la dernière lune. Ceux qui recevaient les messages répondirent de nouveau par la négative, une disparition constituant toujours un évènement. Personne ne songea à en parler aux magiciens qui ne s'occupaient guère de ce genre d'affaires, sans se douter que Dame Ésolia, à Raspail, aurait trouvé la coïncidence troublante. À ce moment, elle venait d'enfermer Yaël à double tour dans sa propre chaufferie.

Pomme passa donc elle aussi deux saisons sous terre, à travailler.

Un lièvre d'une bonne cinquantaine de kilos approcha d'un bond hésitant des barbelés du phare. Ses petits yeux chafouins avaient repéré les laitues du potager, sorties en avance cette année-là. Laquelle ? Bintou ne s'en souciait pas. Elle chassa l'intrus d'un tsss-tsss agacé, avant de se remettre à biner. Elle préparait la terre pour semer les haricots plats dont Yaël raffolait.

— Il faudra mettre des petits pois aussi, dit-elle en essuyant la transpiration de son front.

— *Yaël ne viendra plus,* lui glissa Cath. *Tu l'as sauvée et elle peut poursuivre son chemin.*

Bintou s'accorda une gorgée d'eau. Ce faisant, elle repéra un trou dans la coupole de barbelés qui protégeaient le pied du phare. Les vents d'hiver l'avaient abîmée, et malgré ses réparations, Bintou avait encore du travail devant elle pour consolider l'ouvrage. Elle aussi avait pris quelques mois de repos, l'espace d'une ou deux saisons.

— Je lui ai promis que tout rentrerait dans l'ordre, dit-elle soudain à Cath. C'était un mensonge.

— *Les mensonges sauvent des vies, parfois. Et nous avons vu Pomme aux Halles, nous savons qu'elle est sauve. Toutes deux sont vivantes. Tu as fait ce qu'il fallait.*

Cath avait beau se montrer persuasive, Bintou avait un nœud de regrets coincé dans la gorge. Deux agneaux étaient nés, heureusement, ce qui la distrayait de ses angoisses, mais la pleine lune était proche. Il devenait plus difficile de faire abstraction de ses interrogations. Il semblait que suffisamment de temps se soit écoulé pour qu'enfin, les filles ne soient plus en danger. Mais Cath savait que les tueurs reviendraient et Bintou avait envie de retourner aux Halles.

— *Tu ne devrais pas,* la rabroua Cath. *Laisse Yaël voler de ses propres ailes.*

— J'ai besoin de savoir si elle va bien.

Bintou creusa un sillon, mouilla la terre pour que les graines collent bien, y déposa les haricots un à un et les recouvrit. Ensuite elle passa au rang suivant. Après un bon arrosage, elle se planta devant son jardin, les poings sur les hanches. En dépit des protestations de Cath, elle irait bientôt à Aparis. Elle devait d'abord mettre le phare en ordre. Le refuge devait être prêt pour sa prochaine visite.

44

— Il faut que tu montes le livre de comptes à l'intendance.

Orro déposa un grand volume devant Pomme. D'un regard circulaire, elle balaya l'ensemble de l'atelier. Le vieil homme s'adressait bien à elle. Ses lunettes chaussées sur le bout de son nez, il s'était déjà plongé dans l'examen d'un boîtier.

— Qu'est-ce que tu attends ? File !

Pomme ne se fit pas prier pour emporter le lourd manuscrit relié, en le serrant contre elle. L'intendance se trouvait dans un bureau au-dessus de la grande rue. La corvée qu'on venait de lui confier n'en était pas une : elle allait voir le ciel. Orro la récompensait pour son bon travail.

— Sois revenue pour le casse-croûte, hein !

— Promis, lui cria-t-elle par-dessus son épaule, en fouillant dans sa poche à la recherche d'une pièce.

Elle aurait sûrement le temps de s'acheter une friandise. Lorsqu'elle était de repos, elle allait souvent s'asseoir sur les marches, afin de regarder les toilettes des dames, les jolis enfants aux souliers brillants, les messieurs élégants sous leurs chapeaux. Toute une société qui vivait presque comme deux siècles plus tôt. Des travailleurs des différents secteurs fréquentaient aussi les boutiques : il n'y avait que là qu'on trouvait le superflu.

Pour la nourriture, tout le monde était logé à la même enseigne. Le rationnement s'appliquait même aux magiciens. Mais il fallait des piécettes de bois pour le journal, le savon, le thé... Il en fallait aussi pour donner ses vêtements aux lavandières, et il en fallait encore pour les faire repriser. Il y avait intérêt à travailler d'arrache-pied pour gagner de l'argent.

Orro recevait chaque semaine ce qu'on appelait la prime, qu'il répartissait de façon équitable. Il en réservait aussi une partie pour la « cagnotte » : de quoi organiser une soirée pour les occasions – mariages, naissances... –, ou aussi assurer en cas d'accident.

— Tu sais, les gens, c'est comme des machines. Si t'en prends pas soin, ils tombent en morceaux.

Pomme grimpa dans le monte-charge qui s'arrêtait à leur étage. Elle ajusta son gavroche sur sa tête, remit en place quelques mèches rousses et grimaça en notant une nouvelle tache sur la manche droite de sa chemise.

Peut-être qu'elle s'achèterait une sucette... Ou un fruit. Elle aimait les oranges qui poussaient dans la serre des Halles. C'était une salle souterraine, pleine de lampes éblouissantes. À ce qui se disait chez les mécanos, des plantes poussaient dans des bacs, arrosées par des machines... Orro prétendait même qu'elle était pleine de papillons colorés.

Des papillons dans un jardin souterrain, s'amusa Pomme, *et puis quoi encore ?*

Une fois descendue du monte-charge, elle se hâta entre les installations qui sifflaient et vibraient. Le vacarme mécanique s'étouffa dans son dos quand les portes des Halles se refermèrent derrière elle. Elle y trouva l'équivalent d'une foule pour un si petit endroit. C'était jour de marché ! Elle avait complètement oublié ! On y vendait des merveilles : des boutons, des rubans, des sucreries, des romans même... Pomme rêvait de mettre la main sur l'un d'eux, mais elle n'était pas encore assez riche. Ses yeux se posèrent sur un homme, qui dépareillait dans la foule. Grand, le teint hâlé, il portait un manteau de cuir qui lui rappela celui de Bintou.

En l'espace d'un instant, elle revit l'expression perdue de la bergère, le sourire de Yaël, les queues des brebis qui fouettaient de droite et de gauche, Moustache qui bâillait en exhibant ses crocs, le feu en haut du phare, et cette voix grave, cette voix de loup qui soufflait :

— *Donne-moi une brebis.*

Pomme frissonna. Son gros registre serré contre sa poitrine, elle étudia l'étal du vagabond. Il y avait là des peaux tannées, des fragments de verre, des timbales en argent et d'autres colifichets qui ne l'intéressaient pas. Pas de fromage de brebis. Elle soupira, s'apercevant tardivement qu'elle avait retenu son souffle. Puis un couteau de chasse retint son attention. Elle tendit une main vers l'objet au manche de corne.

— Avec les yeux. Les couteaux, ce n'est pas pour les enfants. Qu'est-ce qu'une gentille petite comme toi ferait avec ça, hein… ? grommela le type.

Le regard de Pomme s'arrêta sur une statuette faite de brindilles de bois roux : un ours. Son sang se glaça. Elle n'oublierait jamais la cabane devant laquelle elle en avait vu une semblable, peut-être cent fois plus grande. Elle tripota le bord de son gavroche, incapable de s'en aller. Tout à coup, des questions lui brûlaient les lèvres.

— Où est-ce que vous habitez ?

— Nulle part, répliqua-t-il. Les vagabonds errent sur les routes. Ils n'ont pas de maison.

Pomme fronça les sourcils. Tout son visage grimaça, ses traits se chargeant d'une rancœur dont elle ne se savait pas capable.

— Menteur.

Puis elle s'enfuit, à la fois hors d'elle et complètement retournée. Elle se réfugia à l'abri du kiosque à musique, tremblante, se cachant la figure derrière son livre de comptes. Il aurait pu deviner ou sentir qu'elle avait du pouvoir… Qu'avait-elle fait ? Il l'avait remarquée, il en parlerait à un magicien, ou à quelqu'un et ça se saurait qu'elle était bizarre. Ou qu'elle entendait des voix. Qu'elle connaissait plus de secrets que n'importe quelle fille de son âge travaillant sur les machines de l'Usine.

Il valait mieux qu'elle se dépêche de déposer le bouquin à l'intendance, et qu'elle regagne l'atelier au plus vite.

Le bureau où elle devait se rendre se trouvait au dernier étage. Elle emprunta l'un des escalators mis en service pour le marché ; à cette occasion, la station mettait toutes les installations en route, en dépit des problèmes d'électryse que cela pouvait occasionner.

Dans le service comptabilité, une dizaine de fonctionnaires compulsaient des ouvrages de cuir semblables à celui d'Orro.

On dit à Pomme de repasser récupérer le sien en fin de journée. Dehors, elle jeta un coup d'œil à l'une des gigantesques pendules accrochées un peu partout dans la station.

Des points lumineux dansèrent devant ses yeux, puis ses doigts fourmillèrent de magie en même temps que ses dents et son ventre. Cela ne s'était pas produit depuis des lustres. Elle se força à redescendre par les escaliers, surprise, inquiète… Est-ce que c'était à cause de son échange avec le vagabond ? Lui avait-il lancé un sortilège ? Des tas de mauvaises histoires circulaient au sujet de ces gens. Ils étaient les bienvenus grâce à leurs marchandises, mais on les craignait : c'étaient des hommes et des femmes des bois, des sortes de sorciers qui échappaient aux Bêtes et dont il convenait de se méfier.

Peut-être que sa magie s'éveillait en réaction à la leur. Sûrement même.

Elle utilisa une piécette de bois pour s'offrir un gobelet de ratafia. Le jus sucré la réconforta sans que la magie ne retombe. Puis elle se mit en quête du boulanger, avant de s'arrêter, consciente que le phénomène perdait en intensité. Elle se retourna, scrutant la foule ; des voilettes, des visages expressifs, des discussions animées, en majorité des familles qui se retrouvaient le temps d'une journée, attablés sous les puits de lumière où les gens aimaient prendre le thé et le soleil. Elle crut apercevoir Yaël, juste un profil semblable au sien, un nez un peu bossu, un front large et des pommettes marquées. Mais cela ne dura qu'un instant. Combien de fois lui était-ce déjà arrivé ?

Néanmoins, elle revint sur ses pas, en direction des cafés, sentant de nouveau une manifestation de pouvoir. Il lui noua l'estomac, et elle avança plus vite, soudain mue par l'urgence. Parmi tout ce monde, une personne l'attirait comme un aimant. Elle s'arrêta, saisie par l'émotion.

Elle la voyait de dos. Une jeune dame au teint mat et aux cheveux noirs pris dans un chignon, installée à une table en compagnie de deux adultes que Pomme identifia aussitôt comme des magiciens : trop riches, trop hautains, trop ennuyés pour être de simples citoyens. Interdite, elle les contempla, plantée au beau milieu des gens qui passaient autour d'elle et poursuivaient le cours de leur vie.

Le frisson de magie ne la quittait pas. Il hérissait les poils sur ses bras tandis que son cœur battait la chamade. Tout son être lui criait que c'était bien Yaël, qu'elle était vivante – elle reconnaissait ses mains ! –, mais sa raison la traitait de folle, parce que Yaël était forcément morte. L'image de son corps étendu, silhouette sombre dans la nuit, dansa devant ses yeux, lui tirant des larmes. Elle les essuya d'un revers de manche. Elle savait que si elle se trompait, elle replongerait dans l'abîme de sa tristesse, profonde et familière. Elle se traînerait comme une loque pendant des jours… Mais cette fois, c'était différent.

Elle contourna l'échoppe du salon de thé et revint par une autre artère, en sens inverse, de sorte à voir la jeune dame de face. Pomme s'arrêta au croisement pour l'observer discrètement. La foule du marché la gênait, et la fille ne regardait pas de son côté, mais elle ressemblait à Yaël comme deux gouttes d'eau. Une Yaël élégante et coquette, qui avait tracé son trait de khôl sur les paupières et qui feignait d'écouter, en arborant l'air poli qu'elle réservait au grand prêtre Cellon dans une autre vie.

C'était elle, en chair et en os. Il n'y avait aucun doute possible. Par les Dieux ! Les pieds de Pomme se mirent en mouvement. Elle chercha à se frayer un chemin parmi les Aparisiens qui s'agglutinaient par paquets, à croire que les portes d'une rame de métro venaient de s'ouvrir. Elle n'était plus qu'à quelques mètres de Yaël… Dans sa précipitation, elle bouscula un monsieur.

— Regardez où vous mettez les pieds, mademoiselle ! l'apostropha-t-il sèchement.

— Pardon ! fit Pomme avec un geste d'excuse.

Cet échange vif attira l'attention de Yaël. Elle reconnut Pomme aussitôt, elle l'aurait reconnue n'importe où, même habillée comme un garçon de station et sortie de nulle part, comme un mirage. Leurs regards s'aimantèrent, incapables de se détacher l'un de l'autre. Tout à coup, les passants, les magiciens et les Halles n'existèrent plus. La foudre aurait pu frapper la table la plus proche qu'elles n'auraient rien remarqué. Car, de nouveau, elles respiraient, après des mois à retenir leur souffle. Comme si, enfin, le poids de leurs malheurs s'était envolé. Comme si, soudain, le ciel s'ouvrait pour les inonder de lumière. Comme si la vie venait de reprendre un sens, le monde de se remettre à l'endroit, l'avenir de redevenir possible…

Elles étaient réunies et le reste n'avait aucune espèce d'importance.

La joie rayonna sur leurs visages, leur rendant leur innocence juvénile : elles se sourirent, partageant un pur instant de grâce. Puis, Yaël eut un électrochoc. Les bruits, les mouvements, tout se remit en route en même temps que son cerveau. C'était peut-être leur seule chance d'être libres. Elle bondit sur ses pieds, renversant et la table et la chaise. Ésolia lui ordonna de ne pas bouger, Alceste fit un geste pour lui saisir le bras et elle le repoussa violemment. Écartant un couple de son chemin, elle sauta sur Pomme, le souffle haché tant par l'émotion que par le corset, et lui attrapa la main.

— Partons !

Et elles disparurent sous les regards médusés de l'assistance.

45

Pomme les avait transportées au seul endroit sûr qu'elle connaissait : sa chambre. Ou du moins, le coin où se trouvaient son lit et l'étagère qui lui appartenait, et où l'on tenait à peine debout.

— C'est chez moi, dit-elle simplement en s'asseyant avec Yaël, sa main serrée dans la sienne.

De l'autre, elle ne put s'empêcher de toucher le visage de sa partenaire, son front, ses joues, ses lèvres.

— Alors, tu n'es pas morte ?

— Non, tu vois.

Yaël retint sa main et embrassa sa paume, puis la prit dans ses bras. Tout rentrait dans l'ordre, comme Bintou l'avait promis : elles étaient enfin réunies. Yaël en avait rêvé tant de fois ces derniers mois. Elle serra Pomme contre elle, si fort qu'elle l'étouffa presque. Quand elle demanda à respirer, Yaël relâcha son étreinte.

— Je savais que tu étais vivante, dit-elle. J'en étais persuadée. Il y a un lien spécial entre nous.

Cette déclaration était très sérieuse, les yeux dans les yeux.

— Je sais, répondit Pomme.

Et sans plus y réfléchir, elle l'embrassa.

— Oh, fit Yaël, surprise.

Aussitôt, Pomme se sentit gênée. L'émotion lui avait fait perdre la tête ! Elle baissa les yeux. Par les Dieux, ses joues la brûlaient.

— Je suis juste heureuse de te retrouver.

Yaël prit son visage dans ses mains, la forçant à la regarder.

— Moi aussi.

Puis elle lui rendit son baiser. C'était tendre et doux, et Pomme avait l'impression de flotter. Jamais elle ne s'était sentie si heureuse. Elle avait du mal à croire que ce n'était pas un rêve, que Yaël se tenait bel et bien là avec elle, et qu'elles s'embrassaient. Elle ne voulait pas se réveiller, elle voulait que ce moment dure toujours et ne s'arrête jamais.

— Il faut partir, souffla Yaël en interrompant leur étreinte. On ne peut pas rester là.

— Pourquoi ? Personne n'essaiera de nous tuer ici.

— Ils vont me chercher.

— Qui ? déchanta Pomme.

— Les magiciens qui m'accompagnaient. Ils m'ont retenue contre mon gré à Raspail. Ils veulent me forcer à faire de la magie pour eux, ils m'ont emprisonnée des mois sous terre sans m'accorder le droit de voir la lumière du jour ! Ils m'ont même empêchée de retrouver Moustache ! Je t'assure, ils vont me chercher.

Yaël serra plus fort ses mains. Les mots tambourinèrent dans la tête de Pomme. Des magiciens connaissaient les pouvoirs de Yaël, elles s'étaient enfuies du marché en se transportant… Bientôt tout le monde saurait qu'elle aussi faisait de la magie.

— Je travaille à la machinerie, murmura-t-elle. Orro a besoin de moi.

Sa tranquillité venait de voler en éclats, et avec elle, tous les repères qu'elle avait eu tant de mal à construire. La nausée monta, violente, d'un coup. Elle vomit à ses pieds. Yaël lui tint les cheveux en lui tapotant le dos, très inquiète.

— As-tu un sac où mettre tes affaires ?

Pomme mit la main sur sa gourde et se rinça la bouche.

— Sur l'étagère, là.

Yaël rafla tout ce qu'elle put, c'est-à-dire pas grand-chose : un peu de linge de rechange, quelques boutons, un dé à six faces, une barrette et une brosse à cheveux, un petit pot de baume à lèvres. Pomme avait toujours la tête qui tournait.

— Ça recommence. Ça ne s'arrêtera jamais. D'abord les Bêtes, ensuite les explorateurs, et maintenant les magiciens… Où est-ce qu'on peut aller ? Il n'y a nulle part où on nous laissera tranquilles.

— J'avoue, je n'ai pas de plan. Je n'avais pas prévu de tomber sur toi et de m'échapper si facilement. Cela nous donne au moins l'avantage de la surprise.

Yaël jeta un regard circulaire, jugeant le réduit de Pomme moins confortable que le sien, même s'il ne ressemblait pas à une cellule. Les mains de sa partenaire étaient devenues calleuses à force de travailler. Elle avait changé et, à cet instant, elle paraissait complètement perdue. Aussi Yaël s'agenouilla-t-elle et lui parla les yeux dans les yeux.

— Au phare, tu m'as demandé si c'était ce que tu voyais pour nous comme avenir. Tu te souviens ce que j'ai dit ?

— Qu'on serait libres de devenir qui on veut.

— Ta chambre n'est pas une prison, mais cette station en est une. Tout ce que je sais, c'est que je veux vivre sous le soleil et la lune, et me promener dehors avec Moustache. Je ne suis pas un rat, je ne vivrai pas dans le métro. Je ne peux pas.

Pomme posa son front contre le sien. Comment lui expliquer ce qui lui était arrivé alors que le temps lui manquait ?

— Les Bêtes m'effraient. Je ne veux pas fuir d'un endroit à l'autre dans le monde sauvage, en ayant peur de dormir dehors. Tu ne sais pas… L'aigle… Sous terre, on est à l'abri.

Le regard de Yaël se teinta de colère.

— Je trouverai un refuge rien qu'à nous, où tu n'auras rien à craindre d'elles. Je te le jure.

Des bruits de bottes retentirent dans le couloir voisin qui menait à l'atelier. Puis la voix grave d'Orro demanda ce qui se passait, il ne voulait pas que les agents de la paix fouillent. « La rouquine ? Partie à la compta. » Il répondait avec calme, assez fort pour que tous ses ouvriers l'entendent.

— Qu'est-ce qu'elle a fait ? C'est une brave petite. Elle travaille dur. Si elle a volé quelque chose, j'en fais mon affaire.

— Il faut y aller, lui murmura Yaël. Maintenant.

Une fois de plus, Pomme n'aurait le temps de dire au revoir à personne. Elle sortit un calepin de sa poche, et son bout de crayon gris, qu'elle utilisait pour noter des mesures ou des numéros de pièces. Vite fait, elle griffonna un merci pour tout à l'attention d'Orro. Elle replia le papier en quatre, le glissa sous son oreiller… Puis tendit la main à Yaël avec un soupir.

☾

Pomme se tourna pendant que Yaël se déshabillait – *quel enfer ces jupons et ce corset.* Celle-ci était toute gênée d'un coup. Avec tout ce qui venait de leur arriver, c'était à leur baiser qu'elle pensait alors qu'elle aurait dû s'interroger sur la suite. *Allons, ce n'est pas comme si tu n'avais jamais rêvé de t'enfuir.*

Sauf que jusque-là, l'étape suivante consistait à retrouver Pomme. Où aller maintenant ? Elle jeta un coup d'œil par-dessus son épaule. Sa partenaire examinait les livres. Elle avait la même expression que dans la bibliothèque de Bau. Cette vision réchauffa le cœur de Yaël. Il ne leur manquait plus que Moustache. Et elles s'étaient embrassées. Cela lui avait paru si évident, si naturel, autant que traverser le monde sauvage pour voler à son secours ou ne pas renoncer à elle, même après l'avoir vue disparaître dans les airs. N'était-ce pas ça, l'amour ?

Yaël enfila une chemise, des bas de coton, et un jupon plus simple. Elle possédait aussi un châle qui lui tenait chaud quand elle étudiait chez Ésolia. Elle s'enroula autour dedans avec un sourire en coin. Cette chère Ésolia ! Le temps était venu de prendre sa revanche.

Quand elle jeta ses vêtements luxueux dans un coin, Pomme se précipita pour les ramasser.

— Ça vaut une fortune, tu t'en rends compte ?

— On ne peut pas emporter tout ça, objecta Yaël.

— Laisse-moi vérifier.

Pomme en sélectionna certains qui pouvaient facilement se transporter. Elle en fit un baluchon, qu'elle emballa dans un morceau de toile.

— Tu n'as pas de manteau, remarqua Yaël en passant le sien, fait de plumes.

Elle était de nouveau la fille-oiseau. Bizarrement, rien que de l'avoir remis, elle se sentit d'autant plus forte. Pomme tourna la tête vers elle avec un regard plein d'admiration. Yaël lui tendit son autre manteau, celui qu'elle avait porté la veille au solstice. Évidemment, il était trop long pour Pomme qui faisait une tête de moins, et il était aussi trop serré aux épaules. Elle avait une drôle d'allure là-dedans, avec sa culotte de garçon et son gavroche. Yaël pouffa.

— Quoi ? s'étonna Pomme. Bon, il traîne un peu par terre, mais il me tiendra chaud.

Puis elle désigna les livres sur l'étagère.

— De la magie. Mais nous ne pouvons plus faire de magie. Nous n'avons pas assez de pouvoir.

— Pas pour ce genre de sortilège, acquiesça Yaël. Mais ils ne veulent rien entendre. Ils sont restés coincés dans le passé, si tu veux mon avis.

Elle s'empara d'un volume qu'elle brandit sous le nez de Pomme.

— Regarde, c'est celui qu'on a trouvé dans les ruines. On le prend.

Sa partenaire fronça les sourcils et en piocha deux de plus.

— Maintenant, il nous faut une carte, réfléchit Yaël à voix haute. Je sais où en trouver une. Chez Ésolia.

Une étincelle de colère brillait dans sa prunelle sombre. Elle acheva de jeter ce qui lui paraissait utile dans son vieux sac, y compris les reliques qui leur appartenaient.

— Prête ? demanda-t-elle à Pomme, sans un regard pour sa cellule surchauffée.

En réponse, sa partenaire lui prit la main. Puis elles se transportèrent dans l'appartement de la magicienne. Le majordome, qui prenait le thé tranquillement, vautré sur la méridienne en velours de sa maîtresse, sursauta avec un air effaré.

— Ne vous dérangez pas, Marius, lui commanda Yaël en ouvrant les tiroirs du bureau. Je ne fais que passer.

— Mademoiselle ?

Il roulait des yeux en allant du manteau de plumes à l'inconnue rousse qui l'accompagnait. Il se remit sur ses pieds, lissa son habit, reprit une contenance. D'une voix ferme, il intervint :

— Vous n'avez pas la permission de…

— La ferme ! s'énerva-t-elle. Je n'ai pas le temps de vous expliquer et je me fiche d'Ésolia ! C'est terminé, vous comprenez ! Je m'en vais !

Flegmatique, Marius releva le menton.

— Dans ce cas, laissez-moi vous préparer un panier à emporter.

Yaël se tourna vers Pomme, celle-ci faisant « oui oui » de la tête.

— Très bien, conclut-il.

— Pas de mauvais coup, Marius ! le prévint Yaël. Je pourrais très bien décider de vous envoyer nourrir les Bêtes à bonne distance d'Aparis. Ma partenaire et moi sommes très puissantes ensemble !

— Je n'en doute pas, mademoiselle.

Pomme adressa un regard de reproche à Yaël. Celle-ci haussa les épaules, avec une mimique qui disait : « Quoi ? Il fallait bien que je l'empêche de donner l'alerte ! » Le majordome, quant à lui, se mit au travail dans le coin cuisine.

— Il me reste quelques cornichons dont vous raffolez, déclara-t-il, comme si de rien n'était. Je les ajouterai à votre sandwich.

— Ne lésinez pas sur les victuailles, Marius, ajouta Pomme pour faire bonne mesure. Par hasard, pourriez-vous nous trouver un sac à dos solide, s'il vous plaît ?

— Bien sûr, mademoiselle. Je peux vous proposer des bagages. Cela conviendra-t-il ?

Yaël mit la main sur une carte roulée parmi d'autres, des encres, des plumes, un carnet, tout ce qui lui permettrait de travailler si elle en avait besoin. Elle sentait qu'elle en aurait besoin. Pomme jeta son dévolu sur un ouvrage traitant de mécanique et d'aéronautique. Elle prit aussi un parapluie.

— Mesdemoiselles ? fit Marius en leur remettant des sacs de cuir, accompagnés d'un panier de provisions. Prenez garde à vous. Le monde sauvage n'est pas un endroit pour les humains, vous le savez bien.

— Mais les vagabonds y vivent, remarqua Pomme. Il doit bien y avoir un moyen d'être libre.

— Certes, admit-il. Hélas, les vagabonds ne sont pas des gens fréquentables. Ils vont et viennent, ils donnent et prennent, mais ils ne se soucient que d'eux-mêmes. Ils sont seuls, ils n'œuvrent pas à un avenir meilleur. Je ne peux que vous conseiller de les éviter. Mademoiselle Yaël, vous êtes une talentueuse personne pleine de cœur, douée de pouvoir, capable de réaliser de grandes choses, et j'imagine qu'il en va de même pour votre jeune amie. Vous ne devriez pas gâcher des capacités dont nous avons si cruellement besoin. Ne pourriez-vous envisager de rester ?

Son discours émut Yaël, qui comprit alors que s'il servait cette vieille bourrique d'Ésolia, Marius n'en avait pas moins à cœur d'œuvrer pour le bien commun. Elle regretta de ne jamais avoir fait attention à lui.

— Marius, c'est malheureusement impossible, mais ne désespérez pas, je vous en prie, lui dit-elle, une main sur son épaule. Une dernière chose, pourriez-vous nous procurer un briquet ?

Les deux filles disparurent ensuite comme elles étaient venues, en un claquement de doigts. Marius resta un moment, les bras ballants à se demander comment il expliquerait cette visite inopportune à dame Ésolia. La vieille femme piquerait une colère, à n'en point douter. La solution lui vint naturellement. Il ne dirait rien. Si elle l'interrogeait, il maintiendrait n'avoir vu personne. Et pour vaincre la morosité qui menaçait de le submerger, il décida de poursuivre sa sieste.

46

Voûté sous le poids de ses fleurs blanches, le camélia oscillait légèrement dans la brise printanière. Un ciel immense le surplombait, d'un bleu intense en dépit des langues roses et orangées qui s'étalaient à l'ouest. Yaël posa son bagage à main et ouvrit les bras pour respirer à pleins poumons. Enfin elle voyait plus loin qu'un mur ! Pomme lui reprit la main, beaucoup plus inquiète depuis qu'elles étaient réapparues dans le monde sauvage.

— On ne se lâche plus, rappela-t-elle en sursautant au passage d'un gros merle. Je te signale qu'il y a des lions dehors.

Le moindre pépiement d'oiseau la stressait – et ils étaient nombreux à s'agiter en ce soir de printemps – mais il n'y avait pas que ça. L'air vrombissait d'insectes, le vent froufroutait dans les branches, des animaux poussaient des cris de loin en loin… On devinait leurs ombres furtives parmi les mouvements végétaux. Peut-être même des prédateurs rampaient-ils le long des ruines avec l'espoir de les surprendre… Il y avait décidément trop à surveiller pour Pomme, qui sortait tout juste du ronronnement caverneux de l'Usine… Loin de se réjouir, elle se tendait, avec l'impression que si elle fermait les yeux, elle les rouvrirait au bord du nid, au sommet d'un piton rocheux.

Yaël remarqua sa pâleur.

— Est-ce que ça va ?

— Trouvons vite ton chat.

Pomme s'accrocha à elle avec plus de fermeté.

— Je suis sûre que Moustache est dans le coin, assura Yaël en reprenant son sac. Il est malin, il sait que je vais revenir à l'endroit où nous nous sommes vus. Il me guette.

— Espérons qu'on ne croisera pas de sangliers, murmura Pomme. Ni de chien. La semaine dernière, un gardien s'est fait dévorer alors qu'il nettoyait des bouches d'aération.

Mais aucun grognement ne lui parvint aux oreilles tandis que Yaël l'entraînait à travers les ruines et les herbes folles.

— Bon sang de bonsoir, où est-il passé ?

Comme elle prenait une grande inspiration, Pomme lui plaqua la main sur la bouche.

— Tu ne vas pas l'appeler, si ? Ou bien tu vas rameuter toutes les lionnes de la ville ! C'est leur heure, je te signale !

Yaël haussa les sourcils, et Pomme la libéra.

— Je ne suis pas dingue, non plus… ! Il a dû s'éloigner pour chasser son dîner. Je suis certaine qu'il est dans les parages…

— Ceci est parfaitement exact ! lança une voix masculine depuis un arbre voisin.

Se balançant au bout d'une branche dans son costume trop grand, Hermès se laissa tomber sur le sol meuble. Il approcha d'une démarche chaloupée, les pouces passés dans ses bretelles, fier de lui… Yaël fit instinctivement passer Pomme derrière elle. Les yeux rouges de Thanos luirent plus fort à mesure que son corps de fumée se densifiait, presque noir tant il devenait réel. Il ressemblait plus que jamais à un démon, perché sur l'épaule de son maître, à la jauger comme s'il n'attendait que le signal pour se jeter sur elle et la dévorer. Yaël eut mal dans sa cheville, là où il l'avait mordue un mois plus tôt. Elle ne put juguler la frayeur qu'il lui inspirait, certaine qu'il l'avait marquée dans sa chair d'une façon ou d'une autre.

— Qui est votre amie ? Nous n'avons pas été présentés, remarqua le magicien, en saluant bien bas avec son chapeau melon. Hermès, pour vous servir.

Un nom antique, se souvint Pomme. *Le messager des Dieux.* Elle eut soudain froid dans le dos. Les Dieux, encore. Ce n'était pas un hasard, il n'y en avait eu aucun depuis le premier jour où tout avait commencé.

— Que fais-tu là ? lança Yaël. Tu devrais être en train de monter la garde devant Montparnasse.

Hermès ajusta son chapeau avec humeur.

— Un peu d'amabilité ne vous ferait pas de mal. En ceci, Alceste a raison. Vous manquez cruellement d'éducation.

Ses doigts frémissaient dans ses mitaines rapiécées qui se baladaient devant lui tant il parlait avec les mains.

— Venons-en aux faits. J'ai une bonne et une mauvaise nouvelle. La bonne, c'est que je sais où se trouve votre chat.

— Et la mauvaise ? répliqua Yaël sans une once de bienveillance.

— C'est que je sais où se trouve votre chat.

Thanos exhiba un sourire étincelant, aussi furtif et effrayant qu'un éclair.

— Dame Ésolia a deviné que vous chercheriez à le rejoindre. Elle m'a donc chargé de le mettre sous clef. Entre nous, il ne s'est pas montré coopératif, mais Thanos a eu raison de son agressivité… À mon avis, notre chère Ésolia sera ravie de découvrir qu'elle avait vu juste… Mais je ne suis pas obligé de le lui dire. Après tout, vous lui avez échappé.

Il souriait. Il y avait de quoi. Enfin, l'opportunité tant attendue se présentait. Il détenait la seule chose que Yaël et Ésolia voulaient absolument récupérer. Il ne doutait pas que la fille-oiseau – elle avait remis ses atours de sauvageonne – était aussi attachée à son félin que lui à sa créature. Quant à la gamine rousse qui se cachait dans son ombre, elle possédait de la magie. Sacrée prise… Thanos le sentait également. Il lui fallait désormais les soumettre à leur volonté. Ceci fait, il exigerait d'Ésolia qu'elle lui donne sa place – bien méritée – parmi l'élite de Raspail.

— Voyez-vous, il serait judicieux de nous entraider. Tout ce que je veux, c'est un peu de reconnaissance de la part du corpus magicum.

Yaël ne quittait pas Thanos des yeux. Si les magiciens rejetaient Hermès, c'était en grande partie sa faute. Personne ne lui faisait confiance, car rien ne l'intéressait, à part ses propres intérêts. Jamais Ésolia ne lui accorderait le moindre pouvoir au sein de Raspail.

— Rends-moi mon chat, Hermès, et nous nous quitterons bons amis. Je ne resterai pas un jour de plus dans le métro. Je m'en vais.

— Je vois. La question que je me pose est, où ?

Thanos bourdonna son assentiment, piqué par la curiosité tout aussi bien que son maître.

— Mêle-toi de tes fesses ! s'emporta Yaël. Tu ne crois pas que je vais te le dire quand même ? C'est ta faute si j'ai été enfermée pendant des mois !

— Il vaudrait mieux te montrer conciliante, la menaça-t-il, sentencieux. Ou je pourrais m'énerver. Sache que tu vas m'accompagner à partir d'aujourd'hui. Et tu me feras le plaisir de ne plus obéir qu'à moi. Je serai désormais ton mentor. Ésolia va devoir apprendre à composer avec moi.

La créature d'ombre gonfla le poitrail, allongea les pattes et sortit les griffes, avant de rejoindre le sol à ses pieds, d'un bond. Yaël serra plus fort la main de sa partenaire en reculant. Elle réfléchissait à toute vitesse. Pouvait-elle se défendre d'une attaque avec la magie ? Elle connaissait le sortilège du champ de force ;

peut-être qu'en puisant dans celle de Pomme, elle pourrait arrêter le monstre ? Et si, ensuite, elles ne pouvaient plus se transporter ? Si Hermès les séparait ?

— Quand est-ce que tu as vu Moustache pour la dernière fois ? souffla Pomme discrètement.

— Mais oui, bien sûr, sourit Yaël en se retournant pour poser son front contre le sien.

Thanos feula alors que la magie montait en elles. Il bondit, fendant l'espace en une fraction de seconde, mais trop tard. Ses griffes ne lacérèrent que de l'air à l'endroit où elles se tenaient. Hermès jeta son chapeau par terre. Il poussa un cri de frustration, imité par son démon qui sifflait, ses prunelles incandescentes de colère. Le magicien le rappela à lui et la créature revint se percher sur son épaule, toute fumeuse et traversée de spasmes.

— Du calme, mon tout beau, murmura-t-il, d'un air pensif. Nous ne les aurions pas arrêtées, de toute façon. Comment l'aurions-nous pu ? Bastet avait tout prévu, sinon elle ne nous aurait pas laissé attraper son envoyé. J'aurais dû me méfier…

Au moins, cette Déesse était du côté de l'Humanité. Il décida de faire contre mauvaise fortune, bon cœur, comme toujours depuis la Fracture.

☾

La veille au soir, Yaël marchait en compagnie d'Alceste et d'Ésolia, escortés par des gardes et des magiciens. C'était étrange pour la Yaël de l'avenir de se voir de loin, à travers la lentille de sa longue-vue. Elle passa devant le camélia blanc, plus hautaine et distante qu'elle ne se l'était imaginé. Jusqu'à ce qu'un bref sourire chasse la rigidité de ses traits. Un chat tigré se faufilait en effet dans les fourrés à proximité.

— Je l'ai vu, chuchota la Yaël du futur. Il vient de sauter derrière le muret, il fonce pour prendre le groupe à revers.

Pomme voulut regarder à son tour. Toutes deux se trouvaient à bonne distance, afin de de ne pas brouiller le temps : il ne fallait surtout pas changer le passé de Yaël et interférer d'une manière ou d'une autre qui pourrait empêcher leurs retrouvailles aux Halles, avec la conséquence de redéfinir leur présent. Telle était la loi des Dieux sur le temps, une seule version d'elles-mêmes pouvait exister et si elles rompaient le cours des évènements, elles risquaient de finir comme Bintou, perdues, folles, et amputées de certains souvenirs. En empêchant Moustache de tomber dans les griffes d'Hermès, elles avaient conscience que la confrontation avec le mage n'aurait pas lieu et qu'elles en subiraient les conséquences. Cependant, elles étaient prêtes à courir le risque. Il était hors de question d'abandonner le chat à son sort, quitte à y laisser quelques souvenirs.

Elles s'étaient installées à califourchon dans un grand chêne qui dominait les environs. Si tout se passait bien, elles pourraient suivre Moustache et le rejoindre en un claquement de doigts, une fois que les magiciens seraient retournés sous terre. La scène se déroula comme dans le souvenir de Yaël. Sauf qu'elle remarqua plus de détails, comme la couleur de la lune, particulièrement lumineuse cette nuit-là. Le chat sortit à découvert, il feula à l'adresse des magiciens et des gardes, puis il accompagna la jeune dame. Quand elle le lui commanda, il fila.

— Tu le vois toujours ? s'inquiéta Pomme, qui ne cessait de surveiller les étoiles au cas où un rapace nocturne déboulerait.

— Là ! Attrape ton sac et donne ta main !

Toutes deux se déplacèrent en un instant jusqu'aux buissons où le chat venait de s'installer ; il avait sagement rangé ses pattes sous son corps et ramassé sa queue tout contre lui pour prêter l'oreille aux bruits de la nuit. Ses longues moustaches blanches frémirent à l'apparition des deux humaines. Il parut surpris. Puis il se mit à se lécher le poitrail, l'air indifférent.

— Quel caractère, ma parole ! s'indigna Yaël. Ce n'est pas le moment de bouder parce que je t'ai rembarré tout à l'heure. Je suis venue te chercher, je te signale ! Avec Pomme, en plus !

Il pencha la tête de côté, bâilla, et se mit enfin debout. Souplesse avant, souplesse arrière, il s'étira des griffes à la queue.

— Non mais quel cabotin ! s'amusa Pomme en tendant la main vers lui.

Elle était émue de le revoir. Elle n'avait pas oublié dans le hangar… Il avait attaqué un des tueurs pour la protéger la fameuse nuit où… Ce souvenir terrible la figea, mais le chat se frotta contre elle, sa tête poussant dans ses hanches avec force. Pomme le serra dans ses bras, le nez enfoui dans son pelage. Yaël essuya une larme et en fit autant, déchaînant les ronronnements de l'animal.

— Et maintenant ? demanda Pomme.

Il faisait nuit noire.

— Cherchons un abri.

Les vertiges commencèrent dès qu'elles se mirent en route avec Moustache. Elles serrèrent les dents, se raccrochant l'une à l'autre. Bientôt, elles oublièrent pourquoi elles avaient peur qu'Hermès ne s'attaque à leur compagnon à quatre pattes. À travers le chat, Bastet n'en perdait pas une miette. *Enfin, elles avancent sur leur propre chemin.*

8

LA PROPHÉTIE

47

L'Oracle somnolait sur sa chaise. Le dîner s'éternisait avec les voyageurs. Elle n'avait rien à dire, elle s'ennuyait. De toute façon, elle n'avait pas été conviée pour parler, mais pour être exhibée. Le grand prêtre se vantait. Il expliquait comment une attaque d'ours avait été déjouée grâce à elle.

Oui, elle les avait vus dans la forêt, pendant qu'elle pique-niquait dans le jardin. En vérité, elle s'était rendue là pour voir sa pie. Chaque jour, l'oiseau venait et elle avait définitivement gagné sa confiance. Il n'avait cessé de lui apporter le même fruit tout l'hiver. Elle était curieuse de savoir où il le trouvait (et elle avait même essayé de recourir à des visions pour l'espionner et le suivre), mais impossible. La pie demeurait un mystère.

— N'est-ce pas, Oracle ? la sollicita le grand prêtre, qui l'avait vue piquer du nez.

— Tout à fait.

Elle n'avait pas la moindre idée de ce qu'il avait pu déclarer avant.

— L'Unique, reprit Cellon, vous a montré que les ours arrivaient.

La fillette tiqua. L'Unique ne lui montrait rien. Elle seule voyait. Le présent et l'invisible lui appartenaient, même si le futur se dérobait parfois. Quant à l'Unique, s'Il voyait quoi que ce soit, Il ne se donnait pas la peine de prévenir le Temple.

— J'ai donc donné l'ordre aux gardes de faire chauffer la poix. Nous étions prêts quand ils ont approché des remparts… Ils ont vite reculé.

Voilà qu'ensuite, le grand prêtre tirait la couverture à lui. Ce qu'il mettait en lumière, c'étaient ses ordres. Pas de qui il les tenait : elle. Sans elle, les humains se seraient contentés de tirer et les Bêtes auraient escaladé les remparts. La poix les avait dissuadés d'approcher. Elles étaient reparties.

La fillette se tourna vers le grand prêtre et posa son regard noir sur lui. On avait décoré ses paupières au pinceau de minuscules arabesques d'or. On avait relevé ses nattes en un chignon élaboré, lustré, émaillé de diamants piquetés un à un. Le sérieux dont elle faisait preuve à son âge mettait les adultes mal à l'aise. Jusque-là, elle s'était murée dans le silence, ignorant la tablée, mais maintenant qu'elle observait le grand prêtre, la gêne des voyageurs s'installait. Son regard demeura fixé sur Cellon, en grande tenue de cérémonie, écharpe de soie rouge, bagues aux doigts, torque d'or…

Il remarqua bien sûr son attention. Il ne corrigea pas le sens de son propos, il continua son discours en s'attachant maintenant à décrire la bonne santé de leur forteresse. Il la snobait délibérément. Il ne put voir évidemment le fantôme d'une vieille femme apparaître. Quoique plus âgée, elle ressemblait en tout point à l'Oracle, robe, coiffure, à l'exception de ses paupières intégralement recouvertes d'or.

— *Ce n'est qu'une question de pouvoir,* dit Grand-mère. *Il croit qu'il peut te traiter comme une enfant et que cela continuera aussi longtemps qu'il le désirera. Il se trompe. Tu as déjà le pouvoir, mon enfant. Regarde ces hommes, ces femmes qui parcourent le monde sauvage et ont vu tant de dangers. Ils tremblent de te froisser. Toi seule comptes. Ce soir, plus que n'importe quel autre jour.*

Le spectre s'évanouit.

La fillette ne laissa rien transparaître, tout en dévisageant Cellon. Cependant, une nouvelle fois, elle avait cessé de l'écouter. Elle était perplexe. Jusqu'à ce qu'elle regarde plus loin que lui. Grand-mère se tenait devant la fenêtre. La lune était pleine.

— Oracle ? Vous vouliez dire quelque chose ?

Cellon la prenait de haut, avec humeur. Les autres convives semblaient sur le point de se liquéfier.

— Silence, fit l'Oracle en se levant.

Un frémissement parcourut ses semelles. Le grand prêtre ouvrit la bouche mais elle leva un doigt, un seul avec autorité. Le sol vibra encore. Les voyageurs baissèrent les yeux aussitôt. L'Oracle prit une profonde inspiration, ouvrant tout son être au moment présent. Un grondement lointain lui parvint, et autant de légères secousses. C'était subtil, mais présent. Le temps venait encore d'infléchir sa course.

☾

Sur l'autel, la Bête respirait encore. Son poitrail se soulevait avec difficulté, sa tête renversée pendait, offrant sa gorge au poignard de l'Oracle, ses longues cornes traînant au sol. Juchée sur son sacrifice, la fillette enfonça enfin sa lame en plein cœur, mettant fin à l'agonie de l'animal.

Elle plissait les yeux, si bien qu'il n'en restait qu'une fente à l'éclat brillant. Sa mine juvénile se froissa le temps qu'elle examine les entrailles. Ses longs cheveux noirs pendaient au-dessus du corps ouvert.

Les chasseurs avaient bien travaillé. Cet isard gigantesque en pleine fleur de l'âge possédait plus de magie que tous les pigeons qu'elle avait trucidés cette année. N'hésitant pas à plonger ses mains dans les viscères, elle partit à la recherche du foie. Elle avait besoin de le voir, de le tenir, de l'interroger.

Personne ne comprenait l'utilité de ces sacrifices à part elle, bien sûr. Elle avait tué son premier animal à l'âge de trois ans ; ça avait été facile, elle avait saisi le couteau et imité un fantôme qui lui avait montré comment faire. Chaque fois qu'elle se penchait sur une pièce de chair, comme à cet instant, d'autres membres de sa famille regardaient avec elle pour en interpréter les lignes. Il y en avait toujours quelques-unes sur les différents organes d'un animal, mais sur le foie, elles apparaissaient avec netteté, d'autant plus si la Bête jeune et vigoureuse possédait du pouvoir.

Celle-ci avait dû être une reine des sommets. Son sang frais dégageait encore une certaine aura. Si sa tête était morte, le reste luttait toujours contre la rigidité cadavérique qui lentement gagnait du terrain. L'enfant trancha et tira pour arracher le tribut sanguinolent au corps. Des lignes serpentaient dessus, argentées, nombreuses, ramifiées.

— Parle, je te l'ordonne ! grogna-t-elle, sa propre magie se réveillant au contact de la chair.

Des sillons s'évanouirent et des entrelacs devinrent des formes géométriques. Nombreuses. Annonciatrices de bouleversements.

— Peste !

Elle lâcha le foie et se massa le front, le maculant de sang. Elle en avait jusqu'aux coudes et sa robe ressemblait désormais à un tablier de boucher. Tout ceci présageait du pire. Elle l'avait su en se levant le matin même, quelque chose changeait de nouveau autour d'elle, le temps voyait sa course s'altérer, ce jour précis voyait le monde se transformer. Encore. Les plus petits changements, insignifiants de prime abord, n'étaient pas à négliger.

Il fallait intervenir avant que les choses n'empirent. Elle avait terriblement besoin d'une vision. Comme les autres humains, avec la Fracture, le talent de sa lignée avait diminué, pas assez pour s'éteindre complètement… Mais suffisamment pour la priver de certaines ressources. Il lui fallait prendre le pouvoir de la Bête. Saisissant le couteau, la gamine ouvrit en deux la poitrine de l'isard, saisit le cœur frémissant, qui ne battait plus mais vibrait encore dans ses doigts, et elle hurla en recueillant son pouvoir, sa voix accompagnée de celles de dizaines d'oracles disparues :

— Montre-moi !

Ce qui lui apparut fut un marché au cœur d'un bâtiment à étages, aussi beau que certaines gravures dans ses livres d'étude. Les deux fugitives s'y promenaient main dans la main au milieu des étals.

— *Elles marchent sous Aparis*, murmura l'une de ses sœurs. *Elles sont aux Halles.*

☽

Ramdaram affûtait un long sabre courbe d'un mouvement méthodique, exécuté à la perfection. La pierre raclait le métal le temps d'un éclair, puis la main la ramenait, et l'homme recommençait. Il marqua une pause pour examiner le tranchant à la lumière du jour. Un rayon de soleil tombait de la fenêtre juste au-dessus de lui. Son œil intact parcourut le fil de la lame, tandis que l'autre se fermait mécaniquement sous son cache. La pièce de cuir masquait en partie la lacération qui lui avait coûté son globe oculaire droit en plus de priver de sa mobilité une partie de son visage. Il en avait perdu le sourire, lui qui auparavant ne le quittait jamais.

Quand, parfois, il lui arrivait d'en esquisser un, seul un coin de sa lèvre se retroussait, lui donnant l'air plus sardonique qu'amusé.

D'ailleurs, la joie de vivre qui l'habitait semblait s'être éteinte, ou plutôt, il avait l'impression qu'on la lui avait arrachée avec son œil. Il savait à qui il devait cette perte, à cette peste de Yaël qu'il aurait dû, qu'il avait failli, tuer.

— Patience, murmura-t-il en se remettant à aiguiser.

— Peux-tu cesser ce raffut, s'il te plaît ? demanda Doïstov depuis l'autre côté de la pièce.

Ram balança sa pierre à aiguiser loin de lui, rengaina son sabre et s'allongea sur un divan de velours. Doïstov l'oublia presque aussitôt, tout absorbé qu'il était par son projet. Il restaurait un appareil photographique à soufflet, autant pour s'occuper les mains que l'esprit. En dépit de sa guérison, il lui était recommandé d'éviter les efforts.

Il avait survécu. Une serre avait perforé son abdomen de part en part, il avait perdu un rein et passé deux semaines dans le coma, mais il s'était réveillé. Cette expérience l'avait adouci, d'une certaine manière. Il appréciait mieux les petits plaisirs simples de la vie. Il ressentait même de l'enthousiasme en travaillant sur cet appareil, lui qui ne s'émouvait de rien d'ordinaire : à part le soufflet très abîmé, le reste du mécanisme avait été plutôt épargné. Il poursuivit le démontage de la lentille avec soin jusqu'à ce que l'apparition de deux enfants-pouvoir ne l'interrompe.

— Messieurs Doïstov et Ramdaram ? dit l'un des garçons en saluant avec respect. Pardonnez-nous de vous déranger, le grand prêtre Cellon requiert votre présence de toute urgence. Il vous attend au Temple aux côtés de l'Unique.

Ils disparurent sitôt leur message délivré. Tout l'hiver, le grand prêtre leur avait battu froid, sans doute parce qu'il les considérait désormais inutiles. Doïstov et Ramdaram avaient eu connaissance des paroles de l'Oracle par d'autres sources. La Deux-Visages était partie. Ils savaient aussi que la fillette n'avait plus eu de vision de Yaël et Pomme, et qu'elles avaient été laissées pour mortes.

Cependant, Ramdaram était persuadé que Yaël avait survécu.

— N'avais-je pas prédit qu'il aurait de nouveau besoin de nous ? railla-t-il en se redressant. Tu devrais mettre ton manteau.

Doïstov acquiesça d'un air soucieux.

Les explorateurs firent le tour du bassin, Doïstov avec sa raideur coutumière, et Ramdaram avec son air des mauvais jours. Ni l'un ni l'autre ne prêtèrent attention à la représentation de l'Unique au pied de laquelle le prêtre se recueillait. Le premier, parce qu'il était un homme de science et de magie, le second parce qu'il gardait une rancœur envers Celui qui avait châtié l'humanité.

Le Slave s'inclina.

— Grand prêtre, vous nous avez fait demander.

Cellon prit le temps d'achever sa prière muette, adressée au Dieu qui trônait sur son piédestal. La tête de la statue frôlait la voûte haute d'une douzaine de mètres et son regard portait à travers les murs du temple pour observer le monde. Il arrivait à Cellon de déceler d'infimes changements dans les traits de pierre. Il gardait ce secret pour lui, bien sûr, mais il lui semblait qu'une légère ride de contrariété était apparue sur le front de l'Unique.

Ramdaram toussa dans son poing. Alors qu'avant, il se montrait mondain et séducteur, il ne prenait plus ce genre de peine désormais. Cellon fit volte-face.

— Messieurs, j'ai de fâcheuses nouvelles pour vous. Les deux filles sont vivantes et tout semble indiquer qu'elles se sont rejointes.

— L'Oracle aurait-elle eu une vision ? s'enquit Doïstov avec une froideur teintée d'un soupçon de doute.

— Une vision très nette. (Cellon s'interrompit.) Cela vous pose-t-il problème ?

Le Slave se contenta d'afficher un sourire poli.

— Où sont-elles ? demanda Ramdaram abruptement.

— A Paris. Plus précisément, vous les trouverez au marché des Halles demain.

Les deux explorateurs échangèrent un regard. Toute communication officielle avait cessé entre les stations et les forteresses depuis bien longtemps parce que les magiciens refusaient de se plier aux lois divines et d'abandonner définitivement l'usage des sortilèges. Les unes vivaient en ignorant les autres, et réciproquement. Néanmoins, il arrivait aux explorateurs de s'y rendre en se faisant passer pour des vagabonds. Là-bas, il était possible de se procurer certaines pièces détachées ou de troquer des reliques, comme le photographe à soufflet dont Doïstov s'était entiché.

Cellon leva les yeux vers l'Unique.

— Trouvez-les-moi. Mettez de vieilles nippes et faites semblant de chercher à manger ou que sais-je… Débrouillez-vous, mais trouvez-les et tuez-les.

— En plein jour ? objecta Doïstov. Au milieu de la population ? Les magiciens risquent de mal le prendre.

— Ce n'est pas mon problème.

Au tour du Slave d'être contrarié. Ramdaram ajusta le cache de cuir sur son œil d'un mouvement mécanique.

— Et la Deux-Visages ? demanda-t-il d'une voix sourde. Sera-t-elle présente ?

— L'Oracle n'en a pas fait mention, mais si elle se montre, débarrassez-nous-en aussi. Je me dois de vous avertir que j'ai envoyé deux autres voyageuses à leurs trousses, au cas où vous ne réussiriez pas mieux cette fois que les précédentes. Les gamines ne doivent pas en réchapper.

Ram acquiesça, le coin de sa lèvre se retroussant. L'heure était venue de prendre leur revanche et il n'allait pas laisser passer cette chance.

48

La lune avançait dans la nuit, presque aussi vite que les filles, qui suivaient Moustache d'un pas pressé. Les maux de tête et les vertiges dûs à leur précédent voyage dans le temps avaient fini par s'estomper. Elles se tenaient la main comme pour s'ancrer dans leur nouveau présent. Leurs bagages les embarrassaient, mais elles continuaient, l'oreille aux aguets. Des criquets stridulaient, des chauves-souris virevoltaient dans les airs, et de temps à autre, des chouettes hululaient.

— Tu es sûre qu'il nous emmène quelque part ? souffla Pomme.

— J'ai confiance en lui. Et puis, c'est toi qui lis dans l'esprit des Bêtes, non ?

— Il n'a pas de voix. Juste… une femme à tête de chat.

Lorsqu'elle le regardait dans les yeux et qu'elle essayait de l'entendre, elle avait l'impression de la voir tout au fond de lui. Ou plutôt derrière lui. C'était une Déesse. Pomme ignorait laquelle, elle ne connaissait pas d'histoire qui correspondait. Mais sa mère l'avait avertie que les Dieux changeaient de forme et de noms en fonction des pays et des légendes.

— C'est bizarre ce que tu racontes… (Yaël pouffa.) Une femme à tête de chat, quelle drôle d'idée.

— Ce n'est pas plus bizarre que l'horrible démon aux yeux rouges de tout à l'heure.

Moustache se retourna, en battant de la queue. Il avait l'air très agacé par leurs chuchotements. L'animal les conduisit jusqu'à une colline, encombrée d'arbres et de ruines. Parmi elles, les restes d'un antique funiculaire et sa cabine mangée par la rouille. Partout, des fragments de colonnes épars et même des statues de bronze étaient plantés dans le sol aux côtés de monceaux de gravats d'une blancheur immaculée. Quoi qu'il y ait eu au sommet de cette butte, cela avait volé en éclats lors de la Fracture. Sur le chemin, un félin noir aux yeux verts s'interposa, mais Moustache se gonfla des pieds à la tête et le chassa avec une prestance que les filles ne lui connaissaient pas. Yaël l'applaudit silencieusement et il se rengorgea d'aise.

Le sommet était complètement envahi par les végétations. Un demi-dôme dépassait à peine des buissons. *A priori*, il constituait un abri adéquat aux yeux d'un chat géant, en plus de s'avérer un poste d'observation parfait. De là, on pouvait admirer la tour Eiffel décapitée. La pointe avait été comme arrachée par un géant.

Peut-être que Moustache parvenait aussi à voir la station… En tout cas, les filles distinguaient différentes voies brillantes sous le miroitement de la lune. À voix basse, elles se racontèrent leurs péripéties, tout en se régalant avec les gâteaux de Marius. Yaël expliqua comment Bintou l'avait sauvée et comment elle l'avait empêchée de rejoindre Pomme.

— Elle m'a emmenée à Aparis, dans le futur. Je le sais, parce que j'étais malade, comme après chaque voyage dans le temps. Je suis retournée au hangar et j'ai vu qu'il s'était passé plusieurs jours. Et puis, Ésolia m'a enfermée. Je n'ai pas abandonné, mais je ne sentais plus ta présence…

— Sûrement parce que j'étais dans le coma. Je suis restée inconsciente une dizaine de jours.

Pomme lui raconta le nid, Gwaihir, les sangliers, l'errance dans le métro… Puis son réveil à l'hôpital, beaucoup plus tard.

— Je ne cessais de revivre cet abominable soir, au hangar, avoua-t-elle. J'étais très mal et je prenais des médicaments pour ne plus cauchemarder. J'ai cru que tu étais morte, vraiment.

Le traitement avait apaisé ses nuits, anesthésié sa douleur et endormi sa magie. Yaël hocha la tête : voilà pourquoi elle ne parvenait pas à sentir sa présence. Elle donna un morceau de biscuit à Moustache, soulagée d'avoir réuni les morceaux du puzzle. Il ne cessait de se frotter contre leurs épaules avec un air heureux. Le vent siffla un air doux et elle se tassa sous sa couverture de plume.

— J'aurais bien fait un feu, déclara-t-elle au bout d'un moment, en tripotant son briquet, mais j'aime autant ne pas attirer l'attention des prédateurs nocturnes.

— C'est mieux, en effet.

La peur du monde sauvage venait submerger Pomme si fort par instants, qu'il lui fallait prendre la main de Yaël pour se calmer. Celle-ci la serra contre elle.

— Je te promets de ne pas m'éloigner. Plus aucun aigle ne t'enlèvera.

— Il y a quelque chose que tu dois savoir : Gwaihir était un Dieu. Les Dieux existent, Yaël, et ils sont parmi les animaux.

Pomme en tremblait. C'était la première fois qu'elle s'autorisait à avancer son hypothèse à voix haute. Elle le pensait, pire, elle savait qu'elle avait raison. Voilà aussi pourquoi elle s'était terrée dans la station.

— Tu crois ? s'inquiéta Yaël. Ils existent vraiment, tu veux dire ? Cellon nous a dit qu'il n'y avait que l'Unique et que tous les autres étaient des imposteurs…

Moustache interrompit sa toilette, ses yeux réfléchissant la pleine lune de telle façon qu'il en était presque inquiétant. Pomme pouvait presque la voir dans sa tête, la Déesse à tête de chat. *Bastet,* entendit-elle en son for intérieur.

— Je les ai priés, Yaël. Quand tu étais dans le monde sauvage et que j'étais en prison à Bau, je les ai suppliés de te protéger.

— *Je t'ai entendue. Grâce au chat, mon serviteur, Yaël a échappé à la mort et à la vigilance de l'Unique.*

Pomme secoua la tête, mais l'instant était passé. La femme à tête de chat avait disparu et il n'y avait plus que Moustache. Depuis son passage dans le nid de Gwaihir, l'adolescente avait cessé de s'adresser à eux et de faire des libations. Mais elle se tenait pour responsable de tout ce qui leur était arrivé, depuis le début.

— C'est ma faute… Je les ai appelés et elle m'a entendue. C'est une Déesse qui t'a envoyé Moustache. C'est elle, la femme à tête de chat. Bastet !

— Qu'est-ce que tu racontes ? grommela Yaël.

Elle regarda le chat d'une façon différente. Après un bâillement, celui-ci se rengorgea.

— Tu as raison, Moustache m'a sauvée. Sans lui, je n'aurais peut-être pas trouvé le phare. Et puis, tu m'as dit qu'il était venu à ton secours dans le hangar… Mais puisqu'il nous protège, pourquoi est-ce que Cath voulait s'en débarrasser ?

Pomme leva les yeux vers la lune. Elle prit le temps de réfléchir.

— Cath et Bintou voyagent dans le temps. Depuis le début, elles savaient que les explorateurs allaient essayer de nous tuer, et je crois que… tu es morte. Moustache a sûrement essayé de te protéger, mais d'une façon ou d'une autre, il a dû changer le cours des choses. Il a le don pour se trouver au mauvais endroit au mauvais moment, avoue…

— C'est vraiment une question de point de vue, à mon avis, répliqua Yaël, pétrie de mauvaise foi.

Moustache se lustra le poitrail avec satisfaction. S'il avait eu une voix, il aurait pu leur raconter qu'il les avait sauvées plus d'une fois, et que cela lui avait coûté un certain nombre de vies, par ailleurs. Bon, il aurait dû également admettre qu'il avait échoué à protéger Yaël à plusieurs occasions. Par mégarde, il avait aussi offensé Amarok et créé son lot de problèmes au phare. Mais il avait appris de ses erreurs, agi en conséquence, et ce fil de temps s'avérait beaucoup plus prometteur que les précédents.

Les filles ignoraient le tumulte de ses pensées, absorbées par leur propre réflexion. Toutes deux se pelotonnaient sous les plumes, dans les bras l'une de l'autre.

— Donc, murmura Yaël, les Dieux nous protègent des sbires de l'Unique. C'est une bonne nouvelle, non ?

Pomme songea aux paroles de Gwaihir. « Choisis ton chemin et deviens ton propre prophète. Voilà comment tu leur échapperas. Voilà comment tu gagneras ta liberté. » Était-ce des Dieux ou des humains qu'il parlait, finalement ? Elle avait du mal à trancher. Son message ne lui paraissait plus si clair, à présent.

— Dans les histoires que ma mère me racontait, les Dieux protégeaient surtout leurs intérêts et les humains n'étaient que des pions dans leur jeu. Des jouets qu'ils pouvaient sacrifier.

— Merveilleux.

Elles frissonnèrent en même temps, les yeux dans les yeux. Ensuite, leurs nez se frôlèrent, puis après une hésitation, elles s'embrassèrent. Elles étaient encore gênées. Surtout Pomme qui n'avait jamais embrassé personne avant.

— Pour moi, tu es la première. Toi, tu as eu Diego, Uram, Elliot…, compta-t-elle avant que Yaël ne la fasse taire en collant ses lèvres sur les siennes.

— C'est loin tout ça. On s'en fiche.

Ça s'était produit dans une autre vie, semblait-il, à croire que des années avaient passé alors qu'une seule s'était écoulée. Elles avaient à la fois tant appris et tant changé… Soudain, Moustache gronda, arrachant les adolescentes à leur baiser. Elles repérèrent immédiatement le danger au pied de la colline. Comment ne pas voir ces deux lionnes, dont le dos fauve dépassait des frondaisons ? Un museau doré au menton d'un blanc duveteux huma l'air nocturne.

Yaël saisit la main de Pomme, passa son bras autour de Moustache, dont les oreilles pointaient. Elle réfléchissait : où aller si les fauves passaient à l'attaque ? Se réfugier dans un arbre ne fonctionnerait pas. Elles ne pouvaient pas retourner dans le métro à cause des magiciens. Elle ne trouvait pas de point de chute, elle était à deux doigts de paniquer. Les lionnes se frottèrent l'une contre l'autre, puis l'une d'elles se tourna dans leur direction. Elle grogna brièvement. La seconde en fit autant.

Pomme tourna des yeux affolés vers Yaël, qui se concentra de son mieux. Un sortilège d'invisibilité lui revint en mémoire, Ésolia le lui avait fait étudier parce que les magiciens l'utilisaient pour protéger l'entrée de Montparnasse. Elle serra plus fort la main de Pomme et se mit à réciter l'incantation en son for intérieur. Seules ses lèvres bougeaient.

Sa magie, comme celle de Pomme, réagissait à son appel, à ses mots, mais elles étaient comme de minuscules étincelles qui ne parvenaient pas à s'embraser. Moustache posa sa tête contre la sienne. Alors, enfin le miracle se produisit. Lui aussi possédait de la magie, une force brute, animale, intacte, qui se mêla à celle des filles, donna corps au sortilège et fonctionna. Une bulle miraculeuse les enveloppa.

Les lionnes grimpèrent tranquillement, les troncs craquant comme des herbes en s'écartant sur leur passage. Elles examinèrent les ruines du demi-dôme. Leurs énormes pattes griffues et leurs ventres plus clairs se premenèrent devant le trio silencieux. Il s'écoula une dizaine de minutes qui parurent aux filles une véritable éternité avant que les fauves décident de partir en quête d'une autre proie.

Elles attendirent de voir disparaître leurs silhouettes avant de pousser un soupir de soulagement.

— Comment as-tu fait ? chuchota Pomme. Tu es devenue une magicienne ?

Sa partenaire était encore sous le choc de ce qui venait de se produire.

— Moustache m'a aidée. Il… Et… J'aurais dû y penser plus tôt ! C'était pourtant évident !

Pomme posa un doigt sur ses lèvres. Yaël prit une profonde inspiration et lui dit tout bas :

— Il y a de la magie dans les Bêtes, c'est là qu'elle est allée lors de la Fracture. C'était pourtant évident, mais ni le Temple ni les magiciens ne l'ont vraiment compris. Grâce à Moustache, j'ai pu lancer ce sortilège, un peu comme une magicienne du monde d'avant. Est-ce que tu te rends compte ? C'est une découverte énorme.

Pomme acquiesça, sans pour autant se réjouir franchement. Yaël, qui ne voyait pas ce qui l'ennuyait, lui montra la bulle toujours bien réelle, puis elle tapota son sac, qui renfermait le grimoire qu'elles avaient emporté.

— C'est une chance extraordinaire pour nous deux, on va déjà pouvoir dormir tranquille cette nuit, mais en plus, on ne sera plus obligées de se cacher ou fuir à chaque fois que nous croiserons des Bêtes.

— Peut-être, mais que se passera-t-il si la magie de ces Bêtes est plus forte que la nôtre ? Les lionnes ne nous ont pas trouvées ce soir, mais si nous nous installons quelque part, je doute que nous soyons capables de repousser une meute de loups, même avec l'aide de Moustache.

Elle avait gardé un très mauvais souvenir de la cabane entourée de statues de bois. Cependant, elle ne parvint pas à doucher l'optimisme de Yaël.

— Il doit bien exister un endroit où les Bêtes ne nous attaqueront pas, où on pourra vivre tranquillement et s'arranger avec elles… Comme Bintou dans son phare.

Peut-être les Dieux les y aideraient-ils ? Moustache se cala confortablement contre elles, avec un soupir de satisfaction. Yaël avait besoin d'y croire. Elles ne pouvaient pas avoir affronté autant de tragédies pour ne pas s'en sortir au bout du compte.

— À nous d'imaginer l'avenir que nous voulons et de tout faire pour le rendre possible, tu ne crois pas ? Qu'est-ce que tu verrais, toi ?

— Je ne sais pas…

Yael jouait avec ses doigts dans les siens, de plus en plus souriante.

— Laisse-moi réfléchir. Il nous faudrait un bureau immense, avec de la place pour une bibliothèque, des étagères pour les trouvailles qu'on rapportera de nos explorations, et bien sûr, un établi, où tu pourras bricoler tes inventions. Il nous faudra une grande cheminée aussi, et peut-être même des lits, histoire de faire la sieste si on travaille toute la nuit.

— Travailler à quoi, au juste ? demanda Pomme.

— À créer un avenir meilleur. On ne peut pas continuer comme ça. Les humains ne sont pas faits pour vivre comme des rats, ou cloîtrés dans des forteresses.

— Mais les Bêtes ne nous laisseront pas faire. J'ai entendu les lionnes se parler entre elles : elles se souviennent de la fumée, des cages et des fers, du goût de l'eau souillée, des coups de fouet que les humains donnaient à leurs ancêtres. Elles savent que les forêts ont failli disparaître, et que les chasseurs auraient fini par tuer tout le gibier.

Yaël n'avait pas assez songé à cet aspect des choses. Son regard se posa sur le chat.

— Pourtant, on pourrait s'entendre. Le grand-duc a bien laissé Bintou utiliser le chalet sans donner l'alarme. Moustache aime bien vivre avec nous lui aussi. Il y a bien assez de place sur ce monde pour le partager, non ?

La question resta en suspens. Pomme bâilla, soudain apaisée. Ses yeux se fermèrent en même temps qu'elle soupirait.

— Ce serait une bonne chose, en effet.

Yaël mit plus de temps à s'endormir. Elle sentait une fois de plus que sa vie venait de basculer. Ce n'étaient pas seulement les retrouvailles avec Pomme ; sa découverte au sujet de la magie constituait une avancée majeure. Elle redistribuait les forces en présence sur l'échiquier des Dieux. Yaël ne voulait pas du monde d'avant, ce qu'elle en avait vu à Aparis l'en avait convaincue. Elle ne voulait pas non plus de l'avenir promis par le Temple, où il ne serait question que de la servitude de l'Unique. Ce qu'elle désirait, du plus profond de son cœur, c'était la liberté d'un monde nouveau. Elle voulait faire en sorte que les humains et les Bêtes se tolèrent et réapprennent à vivre ensemble. Mais comment ?

En son for intérieur, elle décida que si quelqu'un pouvait réaliser ce miracle, c'étaient elles.

À l'aube, Pomme se réveilla en sursaut. Elle avait cru être de retour dans le nid, mais les plumes qui lui tenaient chaud n'étaient pas celles de Gwaihir. Yaël dormait toujours, en ronflant légèrement. À moins qu'il ne s'agisse du chat, qui avait posé une patte par-dessus elles. Le soulagement étreignit la jeune fille. Elle se rendit soudain compte de la beauté des couleurs dans le ciel. Elle avait passé une nuit dehors, dans le monde sauvage, sans être menacée de mort. La bulle de protection était toujours là.

La peur s'envola sans bruit.

Débarrassée de cette entrave, Pomme songea à ce dont avait parlé Yaël la veille. À leur futur chez elles. Un immense bureau, avec une cheminée. Cela paraissait presque absurde, et pourtant, elle imaginait la pièce, les tapis, les livres, les objets… Tout ce que Yaël avait tendance à laisser traîner. Elle s'entendait déjà râler en rangeant chaque chose à sa place. Elle prit une inspiration et tenta de visualiser une porte. Derrière, il y aurait un jardin d'hiver. Elle avait toujours rêvé d'en avoir un rien qu'à elle, même un tout petit ! Elle adorait se transporter dans celui du grand prêtre Cellon, coincé entre le temple et la paroi de la montagne, où volaient des canaris à toute heure de la journée.

Mais les oiseaux ne sont pas faits pour être enfermés, s'assombrit-elle d'un coup.

Encore une lubie qui leur valait l'inimitié des Bêtes. Si un jour elle possédait un jardin d'hiver, elle y cultiverait des arbustes et des fleurs, voilà tout. Enfin, peut-être, elle n'avait jamais eu la main très verte. Les plantes de sa chambre – au Temple – souffraient souvent de la soif. Pomme rêvassa, en se demandant à quoi pourrait ressembler leur cuisine, s'il faudrait tout construire elles-mêmes… Sans outils, sans aide, cela ressemblait à un projet impossible. Sa réflexion la ramena au vagabond. Où vivait-il ? Avec qui ? Il y en avait forcément un deuxième, un compagnon qui lui permettait de se transporter. En tout cas, il avait menti. On ne pouvait pas vivre en bougeant tous les jours dès que les Bêtes attaquaient.

Cette conversation paraissait irréelle avec le recul, autant que sa vie sous la station, à s'occuper des machines. Comme si les mois passés sous terre, entre parenthèses, n'existaient plus. Peut-être que c'était le cas. Pomme sortit ses mains de sous les plumes. Les paumes calleuses, les coupures, la crasse sous les ongles attestaient que tout était arrivé.

Yaël avait raison, elles n'étaient pas des rats, elles n'avaient rien à faire sous terre. Pomme croyait impossible de s'installer dans le monde sauvage, même en utilisant la magie de Moustache : la haine que les Bêtes leur portaient était trop grande. Mais elles ne pouvaient pas retourner en arrière, ni au Temple ni au phare. Bintou avait beau les avoir aidées de son mieux, elle s'était perdue dans le temps et elle avait dit à Yaël qu'elle ne pouvait plus l'accompagner. La seule solution était de reprendre là où elles s'étaient arrêtées… et d'aller au bout de la route des refuges. Le vagabond du marché connaissait cette voie. Il savait où elle conduisait. Et elles possédaient une carte, celle qu'elles avaient volée à Ésolia. Il n'était pas question d'errer mais d'arriver à destination. Il fallait absolument qu'elle lui parle.

— Yaël… Réveille-toi, s'il te plaît. J'ai une idée.

49

Pomme et Yaël se tenaient la main, se glissant au milieu de la foule… Comme elles avaient remonté le temps la veille afin de retrouver Moustache, elles avaient attendu le début d'après-midi pour se rendre au marché. Elles avaient trop peur d'interférer dans leurs retrouvailles qui avaient eu lieu le matin, en se rendant trop tôt aux Halles. Il ne restait plus qu'à espérer qu'Ésolia et Alceste seraient occupés à leur donner la chasse ailleurs. Qui s'attendrait à les croiser au marché le jour même, quelques heures après leur fuite ? Personne.

Afin de passer inaperçue, Yaël ne portait plus son manteau de plumes, bien sûr ; elle l'avait confié avec le reste de leurs affaires au chat, resté à les attendre sous son morceau de dôme en ruine. Serrant un châle sur ses épaules, elle avait enfoncé la casquette de Pomme sur sa tête. Elle cachait son visage parmi ses cheveux lâchés, tandis que sa partenaire la guidait vers l'étal du vagabond.

— Tu vois, souffla Pomme, tout est normal. Les gardiens de la paix ne sont pas là. On ne nous cherche pas ici. Tiens, le voilà.

— Où ça ?

Droit devant. Yaël le repéra enfin ; l'évidence la frappa dès qu'elle le vit, à sa veste éraflée, à sa mine burinée par le soleil, à tout ce qui montrait qu'il passait la plupart de son temps à l'extérieur. À côté, les rats d'Aparis avaient le teint maladif.

— Ce n'est pas à lui que j'ai parlé, hier, murmura Pomme. Enfin, ce matin, je veux dire.

C'était confus. Elles n'étaient même pas remontées de vingt-quatre heures dans le passé.

— Tant mieux, lui souffla Yaël en consultant sa montre pour la énième fois. Comme ça, il ne se demandera pas pourquoi tu lui reposes la même question.

Ou pas, songea Pomme. Elle avait cru apercevoir Bintou à leur arrivée ; une femme noire vue de dos, aux cheveux finement tressés, qui lui avait fait penser à leur étrange amie, jusqu'à ce qu'elle emporte dans ses bras un petit enfant auréolé de cheveux crépus.

— Monsieur le vagabond ? interpella Yaël hardiment. Je peux vous poser une question ?

L'homme cessa d'aligner les bonbons au miel sur son étal, pour examiner les deux jeunettes. Il remarqua qu'elles se tenaient la main et que leur expression n'avait rien de malicieux, de détaché, ou même d'intrigué, comme la plupart des demoiselles qui l'apostrophaient d'habitude. Il devina, immédiatement, qu'elles ne lui demanderaient pas de détails au sujet des Bêtes qu'il avait affrontées au cours de ses voyages, et que s'il exhibait une griffe d'ours, elles ne pousseraient pas des cris d'orfraie en découvrant sa taille.

— Ça dépend, répondit-il avec prudence.

— Qu'est-ce qu'il y a au bout de la route ? demanda Yaël.

Il chercha son acolyte du regard. Il n'était pas encore revenu avec leurs courses.

— Quelle route ? Je ne comprends pas la question, désolé.

Il n'était pas préparé à ce qu'il allait entendre ensuite.

— Il doit bien exister une destination, pour les gens comme nous, insista Pomme en baissant la voix. Les vagabonds.

— Nous sommes des vagabondes, nous aussi, ajouta Yaël. Il nous faut un endroit où nous installer.

Alors, il les prit pour ce qu'elles avaient été : des novices qui avaient fui l'autorité du Temple… et qui maintenant espéraient son aide. Ses yeux s'écarquillèrent, il se frotta le front en reculant d'un pas.

— Rentrez chez vous, leur commanda-t-il tout bas. Le monde sauvage n'est pas un endroit où vivre. Quand les Bêtes découvrent nos refuges, elles nous en chassent. Vous ne pourrez pas avoir de véritable maison, vous devrez bouger, voyager tout le temps, vous comprenez ?

— Mais…

— Retournez au Temple, répéta-t-il. Ou restez en sécurité dans les stations. Seuls les fous et les imprudents décident de vivre dehors.

— Les autres vagabonds, l'interrompit Yaël comme si elle n'avait rien entendu, ils ne sont pas si nombreux que ça et vous les connaissez, non ?

Il secoua la tête. Pomme saisit une statuette faite de brindilles et la brandit sous son nez.

— Pourtant, vous avez vos routes. Ça doit vous arriver de vous croiser.

La colère brilla dans les yeux du voyageur.

— Parfois, je dis bien parfois, nous nous retrouvons en même temps dans un refuge. Mais il n'y a jamais eu de forteresse ou de village à nous. Les Bêtes n'autorisent personne à vivre sur leur territoire.

Cette fois, ses mots avaient l'intonation de la vérité.

— Sauf au phare, répliqua encore Yaël.

— Celui de la sorcière ? s'étonna l'homme. Il ne faut pas aller là-bas, elle tire à vue sur les étrangers.

— Oui, on sait, soupira Pomme, accablée. Dites-nous quelque chose qu'on ignore au moins.

— Suivez mon conseil, les petites, rentrez au Temple, il n'est pas trop tard. Vous êtes trop jeunes, et cette vie est trop rude. Il faut explorer les ruines, et trouver plusieurs endroits où se mettre en sécurité pour quelques nuits. Ensuite, il est possible de voyager entre ces différents lieux, mais on ne peut jamais s'y reposer très longtemps.

— Ce n'est pas suffisant, répliqua Yaël les yeux humides. Ce n'est pas une vie.

Il haussa les épaules.

— Ce n'est pas une si mauvaise vie. Il n'y a personne pour vous donner des ordres. Pas de devoirs. Pas de faux-semblants. Mais il faut savoir chasser et survivre. Et quoi ? Vous voulez bâtir une nouvelle forteresse ? Avec vos petites mains ? En plein territoire des loups tant que vous y êtes ?

Il se mit à rire douloureusement. Son rire leur fit mal.

Soudain, Yaël tira Pomme en arrière.

— Au revoir, lança-t-elle par-dessus son épaule avant de lâcher, tendue : j'ai vu un des tueurs, le Slave.

☽

Elles s'étaient réfugiées derrière le kiosque à journaux et faisaient mine de regarder les livres à la vente.

— Tu es sûre que c'était lui ? vérifia Pomme.

Yaël n'en avait pas le moindre doute. Si l'un était là, l'autre aussi se trouvait dans le coin. Mais comment avaient-ils pu les retrouver ?

— L'Oracle, devina Yaël. Je suis sûre que c'est elle. L'Indian m'a dit qu'ils devaient me tuer à cause de ses prédictions.

— Quoi ?

— Parce que nous mettons en péril l'avenir de l'humanité…

— Ou alors, c'est à cause des Dieux qui nous protègent.

Le Temple ne tolérait d'autre culte que celui de l'Unique après tout, et l'Oracle travaillait pour lui. Pomme guida Yaël jusqu'à un couloir parallèle qui descendait vers les sanitaires de la station. Elles n'avaient pas encore troqué le manteau de laine rayé et les autres vêtements. Il leur fallait aussi acheter des provisions. Mais pour aller où, ensuite ?

— On pourrait suivre la voie pavée, proposa Pomme, celle qui traverse Aparis. On verra les Bêtes de loin. On pourrait se transporter à vue, de loin en loin pour commencer. Grâce à notre carte, on saura où on est.

Elle posa sa main sur le mur lisse et réconfortant du couloir. Elle s'était attachée aux Halles.

— On peut aussi remonter le temps pour éviter les sbires du Temple, proposa Yaël.

Elle affichait une expression rusée et familière, celle de ses mauvais tours. Pomme secoua la tête, ce qui lui donna un léger vertige. Elle avait mal au crâne depuis qu'elles étaient de retour dans le métro. Ce n'était qu'une impression, mais le présent était peut-être en train de se mélanger autour d'elles.

— Ce ne serait pas prudent, j'ai un genre de migraine, je crois qu'il ne faut pas trop se déplacer dans le temps non plus. La route pavée me semble notre meilleure option.

— Dans ce cas, faisons-les tourner en bourrique, comme quand nous étions plus jeunes et que les prêtres nous cherchaient dans le temple.

— D'accord, sourit Pomme. Ça ne devrait pas être trop difficile. On devrait réussir à faire nos courses, et ensuite à rejoindre Moustache. De toute façon, ils n'oseraient pas nous tirer dessus au milieu de la foule.

— Si ça se trouve, ils n'ont même pas le droit d'être ici.

Les filles se mirent à se transporter, d'un bout à l'autre du marché, réapparaissant accroupies sous les comptoirs ou les tables, se glissant derrière les portants de vêtements, ou encore dans l'ombre des commerçants eux-mêmes qui ne remarquaient pas leur manège. Elles parvinrent ainsi à échanger le manteau contre des pièces de bois sans encombre.

— Là, indiqua Yaël tandis que Pomme recomptait fébrilement l'argent.

L'Indian était adossé à une devanture de fleuriste, qui ne restait jamais longtemps ouvert, car ses fleurs fraîches partaient très vite. Outre la balafre et le cache-œil, les filles notèrent tout de suite un changement dans son attitude. Ce n'était plus le même. Pas de sourire. Juste de la haine.

— On devrait partir, suggéra Yaël, plus effrayée qu'elle n'osait l'admettre.

— Pas question, répliqua Pomme en lui serrant la main. On va acheter de la viande séchée, du pain, des fruits et l'outre qui nous manque. Ensuite, on retrouvera Moustache dehors et on se mettra en route.

☽

Il y avait la queue à la boulangerie. D'une part, parce qu'il y avait toujours du monde à la boulangerie et qu'ensuite, lorsque c'était jour de marché, il se produisait parfois un miracle : un vagabond arrivait tôt le matin avec un peu d'orge ou de blé, et le boulanger le transformait aussitôt en véritables petits pains croquants et moelleux, pour lesquels on était prêt à se marcher dessus. Aujourd'hui cependant, il s'agissait des mêmes petits pains ordinaires, à la farine de pois cassé, sans grand intérêt.

Cramponnée à la main de Pomme, son filet de fruit en

bandoulière, Yaël piétinait. Elle avait chaud, elle avait peur, elle voulait partir. Il y avait trop de gens autour d'elles et elle commençait à se sentir fatiguée de jouer au chat et à la souris.

— Mesdemoiselles, les interpella une femme, habillée comme une étrangère à la station. Puis-je vous parler ?

Des vêtements amples, du cuir, un pistolet à la ceinture, des lunettes d'aviateur sur son chapeau, elle avait l'air d'une voyageuse du Temple. Yaël resserra sa prise sur la main de sa compagne.

— Approchez-vous plus près et je hurle, prévint Pomme. Je connais des gens ici, ils me porteront secours.

La femme garda ses distances.

— Ne montez pas ainsi sur vos grands chevaux, je ne suis qu'une messagère. Le grand prêtre Cellon désire s'entretenir avec vous.

— Après avoir voulu nous tuer ?

Des personnes se retournèrent dans la file. Il y eut des murmures, et les deux jeunes filles se transportèrent immédiatement ailleurs, à l'étage, dans l'ombre entre les puits de lumière. Il n'y avait pas d'étals à cet endroit, et peu de familles qui y circulaient. Personne ne leur prêta attention. Pomme vérifia qu'elle n'avait perdu aucune pièce de bois pendant que Yaël se penchait pardessus la balustrade.

Elle cherchait des yeux la femme-pouvoir ; son ou sa partenaire ne devait pas se trouver bien loin. Ce fut là seulement qu'elle repéra l'Indian, en train de rôder parmi les passants, du côté de la boulangerie qu'elles venaient de quitter. Il avait toujours un maintien princier, une souplesse de prédateur, une tension particulière dans sa démarche. Caché sous son manteau de cuir, un sabre fit une brève apparition.

— Ils sont en bas, tout va bien, soupira Yaël en reculant hors de vue. Écoute, tant pis pour les courses, on devrait s'en sortir si Moustache chasse pour nous…

— Mais non, protesta Pomme. Tu ne comprends pas, ils ne nous laisseront jamais tranquilles. Si on s'enfuit à chaque fois, on ne pourra jamais avoir la paix.

— Alors, tu proposes quoi ? Te battre ?

— Alerter les gardiens de la paix. Je sais qu'ils sont à notre recherche, mais si j'explique tout à Orro, il nous aidera. C'est quelqu'un de bien.

Tout à coup, il y eut un drôle de bruit, comme un sifflement, avant qu'un objet ne percute Yaël. Celle-ci grogna de douleur et toussa d'une drôle de façon, l'air incrédule. Lâchant la main de Pomme, elle posa un genou à terre. Un peu de sang sortit de sa bouche. Toutes deux baissèrent les yeux vers le poignard planté dans son flanc. Les yeux de Pomme s'emplirent de larmes tandis que sa compagne s'effondrait.

Soudain, le Slave apparut dans son champ de vision à une dizaine de mètres, aussi froid qu'à son habitude. Personne n'avait rien remarqué. Les Aparisiens vaquaient à leurs occupations, plus préoccupés par leurs affaires que par les deux gamines qui avaient l'air de se disputer dans un coin. Et l'explorateur s'approchait sans hâte, longeant les rambardes ouvragées.

— Je vais t'emmener à l'infirmerie, gronda Pomme en joignant leurs mains. La doctoresse va te sauver !

Yaël la regarda d'un air impuissant. Son amie eut beau solliciter tout ce qu'elle avait comme magie, l'énergie bouillonna en elle sans que rien ne se passe.

— Je… ne… peux…

Il leur faudrait un miracle pour s'en sortir cette fois-ci. Pomme releva la tête vers le puits de lumière, s'en remettant au ciel, et tremblante à l'idée de ce qu'elle allait faire, elle implora les Dieux.

— Ça ne peut pas se terminer comme ça ! Yaël ne doit pas mourir ! Faites quelque chose ! Je vous en supplie ! Bastet ! Je vous jure que je ferai ce que vous voudrez !

Alors même qu'elle scellait son serment avec la ferveur du désespoir, Bintou apparut et s'interposa entre elles et le tueur. Pomme en oublia de respirer. Elle était là, en chair et en os, vêtue de son manteau de cuir, armée de son arbalète, et prête à en découdre.

— Cath ? balbutia Pomme. Aide-nous ! Il essaie de nous tuer !

— À ton avis, pourquoi je suis là ? répliqua-t-elle en faisant volte-face.

— Encore ? s'exclama Doïstov, agacé.

— Cette fois, je vais enfin me débarrasser de vous, une bonne fois pour toutes, ricana-t-elle en le visant avec son carreau.

Deux femmes surgirent près d'elle au moment où elle tira. La première, celle qui avait parlé aux jeunes filles plus tôt, attrapa le bras de la bergère pour dévier la trajectoire, trop tard cependant. Le trait se ficha dans le cœur de Doïstov. Celui-ci partit à la renverse.

La seconde exploratrice pointa son pistolet sur la tête de Yaël. Pomme se jeta en avant avec un hurlement. Elle la bouscula de toutes ses forces et tenta de lui arracher son arme. Pendant ce temps, Cath se débarrassa de son assaillante en la frappant à la tempe avec la crosse de son arbalète. Aussitôt, elle vint au secours de Pomme qui venait de rouler au sol.

— C'est vilain de s'en prendre à une enfant, maugréa Cath en repoussant la femme d'un coup de pied retourné dans le ventre.

Elle lui en asséna un autre en pleine mâchoire et la mit KO.

— Voilà ce qui se passe quand on n'a pas appris à se battre.

Pomme rampa jusqu'à Yaël, rassemblant ses mains autour du poignard pour empêcher le sang de s'écouler. La bergère enjamba son adversaire inerte et s'agenouilla pour examiner Yaël. Son expression venait de changer. Bintou était de retour, visiblement aussi préoccupée que Pomme par l'état de la blessée.

— Elle est en vie. C'est encore possible de la sauver. Le chat ? Non, il n'y a pas de chat. Il ne risque pas de tout bouleverser à nouveau.

Bintou passa un bras sous le buste de Yaël, provoquant un râle de douleur.

— Dépêche-toi, dit-elle à Pomme en tendant vers elle sa main libre.

La jeune fille se précipita pour l'attraper.

Et toutes les trois disparurent.

50

— Encore, commanda Bintou, alors qu'elles venaient d'atterrir quelque part loin, dans le noir.

— Mais il y a un hôpital aux Halles ! s'écria Pomme, en sentant sa magie s'animer au contact de celle de la bergère.

— Encore, répéta celle-ci en puisant en elles deux.

Elles se transportèrent ainsi plusieurs fois, trois, peut-être quatre, jamais plus longtemps que le temps d'inspirer, d'expirer et de solliciter leurs forces à nouveau.

L'endroit dans lequel elles finirent par s'arrêter ne ressemblait à rien de ce que Pomme avait pu voir par le passé. Une salle propre, où tout était immobile : des instruments chirurgicaux, des lampes, des tables, des armoires en fer, mais plus étonnant encore, sous le plafond une enfilade de fenêtres hautes, intactes et brillantes. Translucides, comme si la saleté n'avait jamais accroché dessus.

— Aide-moi à la porter, ordonna Bintou en passant ses bras sous les épaules de la blessée. Il faut l'installer sur la table d'opération pour commencer.

Plus grande, plus musclée que Pomme, elle fit le gros du travail. Yäel avait déjà perdu connaissance. Pomme se tordait les doigts tandis que la femme approchait une bonbonne en fer reliée à un masque par un tube noir. Elle tourna une poignée et prit une inspiration dans la coque transparente, comme si elle voulait vérifier quelque chose. Ensuite, elle la plaça sur le visage de Yaël.

— Je vais remettre en route le générateur et toi, tu vas rester là en attendant. Si jamais tu entends des bruits, ferme la porte à clé.

Elle lui colla l'arbalète dans les mains avec autorité, lui montra comment déverrouiller le crochet de sécurité et disparut dans le corridor attenant.

— Catheryn ? l'interpella Pomme. Tu vas pouvoir la sauver ?

— Pas moi. Bintou.

Pomme retourna auprès de son amie évanouie. Le poignard était toujours planté entre deux côtes et elle perdait beaucoup de sang.

— J'aurais préféré qu'on aille voir la doctoresse. Elle a une salle d'opération comme au fort de Bau. Je suis sûre qu'elle l'aurait remise en marche pour toi. Je ne sais pas si Bintou…

Un bruit de machine résonna dans le lointain, réverbéré par des couloirs, et soudain les plafonniers s'allumèrent, déversant une puissante lumière sur elles. Bintou réapparut, marmonnant dans ses dents, les yeux baissés. Elle approcha des placards d'acier qui jalonnaient le mur et tira sur un tiroir. Au lieu de simplement s'ouvrir, tout un chariot se détacha de l'armoire. Sur le dessus, le plateau comportait des instruments chirurgicaux, flambant neufs.

— Ça fait trop longtemps.

D'un placard, elle sortit un masque de tissu, du savon, un flacon de verre, une blouse qu'elle tendit à Pomme. Elle en passa une elle aussi et noua les liens dans son dos.

— Ça fait trop longtemps, s'agaça Bintou en secouant la tête.

Elle n'avait pas l'air d'être dans une phase de lucidité, ce qui inquiéta Pomme.

— Bintou ? Est-ce que ça va ? Ça saigne de plus en plus, qu'est-ce qu'on va faire ?

La femme continua de maugréer en ouvrant un robinet

au-dessus d'un bac poussiéreux. Les tuyaux vrombirent. Ils déversèrent un flot d'eau claire sur les mains de la femme, qui entreprit de se les laver méticuleusement.

— Je ne suis pas une magicienne… Il me faut plus de temps pour opérer. Pomme, viens te laver les mains.

Plus de temps pour quoi ? s'inquiéta la jeune fille en s'exécutant. Bintou en prenait déjà tant à nettoyer ses doigts un par un que Pomme avait envie de la secouer. À chaque seconde qui filait, Yaël perdait un peu plus de sang. Il s'agissait d'une blessure grave, pas d'un petit trou à l'épaule, ou d'une simple fracture. Doïstov avait lancé son poignard pour tuer !

Bintou grimaça de souffrance, ses doigts pleins de mousse crochetant le vide.

— Catheryn, tais-toi ! cria Pomme. Laisse-la tranquille ! Elle a besoin de silence, sinon elle n'y arrivera pas !

Ne voyant pas de changement de la part de Bintou, elle utilisa sa voix intérieure, comme pour parler aux Bêtes.

— Tais-toi, Catheryn, laisse-la travailler. Si tu veux sauver Yaël, fous-lui la paix.

Bintou se rinça les mains, plus calme, enfin. Elle s'essuya avec soin dans un linge propre tout en lui montrant certains éléments du plateau.

— Tu dois désinfecter les instruments avec l'alcool pendant que je l'examine.

Enfin, elle se pencha sur Yaël, inanimée. Une éternité semblait s'être écoulée depuis leur arrivée, plus encore depuis le moment où elle avait été blessée. Le sang imbibait ses vêtements dont seul le poignard dépassait. Le teint de la blessée avait viré de façon inquiétante, seule sa poitrine qui se soulevait faiblement témoignait qu'elle était encore en vie.

— Ciseaux, ordonna Bintou.

Pomme les lui mit dans la main, soudain rattrapée par un pressentiment, hélas familier. Il enflait, à l'horizon de sa perception à la fois proche et lointain, comme une bulle encore silencieuse, mais prête à déverser un flot de cris et de grondements : les Bêtes.

— Elles arrivent.

Une fois de plus, elles avaient senti la présence d'intrus sur leur territoire. Qu'est-ce qui les avait trahies cette fois-ci ? *Le générateur,* devina Pomme, *il vibre.*

— J'ai besoin de plus de temps, déclara Bintou alors qu'elle découpait la chemise de Yaël. Les carreaux à empennage blanc sont empoisonnés. Il faut leur parler comme aux loups. Promets de partir bientôt, mais ne les laisse pas approcher de la porte du château. Il est toujours protégé par sa magie. Il n'est pas sur leur territoire.

— Moi ? Elles vont m'écouter ?

La femme releva son visage aux traits fatigués. Ses grands yeux aux prunelles sombres se rivèrent aux siens.

— Toi, Pomme. Elles t'entendront. Les Bêtes sont aussi courageuses que les humains, mais elles n'ont pas plus envie de mourir qu'eux.

— Et si elles ne sont pas raisonnables ?

— Si je ne m'occupe pas bien de Yaël, elle mourra, encore. Je n'ai qu'une seule chance.

Bintou reporta son attention sur la blessée.

Une seule chance, se répéta Pomme en soulevant l'arbalète. Elle lança un dernier regard à sa partenaire – *ne meurs pas, s'il te plaît* –, puis elle avança avec bravoure en direction de la porte. Son pire cauchemar était sur le point de se réaliser. Elle s'apprêtait à s'enfoncer dans les entrailles d'un château inconnu pour aller à la rencontre de Bêtes que leur présence rendait furieuses. Pas de problème.

Il lui fallut prendre une profonde respiration avant de franchir le seuil de la double porte métallique. À chaque pas, il lui semblait qu'elle tremblait plus fort, pourtant elle continua de mettre un pied devant l'autre.

Dans le corridor, les murs carrelés brillaient sous la luminescence des néons. Tout semblait intact, comme sur la fameuse voie magique d'Aparis, mais cette impression s'effaça lorsqu'elle atteignit l'escalier. Levant la tête, elle découvrit que les garde-corps avaient sauté à mi-hauteur, et qu'au-delà du rez-de-chaussée, les plâtres s'étaient détachés en masse des murs épais dont les pierres moyenâgeuses avaient tout de même résisté à la Fracture. Des moineaux piaillèrent sous le toit percé de part en part, trois ou quatre étages plus haut. De la poussière tomba en filet, remuée par leurs battements d'ailes, dans un bruit proche d'un soupir. Quand Pomme grimpa, les marches craquèrent de façon sinistre sous ses pieds. La bâtisse elle-même se défiait de sa présence, comme un écho à la rumeur haineuse qui se rapprochait à toute vitesse.

Pourvu que l'escalier tienne le coup, pria-t-elle en son for intérieur en se dépêchant.

Le tumulte prenait de plus en plus de place dans sa tête. Les cris assourdissants se répondaient, ils déchiraient l'espace, avec une ampleur annonciatrice d'un groupe d'importance. Ces Bêtes-là étaient bien plus nombreuses que les aigles ou les loups qu'elle avait pu observer ; leurs voix n'avaient rien de commun avec celles des sangliers non plus. Elles se déplaçaient à une vitesse surprenante, suffisante pour avoir réussi à parcourir des kilomètres en quelques minutes.

Un vaste rez-de-chaussée l'attendait en haut, avec un sol en damier noir abîmé, sans ouverture vers l'extérieur, à part une fenêtre à carreaux colorés, toujours debout. Impossible de passer par là. Pomme se mit à courir à travers les pièces, où du mobilier lourd avait survécu, où des tapis en lambeaux côtoyaient des toiles tombées des murs, où les cheminées dégueulaient des feuilles et des branches.

Le tonnerre se rapprochait.

Elle courait, avec la vive impression de faire la course pour rejoindre à temps le hall d'entrée, barré par une double porte de bois, fendue de bas en haut. Il lui fallut déployer une folle énergie pour l'entrouvrir afin de se glisser à l'extérieur et enfin, se poster devant. Dans son dos, une façade à ogives sculptées plus imposante qu'une cathédrale, des flèches et des créneaux, tel un château de conte de fées. Devant elle, un escalier de pierre qui dévalait la pente jusqu'à une première cour intégralement pavée. Une autre volée de marches conduisait à une cour plus basse, à laquelle se greffait un porche aux dimensions dantesques dont les portes avaient disparu. Pomme vit les chevaux arriver par un pont, immenses comparés aux loups, aux brebis, à toutes les Bêtes qu'elle avait approchées jusqu'à présent.

Des croupes tachetées, des robes alezanes, noires et grises, des sabots assez larges pour faire exploser un crâne aussi facilement qu'une noix, et une montagne de muscles qui roulaient à chaque mouvement… Les chevaux se déversèrent avec fracas dans la cour, leurs oreilles arrivant au niveau des fenêtres du premier étage pour la plupart, leurs hennissements stridents se mêlant à la colère qui les avait précédés. Du haut de son escalier, Pomme contempla avec effroi leurs têtes aux yeux exorbités de rage, leurs ruades, leurs longues crinières emmêlées, les coups qu'ils se donnaient les uns aux autres à force de s'entasser entre quatre murs.

Enfin, ils se calmèrent, assez pour faire un peu de place à l'un d'entre eux, un fier étalon à la robe flamboyante. Lorsqu'il se cabra, les autres firent silence. Il n'y eut plus que les souffles puissants des

Bêtes qui masquaient celui, haché, de Pomme. Terrifiée, elle se cramponnait à son arbalète, consciente que d'un bond, n'importe lequel de ces chevaux la rejoindrait sur le seuil de la porte, et qu'il pouvait l'expédier en enfer en la piétinant, en lui arrachant la tête, ou pourquoi pas en l'envoyant par-dessus la muraille.

— N'approchez pas plus près ! cria-t-elle, avec sa voix comme avec son cœur. Mes flèches sont empoisonnées ! Si elles vous touchent, vous mourrez !

L'étalon s'ébroua.

— *Tu es venue avec la sorcière.*

Pomme puisa dans son courage pour rétorquer avec autant d'aplomb que possible :

— Et alors ?

— *Nous ne voulons plus d'elle ici.*

Il posa un sabot sur une marche, en le regardant de biais.

— Je tire si vous montez. Nous ne vous voulons aucun mal. Nous soignons une amie, c'est tout. Quand nous aurons terminé, nous repartirons.

— *Mensonge. Vous voulez le château.*

Pomme balaya du regard cet étrange édifice, à l'architecture alambiquée, entre château fort du fait de ses proportions dantesques, de ses tours, de ses créneaux, et château gothique à cause de ses arcs brisés, de ses fenêtres en ogive, des détails fleuris, des colonnes, du dragon sculpté qu'elle apercevait, penché au-dessus de la porte.

— *Les humains sont déjà venus le piller et nous les avons chassés. Nous nous débarrasserons de vous aussi.*

— Ce n'est pas votre territoire, il a sa propre magie, protesta Pomme. Cet endroit nous appartient.

— *Si vous le prenez, vous voudrez tout. La forêt et les prés, les rivières et le lac, les montagnes et les sentiers. Vous ne nous laisserez rien. Ensuite, vous nous tuerez jusqu'au dernier, à moins que nous acceptions de courber l'échine et de vous servir. Nous connaissons les histoires du monde d'avant.*

— Mais nous sommes tout petits par rapport à vous, répliqua Pomme. Nous ne pouvons pas vous prendre vos terres.

— *Et les fusils ? Et les canons ? Et la magie ? Ce n'est plus votre monde. Les Dieux en ont décidé ainsi.*

— Les Dieux me protègent, déclara Pomme, avec espoir.

— *Mensonge. Les Dieux ne veulent pas des humains, les humains servent l'ennemi qui a voulu les détruire. L'Unique.*

Elle secoua la tête.

— Vous vous trompez ! Tous les humains ne sont pas au service de l'Unique. Il les a presque tous tués avec la Fracture !

Tous, sauf ses serviteurs, réalisa-t-elle soudain. L'Unique s'était débarrassé des humains, et Il n'avait sauvé que celles et ceux qui lui resteraient fidèles. Ce n'était pas qu'une punition. C'était une purge. Comment n'y avait-elle jamais pensé ?

— Moi, déclara-t-elle, je sers les Dieux et ils me protègent.

— *Ils ne nous ont jamais parlé de toi. Pars avant que je ne décide de te châtier.*

L'étalon avança, sa queue fouettant l'air avec rage. La voix de Pomme résonna entre les murs.

— N'approchez pas ! Je tirerai s'il le faut !

— *Les humains sont tous les mêmes,* renifla un cheval à la croupe grise. *Ils ne savent que tuer.*

— Ce n'est pas vrai, lui jeta Pomme. Je ne veux pas tuer de Bêtes, je ne veux pas prendre les forêts, les montagnes et tout ce qu'il y a dans le monde sauvage. Je veux juste pouvoir vivre quelque part, sous le ciel, et pas sous terre ! Je veux juste qu'on arrête de me pourchasser et de m'attaquer ! Je ne veux plus que vous me preniez pour une ennemie de ce monde ! Je ne suis qu'une créature comme une autre, avec le droit de respirer et de marcher sous le ciel ! Les Dieux le savent !

Elle avait balancé ce qu'elle avait sur le cœur, portée par l'adrénaline ou la peur, peut-être même par courage. L'attention de la harde se focalisa sur elle, sur le tourbillon d'émotions qu'elle diffusait. Les grands chevaux les reçurent de plein fouet avant de les refouler à leur tour. Pomme baissa son arbalète.

— Je ne veux pas vous envahir, je cherche juste ma place. En plus, je vous entends ! Je vous comprends ! Je pourrais même devenir votre amie !

— *Notre amie ?* ricana une jument. *Les humains se prétendaient les amis de nos anciens, ils leur demandaient d'être fidèles, de les porter, de galoper entre les bombes, tout ça contre un bout de fer dans la bouche, des coups de cravache, et une mort douloureuse dès qu'ils devenaient vieux. Nous ne voulons pas de ton amitié, gamine. Je préfèrerais t'écraser que te laisser m'approcher.*

De celle-ci émanait non seulement de la colère, mais aussi une douleur vive qui aiguillonnait sa mauvaise humeur. Pomme eut l'impression que cela venait d'une patte, que cela remontait depuis le sol. C'était sa chance. Elle rassembla son courage pour la saisir.

— Même si tu as mal sous ton sabot ? l'apostropha-t-elle. Ce ne serait pas un caillou coincé dans…

— *Il partira le moment venu,* rétorqua la jument, plus fâchée encore.

— Ou alors, il deviendra une blessure plus profonde, tu ne pourras plus marcher, et tu finiras par mourir, emportée par la fièvre.

Des oreilles pointèrent, de longues têtes se tournèrent vers elle.

— *Ne l'écoute pas, Ombre. Elle cherche à nous manipuler,* lança un alezan avec un hennissement aigu.

D'autres répondirent, les crinières s'agitant, les naseaux soufflant avec force… Ombre, l'étalon, encensa.

— Je suis amie avec un chat, dit Pomme, peinée, une boule d'émotion dans la gorge. Des fois, il nous apporte des proies et il dort auprès de notre feu. C'est qu'il est frileux, ce bougre de chat. C'est même une Déesse qui nous l'a envoyé ! Bastet ! Il nous protège, et nous aussi, nous l'aidons en retour.

Les chevaux renâclèrent, visiblement partagés ; une rumeur courait : « *Mensonge, mensonge…* » D'autres doutaient : « *Et si elle disait vrai ?* »

— Laissez-moi passer la nuit au château et en échange, je vous offre mes services. Je peux vous aider.

— *J'ai un caillou, moi aussi.*

C'était un cheval plus petit que les autres, peut-être plus jeune. Il se fraya un chemin jusqu'aux escaliers. L'étalon lui montra les dents pour le faire reculer. Le cheval coucha ses oreilles sur sa tête, et s'écarta, avec la peur de recevoir un mauvais coup.

— *Partez avant demain ou nous reviendrons,* ordonna Ombre. *D'habitude, la sorcière s'en va dès que nous nous montrons. Qu'elle sache qu'en dépit de ses flèches, de son poison et de ses menaces, nous la chasserons.*

Puis les chevaux se remirent à hennir, à se bousculer, comme si en un instant, ils redevenaient un groupe, une seule entité, dont les émotions s'emmêlaient, encore dominées par la colère, mais plus nuancées qu'à leur arrivée.

Quant à Pomme, elle se laissa tomber sur ses fesses, épuisée par ce douloureux dialogue.

Il resta un cheval en arrière, celui plus petit à la robe grise et au crin blanc comme neige. Il la fixa avec intensité, ses oreilles dressées, immense devant la muraille, un nuage de vapeur s'effilochant de ses naseaux. Puis, d'un bond, il survola la moitié de la cour, son galop fracassant les pavés, tandis qu'il filait rejoindre le reste de sa harde.

51

Pomme rentra, secouée par son succès. Elle avait réussi à obtenir un sursis, qu'elle espérait suffisant pour permettre à Bintou d'opérer Yaël dans de bonnes conditions…

Trop fatiguée pour courir, l'adolescente traversa d'un pas aussi rapide que possible l'enfilade de salles. Le rez-de-chaussée n'avait pas été vraiment épargné par la Fracture, mais les pièces étaient en assez bon état. Combien de personnes avaient survécu ici ? Comment Bintou et Catheryn avaient-elles trouvé cet endroit ? Bintou avait l'air de connaître la salle d'opération sur le bout des doigts, et les chevaux l'avaient déjà vue dans le coin.

Qu'est-ce qu'elle trafique, à la fin ?

Lorsque Pomme rouvrit la porte de la fameuse salle, Bintou ne leva pas la tête, apparemment occupée à coudre à l'intérieur de la plaie.

— Viens donc aspirer le sang !

Pomme se lava les mains, un peu trop vite au goût de la doctoresse, puis saisit une espèce de tube, qu'elle dut placer à l'intérieur de la plaie, tenue ouverte par des pinces d'acier. Un vertige la saisit et la pauvre dut regarder ailleurs, chamboulée par toute cette hémoglobine… Heureusement, l'hémorragie s'arrêta peu après.

— Je n'ai plus qu'à recoudre maintenant, déclara Bintou en lui prenant le tube. Je n'ai plus besoin de ton aide.

Pomme se laissa glisser au sol, incapable de remuer le petit doigt, les yeux rivés à l'appareil qui soufflait, à un rythme lancinant, de l'air dans les poumons de l'être le plus cher à ses yeux, la seule personne sans laquelle elle n'imaginait pas de continuer à se battre.

☽

Le générateur à électryse avait été coupé, les néons s'étaient éteints, et tout le château était redevenu silencieux. La lumière tombait encore depuis les vasistas, chaleureuse, mais de plus en plus sourde, à mesure que le soleil déclinait. Elle succomba à la pénombre, quand celui-ci passa l'une des murailles.

— Alors, elle va s'en sortir ?

— Oui.

Bintou s'était elle aussi posée par terre, le visage tiré par la fatigue. Pomme lui prit la main.

— Merci d'être venue, de nous avoir sauvées, de l'avoir soignée.

La femme eut un sourire, furtif, mais lumineux, avant de retrouver son air tourmenté.

— Elle ne te laisse jamais tranquille, soupira Pomme.

— Elle est prisonnière. Ce n'est pas facile pour elle non plus.

Comme si cela justifiait tout. La jeune fille hocha la tête.

— Les chevaux reviendront demain, tu sais.

— Yaël ne sera pas prête. Elle a perdu beaucoup de sang. Il lui faut du repos. De la bonne nourriture. De l'eau.

La déclaration plana entre elles, lourde d'implications, de conflits à venir, d'obstacles à vaincre à nouveau.

— Ils t'appellent la sorcière.

— Comme tout le monde.

Bintou regarda la main de Pomme aussi claire que sa paume.

Elle replia ses doigts dans les siens. C'était bon d'avoir un contact avec quelqu'un. La jeune fille avait des yeux clairs et purs comme son cœur.

— Est-ce que tu vas rester avec nous ?

Pomme n'avait pas envie de voir repartir Bintou, parce que… pour plein de raisons : elle possédait le pouvoir de voyager dans le temps, elle était doctoresse, elle savait comment parler aux Bêtes ; avec elle, elles étaient en sécurité. Elle n'avait cessé de prendre des risques et d'aller et venir dans le passé, le futur, pour les sauver. Et l'idée de la voir repartir seule la tourmentait. Pomme avait bien assez souffert de solitude pour mesurer à quel point la vie de leur ange gardien devait être pénible.

Bintou se massa le visage, de nouveau en lutte avec celle qui l'habitait. Puis son front parut s'éclaircir, sa bouche devint plus raide, et son expression de nouveau pleine de morgue.

— Tu dois arrêter de faire ça, Catheryn, la réprimanda Pomme. Tu la fais souffrir, tu l'empêches de penser, de réfléchir, et à la fin, elle va finir par se taper la tête contre les murs.

— C'est faux, grogna l'autre. Je ne viens que lorsqu'elle a peur, qu'elle est en danger, ou qu'elle ne parvient plus à réfléchir. Sans moi, Bintou serait morte depuis longtemps. Je la protège !

— Dis plutôt que tu refuses de mourir. C'est pour ça que tu t'accroches à elle !

— La vérité est plus pénible. Tout est ma faute. Parce que c'est moi le soldat et que je l'ai entraînée dans cette spirale infernale.

—Vous êtes quoi, au juste, toutes les deux ? D'où venez-vous ? Tu dois répondre maintenant !

Cath ricana, presque douloureusement.

— À ton avis ? Comment aurions-nous su où trouver toutes ces armes, préservées, intactes ? Ou bien cette salle d'opération ? Nous travaillions pour l'armée, évidemment ! Tu es ici à Neuschwanstein, un château prussien que l'Empire a pris quelques mois avant la Fracture.

Comment Catheryn pouvait-elle savoir cela ? Pomme ouvrit de grands yeux en comprenant.

— Bintou était cheffe du département de chirurgie de l'hôpital militaire. Elle se servait de sa magie pour sauver des gens… De mon côté, j'étais capitaine d'infanterie. Et magicienne, bien entendu. Plus puissante que ce que tu es capable d'imaginer. Et j'avais un secret. Un grand secret que personne d'autre que Bintou ne connaissait : j'étais capable de voyager dans le temps. Mais ce n'est pas ce qui m'a sauvée. J'aurais dû mourir comme n'importe qui pendant la Fracture… Le hasard – ou le destin – a fait que je venais d'amener un blessé à Bintou et, comme son personnel était débordé, je l'ai assistée.

« Nous avions essuyé de nombreux assauts de dirigeables, un toit avait crevé sous les bombes malgré le bouclier de protection et nous étions à bout de forces… Le château résistait grâce à un très ancien sortilège, que les Prussiens avaient alimenté durant des décennies. Nous étions bien à l'abri dans la salle de chirurgie, qui se trouvait au sous-sol. J'ai entendu et senti un craquement monstrueux. C'était la Fracture. En implosant, la magie a brisé l'harmonie, l'équilibre même du monde, je l'ai sentie me traverser et mon être se briser, comme une coquille de noix ; la majorité de mon pouvoir s'est envolée… Je suis tombée aussitôt, ça a été fulgurant. À notre réveil, le patient était mort, nous rampions tous par terre en cherchant notre air… Il nous a fallu des heures pour reprendre le contrôle de nos membres. Se relever semblait impossible. J'ai jeté une formule d'amplification pour me donner plus de vigueur et…

Un sourire amer éclaira son visage.

— C'en est presque drôle, maintenant que j'y pense. Je n'ai pas compris pourquoi il ne fonctionnait pas. Cela m'a plus déstabilisée que mon incapacité à m'asseoir. Je me suis dit que ça reviendrait en même temps que ma liberté de mouvement. Je me trompais.

Quand elle avait pu marcher, enfin, elle était sortie voir si l'ennemi avait repris le château, s'il fallait se rendre ou autre chose. La forteresse avait perdu une tour, quelques fenêtres, mais surtout, elle était silencieuse. Personne dans les cours, sur les murs de ronde ou sur l'esplanade. En revanche, il y avait, assis sur les pavés, un chat gris fumée, aux yeux jaunes, au pelage léger et vaporeux, qui se léchait une patte avec application. Mais il n'était plus la petite peluche qui se frottait aux chevilles de la cuisinière. Il avait triplé de taille au minimum et il était désormais plus grand qu'une panthère, ce dont Catheryn se souvenait parfaitement pour en avoir observé un spécimen dans un zoo d'Aparis.

Le vent avait soulevé du sable gris, le dispersant vers le ciel. Le chat hors normes poursuivait sa toilette, imperturbable. Alors qu'elle reculait prudemment, elle s'était rendu compte qu'il y avait du sable partout autour d'elle. Des monticules aux formes allongées, comme des silhouettes humaines. Elle avait couru à une fenêtre, avec ses jumelles, afin d'observer les villages voisins. Il n'en restait quasiment plus rien, la catastrophe les avait rasés. Au lieu d'y trouver de la vie, elle ne saisit que des tourbillons de poussière, encore et encore.

— Et ensuite ? demanda Pomme. Où êtes-vous allés avec les autres survivants ?

— Ils ont tous été tués par des Bêtes en quelques jours. C'est allé vite, nous n'étions qu'une poignée de miraculés dans la salle d'opération. Même le chat nous attaquait parfois. On aurait dit qu'il savait. Il écoutait Bintou, mais, comme avant la Fracture, les soldats lui lançaient des pierres, il avait envie de se venger… Et puis les Bêtes ont commencé à entrer dans le château, elles n'avaient plus peur de nous. Le monde était devenu le leur. Ma magie était comme éteinte, plus aucun sort ne fonctionnait… J'en suis revenue à l'énergie brute, celle que je sentais au fond de moi. Dès le moment où il n'est plus resté que Bintou et moi, je lui ai proposé de nous unir.

Catheryn savait se déplacer, elle l'avait toujours su, même si elle l'avait caché. Parce que selon l'adage, ceux qui se déplaçaient finissaient toujours par se perdre et ne plus revenir. C'était aussi le pouvoir des assassins. À l'intérieur d'une caserne, d'ailleurs, n'importe qui aurait tiré sans sommation sur un magicien surgissant de nulle part. Ce talent était jugé si dangereux que des purges avaient été organisées, à certaines heures sombres de l'Histoire : les Nuits d'argent, l'Heure rouge, le Départ ardent… Pas de massacre à l'arme blanche, plutôt des empoisonnements en masse. Dans la famille de Catheryn, ce don ne se limitait pas à l'espace, certains se déplaçaient dans le temps, mais il y avait un prix à payer : ils devenaient souvent fous.

— C'est ce qui vous est arrivé au bout du compte, remarqua Pomme.

— Pas tout de suite. De toute façon, nous n'avions pas vraiment le choix. Les Bêtes voulaient nous déloger du château et nous voulions trouver d'autres survivants.

Elles avaient voyagé en se transportant de loin en loin, en visant leurs points de chute avec des jumelles. Les cartes étaient bouleversées : des montagnes s'étaient créées, des forêts avaient poussé, la plupart des routes avaient disparu. À ce moment, la végétation ne recouvrait pas encore les villes et les villages. La destruction s'étendait à perte de vue : des ruines, des ruines, encore des ruines. Le château de Neuschwanstein faisait figure d'exception dans ce spectacle de désolation.

— Presque tout le monde était mort. Aparis abritait toujours une communauté de mages, affaiblis comme moi. Ils essayaient de protéger les survivants, de rebâtir un endroit où vivre, de tenir les Bêtes à distance… De mon côté, je ne comprenais pas : l'Oracle aurait dû anticiper la catastrophe. Elle nous en avait épargné plusieurs par le passé. Pourquoi avait-elle laissé le pire se produire ?

Au fil des semaines, Catheryn avait décidé d'agir. Elle connaissait les principes du voyage dans le temps même si elle ne l'avait pas encore expérimenté.

— De lune en lune, murmura Pomme en se souvenant des paroles de Yaël.

— Oui, de lune en lune pour ne pas se perdre. Exactement comme de loin en loin avec des jumelles.

Bintou avait d'abord refusé. Il y avait tant de blessés à soigner à Aparis, et il y avait tant d'incertitudes quant à la possibilité qu'elles parviennent bien à remonter de temps. Elle avait pourtant fini par se laisser convaincre. Il ne s'était écoulé que quelques semaines. Le voyage les avait épuisées mais pour autant, elles avaient fini par rejoindre le monde d'avant, à peine six jours avant que le cataclysme ne se déclenche. Catheryn s'abîma dans ses souvenirs : les rues pleines de gens, les voitures à vapeur, les maisons aux façades magnifiques…

— Qu'avez-vous fait ? la pressa Pomme. Aviez-vous un plan ?

— Bien sûr.

Sans doute, s'étaient-elles dit, que l'Oracle avait besoin d'être prévenue pour empêcher la Fracture. Le regret se peignit sur le visage de Bintou-Catheryn.

— Mes pouvoirs n'étaient pas revenus même si nous nous trouvions dans le monde d'avant. Nous avions peu de marge pour agir. Comme la Fracture s'était produite sur le front prussien, au-delà de Neuschwanstein, il fallait demander un retrait des troupes afin d'éviter le pire. Il était inutile de solliciter une audience auprès de l'Empereur, je savais que rien ne le ferait bouger à part l'Oracle. Alors nous avons pris un dirigeable grâce à un ami d'Aparis qui m'a crue sur parole et nous a aidées.

Elles s'étaient présentées à la porte du Temple de Bau, béni par l'Unique Lui-même, selon les prêtres. On les avait introduites dans une salle.

— J'ai senti à ce moment… (Cath fouilla dans sa mémoire) comme une présence écrasante au-dessus de nous. L'Unique était là. Nous avons expliqué que nous avions des informations importantes à communiquer à l'Oracle et… Des moines sont entrés avec des armes blanches. Ils ont essayé de nous tuer.

Elles s'étaient mises hors de danger en se transportant ailleurs. Elles s'étaient cachées le temps de découvrir où se trouvaient les appartements de la femme que l'on appelait l'Oracle. Elles lui avaient rendu visite à la nuit tombée. Mais elles avaient échoué. L'Oracle avait refusé de changer le cours des évènements. Elle avait aussi sonné sa garde, qui avait tiré sur les deux femmes. Alors elles étaient reparties… Mais Cath s'était interposée pour protéger Bintou. Elle était grièvement blessée.

La voix changea, plus fatiguée, plus douce.

— Elle perdait du sang, je n'avais pas d'instruments pour extraire la balle. Je n'ai rien pu faire. Elle est morte dans mes bras. Elle ne voulait pas m'abandonner à mon sort. C'est tout.

Touchée par sa tristesse, Pomme lui fit un câlin spontanément. Bintou la garda contre elle quelques minutes, le souffle haché par l'émotion.

— Pourquoi ? demanda la jeune fille. Pourquoi l'Oracle a-t-elle laissé la Fracture se produire ?

— L'Unique en avait besoin pour se débarrasser des autres Dieux. Il l'attendait. Il la provoquait. L'Oracle a dit qu'il n'y aurait qu'une seule chance pour que l'humanité y survive : qu'elle se produise au moment où elle l'avait décidé. Si la Fracture était survenue plus tôt ou plus tard, notre espèce se serait éteinte. C'est ce qu'elle nous a raconté.

Bintou essuya ses joues baignées de larmes avec ses manches.

— C'était il y a longtemps. J'ai cherché un refuge pour survivre, mais en me déplaçant… je me suis perdue. Je suis allée plus loin que prévu. Heureusement, j'ai trouvé mes brebis.

Elle serra les mains de Pomme dans les siennes.

— Elles sont mon ancre dans le temps. Je parviens à les rejoindre, tu comprends ?

— Et si on devenait la tienne ? proposa la jeune fille, prise d'un mauvais pressentiment. Tu nous as sauvées et tu nous retrouves toujours !

— Impossible. Si je reste, je risque de me perdre encore et de tout changer ! Yaël n'aura peut-être que cette chance pour survivre. Toutes les autres fois, les hommes l'ont tuée et elle est morte. Ou alors, le chat est intervenu et elle est morte quand même. Il n'écoute rien !

— Mais pourquoi elle ? lui demanda Pomme. Qu'est-ce qu'elle a fait ?

Bintou était grave.

— L'Unique a peur que l'avenir change et que Son règne tout-puissant ne lui échappe… Si Yaël ne m'avait pas rencontrée, tout aurait été différent. Mais je ne pouvais pas laisser ces hommes l'assassiner. Il fallait bien que je la sauve, quitte à changer le cours du temps. Encore et encore. Peut-être, ajouta la Deux-Visages, que l'Unique a peur des grandes et belles choses que vous ferez ensemble. Pour moi, il est trop tard, je n'ai pas ma place à vos côtés.

La femme secoua la tête, l'air désespéré, en agrippant son sac. Elle avait terminé.

— S'il te plaît. (Pomme s'accrochait à elle.) Ne pars pas.

Bintou lui caressa la joue avec douceur.

— Nous nous reverrons sûrement.

Puis elle disparut.

Pomme se retrouva seule et accablée. L'Unique avait promis à Ses fidèles qu'un jour, ils retrouveraient le faste d'avant la Fracture. Qu'ils vivraient dans des villes, avec à leur disposition, des trains à vapeur, des dirigeables, des vêtements et de la nourriture en abondance… Que la nature plierait de nouveau devant eux, en somme. Pomme songea que si cela se produisait, alors en effet, l'Unique règnerait en maître absolu sur la terre. Mais ni les Dieux ni les Bêtes ne le permettraient. Une nouvelle guerre éclaterait.

Les Dieux avaient-ils vu une opportunité à travers Yaël, abandonnée à leur portée ? Elle aurait dû mourir dans le monde sauvage, mais en l'arrachant à son funeste sort, ils avaient rebattu les cartes. Bastet lui avait envoyé Moustache qui l'avait conduite à la Deux-Visages, la seule magicienne susceptible de les réunir, Pomme et elle, et de les protéger des sbires du Temple.

C'était assez risible quand elle y songeait : les Dieux les croyaient capables de changer l'avenir, alors qu'elles n'étaient même pas fichues de se défendre. Elle s'assombrit en songeant une nouvelle fois au message de Gwaihir.

« Choisis ton chemin et deviens ton propre prophète. Voilà comment tu leur échapperas. Voilà comment tu gagneras ta liberté. »

Elle ignorait toujours quelle était la voie à suivre.

☽

Doïstov reposait inanimé sur un lit, une expression sereine – plutôt inhabituelle – sur son visage. Cette fois-ci, les docteurs n'avaient pas pu le sauver.

Correction, pensa Ram. *Ils n'ont rien fait pour le sauver.*

S'il avait été sincère avec lui-même, il aurait admis que le carreau de la sorcière avait transpercé le cœur de son partenaire, une blessure à laquelle nul n'était en mesure de survivre. Ramdaram Sulleman était dévoré par la colère bien plus que par le chagrin. La mort de Doïstov lui volait sa vengeance, en plus de le priver de tout ce qu'il incarnait jusque-là : un homme-pouvoir.

Le voilà qui était devenu un borgne inutile, incapable de se déplacer et d'explorer, les deux choses qu'il faisait le mieux. Oh, il comprenait à quel point ils avaient été abusés, Doïstov et lui. On leur avait mis en tête que le danger provenait des gamines, alors qu'en réalité, la sorcière était leur véritable ennemie. Il la revoyait surgir de nulle part avec son arbalète meurtrière. Seule. Sans avoir besoin de quiconque. Ensuite, le carreau filait, implacable, jusqu'au cœur de Doïstov.

Il médita longuement sur ce fait. Il n'avait pas rêvé. Il existait une personne en ce monde capable de se transporter par ses propres moyens. Il l'enviait autant qu'il la haïssait.

Tout paraissait si simple à présent. Depuis le début, elle volait au secours des petites, chaque fois qu'elles se trouvaient en danger. Sans elle, Yaël serait morte depuis longtemps. Possédait-elle une forme de prescience, comme Doïstov ? Ou bien voyait-elle certaines choses comme l'Oracle ?

Peut-être pas, car il avait réussi à l'assommer lors de leur première rencontre. Par surprise… Et puis elle avait disparu ensuite, mais il s'était imaginé qu'elle avait juste profité d'un moment d'inattention. Maintenant, il en venait à la soupçonner d'avoir convoqué les Bêtes.

Les autres vagabonds la surnommaient la Sorcière du Phare, ainsi qu'il l'avait découvert à Aparis. Elle n'avait rien d'ordinaire, au point qu'il était incapable de cerner précisément son rôle ou ses pouvoirs.

Ramdaram quitta le chevet du défunt. Il ne se changea pas, il ne lava pas ses mains encore pleines du sang de Doïstov. Son sabre pendait toujours à sa ceinture, son fourreau heurtant sa cuisse à chaque pas pendant qu'il se dirigeait vers les appartements de Cellon. L'explorateur avait une conscience aiguë de cette arme à la présence salutaire. Il lui restait une alliée fidèle, incapable de le trahir, avec laquelle il espérait encore trancher la tête de la Deux-Visages.

Lorsqu'il avait parlé d'elle au vagabond du marché, il n'avait pas fallu grand-chose pour lui délier la langue. Elle menaçait de mort tous ceux qui les approchaient, elle ou ses brebis. Plus personne n'osait se rendre au phare et au-delà, à cause de cette folle. L'individu faisait allusion à l'une des routes secrètes des vagabonds, mais Ram ne s'y intéressait pas. Une seule chose comptait : la sorcière retournerait au phare, encore et toujours, il le sentait jusque dans ses tripes. Comme si l'intuition de Doïstov le rattrapait, pour une fois. Il suffisait de l'attendre.

Un homme dégarni en robe de bure le fit asseoir dans une petite salle attenante au bureau du grand prêtre ; il bredouilla quelques mots et apporta un verre d'eau que Ram écarta d'un geste lent. Il y eut des chuchotements dans le couloir voisin, des frottements de sandales, un claquement de porte, mais Ramdaram demeura imperturbable, son œil intact rivé au portrait de l'Unique accroché devant lui.

Ce n'était pas son Dieu ni celui de ses ancêtres. Il évitait de L'offenser mais il lui était impossible de Le révérer. Si la forteresse dont il était originaire, Vinndhuya, avait accepté Son culte, c'était par peur de Sa colère, et par nécessité.

— Monsieur Sulleman, le grand prêtre est trop occupé pour vous recevoir aujourd'hui.

Le petit chauve, malingre et inquiet, qui venait de s'adresser à lui, mentait de façon certaine. Cellon ne souhaitait plus recevoir Ramdaram, car ce dernier avait perdu tout intérêt à ses yeux. Il n'avait jamais eu la moindre reconnaissance pour les efforts des gens qui s'employaient à satisfaire ses desiderata, sûrement parce que lui-même se donnait tout entier à sa mission et considérait normal de ne vivre que pour servir.

Ramdaram quitta son siège pour emprunter le couloir, dont l'une des portes donnait sur le bureau de Cellon.

— Vous ne pouvez pas le déranger ! S'il vous plaît, soyez raisonnable !

Trop tard, il était entré dans la pièce.

Cellon écrivait des courriers ; au vu de l'éventail de sceaux déployés autour de lui, il informait le conseil des récents évènements.

— Je vous en prie, faites comme chez vous ! grogna le maître du Temple sans se détourner de ses courriers.

— J'ai une requête.

L'autre releva le menton, le gratifiant d'un regard dur.

— Une requête ? Après un échec aussi retentissant ? Dois-je vous rappeler que Yaël vous a encore filé entre les doigts après des mois à guetter une vision ! Vous rendez-vous compte que l'Oracle n'en aura pas d'autres avant des semaines, à cause de l'effort qu'elle vient de fournir ? Les Bêtes se feront un plaisir de nous écraser à la première occasion et croyez-moi, elle se présentera bientôt. Mais ceci ne vous concerne plus, vous en avez conscience, n'est-ce pas ?

Ramdaram considéra le prêtre avec froideur. Cet homme, pétri de certitudes, ne connaissait rien au monde extérieur. Les visions auxquelles il se fiait étaient volatiles tout autant que les intuitions de Doïstov. C'était la raison pour laquelle son partenaire faisait toujours preuve de logique et de discernement, plutôt que de s'en remettre complètement à une chose aussi fragile que l'instinct.

— Je veux la tête de la Deux-Visages.

— Et moi, celle de Yaël, mais vous ne me l'avez pas apportée, que je sache.

Ram dégaina son sabre et posa la lame contre la gorge du prêtre, interrompant sa diatribe.

— Si je ne peux avoir sa tête, j'en prendrai une autre.

Cellon cillait à peine, la respiration lente, incapable de regretter comme d'amender son attitude. Ils se mesurèrent l'un à l'autre, seulement séparés par le bureau.

— Bannissez-moi à mon tour, proposa Ram sans émotion. Envoyez-moi dans ce phare maudit. J'attendrai la sorcière pour la tuer. Vous serez débarrassé de mon encombrante présence, et avec de la chance, vous ferez d'une pierre deux coups.

Le grand prêtre acquiesça d'un mouvement lent, en prenant garde à ne pas s'égratigner la peau sur le fil du sabre.

— Qu'il en soit ainsi.

52

Au petit matin, Yaël se redressa, l'esprit encore embrumé. Elle découvrit la salle médicale, à la porte de métal barrée par une armoire. Parmi ses souvenirs confus, un seul encore net la ramenait au moment où elle avait découvert un poignard planté dans son flanc. Elle ignorait où elle se trouvait, mais elle devina que Pomme l'y avait amenée, puisqu'elle dormait à côté, sur une table d'opération identique à la sienne. Yaël baissa les yeux sur le pansement bien serré qui lui entourait la taille. Elle fit un mouvement pour déplacer ses jambes et grimaça quand les sutures tirèrent, ravivant la douleur. Mais il fallait qu'elle descende de là et qu'elle soulage sa vessie. En posant un pied par terre, elle manqua de s'écrouler ; elle se raccrocha de justesse à la table. Le bruit fit sursauter Pomme.

— Qu'est-ce que tu fais ? s'alarma-t-elle en se précipitant pour la soutenir.

— Je me lève.

— Il est encore trop tôt, vas-y doucement. Bintou est partie, et je ne suis pas une doctoresse, moi.

— Comment ça, elle est partie ? On verra ça après, j'ai besoin d'aller aux toilettes…

Pomme brandit un bassin. Yaël grimaça, elle n'avait pas vraiment le choix, vu que marcher jusqu'au couloir voisin était pour le moment impossible. Elle insista pour que Pomme se tourne pendant qu'elle urinait. Puis elle se laissa installer dans un fauteuil. Le pansement ne s'était pas taché, ce qui était une bonne nouvelle. Pomme lui donna à boire, puis lui éplucha une orange qui provenait des serres des Halles tout en lui racontant ce qui s'était passé. Dans leur malheur, elles n'avaient pas perdu leurs courses que Yaël portait dans un filet, en bandoulière.

— Il y a de quoi tenir un moment, la rassura Pomme. Mais il faudra retourner chercher Moustache et nos bagages…

— Le Temple ne s'arrêtera pas là. On a eu de la chance que Bintou nous porte secours.

Pomme hocha la tête et lui raconta sa discussion avec la doctoresse. Il était certain que le Temple continuerait de les pourchasser.

— Tu crois vraiment que l'Unique a vu l'avenir ? fit Yaël. Celui où les humains construiront de nouvelles villes ?

— Il a bien causé la Fracture… En tout cas, les Bêtes ont raison. Les humains ne veulent pas partager le monde avec elles.

Elle se pencha sur Yaël et l'embrassa sur le front.

— Il faut que tu dormes et que tu récupères tes forces. Nous ne pourrons pas nous éterniser ici.

☽

Yaël avait du mal à se reposer. Le fauteuil était aussi inconfortable que la table d'opération, sans compter qu'elle avait du mal à s'empêcher de penser, à la fois trop fatiguée et trop énervée pour dormir. Pomme était sortie se dégourdir les jambes. Il restait plusieurs heures avant que les chevaux reviennent. Et ensuite ? Il faudrait retourner chercher leurs affaires ainsi que Moustache, qui devait se demander si on l'avait encore abandonné. Sauf qu'Aparis était loin. Yaël le sentait.

Elle se mit debout, et se traîna à l'extérieur de la salle d'opération. Le couloir froid et sombre n'avait rien d'engageant.

Elle prit son temps.

Cet endroit lui paraissait immense et elle en eut la certitude quand elle atteignit la cage d'escalier et qu'elle regarda la toiture, loin au-dessus d'elle, fortement endommagée. Il pleuvait à travers ces ouvertures, et l'eau ruisselait le long des murs, sur les marches également. Le bois de l'escalier avait néanmoins résisté, dur et sombre sous les couches de poussière et les débris naturels. Yaël s'accrocha à la rampe et entama son ascension. Sa blessure tirait à chaque marche gravie, mais elle n'abandonna pas. Elle aurait pu s'arrêter au rez-de-chaussée mais Pomme lui avait décrit la cour et ce qu'elle avait envie de voir, c'était l'extérieur. Qu'y avait-il autour de ce château ?

Au prix de quelques pauses, elle réussit à atteindre le premier étage, habité par d'immenses courants d'air, lesquels soufflèrent dans sa chevelure et la repoussèrent. La douleur de Yaël s'était faite plus insistante et elle regretta sa folie exploratrice. Pourtant, elle poursuivit à travers une bibliothèque éventrée et délestée de tous ses livres. Le vent hulula dans la cheminée, la faisant sursauter. Elle atteignit enfin une fenêtre.

Elle s'agrippa au rebord de la large ouverture et se pencha juste un peu, impressionnée par l'altitude. Perché sur un piton rocheux, Neuschwanstein dominait un lac d'une beauté époustouflante, cerné de montagnes bleutées et de forêts plusieurs fois centenaires… Le soleil faisait une apparition timide, se reflétant sur la surface des eaux calmes, assourdi par la brume qui descendait des sommets. Un cri de rapace résonna au loin et des oiseaux s'envolèrent depuis les cimes des sapins. Un loup hurla quelque part. Yaël pinça les lèvres et tourna le regard vers les pinacles blancs des tourelles, surmontés d'un petit chapeau pointu, comme dans un conte pour enfants. L'une était partiellement détruite, et l'on apercevait son escalier solitaire exposé aux intempéries. D'autres avaient perdu leur couvercle, ou vu une partie s'envoler. Les tours paraissaient épargnées, sauf les fenêtres. Toutes avaient volé en éclats lors de la Fracture.

Ce château recelait sûrement des trésors. Il y avait un générateur d'électryse, en bon état, une véritable salle d'opération… C'était ici, de façon certaine, que Bintou s'approvisionnait en fil et en matériel médical… Un mouvement sous les frondaisons lui fit remarquer la route escarpée qui montait jusqu'aux remparts. De sa position, elle ne voyait pas l'impressionnante arche de brique rouge, qui séparait la cour intérieure de l'esplanade extérieure. Il aurait fallu qu'elle se penche, ce que sa blessure lui interdisait. En tout cas, un cheval était lancé au galop sur la route, petit de loin. De loin, seulement.

Alarmée, Yaël se traîna de l'autre côté de la pièce, pour accéder à une vue de la cour pavée, en partie déchaussée. Pomme se trouvait là, assise sur les marches, la tête dans les mains. Elle se redressa en entendant le fracas des sabots. Yaël lui fit signe sans être vue, elle n'eut même pas le temps de crier. Il ne lui semblait pas avoir été si lente, pourtant le cheval était déjà là… Il approcha, les naseaux fumant dans l'air frais, gris de la tête aux pieds, le regard doux et farouche à la fois. Pomme était minuscule par rapport à lui, ses cheveux arrivaient à hauteur de son poitrail. Yaël eut envie de crier, mais elle n'en fit rien.

Pomme ne s'enfuyait pas et Pomme avait très peur des Bêtes. Mais elle leur parlait aussi.

Yaël n'entendit pas leur échange mental, mais elle vit son amie passer une main le long de la jambe avant de l'animal. Celui-ci fouetta vigoureusement l'air de sa queue, sans se dérober. Il se laissa ôter un caillou, puis s'en fut, décochant une ruade et un gros pet du même coup. Sûrement une expression de bonheur.

Il disparut presque aussi vite qu'il était apparu, dans un tourbillon de poussière. Yaël se remit à respirer.

☽

— Tu aurais pu te faire tuer, reprocha Yaël à Pomme.

— Et toi, tu aurais pu faire sauter tes points et rouvrir ta plaie ! Tu as de la chance que Bintou t'ait soignée et tu risques de tout gâcher si tu continues à faire n'importe quoi. Regarde-toi ! Tu ne peux même plus bouger.

En effet, Yaël n'avait pas quitté la bibliothèque, incapable de se relever seule.

— On avait promis de ne plus s'éloigner l'une de l'autre, se plaignit-elle tandis que Pomme la remettait sur ses pieds, presque de force.

— Quelle mauvaise foi, ma parole ! Tu n'étais même pas en train de me chercher. Tu explorais. Laisse-moi te montrer quelque chose.

Pomme sollicita la magie. Le picotement familier et chaleureux les traversa toutes les deux, bref et intense, bien moins douloureux qu'une expédition dans un escalier. Elles se transportèrent sur un balcon protégé par une avancée. Il manquait une colonne blanche, tombée deux cents ans plus tôt dans le précipice, mais l'ensemble résistait vaillamment et la vue à couper le souffle arracha un cri à Yaël.

— Quoi, tu as mal ? Tu ne vas pas bien ? s'inquiéta aussitôt Pomme.

— Non ! C'est juste que c'est… merveilleux.

Ce côté du château donnait sur un second lac, surplombé d'une cascade. Ses abords dépourvus d'arbres ressemblaient à d'anciens jardins qui auraient laissé libre cours à leur sauvagerie : les massifs chargés de fleurs grandissant en liberté, ils avaient colonisé l'espace et foisonnaient, multicolores, où que se posât le regard. Les brumes d'eau caressaient la végétation, repoussaient des papillons…

— Ce château est véritablement enchanté, souffla Yaël, conquise par tant de beauté.

— C'est ce que je me suis dit aussi.

Avec une grimace, Yaël s'appuya contre le rebord, le temps de souffler.

— J'ai trouvé un plan d'évacuation dans les couloirs du sous-sol, ajouta Pomme. Cette tour s'appelait la tour du Soleil. Mais son escalier est complètement pourri. Il a été mangé par la vermine. Nous sommes donc les premières à venir ici depuis longtemps. Regarde.

Derrière elles, il y avait une porte vitrée à croisillons, intacte. La poignée résista à peine et elles purent entrer dans ce qui ressemblait à un cabinet de travail. Le mobilier avait été préservé, de même que la voûte peinte d'une forêt exotique, le parquet intact, la cheminée tout juste fissurée. Une longue table de travail et ses chaises à l'assise de velours attendaient en désordre. Les encres étaient sèches, les plumes rouillées et les papiers en miettes… Un salon confortable occupait l'autre côté, et des méridiennes aux courtes pointes en jacquard. De grands tableaux accrochés aux murs étaient encore criblés d'épingles, même si leur bois nu n'était plus caché par aucune carte. Une rose des vents en émail était incrustée dans le sol, au milieu de la pièce. Yaël se posta là, s'apercevant qu'il y avait quatre balcons en tout. Chacun offrait une vue imprenable sur les accès du château.

Une porte en bois massif était verrouillée, la clé encore dans la serrure. Derrière elle, l'escalier. Elles n'osèrent pas s'aventurer plus loin. Plusieurs paliers et les marches attenantes manquaient à l'appel, donnant un aperçu de la hauteur vertigineuse de la tour.

— Les Bêtes ne pourront pas nous attaquer ici, fit Yaël en regardant sa compagne refermer.

— Au moins, on pourra se reposer tranquillement.

Pomme l'emmena s'allonger sur une méridienne. Il n'y avait pas le moindre gramme de poussière.

— Ce serait un endroit parfait.

— Mais les chevaux nous donneront la chasse dès que nous mettrons le pied dehors.

— Je leur dirai que cette tour est notre nid. Que c'est tout ce dont nous avons besoin. Ils n'auront pas le choix de toute façon.

Yaël grimaça.

— C'est faux. Il nous faut un jardin, il nous faut de l'eau, il nous faut beaucoup plus qu'une tour pleine de courants d'air. Et puis l'Oracle finira par nous trouver.

— Alors quoi ? s'énerva Pomme. Tu veux vivre en vagabonde à te transporter d'un endroit à l'autre, à fuir les tueurs et les Bêtes ? C'est fini, tu n'imagines plus un endroit où nous pourrions nous installer ! Est-ce que tu m'as fait miroiter un mensonge ?

Yaël essaya de se redresser sur ses coussins. Sa plaie lui causait de plus en plus de douleur. Elle s'aperçut que son pansement était taché de rouge.

— Ne bouge plus, lui ordonna Pomme en la rallongeant. C'est trop tôt.

Elle lui rapporta l'outre et l'aida à boire. Yaël retint sa main.

— La vérité, dit-elle, c'est que j'ai peur que tu n'essaies de parler aux chevaux et aux loups, et qu'ils te tuent. Je préfèrerais un endroit où on passerait vraiment inaperçues, une grotte, une maisonnette, mais pas un château si beau que tous les animaux ne voient que lui et ses cheminées à la ronde. Tu comprends ?

Pomme baissa les yeux, cachant une larme.

— Il y a un jardin d'hiver.

Dans ces quelques mots, il y avait tous les vœux d'avenir, tous les rêves encore jeunes et mal formulés qu'elles s'étaient confiés ; des pousses fragiles et belles, de l'amour aussi. Yaël la prit dans ses bras et la serra contre elle. L'important n'était-il pas de rester ensemble ?

— Le grand prêtre nous enverra d'autres assassins, tu sais, murmura Yaël. Il ne nous laissera pas tranquilles. Tant qu'on n'aura pas résolu ce problème, on sera obligées de fuir.

— Tu veux le tuer ?

Yaël eut une grimace horrifiée.

— Mais non ! Je ne pourrais jamais faire ça.

Moi si, songea Pomme. Elle repoussa cette idée, se sentant sale, soudain, d'y avoir pensé. Yaël lui caressa la joue, comme si elle avait deviné.

— En tout cas, il ferait mieux de ficher la paix à Bintou. Parce que Cath finira par s'énerver.

De sa méridienne, Yaël voyait un balcon et un bout de montagne. Elle s'absorba dans la contemplation des nuages qui s'effilochaient sur les arbres. Elle aussi avait envie de rester. Cet endroit était merveilleux et il y avait une force dans ce château qu'elle discernait sans encombre. La magie l'habitait. Peut-être qu'en travaillant sur son grimoire, elle pourrait un jour lancer un sortilège pour protéger les lieux avec l'aide de Moustache ?

Les étagères étaient chargées de livres et elle pouvait s'imaginer là, occupée à les étudier. Peut-être même à les réinventer. Elle y rangerait le livre de magie que Pomme et elle avaient trouvé dans la cave, et qui la suivait depuis le phare… Ce que lui avait appris Ésolia allait lui servir, grâce à Moustache quand elle l'aurait retrouvé. Sans doute ne lèverait-elle jamais un bouclier aussi puissant que ceux d'avant la Fracture, mais il devait exister un moyen de fabriquer une protection efficace. Elle aurait voulu mêler la magie et l'électryse. Après tout, l'une et l'autre étaient des forces brutes qui animaient le monde, pour peu qu'on fût capable de les canaliser.

— À quoi tu penses ? demanda Pomme.

— À l'avenir. J'aimerais tellement que le nôtre soit ici.

Ces mots flottèrent entre elles jusqu'à ce que Pomme rompe le silence.

— On pourrait y arriver. Il suffirait d'avancer de plusieurs lunes, assez pour qu'on nous oublie, assez pour tout recommencer. Si Cath et Bintou y sont arrivées, nous en sommes capables nous aussi.

— Tu crois vraiment ? Tu ne crains pas de nous perdre ?

— Je suis prête à prendre le risque. La lune est immuable. Elle sera toujours là. Voilà pourquoi on peut la suivre dans un sens ou dans l'autre.

Plus Pomme y réfléchissait, plus elle était convaincue. Elle bondit sur ses pieds et se mit à faire les cent pas.

— Il faudra retourner à Aparis chercher Moustache et nos sacs en premier lieu, mais ensuite, imagine, les gens qu'on a connus dans les stations oublieront nos visages. Plus nous avancerons dans le temps, plus nous deviendrons anonymes. Pareil à Bau. Tu te rends compte… On pourrait même rendre visite à nos parents quand ils seront assez vieux pour que le Temple ait cessé de les surveiller !

L'idée de les revoir fit tourner la tête de Yaël. Elle n'avait pas pensé à eux depuis si longtemps… Elle songea aussi à Azra à qui elle avait parlé pour la dernière fois le jour de son mariage. L'émotion manqua de la submerger. Elle hocha la tête.

— Ce serait formidable.

— C'est notre meilleure option, reprit Pomme. La seule à nous garantir la liberté. Tous nos problèmes avec le Temple seront résolus : nous disparaîtrons du présent ! Le grand prêtre et l'Oracle perdront notre trace. Il ne restera que le problème des Bêtes… Comment les convaincre de nous laisser vivre ici ?

Cela ne pouvait pas se faire en quelques jours. Il était difficile d'obtenir leur confiance et d'apprendre leurs règles. Soudain, elle repensa au message.

— Choisis ton chemin et deviens ton propre prophète…

— Quoi ?

Yaël avait un peu de mal à la suivre

— C'est le message que m'a envoyé Gwaihir, le Dieu aigle, répliqua Pomme.

Elle posa son front contre le sien, son pouvoir s'éveillant… Yaël attrapa ses mains, s'abandonnant au long frisson de magie qui les liait, les parcourait, les remuait.

— On pourrait le faire pendant notre voyage. Devenir des prophètes. Il suffirait de faire courir le bruit qu'un jour, des magiciennes viendront vivre dans ce château et qu'elles vivront en harmonie avec le monde sauvage… Je suis sûre qu'avec le temps, les humains et les Bêtes finiront par y croire.

Leurs esprits s'unirent, soudés par un nouvel espoir, une vision qui s'imposait à elles. Elles pouvaient voyager vers le moment où il deviendrait possible de cohabiter avec les Bêtes… Voire de renouer avec la magie grâce à elles. Pomme et Yaël pouvaient construire leur propre légende et ensuite l'accomplir. N'étaient-ce pas les Dieux eux-mêmes qui les poussaient sur cette voie ?

La crainte abandonna Yaël. Il fallait le tenter, absolument, car elle n'avait pas envie de fuir et de se cacher toute sa vie, pas plus qu'elle n'avait envie de vivre enfermée où que ce soit.

— On ne perdra rien à essayer. Il faut juste qu'on retrouve Moustache. Et ensuite…

— Ensuite, nous ferons notre plus grand voyage.

53

Lors de sa dernière visite, les brebis se bousculaient à l'intérieur. Cependant aujourd'hui, il n'y en avait aucune. Elles avaient disparu. Ramdaram posa son sac devant la porte du phare, observant depuis les marches de grès le potager bien entretenu à l'abri des barbelés. Les tuteurs s'alignaient avec précision, plantés dans la terre. Çà et là, des pousses étaient déjà sorties. Il y avait peu de mauvaises herbes. Ce constat le conforta dans ses certitudes.

La sorcière reviendrait.

L'assassin dénoua les liens qui maintenaient les barbelés puis se décida à entrer. Il lui fallut tortiller une tige de métal dans la serrure pour parvenir à repousser le verrou. À l'intérieur, cela puait le bétail, exactement comme dans ses souvenirs. Il examina les étagères, les meubles, la vaisselle, et monta jusqu'à l'endroit où la femme faisait du feu, la nuit. Là, il se cala confortablement dans une paillasse couverte de laine et y passa la journée, son œil valide à demi ouvert.

Quand vint le soir, il tira de son sac un saucisson, qu'il mâchonna sans appétit. Il se sentait vide, comme un vaisseau sans cargaison. Il n'avait rien à faire, à part attendre. Même ses questions s'étaient éteintes. Il avait déjà ressassé ses idées noires un millier de fois ces dernières vingt-quatre heures.

Il s'endormit à la tombée de la nuit.

Le froid mordant le réveilla sous un ciel d'encre. Les étoiles avaient disparu derrière les nuages, tout comme la lune, et un vent glacial sifflait, presque hivernal, alors que la journée avait été douce et printanière. Ram s'enroula dans une couverture épaisse, non sans tendre l'oreille ; la vie nocturne battait son plein à l'extérieur.

La sorcière n'était toujours pas revenue.

Le cri d'un hibou résonna dans le lointain, assez fort pour le pousser à allumer le feu. Il n'avait pas envie de terminer dans une paire de serres si près du but. Et puis, si la femme voyait de la lumière, elle s'empresserait de vérifier qui attendait chez elle. Signe qu'elle avait prévu de revenir, tout était déjà prêt dans le foyer : paille, petit bois, grosses bûches. Il ne manquait plus qu'une étincelle. Il sortit son briquet et observa le monticule en train de s'enflammer. Lorsque les flammes dansèrent, il se frotta les mains au-dessus d'elles, tout en écoutant le craquement du bois qui se rompait sous la chaleur. Ensuite, il chargea deux mousquets qu'il cacha sous la couverture. Il tirerait à travers le tissu sans même essayer de les sortir. La sorcière n'aurait pas le temps de réagir.

Il se tassa sur sa paillasse, plus serein que jamais, avec cette certitude que bientôt il achèverait leur mission, à Doïstov et lui. À ce moment, dans l'obscurité du phare, il prit la mesure de l'absence de celui qui l'avait accompagné des années durant. Où qu'il aille, Doïstov était là. Rarement intéressé par leur mission, souvent plongé dans ses pensées, jamais avare d'une réplique cynique. Toujours prêt à exécuter sa tâche.

Ramdaram Sulleman chassa les souvenirs qui remontaient, encombrants et douloureux. Il aurait pu rire de sa naïveté, il avait toujours agi comme si Doïstov lui était acquis à jamais, comme s'ils étaient immortels, comme si, rien à part l'âge, peut-être, ne pourrait avoir raison d'eux. D'une pichenette, il envoya un copeau de bois se faire dévorer par les flammes.

Soudain, des loups hurlèrent dans les bois. Un frisson lui courut le long de l'échine. La meute s'approchait du phare. La fumée avait dû les alerter de sa présence. Il n'y avait pas beaucoup de Bêtes que Ram craignait. Mais les loups faisaient partie des adversaires qu'il ne fallait pas sous-estimer. Il se déplaça jusqu'au bord de la plateforme, sa longue-vue à la main. De nuit, avec un seul œil, il avait peu de chances de faire mouche à distance. Néanmoins, les portes du phare étaient fermées et des barbelés en protégeaient l'accès. Il n'avait pas de raison de s'inquiéter outre mesure.

Lorsque les dos noirs glissèrent dans les buissons attenants au jardin, il venait de finir de charger un fusil à lunette, un fusil d'une grande précision qu'il avait gardé pour lui à l'issue d'une exploration avec Doïstov. L'engin datait de l'époque de la Fracture et incarnait le perfectionnement de l'époque. Même si Ram se sentait en sécurité, il entendait bien montrer à ces Bêtes qu'elles s'en prenaient au mauvais bougre.

Il eut un léger fléchissement lorsque les loups en question quittèrent le couvert des arbres, bousculant les troncs et cassant des branches, toujours en mouvement autour des barbelés. Il reconnut immédiatement le grand loup gris qui fermait la marche. C'était lui leur chef. Un autre loup marqua un arrêt devant le point de jonction qui permettait à la sorcière et à ses brebis de sortir du jardin. Ram n'avait pas réentortillé les câbles, il les avait juste accrochés ensemble sans trop s'en soucier. Il le regrettait à présent. Délicatement, du bout des crocs, l'animal décrocha les fils de fer et ouvrit à ses congénères.

Avec calme, Ram tira. Le boum de l'explosion fut suivi d'un silence. Puis le vent agita les feuillages. Les insectes, les chauves-souris et les oiseaux de nuit reprirent alors leur chorale. Ram avait hélas manqué sa cible. Les loups s'éparpillèrent devant la barrière, en grondant. Soudain, l'assassin se demanda si la porte tiendrait.

Les tirs se succédèrent ; chaque fois qu'un loup approchait trop près son museau de la barrière, Ram envoyait un coup de semonce. La fureur montait chez les Bêtes. La tension aussi chez l'humain, qui avait bien compris leur manège. Elles n'avaient pas l'intention de renoncer, sinon elles auraient déjà rebroussé chemin.

Il ne lui restait plus qu'une balle dans son fusil. Ensuite, il ne pourrait compter que sur ses mousquets, des armes moins précises, plus efficaces à courte portée qu'à longuc distance. Les loups enfonceraient la porte. Avec leur large carrure, ce ne serait qu'une formalité. D'ailleurs, se rendit-il compte, ils auraient pu franchir les barbelés. Pourquoi craignaient-ils les pointes rouillées de ces fils de fer ? Y avait-il une raison qui lui échappait ?

Sa meilleure défense, c'était de descendre les marches quatre à quatre sitôt la dernière balle tirée, puis de barricader la porte du phare. Il y avait peut-être une poutre ou quelque chose qui lui permettrait de sécuriser l'entrée.

Un loup noir – immense, au museau presque blanc, aux yeux d'un jaune épouvantable – franchit la limite du jardin, se ruant à l'assaut du perron. Le tir de Ram lui érafla le flanc. Son cri de douleur et de rage fut repris par l'ensemble de ses congénères tandis que l'humain dévalait les marches à toute vitesse, au risque de se rompre le cou.

Le rez-de-chaussée du phare était sombre, dépourvu de lumière. Ram trébucha sur des outils et glissa sur de la paille moisie avant de repérer la poutre près de l'entrée… Au-dehors, les griffes raclaient les marches, les truffes reniflaient le seuil avec excitation. Ce n'était pas n'importe quelle porte, elle était faite de bois massif et elle avait affronté bravement la Fracture, n'y perdant que quelques écailles de peinture. Mais contre la force brute d'une meute de loups géants, elle ne tiendrait pas. Les coups d'épaule se mirent à pleuvoir contre les battants.

Ram ploya en soulevant la poutre, si lourde qu'elle lui échappa une première fois. La sueur lui dégoulinait dans l'œil, il reprit avec difficulté l'épais morceau de bois et tituba, déséquilibré par sa longueur. Refusant de se décourager, il approcha de la porte. Encore trois pas et il pourrait soulever son fardeau et le laisser glisser dans les crochets prévus à cet effet.

Soudain le verrou se brisa, avant que le bois ne se fende. Les portes s'ouvrirent, déversant les loups à l'intérieur, silhouettes dantesques et sombres, assoiffées de sang. Ram bascula sur le dos.

Une patte puissante écrasa son torse, bloquant sa respiration tandis que le loup grondait et grognait en humant l'air. Ram dirigea son bras vers sa ceinture, mais des crocs luisants s'arrêtèrent à un poil de son nez, en un avertissement qu'il n'eut aucune peine à comprendre. Deux Bêtes fouillèrent le rez-de-chaussée. L'une d'elles se hissa sur le palier. Le parquet se mit à gémir.

Ram se fit dessus. Sa dernière heure était venue, même s'il n'entendait rien de ce que les loups se disaient.

— *Où sont les brebis ? Grand-Père avait promis qu'elle nous en donnerait une !*

— *Si nous gardions le phare pour elle,* précisa le loup penché au-dessus de Ram.

— *Il est à moi,* dit Grand-Père en entrant à son tour. *Sortez tous.*

Ils vidèrent le phare aussi vite qu'ils y étaient entrés. Ram recula en direction de l'escalier alors que le vieux loup argenté le humait avec affectation. Ses yeux d'or brillaient de façon surnaturelle et sa voix résonna distinctement dans sa tête.

— *Jamais tu n'auras ta vengeance. Ni toi ni le prêtre. Car j'ai gagné.*

L'humain attrapa le mousquet à sa ceinture, mais le Dieu fut plus vif et lui arracha le bras, sans se soucier de son hurlement de douleur.

— *J'ai fait une promesse,* gronda Amarok. *Crois bien que j'aurai ma brebis.*

Et il le dévora.

☽

L'Oracle avait décidé de jouer dans le jardin d'hiver, dont les fenêtres avaient été ouvertes pour elle. La fillette aimait cet endroit qui embaumait, par cette belle journée de printemps. Parfois, quand elle clignait les yeux, elle voyait certaines d'entre elles, plus âgées, souvent adultes, observer gravement la montagne et ses versants recouverts d'arbres. Elles ne lui disaient rien.

Aujourd'hui, la fillette avait revêtu une robe longue d'un rose poudré, aux manches brodées d'or et de perles. Elle avait glissé dans ses cheveux noirs de belles barrettes recouvertes de coquillages délicats et son reflet dans les vitres lui donnait entière satisfaction. Elle avait hâte de montrer ses jolis vêtements à l'une de ses ancêtres, peu importait, tant qu'elles se parlaient… Quant à ses descendantes, elle ne les voyait plus depuis un moment.

L'Oracle en avait assez des visites du grand prêtre Cellon, de sa manière de la commander tout en faisant semblant de s'aplatir devant elle. Il n'y avait qu'une seule personne capable d'avoir des visions… Elle. Et l'enfant s'assit sur une chaise en osier, soudain découragée. Une représentation de l'Unique, logée dans une niche de pierre, dardait un regard sévère sur elle.

— S'il vous plaît..., murmura-t-elle à l'adresse de ses semblables. Parlez-moi. J'ai besoin de me changer les idées.

Une adolescente à la silhouette trouble lui fit un sourire en lui tendant la main. L'Oracle reconnut une enfant d'avant la Fracture à son costume tiré à quatre épingles, du temps où plusieurs Oracles scrutaient l'avenir, sans pour autant parvenir à le distinguer clairement. La plupart d'entre elles ne savaient pas bien ce qu'elles voyaient. L'Oracle leur parlait de la Fracture, de l'humanité qui survivait... Mais jamais des Bêtes ni de la magie qui s'était étiolée. Elle leur disait que l'humanité survivrait cette fois.

C'était vrai. Quoi que pensait Cellon de la Deux-Visages, il n'y avait pas de retour en arrière possible. Elle existait, dans l'une des anfractuosités du temps, qu'elle se représentait comme une ruche complexe. Il semblait d'ailleurs que le Dieu suprême ne parvenait pas à la manipuler autant qu'Il l'aurait souhaité. Il y avait trop d'abeilles en mouvement, toutes à changer imperceptiblement leur trajectoire.

Grand-mère avait dit un jour que l'Unique se tenait en équilibre sur la barque du temps, et qu'Il était obligé d'avancer avec le fleuve... et qu'Il avait beau voir loin devant et derrière, Il devait avancer. Il ne pouvait pas reculer. Donc, personne n'avait le droit de changer le passé.

Mais instinctivement, elle savait qu'Il ne pouvait pas l'empêcher. Que la Deux-Visages Le changeait. Que l'avenir se redessinait. Que tout n'était qu'eaux mouvantes autour d'elle et que seul le présent comptait ; elle avait encore la clairvoyance de l'enfance, la faculté de discerner avec facilité, sans s'encombrer de questions complexes ou tarabustées. Lorsqu'elle aperçut une petite fille du passé, occupée à jouer avec un radeau fait de branches et de feuilles dans un caniveau, elle se précipita. Elles se connaissaient bien toutes les deux, elles se voyaient si souvent ! Elles commentèrent le cours d'eau et l'Oracle lui recommanda de ne pas oublier de se cacher dans la montagne avec ses parents et ses sœurs, le jour J.

L'autre enfant lui demanda si tout irait bien.

L'Oracle sourit.

— Oui, tout ira bien. L'avenir qui nous attend est fabuleux, plein de richesses et de gloire. Il n'attend que notre empreinte.

L'Oracle n'avait aucunement conscience des dangers et des difficultés qui attendaient son alter ego. Elle n'avait jamais souffert de la faim ou du froid ; elle n'avait jamais vécu qu'à l'abri des murailles. Le jour glorieux où l'humanité reprendrait sa place ressemblait à un jour comme un autre, où une autre gamine comme elle aurait droit à de nouveaux jouets plus merveilleux.

Elle en avait vu, des jouets incroyables, des vélos avec des ailes profilées et des turbines à électryse, des trains aux toits de verre et aux roues crantées qui filaient à toute vitesse dans la campagne… Des bateaux qui réfléchissaient le soleil sur leurs voiles et des ascenseurs à flanc de montagne, animés par des mécanismes fabuleux…

L'adolescente disparut, appelée par sa mère, et l'Oracle eut un moment de fatigue. Elles avaient bien joué, mais elle avait envie de voir autre chose. Peut-être une fête. Ou…

La pie ! La pie sautillait sur une branche d'arbre en inclinant la tête de côté d'un air intelligent.

L'enfant fouilla ses poches avec impatience, sans trouver quoi que ce soit susceptible de l'intéresser. C'est que l'oiseau se montrait de plus en plus difficile ! Alors elle s'empara d'une cuillère d'argent abandonnée sur le plateau à thé. Sa main s'immobilisa sur la poignée de la porte.

— *Il vaut mieux ne pas sortir*, la gourmanda une jeune femme transparente, à l'air très gentil, mais dont la robe pleine de sang ne laissait planer aucun doute sur son état d'esprit. *Si elle se sent menacée, elle t'attaquera. Elle n'aura pas peur d'une enfant seule. Et puis, si tu prends ce risque, tu n'auras plus jamais le droit de te promener ici.*

Comme si elle l'avait entendue, la pie décida de s'envoler et disparut par-delà les toits du temple. La fillette se dépêcha de sortir poser son cadeau, puis elle revint se mettre à l'abri. Elle n'eut pas longtemps à patienter. La pie revint lui déposer une cosse en échange de la cuillère. L'Oracle poussa un cri de joie.

Le grand prêtre Cellon la trouva bien plus tard, cachée dans un recoin du jardin d'hiver, entre un mur de pierre et une étagère remplie de pots et d'instruments.

— Oracle, que faites-vous donc ? Nous vous attendons pour…

Il s'interrompit en remarquant la cosse entre les mains. Il la lui arracha.

— Qu'est-ce que c'est ? Où avez-vous trouvé ça ?

Il blanchit en reconnaissant les petites boules sucrées. S'accroupissant, il saisit la main de l'Oracle, encore stupéfaite qu'on ait osé lever la voix sur elle.

— Dites-moi où vous avez volé ça ! Est-ce que vous savez ce que c'est au moins ? Hein ? Petite inconsciente ! C'est un poison !

Il se redressa, tremblant et en sueur, et il l'entraîna sans ménagement derrière lui.

— Un médecin ! Vite, un médecin !

L'Oracle se débattit.

— Lâchez-moi voyons ! Ça ne m'a jamais rendue malade ! Il n'y a pas de danger !

— Quoi ? répondit Cellon, livide. Vous en avez déjà mangé ?

Il la laissa échapper.

— Oui ! C'est très bon…

La petite se frotta le poignet, sans comprendre. Dehors, la pie les observait tous les deux, la tête penchée. Cellon tira sur son col, la respiration soudain hachée, il s'appuya sur une chaise qui se déroba sous lui et se retrouva par terre. Il parvint à s'asseoir, alors qu'une main invisible semblait lui broyer le cœur dans la poitrine.

— Poison…, parvint-il à articuler.

— Vous faites une crise cardiaque, dit tranquillement l'enfant. Je vais aller chercher de l'aide.

Elle partit, légère, en courant.

— Poison, siffla-t-il encore.

Il ne comprenait pas comment elle avait pu mettre la main sur un fruit de grenadiolle. Hommes et femmes les utilisaient, passé un certain âge, pour ne plus risquer d'enfanter, mais les effets sur le corps pouvaient être dramatiques. D'où le sortait-elle ? Se rendait-elle compte qu'elle risquait la stérilité ? Qu'elle risquait d'être la toute dernière Oracle ?

Il s'effondra sur le côté, en suffoquant. Son regard croisa celui de la pie qui le fixait de l'autre côté de la vitre. Si la Déesse Hel avait pu, elle lui aurait souri. Cellon n'eut pas le temps de s'interroger à son sujet. Son cœur le lâcha. La pie sauta sur la poignée de la porte, et d'un mouvement vif, s'empara de la cosse avant de filer dehors.

Le grand prêtre Cellon ne le saurait jamais, mais il avait vu juste.

L'Oracle serait bel et bien la dernière. Dans un coin de la pièce, un fantôme de louve n'avait rien perdu de la scène.

54

La nuit s'apprêtait à tomber. Il y avait du pollen dans l'air, assez pour la faire éternuer. Son grand manteau de cuir claquait sous sa cape de plumes noires alors qu'elle avançait à grandes enjambées. Aucun bruit de cloches. Pas de bêlements. Pourtant, elles venaient toujours à sa rencontre quand elle arrivait ! Dans la lumière du couchant, rosée sur les arbres, ocre à l'horizon, Bintou appela, sa longue silhouette noire se figeant comme une statue, les mains en porte-voix.

En scrutant les arbres et les bosquets autour d'elle, elle fut prise de doutes. Elle reconnaissait les lieux, bien sûr. Mais en même temps, tout était différent. Toutes les fois où elle avait trop avancé ou reculé pour mettre à l'abri ses précieuses brebis avaient détraqué sa mémoire. En convergeant, le temps avait flouté les moments où elle l'avait trompé, et elle ne s'y retrouvait plus.

Pourtant… Ce soir, la lune serait pleine. L'autre qui habitait dans sa tête se mit en colère, pérora qu'il ne fallait plus jamais recommencer, qu'il en était fini de se perdre, qu'il fallait abandonner ces foutues brebis !

Il y avait des choses que Catheryn ne comprenait pas. Ce n'était pas elle qui avait trouvé la première brebis en plein travail, une patte brisée, incapable de mettre bas… Bintou avait su quoi faire bien sûr. Elle avait plongé le bras, attrapé le petit et délivré la mère. Ensuite, elle avait bricolé une attelle pour la fracture.

Fabriquer un brancard pour emmener l'animal au phare avait été une autre paire de manches. Vu sa taille, la brebis pesait plus lourd qu'un âne. C'était un jour comme un autre pour une voyageuse perdue qui errait sans but, jusqu'à ce que la vie d'un bébé et de sa mère dépende d'elle. Elle les avait mis en sécurité au phare. Les autres brebis étaient venues plus tard.

Pendant qu'elle s'occupait d'elles, la voix de Catheryn s'étouffait jusqu'à disparaître. Ses regrets, ses souvenirs, sa culpabilité aussi. Comme si enfin, auprès de ses bêtes, tout devenait simple. Les faire paître, couper leur laine, leur prendre leur trop-plein de lait pour ses fromages… Aller aux Halles, vendre le tout. Aussi ce soir, en ne les trouvant pas, elle ressentit un profond désespoir. Les loups les avaient-ils dévorées ? Était-elle partie si longtemps qu'ils avaient décidé de mettre fin à leur accord ?

Des insectes brillaient comme des fils d'or au-dessus de la prairie. Bintou repartit d'un pas lourd à travers la forêt. Naturellement, elle en revint au phare.

Les barbelés, rouillés, avaient disparu dans la végétation. De nouvelles lézardes étaient apparues sur les flancs de l'édifice. Ses doubles portes, ouvertes, avaient été gagnées par le lierre qui avait aussi eu raison du potager… Des années plus tôt. Combien ? Si elle n'avait pas soigneusement biné ce coin-là, elle n'aurait pas pu deviner son emplacement.

Beaucoup trop d'années s'étaient écoulées.

Elle s'était complètement perdue, encore. Il lui suffisait de repartir, mais elle était si fatiguée. Elle avait envie de se rouler en boule au coin de son feu, et dormir, dormir, dormir comme une pierre.

— *Tu ne peux pas allumer de feu,* la gronda Catheryn. *Les portes sont grandes ouvertes ; si des Bêtes sentent la fumée, elles t'attaqueront.*

— Il faudra quand même dormir.

Épuisée, à bout de force, elle avait atteint sa propre limite.

— *On bouchera l'escalier avec une armoire. Tu dormiras au premier étage. Ainsi, nulle Bête ne remarquera rien.*

— Si tu veux.

L'étable avait été ravagée. Elle ne fit pas attention aux taches presque effacées sur le sol, là où Ramdaram avait péri. *Et la meute ? Et les loups ?* s'inquiéta-t-elle soudain. Qu'étaient-ils donc devenus ? Elle gravit les marches, saisie de retrouver le phare dans un état presque aussi délabré que la première fois où elle y était venue. Un bruit au-dessus attira son attention. Elle tira sur la bandoulière de son arbalète et la fit passer devant elle.

Ce n'était qu'une dame âgée, pas encore assez vieille pour s'aider d'une canne, pas assez jeune pour échapper aux rides. Autrefois, elle avait eu de longs cheveux noirs. Aujourd'hui, ils étaient blancs, relevés en un élégant chignon d'où dépassaient de magnifiques pics dorés. Ses yeux aux paupières bridés se plissèrent en l'apercevant.

— La Deux-Visages. Pile à l'heure.

Bintou ignorait tout de cette femme ; elle n'eut pas même l'idée qu'il pouvait s'agir d'une Oracle, de la dernière en vérité. Il s'agissait de celle qui, enfant, avait été placée sous la coupe du grand prêtre Cellon et qui avait cru bon d'envoyer des assassins sur les traces de Pomme et Yaël. Il s'agissait également de Grand-mère, celle qui avait regardé sa propre histoire s'écrire et choisi de devenir la dernière des Oracles, en autorisant la pie à lui apporter des fruits. Elle aurait pu se mettre en garde et changer son passé, mais elle avait laissé les évènements suivre leur cours.

— Ma mère m'a donné un nom, dit la vieille dame. Mais elle ne l'a jamais révélé à quiconque et jusqu'à aujourd'hui, je ne l'ai dit à personne. C'était Cassandre. Ce fut le sien aussi. Ce fut le nôtre, à toutes.

Bintou devina alors qui elle était. Cela ne l'intéressait pas vraiment, au fond. L'état de l'âtre, obstrué par les débris, était beaucoup plus préoccupant. Quelqu'un s'en était servi sans remplacer le bois et tout ce qu'il fallait pour l'allumer. Sans doute un vagabond mal élevé... La nuit serait froide. La paillasse et la couverture de laine s'étaient décomposées depuis longtemps. Il ne lui restait que sa veste en plumes. Elle décida qu'elle ferait tout de même du feu et se leva pour aller chercher du bois.

— Je n'irais pas si j'étais vous, lui indiqua l'Oracle. Un loup solitaire rôde dans les parages et il hait les humains. Vous ne survivrez pas à cette rencontre.

Elle tira de sa besace – un sac matelassé, idéal pour la randonnée et le voyage – un châle d'une fine étoffe rouge, recouverte d'arabesques turquoise et or.

— Il a été fabriqué en India. Figurez-vous qu'il est aussi chaud qu'une couverture. D'ailleurs, la laine de vos brebis aurait un succès fou là-bas.

— Je n'ai plus mes brebis.

Elle se rendait compte en le disant que c'était un mensonge. Elles étaient quelque part, elle avait juste oublié quand. La vieille femme lui tendait l'étoffe, attendant qu'elle l'accepte. Catheryn s'agita soudain, elle qui avait écouté sans intervenir jusqu'ici.

— Tu ne devrais pas la prendre ni lui faire confiance. C'est une Oracle, elle aurait pu empêcher la Fracture, mais elle n'en a rien fait.

Bintou le savait bien, mais refuser une couverture ne l'aiderait pas à passer une bonne nuit et ne changerait pas le passé.

— Elle a cherché à assassiner Yaël, elle pourrait être venue pour te tuer ! Pour terminer la sale besogne ! Elle seule pouvait te trouver !

— Dans ce cas, je vous pose ça ici, indiqua la vieille femme en joignant le geste aux mots.

— *Il faut fuir. Repartir en arrière, très vite en arrière, avant qu'elle ne te tue : elle sait que tu voyages dans le temps, elle veut t'empêcher de repartir, pour que tu ne puisses plus rien changer. Tu sais ce que disent les vagabonds, qu'elle sait tout ! Mais si tu restes coincée ici, tu ne retrouveras pas les filles ni tes foutues brebis !*

— Laisse donc mes brebis tranquilles ! la rembarra Bintou, en sentant le mal de crâne monter. Qu'est-ce que tu fabriques, là ? Tais-toi, il faut réfléchir !

— Est-ce que vous vous sentez bien ? s'inquiéta l'Oracle. Voulez-vous de l'eau ?

— Non !

— J'ai du thé dans ma gourde. Nous pourrions en boire et discuter calmement.

— Qu'est-ce vous me voulez ?

La vieille dame dévissa la bouteille isotherme en acier et se versa une tasse, qu'elle goûta avant de la tendre à Bintou.

— J'ai toujours su que vous apparteniez au passé. Les filles, elles, appartenaient à l'avenir. Je l'ai vu plus tard, une fois adulte, aussi nettement que je vous vois ce soir. C'est très particulier comme certitude, de percevoir que quelqu'un appartient à une autre époque que la sienne. Je suis toujours surprise de visiter mes ancêtres et de déceler avec précision cette sensation du temps qui m'est étranger. C'est comme sentir une lumière différente en changeant de pièce. Voyez-vous ?

La seule chose à laquelle fit attention Bintou, de plus en plus assourdie par Catheryn, fut la mention des filles.

— Vous avez envoyé des assassins.

L'autre haussa les épaules.

— J'étais une enfant qui prenait son rôle au sérieux. Je pensais que ma mission était d'empêcher l'avenir de se transformer. Mais je me trompais ; il m'a fallu grandir pour le comprendre et, de toute façon, si je n'étais pas intervenue, les petites n'auraient pas saisi quel était leur rôle. Je ne suis qu'un insecte en équilibre sur une feuille que la tempête emporte. Comme souvent, les Dieux se sont joués de nous. Nous ne sommes que de pauvres mortels, des pions dans leur jeu. La seule chose qui importe, c'est que l'Unique ne règne jamais seul sur ce monde.

— L'Unique existe ?

— Ce n'est qu'un nom. Vous savez, le pouvoir d'un nom… Mais Il dort bel et bien dans une statue de pierre en attendant d'être capable de s'en extraire. La Fracture ne L'a pas tout à fait épargné si vous voulez tout savoir. C'est amusant, non ? Il a voulu se débarrasser des Dieux rivaux, Il a quasiment détruit la Terre, bouleversé son équilibre, et au final, Il peut à peine cligner des yeux. Il a beaucoup perdu dans cette affaire, je crois.

Sa main fripée chassa une mouche invisible en même temps que s'étirait un sourire sur ses lèvres.

— Ma tâche s'achève ce soir. Vous êtes ma dernière vision, depuis bien longtemps déjà. Et je suis la dernière maille d'une longue chaîne. Je vais vous dire où sont vos brebis.

Bintou cligna des yeux, mal à l'aise.

— À ce moment exact où nous nous parlons, elles sont au château avec les deux filles. Elles vous attendent, vous irez les retrouver demain en suivant la route d'Aparis. Pour l'instant, vous feriez mieux de dormir.

Elle attrapa l'étoffe et la jeta dans sa direction.

— Et si vous refusez mon cadeau, je me sentirai très vexée.

Bintou n'avait aucune envie de dormir près de cette femme. Il y avait de la folie dans son regard, une braise qui se consumait sans jamais s'éteindre.

— *Je te dis qu'elle est venue pour te tuer,* souffla Catheryn.

Si c'était le cas, pensa Bintou, *elle serait venue avec des assassins, histoire de ne pas me rater.*

La vieille femme ouvrit une boîte dont le fumet vint chatouiller les narines de la voyageuse. Elle renifla avec envie – elle était affamée. Lorsque la boîte lui fut tendue, elle s'en empara. Cassandre en avait prévu une pour elle, identique.

— Mon repas préféré : truite et lentilles fumées. Délicieux, non ?

Bintou laissa échapper un rot quand elle eut tout avalé. Elle avait presque gobé le contenu de la boîte tant c'était bon. Il lui semblait ne pas avoir pris de vrai repas depuis une éternité. Elle ignorait quand en fait. Elle rabattit son manteau sur elle, prête à tirer son arbalète au moindre mauvais signe de la part de l'Oracle. Elle la surveilla tandis qu'elle terminait en silence, à petits coups de fourchette.

Bintou s'endormit dans l'heure qui suivit. La vieille dame acheva son repas, rangea méthodiquement ses affaires dans son sac, en prenant garde à ne pas faire de bruit, puis elle sortit son couteau sacrificiel, qu'elle essuya sur sa cuisse, en un geste mécanique. Elle se leva en grimaçant, les membres raides d'être restée assise si longtemps par terre. Son dernier combat l'attendait.

Il se nommait Amarok.

Elle le rencontra aux abords du phare, où il attendait, assis, gigantesque, le museau et la gorge argentés comme le miroitement d'un cours d'eau. En d'autres temps, on l'avait appelé Grand-Père et sa route avait souvent croisé celle de la Deux-Visages. Certains Dieux pensaient même qu'il avait gardé la sorcière pour lui en la piégeant dans le phare, ce qui était idiot puisqu'elle était aussi insaisissable que le temps.

— *Ce n'est pas toi que je veux,* indiqua-t-il la tête penchée.

— Je sais, répondit la vieille dame en haussant les épaules. Mais même les Dieux voient souvent leurs plans être contrariés. Tuer cette enfant du passé ne résoudra rien, vous le savez bien.

— *Elle m'avait promis une brebis, et Bastet, un cadeau.*

— Et me voici.

Le loup plissa le museau d'un air dégoûté.

— *Tu es petite, la peau sèche, les muscles flétris… Ma pauvre vieille, tu n'as rien d'un animal délicieux. Une brebis a plus de saveur.*

— J'entends bien, s'amusa-t-elle, mais vous n'aurez que moi, je l'ai vu.

Elle avait aussi vu qu'il finirait par la tuer. Comme sa mère, et les autres éléments de la chaîne avant elle, elle avait assisté à sa mort en détail, alors qu'elle n'était qu'une jeune femme. Aussi exhiba-t-elle son couteau sacrificiel. Le vieux manche de corne était usé, mais sa lame polie avait conservé un tranchant sans faille. Elle l'empoigna à deux mains et le retourna contre elle, prête à l'enfoncer.

— Je suis la dernière des Oracles. Tout le pouvoir de ma lignée m'appartient. Si j'enfonce ce couteau et que je meurs, il s'envole. Êtes-vous prêt à le voir disparaître pour l'éternité ? Ou bien, voulez-vous le voler à l'Unique ?

Elle laissa ces mots planer entre eux quelques instants avant de poursuivre :

— Si vous me tuez, il vous appartiendra et vous pourrez le transmettre à qui vous voudrez.

Les babines de la Bête se retroussèrent avec un air rusé. Il la huma ensuite, sa queue luisante remuant dans les herbes hautes. Les humains les avaient adorés si longtemps, lui et les autres Dieux, qu'ils n'avaient jamais cru l'Unique capable de leur arracher tant de fidèles. Ils en avaient gardé une rancune tenace.

Qu'Il se crût au-dessus d'eux comme de tous les hommes, passait encore, qu'Il ait dépouillé Ses propres enfants de leur magie, cela ils n'en avaient cure, mais qu'Il ait profité de la Fracture pour les forcer tous à n'habiter qu'une enveloppe animale, cela ils ne le toléraient pas.

Les Dieux n'en avaient pas fini de mener leur propre guerre. L'Oracle, non plus. Ni elle ni ses sœurs n'avaient pardonné à l'Unique pour la Fracture. Il était encore temps pour Cassandre de se retourner contre Lui et d'engendrer une nouvelle chaîne de ses semblables, d'en devenir le premier maillon, de vaincre la solitude de ces dernières années… Il suffirait qu'Amarok la tue, qu'il prenne son âme et son pouvoir, et qu'il les donne à un nouveau-né.

La tentation montait chez Amarok. Le loup divin grondait à l'idée du pouvoir qui lui tendait les bras, qui s'offrait sans réserve, qui permettrait aux Dieux de contrer les plans de l'Unique dans l'avenir toujours incertain. Il prendrait leur tête et les mènerait à la guerre.

— *Pourquoi ?* demanda-t-il, curieux.

— Il n'a que le Chaos à nous offrir.

Enfant, elle s'était aussi juré de se libérer de son emprise. Ainsi, enfin, leur vengeance à toutes s'accomplirait. Amarok se pourlécha les babines, avec un grognement d'impatience.

— Il y a tout de même une condition, fit l'Oracle en jetant son couteau loin d'elle. Il vous faudra épargner l'humanité.

Ce furent ses derniers mots.

ÉPILOGUE

Au matin, Bintou se réveilla dans le phare, seule. La vieille dame avait disparu avec toutes ses affaires, à l'exception du châle rouge qu'elle lui avait offert. La bergère aurait eu mauvaise conscience d'abandonner une si belle étoffe derrière elle. Elle la pressa contre sa joue, étonnée par tant de douceur, avant de la ranger avec soin dans son sac.

Puis elle mit de l'ordre dans le bâtiment et prépara un feu pour les prochains visiteurs. Quand tout lui parut en ordre, elle saisit son sac et se transporta vers le refuge suivant.

À Aparis, c'était jour de marché. Personne ne la reconnut ni ne l'appela la sorcière ; elle se tint sur ses gardes, tenaillée par la crainte que soudain, on décide de l'arrêter pour meurtre. Enfin, c'était confus, elle n'avait plus exactement souvenir des circonstances qui l'avaient forcée à tuer le Slave. Elle avait si souvent avancé et reculé dans le temps que tout se mélangeait.

— *Tu n'es ici que de passage,* lui souffla Catheryn. *Reprends ta route.*

— Il nous faut du pain, chuchota Bintou en se faufilant dans la foule des Halles.

Il y avait bien des choses dans son sac qui lui permettraient de faire un peu de troc. C'était étrange ici, on avait toujours l'impression que le temps s'était arrêté, ou presque. Les mêmes culottes portées par les enfants, les robes encombrantes, les costumes d'avant-Fracture, tout cela rafistolé vaille que vaille, comme un refus du monde d'aujourd'hui. Le boulanger accepta de lui échanger une miche contre une fourchette en inox. Elle aurait pu en tirer un meilleur prix, mais elle ne comptait pas s'attarder. Derrière un étal, il y avait des vagabonds dont les visages lui étaient inconnus. Elle se faufila dans la file de la boutique qui vendait des morceaux de savon, en écoutant tout ce qui se disait, les yeux rivés sur ses bottes.

— Alors, c'est vrai cette histoire de château ? demandait une ouvrière en salopette de mécanicienne. Vous y êtes allés, vous ?

Le vagabond baissa la voix.

— Les magiciens de la station n'aiment pas trop qu'on en parle, vous savez.

— Ça ne tiendra pas longtemps, de toute façon, répliqua l'acheteuse en lui tendant des piécettes de bois en échange d'un pain de savon. Les Bêtes les envahiront tôt ou tard. Et sans armée pour tenir les défenses…

— Il paraît que des Bêtes y vivent déjà et qu'elles sont apprivoisées. De toute façon, les sorcières ont lancé un sortilège qui empêche leurs ennemis d'entrer sur leur domaine, une barrière de magie infranchissable.

Elle haussa les épaules et repartit, déçue de ne pas en avoir appris plus. L'autre vagabond derrière le stand se rapprocha du premier et lui glissa :

— Tu verras que bientôt, il y en aura pour nous demander de les emmener là-bas.

— On les fera payer.

Bintou leur acheta ce dont elle avait besoin et prit ses jambes à son cou, très inquiète. Qu'y avait-il donc au château ?

— *Cet endroit aurait dû rester secret,* s'agaça Catheryn.

Qui donc l'avait trouvé ? Tout cela lui donnait le tournis.

Elle mit deux jours à rejoindre Neuschwanstein, et choisit de se transporter dans sa salle d'opération. Comme à chaque visite depuis la Fracture, le découragement pesa sur ses épaules. Tout avait été rangé et nettoyé, tant et si bien qu'on n'aurait jamais cru que Yaël s'était tenue allongée sur l'une des tables un jour lointain. La magie qui gardait cet endroit intact ne semblait pas prête de s'évanouir, et quelque part, cela réconforta Bintou. Puis, elle sentit une présence derrière elle.

Un chat tigré se tenait devant la porte. Pas n'importe quel chat. Le fameux chat. Celui que Bastet lui avait mis dans les pattes, à intervenir et à changer les évènements, à lui compliquer la tâche en somme, alors qu'elle essayait de sauver les filles.

La Déesse l'habitait à cet instant.

— *Je te libère de ton errance,* déclara-t-elle, son esprit se tendant vers le sien.

Avec un frisson d'effroi, Bintou se transporta aussitôt dans la cour. Elle faillit se heurter à un homme qui transportait du linge dans un panier. Il la salua avec politesse, reprenant sa route. Éberluée, Bintou compta une douzaine de personnes qui vaquaient à leurs tâches, les uns transportant du foin, les autres triant des légumes ou lavant de la laine dans des baquets... Une atmosphère de village régnait, les enfants couraient avec un chiot aussi gros qu'eux et un vieux bonhomme assis par terre jouait aux dés au soleil, avec une pie. Elle n'eut pas le temps de s'étonner plus.

Des brebis – ses brebis – la remarquèrent aussitôt et se précipitèrent dans sa direction en bêlant.

Tout au fond de l'espace pavé se trouvait un cheval immense, entre les pattes duquel Yaël se promenait, une brosse à la main. Non loin, Pomme bricolait un petit aéronef monoplace. Avec émotion, Bintou s'aperçut que ses protégées avaient grandi. Il s'agissait désormais de jeunes femmes adultes à l'air épanoui. Elles s'interrompirent dans leur tâche alors que les brebis se pressaient autour de Bintou en cherchant ses caresses et en faisant un raffut de tous les diables.

— Je t'avais dit que si on lui ramenait ses brebis, elle nous rejoindrait, s'exclama Yaël en se frayant un passage à coups de coude.

Bintou, qui n'était pas du genre à accepter les câlins, accepta pourtant son étreinte sans broncher.

— Tu as trouvé le manteau de plumes ! lui chuchota Yaël, ravie. C'est bien. Maintenant que tout est rentré dans l'ordre, tu restes avec nous. D'accord ?

— Il est temps de se reposer, en effet, soupira la voyageuse, exténuée.

Depuis l'une des tours à demi détruites, un aigle royal au ramage scintillant poussa alors un cri puissant qui se réverbéra de loin en loin, parcourant le monde en quelques minutes. L'appel lancé par Gwaihir fut entendu de tous les Dieux.

Amarok, qui veillait la mise-bas d'une louve, se redressa, et sa gueule s'entrouvrit en une mimique de sourire.

Une nouvelle ère commençait enfin.

Il n'avait pas eu de louveteaux depuis si longtemps qu'il avait oublié l'émotion ressentie à la découverte d'un nouveau-né de son propre sang. En particulier, son cœur s'emplit de joie à la découverte d'une petite boule blanche, aveugle, encore humide, incapable de se tenir sur ses pattes et qui venait tout juste de respirer pour la première fois. Seule louve immaculée au milieu de ses frères et sœurs au pelage argenté. S'il plissait les paupières, il devinait un fantôme de vieille dame penché avec lui au-dessus de la portée.

Ailleurs, au Temple, au-dessus d'un bassin ancien, de la poussière dévala le visage renfrogné de l'Unique. Une rumeur de colère se mit à sourdre de la paroi sculptée, gagnant la montagne puis la terre. Le grondement souterrain prit de l'ampleur et se propagea à tout le continent… Les forteresses et les stations tremblèrent, les oiseaux s'envolèrent dans le ciel, les Bêtes fuirent là où le sol se rompit.

La statue de l'Unique ferma les poings.

Puis le calme revint.

FIN

EXTRAIT DU

JOURNAL DE POMME

Je collecte dans ces quelques pages les informations que j'ai glanées, ici et là, dans les livres dont je dispose. Bien entendu, mes connaissances demeurent incomplètes. Il me faudrait disposer de véritables archives pour faire les ponts entre les différents noms des Dieux, et la plupart ont été détruites lors de la Fracture, mais j'ai tout de même fait quelques découvertes.

Bastet

La Déesse protectrice du foyer s'incarne de différentes façons à travers l'Europe, mais lors de la Fracture, elle se retrouva piégée sous l'apparence d'un chat, la renvoyant à l'une de ses identités les plus anciennes.

Elle est la protectrice de l'humanité, et elle s'attache en particulier à venir en aide aux femmes enceintes et aux enfants. Quoique renommée pour sa douceur, elle possède une autre facette, celle d'une guerrière sauvage, qui lui vaut le surnom de la Déesse au double visage.

Dans les contrées du Nord, elle est connue sous le nom de Frigg. Source d'amour, elle est patiente et dévouée, mais toujours décidée à intervenir dans les situations où le destin semble figé : elle est prête à tout pour changer le cours des choses.

Rien ne l'effraie, car elle dispose toujours d'un pouvoir immense, qu'elle tire de la Lune, l'astre du changement.

Amarok

Amarok signifie « loup » ou « esprit du loup » et son existence prend source dans les légendes inuites. Cette divinité dévore les chasseurs solitaires, mais elle s'assure surtout de garder le monde en bonne santé, en débarrassant les troupeaux des individus faibles.

Du moins, voilà le rôle qu'il a choisi d'endosser depuis la Fracture. Avant de rester coincé sous une forme de loup géant, il était aussi connu comme étant le Dieu de la guerre, sous le nom de Mars, ou encore Lug, dont la renommée s'étend du Niradnaïa au Vinndhuya.

Nul doute qu'il attend de pouvoir se venger de l'Unique.

Hermès

Ce n'est pas un Dieu, seulement un de leurs messagers. Il s'est retrouvé par hasard coincé parmi les humains. Il a beau avoir perdu ses pouvoirs lors de la Fracture, il semble avoir conservé son immortalité et échappé à une transformation animale, puisqu'il s'était réfugié dans le

métropolitain. Son démon, Thanos, était probablement un titan avant de perdre sa forme de colosse et devenir cette créature mortifère qui l'accompagne partout.

La « pie »

Il semblerait, du moins, c'est une rumeur qui nous est parvenue, qu'une pie aurait empoisonné l'Oracle dans sa jeunesse, la condamnant à la stérilité. Selon certaines croyances germaniques, les pies sont capables de voyager en enfer et sont associées à Hel, la Déesse qui y règne. Dans la culture chinoise,

les pies sont capables de créer des ponts et de voyager entre notre monde et ceux des Dieux.

Gwaihir

Gwaihir est le nom d'un aigle géant dans une histoire inventée de toutes pièces et publiée juste avant la Fracture, par un certain Tolkien*. Cependant, il est lié d'une façon ou d'une autre à la foudre. Il s'agit forcément de Jupiter ou Zeus, celui qui fut un temps et est redevenu, dans le monde sauvage, le Dieu des Dieux.

Gullinbursti

Ce sanglier serait un avatar de Freyr, un Dieu de la protection et de la fertilité, car auparavant il lui servait à se déplacer sur les champs de bataille. Freyr aurait donc pris ce corps pour se joindre à la lutte contre l'Unique, et il a choisi de décimer les humains pour l'empêcher de mettre la main sur le monde sauvage.

* *Le Seigneur des Anneaux* et *Le Hobbit*, de J.R.R. Tolkien.

Hel

La Déesse des morts se tient dans son jardin depuis la Fracture, le visage à la fois plongé dans les ténèbres de la mort et la lumière de la vie. Hel ne peut plus s'incarner et vaquer à ses tâches, elle qui est la gardienne du cycle éternel de la vie et de la mort. Pour cette raison, elle aurait décidé de se joindre aux autres Dieux dans leur quête.

REMERCIEMENTS

Je suis restée longtemps coincée dans le monde sauvage, perdue, à constituer ma carte, à coller des images sur mon carnet, à réfléchir aux Dieux, à la Fracture, et au reste. Je me souviens quand tout a commencé, même si les dates m'échappent, comme si elles se mélangeaient.

Je randonnais, tête nue, sous un ciel bleu, et, au loin, les vautours des Pyrénées changeaient de dimension dans mon esprit. Je marchais avec une jeune fille, chère à mon cœur, qui me confiait qu'elle voulait voir plus de personnes comme elle dans les romans. Il n'a pas fallu longtemps avant que je ne fasse un authentique rêve, tout à fait cathartique, de ceux que je suis incapable d'oublier et qui reviennent me hanter.

J'ai essayé de m'en débarrasser avec une nouvelle. Silène m'a dit que non, ce n'était absolument pas une histoire terminée. À la rigueur, un début de roman. Il y avait déjà tout ce qu'il fallait : l'Unique, les brebis, le phare, Bintou, Pomme, Yaël, et même ce vieux grincheux de Cellon. Je me suis promis de faire un tout petit roman. Je me suis trompée.

Merci à Liam et Manon d'avoir lu la première version avec beaucoup de sérieux, en leur qualité de lectorat cible. Votre avis m'a été précieux.

Merci à Silène pour m'avoir encouragée de multiples façons sur ce texte – vraiment, elle s'est démenée ! – en plus de l'avoir bêta-lu, comme toujours. J'ai tellement de chance de l'avoir !

Merci également à Nadia d'avoir bêta-lu ce roman avec ce sens du détail qui est le sien. C'est fou, je me sens toujours plus tranquille quand elle jette un œil à mes textes.

Merci à Vincent d'avoir voulu lire ce roman, sans que je le force, alors qu'il attend une certaine histoire de SF que je lui promets depuis des lustres.

Merci à Agnès d'avoir bien voulu devenir mon éditrice et de m'avoir aidée à retravailler ce texte. Ses précieux conseils m'ont été très utiles, en plus de m'encourager à aller plus loin et à voir plus grand.

Merci à Floria de m'avoir elle aussi poussée à donner plus de détails et de corps à cette histoire avec sa gentillesse et sa bonne humeur, ainsi que de m'avoir accueillie au sein de l'équipe Scrineo.

Enfin, merci à vous qui tenez ce livre entre vos mains. J'espère que l'aventure vous a plu. N'hésitez pas à mettre des petits cœurs et des petites étoiles sur vos plateformes préférées, ça compte plus que vous ne l'imaginez. ;-)

Découvrez aussi
chez ScriNeo

HYBRIDE

1 - LA LEVÉE DU VOILE

GWENDOLINE VERVEL

« Au début du 3e millénaire, alors que les Hommes croîtront par milliers, que Mère Nature suffoquera, l'émissaire du Chaos naîtra : la descendante d'Illan et d'Elémire. La venue au monde d'une vouivre suivra et annoncera la fin de l'ère des Immortels, usurpateurs de la vie éternelle… Alors, le destin de tous résidera entre les mains de l'Écarlate, car elle seule détiendra la clef… »

Depuis dix ans, Margot Pommery est exilée dans un pensionnat au fin fond du Vercors. Sa mère, Adélaïde, l'a tenue éloignée de son foyer durant tout ce temps, pour la punir d'un tragique événement dont elle la tient pour responsable. Contre toute attente, Margot est pourtant rappelée chez elle en Champagne, pour passer l'intégralité des vacances d'été. Un été qui s'avère plus intense que prévu, car la jeune fille découvre qu'elle est une Elfide : une descendante des Elfes et des Druides, gardienne d'un savoir ancestral et puissante guerrière en devenir.

À l'aube d'un destin fantastique et dangereux, la jeune fille peut compter sur Baptiste, son ami de toujours, pour affronter avec elle les sombres secrets familiaux et le retour du légendaire Tueur d'Elfides…

SOUS LE SCEAU DE L'HIVER

HERMINE LEFEBVRE

Paris, de nos jours.

Les hommes ont découvert l'existence de la magie et des Cours faëriques, l'Été et l'Hiver. Après des années de conflits sans merci, la paix établie demeure fragile. Et lorsque des chevaliers de la Cour d'Été disparaissent sans laisser de trace, elle ne tient plus qu'à un fil… Accusée, Medb, la reine de l'Hiver, fait régner par vengeance un hiver glacial dans les rues de la capitale.

Le jour où Virgile, changelin doué de magie et orphelin, tente de se suicider, Medb le sauve contre son gré et lui propose un pacte : s'il veut mourir, il n'a d'autre choix que d'enquêter pour retrouver les chevaliers disparus et prouver l'innocence de l'Hiver. Heureusement, il croise le chemin de Camille, qui a des contacts privilégiés avec les faës et lui offre son aide.

C'est le début d'une course contre la montre effrénée pour éviter une nouvelle guerre et sauver Virgile...

LE JARDIN DES CHIMÈRES

JOHAN HELIOT

Alors que la planète entière a assisté à l'extinction de la quasi-totalité des espèces animales, les scientifiques fabriquent en série des anibots, robots aux allures d'animaux, et des chimères, créations génétiques rares.

Sans scrupules, un chef mafieux met aux enchères la tête des dernières bêtes sauvages et déploie tous les moyens pour acquérir personnellement le panthigre, la nouvelle chimère dévoilée au monde.

De con côté, Deckard, jeune activiste écolo, défend la cause des derniers animaux dits « naturels » contre son père, le brillant généticien à l'origine des chimères. Très vite, il rencontre Tania, web-reporter orpheline de 16 ans, qui l'intrigue terriblement.

Quand le panthigre est enlevé et parvient à s'échapper, le duo, *a priori* mal assorti, se donne une mission folle : sauver la vie de l'animal emblématique et l'emmener au Sanctuaire, où se meurt la dernière girafe sur Terre et dont personne ne connaît l'emplacement exact…

À travers une course pourquite palpitante, suivez les aventures d'un duo surprenant, prêt à tout pour trouver le jardin des chimères…

UNE PROMESSE DE GIVRE

MARINE SIVAN

Dans la taïga, une sœur et un frère sont séparés lorsque leur clan nomade est attaqué par des marchands d'esclaves.

Leythe, égarée après avoir fui, cherche à survivre dans les immensités glacées.

Eonak, soumis à l'emprise du meneur des esclavagistes, cherche à protéger son identité qu'on voudrait mettre en pièces.

Ils ont promis de se retrouver. Mais le pourront-ils ? Et au bout des épreuves et des sacrifices, le voudront-ils encore ?

Plongez au cœur d'une taïga imaginaire et de ses mythes, où chaque jour est une lutte pour survivre

Imprimé en UE par Rond Bleu Print

Cet ouvrage a été imprimé sur un papier issu de forêts gérées durablement, de sources contrôlées.

Loi n° 49-956 du 16 juillet 1949 sur les publications destinées à la jeunesse, modifiée par la loi n° 2011-525 du 17 mai 2011.